조선공주실록

❷

유오디아 장편소설

조선공주실록

2

위즈덤하우스

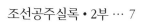

기억이 돌아오자 그전까지의 모든 기억은 꿈처럼 느껴졌다.

아주 오랜 꿈.

"흐흐흑…… 흐흑……."

눈을 뜨는 순간 제일 먼저 들려온 것은 여인의 울음소리. 그 목소리는 내가 알고 있는 목소리였다.

장 상궁.

왜 나는 이 꿈에서 깨고 싶지 않은 걸까? 분명 깨어났음에도 나는 눈을 뜨기가 싫었다. 눈을 뜨는 순간 모든 것이, 내가 알던 모든 것이 바뀌리라는 것을 알고 있었기에.

눈을 감고 누워 있던 내 손을 잡아 쥐는 따스한 손길이 느껴졌다. 그 손이 내 손을 잡는 순간 거짓말처럼 내 의지와 상관없이 두 눈이 떠졌다. 가장 먼저 보이는 것은 방 안의 높은 천장. 천장은 촛

불이 만들어낸 검은 그림자로 가득했다.

뒤이어 내 귓가에 들려오는 자상한 목소리.

"정신이 드시오?"

물음에 맞추어 고개를 돌리니 걱정스러운 얼굴로 나를 쳐다보는 홍연의 모습이 보였다. 그는 어릴 적과 크게 달라진 것이 없었다. 키가 커지고 목소리가 조금 굵어졌을 뿐이다. 어린 시절 나를 바라보던 그 눈동자는 여전히 같은 눈동자였다.

"대감……."

내 입에서 나온 '대감'이라는 한마디에 그의 뒤에서 흐느끼던 장상궁의 울음소리가 뚝, 끊겼다. 홍연은 놀란 눈으로 나를 내려다본다.

"지금 뭐라고 하시었소?"

평상시와 마찬가지다. '이유나'였을 때나 '이수련'이었을 때도 홍연을 보면 '대감'이라고 호칭했으니까. 그때는 '부마 대감'이었다. 내가 한 번도 본 적이 없었던 '진성 공주'의 부군이던 '부마 대감.' 그러나 지금 내 입에서 나온 '대감'이라는 호칭은 다른 의미를 품고 있었다.

"오랜만에 뵙사옵니다……."

놀란 눈으로 나를 내려다보던 그의 한쪽 눈에서 한 줄기의 눈물이 흘러내렸다. 동시에 내 손을 잡은 그의 손에 힘이 실렸다.

"공주? 진성 공주?"

그의 목소리가 떨려온다. 난 그가 나를 진성 공주라고 부르는 순간 깨달았다. 언제부터인지 모르지만 그는 내가 이유나가 아닌 진성 공주 '이수련'이라는 사실을 알고 있었다는 것을. 알면서도 그는 밝히지 않고 기다려온 것이다.

"예. 대감. 제가 수련이에요. 이수련."

"공주!"

그가 아직 누워 있는 나를 두 팔로 끌어안는다. 크게 소리 내어 울지는 않았지만, 그는 분명 흐느끼고 있었다. 나는 두 팔을 들어 흐느끼는 그의 어깨를 다독이듯 끌어안아주었다.

❀ ❀ ❀

다음 날 아침 윤임이 갇혀 있는 내시부로 덕풍군이 찾아왔다.

─ 끼이익

옥문이 열리자 어둠 속에 웅크리고 앉아 있던 윤임이 고개를 들었다. 환한 아침 햇살을 뒤로한 채 선 덕풍군이 긴 한숨을 내쉬며 윤임을 내려다보았다.

"처남."

밤새 잠을 이루지 못했는지 초췌한 모습의 윤임은 망건이 흐트러져 흡사 죄수의 모습처럼 보였다. 지난밤은 윤임에게 아주 길고도 잔혹한 밤이었다.

"밖에 자네 큰누이가 기다리고 있으니…… 어휴, 우선 그 머리부터 다듬게. 그런 자네의 모습을 보면 큰누이가 얼마나 상심하겠는가? 안 그래도 지난밤에 처제가……."

"유나는 어디에 있습니까?"

"처남."

"이 소저. 어디에 있습니까!"

윤임이 자리를 박차고 일어서며 소리치자 덕풍군의 뒤에 있던 내관이 나섰다.

"여기서까지 소란을 피우시면 전하의 귀에 들어가옵니다, 대감."

"알겠네."

덕풍군이 고개를 끄덕이고는 내관을 뒤로 물렸다. 그는 윤임이 갇혀 있던 창고 안 옥사로 들어오더니 목소리를 무겁게 낮추며 말했다.

"아직도 정신을 못 차렸는가? 어제 자네뿐만 아니라 처제도…… 아니지, 우리 두 집안이 풍비박산 날 뻔했어! 그게 다 철없는 자네가 부린 객기 탓이었지! 다행히 전하의 은혜로 살았으니, 어서 정신 차리고 집으로 돌아가세."

"그녀는 어디에 있습니까?!"

계속되는 윤임의 물음에 덕풍군이 긴 한숨을 내쉬더니 말했다.

"궐 밖에서 기다리고 있는 자네 큰누이에게 물어보게."

덕풍군이 더 이상 유나에 대해 말해줄 의사가 없음을 깨달은 윤

임이 그를 밀치고 내시부를 뛰쳐나갔다. 윤임은 궐 대문 밖에서 자신을 초조하게 기다리고 있던 해진에게로 향했다. 해진은 궐문을 나서는 윤임을 보자 두 손을 모은 채 안도의 한숨을 내쉬며 다가왔다.

"임아!"

그녀는 윤임의 몸 상태부터 살펴보더니 훌쩍이며 말했다.

"내가 얼마나 걱정했는지 아느냐? 대비마마를 뵙고 도움을 청하려 하였으나, 이 부정이 알았는지 내 입궐은 물론이고 대감의 입궐까지도……."

"이 소저는 어찌 되었습니까?"

"이 소저?"

윤임이 꺼낸 유나의 이름에 해진의 표정이 싸늘하게 변했다.

"아무도 알려주지 않습니다. 이 소저는 어제 끌려 나갔는데……."

"너는 너로 인해 전하의 앞에서 혼절한 네 친누이의 안부는 궁금치도 않더냐?"

해진이 화를 내자 윤임이 잠시 고개를 떨구었다. 그녀는 윤임을 보며 그만 포기하라는 듯 단호하게 말했다.

"죽었다."

이 말에 윤임이 고개를 번쩍 들었다.

"죽었다. 어제 전하의 명으로 돌을 매단 자루에 넣어져 경강에

던져졌다더구나.”

“거짓말입니다!”

“자루에 매단 돌이 어찌나 컸던지 끝내 시신이 물 위로 떠오르지 않았다더구나. 그래서 독해도 보통 독한 계집이 아니라고 강변 마을에 소문이 쫙 났단다.”

“그만하십시오!”

“임아! 그녀는 죽었어! 그러니 제발, 더는 문제를 일으키지 말거라. 어제 전하 앞에서 벌어진 소동만으로도 부족하느냐? 우리 남매가 아니, 우리 두 집안이 모두 멸문지화를 당해야만 정신을 차리겠느냐?!”

“믿을 수 없습니다. 믿을 수 없습니다!”

자신을 붙잡으려는 해진의 손길을 뿌리친 윤임이 해진이 가져온 말 위에 올라탔다.

“임아!”

“처남!”

윤임을 뒤따라 궐을 나선 덕풍군도 윤임을 불렀다.

“이럇!”

윤임은 뒤도 돌아보지 않은 채 그곳을 떠났다.

“대감! 어서요!”

윤임이 무슨 일을 벌일지 몰라 해진이 다급하게 덕풍군을 찾았다.

"알았소, 부인!"

덕풍군도 말에 올라타더니 윤임이 사라진 방향으로 향했다.

※ ※ ※

윤임이 말을 달려 도착한 곳은 강변이었다. 아침의 강물은 햇빛을 받아 눈이 부시도록 반짝거렸다. 지난밤에 무슨 일이 있었는지 알 수 없을 정도로 고요하고 평화롭기만 했다.

"유나……! 유나!"

급하게 말 위에서 뛰어내린 윤임이 두리번거리며 강변을 살폈다. 그러나 넓은 이 강변에서 지난밤에 일어난 흔적을 찾는 것은 불가능에 가까웠다.

"유나야-!"

그대로 무릎을 꿇으며 주저앉은 윤임의 눈에서 쉴 새 없이 눈물이 흘러내렸다.

몇 번이나 목숨을 잃을 뻔한 고비에서도 살아난 유나였다. 그는 밤새 내시부 옥사에 갇혀 유나가 무사하기만을 빌고 또 빌었다. 그래서 그는 더욱더 이 현실을 받아들일 수가 없었다.

"유나야……!"

애끓는 소리로 유나의 이름을 외친 윤임이 자리에서 벌떡 일어섰다. 그리고는 강물 속으로 지체 없이 뛰어들었다.

"처남!"

이 모습을 보고 급하게 말을 세운 덕풍군이 윤임에게로 뛰어왔다. 이미 허리까지 강물에 잠긴 윤임을 뒤에서 덕풍군이 간신히 붙잡았다. 하지만 무예로 단련된 윤임을 붙드는 것은 쉽지 않았다.

"놓으십시오!"

"이리 강물에 뛰어드는 것은 허망한 죽음뿐일세!"

"놓으란 말입니다!"

"처남!"

덕풍군이 있는 힘껏 윤임의 어깨를 잡아 세웠다. 윤임이 덕풍군을 밀어내며 소리쳤다.

"제가! 제가 지켜주었어야 했습니다! 지켜주지 못하면 차라리 그녀와 함께 죽었어야 했습니다! 이 소저의 죽음은 모두 제 탓입니다. 흐흑!"

"내 이 소저가 죽은 일이 자네에게 크나큰 슬픔이라는 것을 알겠네만! 여기서 자네가 잘못되면 지금 자네가 느끼는 그 슬픔을 똑같이 느낄 자네 누이들은 어찌하겠는가? 그러니 그만하게. 자네가 이런 모습을 보일수록 이 소저가 마음 편히 지승으로 가겠는가?"

"아아아악!"

윤임이 제 고통을 이기지 못하고 무너지는 듯한 비명을 내지르며 물속으로 쓰러졌다.

"처남? 처남! 이런!"

혼절한 윤임을 물속에서 끌어올린 덕풍군이 한숨을 내쉬었다.

❀　❀　❀

"벼랑이? 네가 정녕 그 조그마하던 벼랑이라고?"

"예. 공주마마."

장 상궁의 옆에 앉아 있는 조그마한 나인이 얼굴을 붉히며 대답했다. 내 기억 속에 벼랑이는 또래보다도 네다섯 살이나 어려 보이던 생각시였다.

"아직도 믿을 수가 없어. 네가 정녕 그 벼랑이라니. 그때도 울보였는데, 지금도 울보니?"

"그때처럼 공주마마가 소인을 놀리시지만 않으시면 되옵니다."

"벼랑이 네 이년. 어디 감히 공주마마 앞에서 입을 함부로 놀리느냐?"

장 상궁이 벼랑이를 꾸짖었다. 난 웃으며 장 상궁에게 말했다.

"그만하게. 벼랑이는 나인이기 전에 내 어릴 적 동무가 아닌가."

"아무리 그러셔도 공주마마의 한낱 나인일 뿐이옵니다."

"이제 보니, 그 세월이 흘렀어도 장 상궁은 여전하군. 엄해."

나는 웃고 있는데 갑자기 이런 나를 보며 장 상궁은 옷고름으로 눈물을 훔친다.

"우는가?"

"어찌 눈물이 아니 날 수 있겠사옵니까? 그간 얼마나 많은 고초를 겪으셨기에 공주였던 기억도 잃으시고. 흑."

"그래도 이리 돌아오지 않았는가?"

"그간 덕풍군 부인의 처가에서 지내시며 겪은 고초는 대략적으로 대감께 들어 알고 있사옵니다. 참, 그분들은 공주마마의 신분을 모르시옵니까?"

윤임과 여진.

그들의 모습을 떠올리자 금방이라도 눈물이 날 것처럼 목이 멘다. 마음 같아서는 내가 무사하다는 사실을 그들 남매에게 전해주고 싶었다. 하지만 공주로서의 기억이 돌아온 이상, 사실을 알려주더라도 나는 그들 남매의 곁으로 돌아갈 수가 없다. 윤임의 곁으로 갈 수가 없다.

– 탁

문이 열리고 홍연의 모습이 보이자, 장 상궁과 벼랑이가 자리에서 일어섰다. 당연히 그 뒤를 따라 내가 일어서려고 하자 홍연이 급하게 달려오더니 일어서려던 내 팔을 부축해 다시 앉힌다.

"그대는 쉬어야 하오."

그의 말투를 듣던 나는 피식 웃고 말았다. 짧게 시작된 웃음이 길어지더니 나는 한참 동안 잔잔한 웃음을 흘렸다. 나를 보며 홍연이 영문을 모르는 듯한 표정을 지었다.

"내가 무슨 실수라도?"

"제가 공주인 것을 아시면서도 이 소저를 대할 때처럼 하시네요."

그도 자신의 실수를 알았다는 듯 어색한 웃음을 지었다. 우리가 서로를 보며 웃는 것을 본 장 상궁이 벼랑이와 함께 조용히 밖으로 나갔다. 둘만 남게 되자 홍연이 잠시 고심하더니 말했다.

"마마의 호칭을 제하고 마마를 부를 수 있는 사람은……."

그의 말이 끝나기도 전에 내가 그 말을 받았다.

"제 부모님과 전하. 그리고 제 부군이신 부마뿐이지요. 그러니 예전에 이 소저를 대하듯 그리 편하게 대해주십시오. 저도 그것이 편합니다."

홍연도 내 말이 마음에 들었는지 활짝 웃으며 말한다.

"이 소저. 아니, 공주."

난 웃으며 그의 부름에 응수했다.

"네, 대감."

"그대의 기억이 돌아오면 가장 먼저 사과를 하고 싶었소."

"사과요?"

"난 그대를 보자마자 진성 공주와 닮았다 여기면서도 그대가 공주임을 바로 알아차리지 못하였소."

"저도 기억을 잃고 다시 뵌 대감을 바로 알아보지 못했으니까요."

"아니오."

홍연의 얼굴에서는 깊은 죄책감이 묻어났다.

"그 누구보다도 지아비인 내가 먼저 그대를 알아보았어야 했소."

"대감."

"그래서 그대를 대할 때 한없이 부끄럽고 민망하오."

그는 내 앞에서 진정으로 부끄러워하고 민망해하는데 이상하게도 난 그를 보면 웃음이 난다.

"풋-"

"공주?"

기억이 모두 돌아온 후, 어릴 적 그의 모습이 자꾸만 떠오르기 때문인지도 모르겠다. 그는 정말 키만 컸을 뿐이다. 어릴 적 보았던 그 모습 그대로다. 나는 그러한 사실도 까맣게 잊은 채 다른 사내를 사랑했다.

윤임의 얼굴이 떠오르자마자 난 고개를 흔들었다. 잊어야 한다. 그를 떠올리거나 생각하면 안 된다. 윤임이 사랑하고 윤임을 사랑했던 소녀는 이유나다. 나 이수련이 아니야.

"대감."

"응?"

"부탁드릴 것이 있어요."

"말해보시오, 뭐든."

내가 말하기도 전에 그가 포개고 있던 내 두 손 위에 자신의 손을 올린다. 갑작스러운 행동에 내 눈이 크게 떠지자 그가 다시 어색하게 웃으며 손을 뗀다.

"미안하오. 나도 모르게 그만."

난 손을 뻗어 그가 거둔 손을 붙잡았다.

"어릴 적에는 소첩이 먼저 잡았는걸요."

놀란 그의 얼굴을 보며 웃으며 말했다.

"이렇게요."

"공주."

그가 웃는다. 그리고 나도 웃는다.

그 웃음의 끝에서 그의 웃음은 이상하리만치 무거워진다.

"정녕 괜찮은 것이오?"

"뭐가요?"

그가 품은 걱정의 깊이를 전혀 모른 채 난 웃으며 되물었다.

"그대가 무사하다는 사실을 윤임 남매에게 알리고 싶지 않소?"

이 말에 나는 더 이상 거짓으로라도 웃을 수가 없었다. 분명 홍연도 어제 선정전에서 있었던 일을 알고 있을 것이다. 그리고 어디까지 알고 있을까?

윤임이 나를 사랑한다는 것?

내가 윤임을 사랑한다는 것?

그가 어디까지 알고 있든 이 사실만큼은 분명히 해야 한다.

나는 이제 이유나가 아닌 이수련이니까.

누굴 위한 웃음인지는 모르지만, 난 홍연의 얼굴을 똑바로 쳐다보며 방긋 웃었다.

"그간 제가 기억을 잃고 윤임 남매에게 입은 은혜가 많아요. 하나 이제 그들을 위해서라도 그들이 알던 이 소저. '이유나'는 죽은 사람이 되어야 해요."

"공주로서도 그들을 만나지 않을 것이오?"

기억이 돌아온 순간.

그래서 눈을 뜬 순간.

나는 잔인한 결심을 했다.

"네. 진성 공주 이수련은 윤씨 남매와는 아무런 상관이 없는 여인이니까요."

홍연의 침묵.

그 침묵 속에서 그는 방금 내가 한 선언과도 같은 말이 진심인지를 묻는 것 같았다. 진심이 아니더라도 진심이 되어야 한다. 난 윤임이라는 사내를 잘 안다. 그를 사랑했기에 잘 안다. 사랑하는 여인을 위해서라면 제 목숨도 내어줄 사내였다.

이유나. 아니, 나 이수련을 사랑하게 되자 그는 나를 제외한 자신의 주변을 전혀 보지 못하게 되었다. 나는 그에게 독과 같은 존재일 뿐이다. 이유나일 때도 이수련일 때도. 그러니 모든 것이 제자리로 돌아가기 위해서라도 난 죽어야 했다. 이유나는 죽어야 했

다. 그래야 그가 산다. 윤임이 산다.

"부탁할 것이 무엇이오?"

홍연의 물음에 나는 눈을 무겁게 감았다 뜨며 말했다.

"어마마마를 뵙고 싶어요."

세자는 어릴 적부터 왕의 친형인 월산대군의 사저에서 살았다.
진짜 집인 궐에 갈 일은 한 해에 손을 꼽을 정도로 적었다. 그것도
나라에 큰 행사가 있을 때만 가능했다. 세자로 책봉된 이후에도 별
반 달라지지 않았다.

부왕은 동궁전을 대전에서 가장 먼 창경궁에 두었을 뿐만 아니
라, 대비마마들이 많아 궐이 좁다는 이유를 들어 계속 세자의 입궐
을 반대했다.

행사 때만 입궐해서 뵙는 부왕은 세자에게 따스한 눈길 한 번 준
적 없는 차가운 아버지였다. 친모라 알고 있는 중전도 웃는 얼굴
로 세자와 거리를 두었다. 그나마 세자를 측은하게 바라보는 것은
할마마마인 인수대비뿐. 그녀도 세자에게 직접 손을 내밀어 보듬
는 일은 없었다. 어린 세자가 느끼기에 진짜 집인 궐 안에는 가족
이라고 칭할 만한 사람이 아무도 없었다.

어느 아주 평범한 날이었다. 세자에게 입궐하라는 명이 떨어졌

다. 나라에 행사도 없던 날이라 세자는 부왕이 자신을 보고 싶어서 부르는 줄 알고 기쁘게 입궐했다. 그러나 세자를 본 왕은 화부터 냈다.

"누가 세자를 입궐시키라 하였느냐?"

"내가 그리하였소."

"어마마마!"

세자가 입궐한 문제를 두고 대비와 왕은 어린 세자를 앞에 두고 말다툼을 벌였다.

"흑……."

그 앞에서 머리를 조아린 어린 세자가 눈물을 뚝뚝 흘리던 때였다.

– 툭, 투툭.

아주 작은 힘이 울고 있던 세자의 팔을 연달아 쳤다.

세자가 고개를 돌리자 그곳에는 태어난 지 백일 된 공주가 이불 위에 누워 세자를 올려다보고 있었다. 어른들의 말다툼 따위가 벌어지는지 전혀 모르는 어린 공주. 오늘은 바로 그 공주의 백일이 있다.

백일 잔치를 앞두고 아무도 세자를 챙겨주지 않자, 대비가 친히 세자를 불러들였다가 이 사달이 난 것이다. 그리고 세자는 그날 처음으로 말로만 들었던 자신의 누이의 얼굴을 보았다. 대비와 왕의 말다툼이 길어지자 전각 안의 모든 이들이 고개를 떨군 채 어찌할

줄을 몰랐다.

이 가운데 태어난 지 백일밖에 안 된 공주는 아무것도 모른 채 몸을 꿈틀거리다, 자신과 가장 가까이에 있던 세자의 팔을 두드린 것이다.

세자가 공주의 얼굴을 쳐다보았다. 어린 공주가 방긋 웃으며 세자와 시선을 맞췄다.

- 툭, 투툭

공주는 신이 났는지 까르륵 웃으며 아직 제대로 펴지도 못한 손으로 세자의 팔을 다시 두드렸다. 그렇게 움직이는 공주의 작은 손을 향해 세자가 자신의 손가락 하나를 내어주었을 때였다. 공주의 작은 손이 세자의 손가락을 덥석, 잡았다.

놀란 세자의 눈이 동그랗게 커졌다. 이를 본 아기 공주는 계속 신이 났는지 방긋거리며 제가 잡은 손가락을 더욱 힘주어 잡았다. 공주를 바라보던 세자의 얼굴에도 미소가 피어올랐다.

이날 세자는 마음속에 어린 누이를 자신의 하나뿐인 가족으로 받아들였다.

자신을 이유 없이 미워하고 숨이 끊어지기 직전까지도 찾지 않았던 부왕 성종이 승하했다. 열여덟의 세자는 부왕의 뒤를 이어 조

선의 국왕으로 즉위했다.

즉위와 동시에 선왕보다도 더 훌륭한 군왕이 되고자 했던 세자는 제일 먼저 외척들을 멀리하는 정치를 행했다. 이에 불만을 가졌던 왕의 처남 신수근이 자신이 알고 있던 엄청난 비밀을 왕에게 몰래 털어놓았다.

왕은 선왕의 친아들이 아니었다. 모후 역시 진성 공주의 생모였던 왕비가 아니었다. 사약을 받아 죽은 폐비 윤씨였다. 이 엄청난 비밀 앞에서도 왕은 담담하게 받아들였다. 크게 놀라지 않았다.

그저 어린 시절부터 자신에게 단 한 번도 따스한 눈길을 준 적이 없었던 부왕을 이해할 수 있는 답을 얻었을 뿐이었다.

깊은 생각에 잠긴 채 후원을 거닐고 있던 왕의 손을 누군가 뒤에서 덥석 잡았다. 놀란 왕이 고개를 돌리자 그곳에는 해맑게 웃고 있는 진성 공주 이수련의 얼굴이 있었다.

"세자 오라버니."

멀리서 이를 본 장 상궁이 놀라 달려왔다.

"공주마마! 이제는 세자저하가 아니시고 주상 전하이시옵니다! 하오니 이런 무례는……."

"아닐세."

왕이 손을 들어 장 상궁을 막아서더니 다른 손으로 공주의 작은 뺨을 쓰다듬는다. 공주는 이 손길이 익숙한지 방긋 웃으며 왕의 뒤로 몸을 숨긴 채 장 상궁을 향해 입술을 삐쭉 내밀었다. 왕은 튀

24

어나온 공주의 입술을 두 손가락으로 잡아 살짝 흔들었다. 공주의 귀여운 입술 모양이 쏙 사라지며 시선이 왕에게 향한다.

"후원에서 무엇을 하고 있었느냐?"

"전이에게 걸음마를 가르쳐주고 있었사옵니다."

"영산군이 아직 걸음마도 떼지 못하였더냐?"

공주가 고개를 끄덕이며 멀리 상궁의 품에 안겨 엉엉 소리 내 우는 영산군을 손으로 가리켰다.

"울보로구나."

왕은 더는 어린 영산군에게 관심이 없다는 듯 공주의 손을 잡아 끌었다. 그들은 후원 깊숙한 곳에 위치한 연못가로 향했다. 연못에 도착해서도 왕은 자신이 잡은 공주의 손을 놓지 않았다. 잔잔한 연못 위에 두 남매의 모습이 거울처럼 비춰졌다. 이를 가만히 내려다보던 왕이 문득 공주를 돌아보며 물었다.

"수련아."

"예. 세자…… 아니, 전하 오라버니."

왕이 공주의 실수에 피식 웃으며 말했다.

"네게 난 누구이더냐?"

"에?"

생각지 못한 질문에 어린 공주가 잠시 당황한 듯 눈을 크게 떴다. 왕의 질문은 멈추지 않았다.

"네게 난 무엇이더냐?"

이 구중궁궐에서 세자였던 왕이 유일하게 자신의 가족으로 받아들였던 존재. 바로 진성 공주 이수련이었다. 이 물음에 대답할 수 있는 사람도 이 세상에는 진성 공주 이수련밖에 없었다.

오늘 왕이 진성 공주에게 던지는 이 물음 속에는 다른 마음이 담겨 있었다. 그들은 피가 섞인 남매가 아니었다. 열여덟 왕에게는 상당히 의미심장한 비밀이었다. 다만 아직 아무것도 모르는 어린 공주에게는 그저 '물음'일 뿐이었다. 그 물음에 어린 공수는 시원스런 답을 내놓았다.

"이 수련이의 전하 오라버니시지요."

활짝 웃으며 자신을 쳐다보며 답하는 공주를 보며 왕의 표정이 살짝 굳었다.

이 순간 왕은 깨달았다. 공주가 먼 훗날 자신에게 어떤 위협을 주는 존재가 되더라도 자신이 먼저 공주의 손을 놓지 못할 거란 사실을.

몇 년의 세월이 흐른 후 어느 봄날. 그날의 일은 왕의 아주 작은 실수로부터 시작되었다. 평소처럼 공주는 후원의 꽃밭에서 왕의 무릎을 베고 잠이 들어 있었다. 자신의 무릎을 공주에게 내어주고 책을 읽던 왕이 문득 잠든 공주의 얼굴을 유심히 들여다보게 되었다.

"수련아, 자느냐?"

왕이 잠든 공주의 머리카락을 쓸었다. 공주는 새근새근 숨소리만 낼 뿐, 잠에서 깨어나지 못했다. 그때 공주가 뒤척이며 고개를 옆으로 돌려 누웠을 때였다. 문득 공주의 모습이 소녀가 아닌 여인의 모습으로 보였다. 자신에게 의지한 채 잠든 공주가 너무나도 사랑스럽게 느껴졌다.

왕의 고개가 잠든 공주의 얼굴로 숙여졌다. 이윽고 왕의 입술이 잠든 공주의 이마에 닿았다.

"전하!"

멀리 떨어져 있도록 지시했던 내관이 다급히 왕을 불렀다. 자신이 소유한 조용한 평화가 깨지자마자 왕은 불같이 화를 내며 내관이 있는 곳을 돌아보았다.

"분명 과인이 부를 때까지 가까이 오지 말라 일렀거……!"

왕은 보았다. 멀지 않은 곳에서 자신을 노려보며 서 있는 대왕대비의 모습을. 한참을 그렇게 그들을 바라보던 대왕대비가 아무 말없이 돌아서 자리를 떠났다.

그날 오후.

"공주의 배필을 찾아야겠소."

대전을 찾아온 대왕대비가 말했다.

"배필이라니요?"

당황한 왕이 말을 이었다.

"공주는 아직 어리옵니다."

"어리다? 주상, 잊었소이까? 주상이 세자 시절 맞아들인 세자빈 역시 지금 공주의 나이와 같았소. 더욱이 합궁도 치러졌소."

"공주는 어리옵니다. 하오니 당분간은 이 문제에 대해서 꺼내지 마시옵소서."

공주의 혼인에 대해서 단호한 태도를 보이는 왕을 보며 대왕대비가 코웃음을 쳤다.

"어리지. 하나 이 할미의 눈에는 스물을 넘긴 주상도 어려 보이오. 아직도 모르겠소? 공주는 지난달 달거리를 시작했다 하오. 소녀가 달거리를 하면 여인이 된 것이고 그리하면 태에 아이를 품을 준비가 되었다는 뜻임을 사내인 주상도 모르진 않을 터. 응당 혼인하여도 전혀 문제될 것이 없지 않소."

"더는 이 일에 대하여 이야기하고 싶지 않사옵니다."

잘생긴 왕의 미간에 주름이 잡혔다.

"주상!"

마치 세자 시절 왕을 대하듯, 엄하게 하는 대왕대비의 앞에서 결국 왕도 화를 냈다.

"소손에게서 공주를 떼어내려는 연유가 무엇이옵니까?"

"떼어내다니? 도대체 무슨 말을 하는 거요, 주상!"

왕이 대왕대비에게서 고개를 돌렸다.

"그만하시지요. 소손은 아직 공주를 혼인시킬 마음이 없사옵

니다."

"허면 공주를 평생 주상의 곁에 두고 혼인시키지 않겠다는 말이오? 주상, 공주는 주상의 친누이요."

'친누이'라는 한마디에 왕의 입술이 달달 떨려왔다. 대왕대비도 이를 예사롭게 보지 않았다. 왕은 대왕대비의 시선이 자신의 떨리는 입술에 꽂힌 것을 알아채고는 서둘러 입술을 깨물며 서책을 펼쳤다.

"소손은 할 일이 많으니 이만 물러가시지요."

"주상?"

이유 모를 불안감이 대왕대비를 덮쳐왔다. 왕이 얼마 전 선왕의 행장을 쓰면서 자신이 폐비 윤씨의 아들임을 알게 되었다는 건 대왕대비도 알았다. 그보다도 더 대왕대비가 왕에게 감추고 싶어 했던 것은……

"밖에 아무도 없느냐? 어서 문을 열어라! 대왕대비마마 나가신다!"

"주, 주상……!"

설마 하는 마음이었지만 차마 대왕대비가 먼저 입을 열어 물을 수 없는 비밀. 왕은 이미 그 비밀을 알고 있는 것일까?

그날 이후로 대왕대비의 사주를 받은 대신들이 부마를 간택하라는 청을 끊임없이 왕에게 올렸다. 어리다는 이유를 들어 왕은 수차례 이 청을 물리쳤지만, 한 번 수면 위로 올라온 공주의 혼사 문

제를 영원히 미룰 수는 없는 일이었다.

"전하 오라버니."

공주는 평소처럼 왕이 대전에서 쉬는 시간에 찾아왔다.

"수련아."

공주를 보자마자 왕의 얼굴에 그 어디에서도 볼 수 없었던 미소가 지어졌다.

"어서 들어오너라."

대전 안으로 들어온 공주가 왕에게 글이 적힌 종이를 내밀며 물었다.

"이 뜻이 무엇이옵니까?"

"응?"

왕은 공주가 내민 종이에 적힌 글을 읽었다.

[天不變 道亦不變(천불변 도역불변)]

"이 글은 한서 동중서편에 나오는 글이로구나. 어찌 알았느냐?"

"오늘 할마마마와 공부하던 중에 배웠사옵니다."

"허면 할마마마께 그 뜻을 묻지 않고?"

"할마마마께서 말씀하시기를 오라버니께 물으면 된다 하였사옵니다."

"그래?"

왕은 공주가 모르게 짧은 한숨을 내쉬더니 붓을 들었다. 왕은 자신만이 지닌 강하고 굵은 필체로 공주가 가져온 글을 종이에 적

어 내려갔다. 왕이 그 글을 공주에게 내밀며 설명했다.

"천불변 도역불변이라 함은 하늘이 변하지 않듯이 세상의 이치도 변하지 않는다. 즉 새는 하늘에서만 날고 물고기는 물속에서만 헤엄을 칠 수 있다 여인은 사내를 만나 부부의 연을 맺고. 이것이 바로 변하지 않는 하늘과 세상의 이치란다."

"동중서라는 자는 어찌 이런 말을 하였사옵니까?"

슬픔을 담은 왕의 시선이 공주의 얼굴로 향했다.

"너는 어찌 내게 그 뜻을 묻느냐?"

"예?"

공주를 보며 왕이 슬프게 웃었다. 마냥 어린 줄만 알았던 공주는 이제 제 감정과 제 뜻을 숨기고 사내의 마음을 흔들어댄다.

"네 얼굴에 다 쓰여 있다. 이미 이 뜻을 알고 있는 게지? 알면서도 어찌 내게 가져와 다시 묻느냔 말이다."

"역시 오라버니는 다 아신다니까."

"허면 어서 고하거라. 어찌 내게 물었느냐?"

"오라버니."

왕을 부르는 다정한 목소리. 공주는 더 이상 소녀가 아니었다.

"소녀, 혼인하고 싶은 분이 생겼사옵니다."

왕의 얼굴에서 미소가 사라졌다.

어쩌면 그가 모르는 사이, 공주는 스스로 여인이 되어가는 길을 찾아냈는지 모른다. 그리고 왕은 자신의 감정을 언제까지 숨길 수

있을지 자신할 수 없었다.

조선의 왕 이융은 자신의 누이 이수련을 사랑했다.

바람이 스치며 남긴 작은 흔적에 잠들었던 왕이 두 눈을 번쩍 떴다. 어둠. 왕은 허리를 세워 자리에 앉은 상태로 자신의 두 손을 맞잡았다.

"수련아……."

꿈에서도 떠나가고, 깨어난 왕의 곁에서도 사라진 존재.

진성 공주 이수련.

그 애타는 이름을 왕은 홀로 되뇌었다.

신수근은 공주가 죽길 바랐다.

일부러 적극 나서서 공주를 자신의 며느리로 들인 이유도 그 때문이었다. 왕의 결심이 선 순간 쉽게 죽이기 위한 것. 진성 공주의 존재는 왕에게 위협이 된다고 판단했다. 더 나아가 그의 딸인 중전 신씨가 낳은 어린 세자에게까지도. 하지만 왕은 다른 마음을 품고 있었다.

[오늘 밤. 과인의 누이인 진성 공주는 더는 이 세상 사람이 아닐 것이네.]

그날 밤 진성 공주는 이 세상에 사라진다. 오직 '이수련'만 남는다. 그리고 '이수련'은 이융의 것이 된다.

"전하."

내관의 목소리였다.

"전하."

왕이 잠들었다고 여긴 내관이 다시 왕을 불렀다. 어둠 속에 홀로 있던 왕의 입이 열렸다.

"무슨 일이냐?"

내관이 답했다.

"지금 서둘러 왕대비전으로 가셔야 할 듯하옵니다."

'왕대비전'이라는 한마디에 왕의 눈이 번쩍 뜨였다.

왕대비전.

"이 시간에 거창위가 장 상궁과 함께 입궐하였다고?"

"예. 대비마마."

잠옷 차림으로 이부자리 위에 앉아 있던 대비가 걱정스레 말했다.

"분명 이 깊은 밤에 입궐할 만한 일이 있겠지. 하나 이리 준비도 안 하고서 거창위를 맞을 순 없는 일인데."

"발을 내릴까요?"

상궁의 말에 대비가 고개를 끄덕였다.

"그리하게."

상궁이 이불 위에 앉아 있는 대비의 앞에 긴 발을 내렸다. 잠시 후 문이 열리더니 홍연과 장 상궁이 안으로 들어왔다. 그들은 발 뒤에 있을 대비를 향해 큰 절을 올렸다.

"늦은 시간에 송구하옵니다. 대비마마."

대비가 작게 웃으며 말했다.

"안 그래도 지난밤 꿈자리가 뒤숭숭한 일로 쉽사리 잠이 오지 않던 차였소. 한데 무슨 일이오?"

홍연이 잠시 망설이다 아뢰었다.

"재차 송구하오나, 대비마마. 잠시 주변을 물러 주시겠사옵니까?"

"주변을?"

대비가 당황하자 대비전 상궁이 나섰다.

"이 늦은 시각에 입궐하신 것만으로도 큰 죄이옵니다. 하온데 어찌 주변까지 물리라 하시옵니까?"

"대비마마께 긴히 올릴 말씀이 있어서 그렇습니다."

"아무리 그리하셔도 궐에는 지엄한 법도라는 것이……."

"그만하게."

대비가 홍연의 청을 수락할 뜻을 보이자 대비전 상궁은 한숨을 내쉬며 물러섰다. 그녀는 대비전 안에 있던 나인들을 모두 밖으로 내보냈다. 마지막으로 자신도 나가려다 문득 장 상궁의 뒤에 앉아 있는 한 나인을 발견했다. 그녀는 장옷으로 얼굴을 전부 가리

고 있었다.

"여기가 어디 안전이라고 그리 옷을 뒤집어쓰고 있느냐? 어서 옷을 걷지 못할까?"

상궁이 채근하는 소리를 들었는지 발 뒤에 앉은 대비가 물었다.

"이곳에 거창위와 장 상궁 외에도 또 누가 있는가?"

"장 상궁을 따라온 나인이……."

상궁이 대비에게 설명하려던 그때였다. 홍연이 말했다.

"사정이 있어 나인의 옷을 입었사오나, 나인이 아니옵니다."

"나인이 아니라니?"

대비가 반문했다.

"흑!"

갑자기 장 상궁이 울음을 터트렸다.

"장 상궁……."

무언가 상황이 예사롭지 않음을 눈치챈 대비전 상궁이 서둘러 문을 닫고 나갔다. 이 모든 상황이 낯설기만 한 대비가 홍연에게 재차 물었다.

"대체 무슨 일인가? 이 밤에!"

홍연이 대비가 있는 발을 향해 머리를 조아리며 입을 열었다.

"지금 이곳에 진성 공주께서 함께 계시옵니다, 대비마마."

"공주…… 우리 수, 수련이가 여기에 있다니?"

난 자리에서 일어나 천천히 앞으로 걸어갔다.

발소리는 나지 않았지만 발을 사이에 두고 가까워지는 그림자를 분명 어마마마도 알아채셨을 것이다. 발 앞에 이르자 난 잠시 멈춰 섰다. 장 상궁이 대비와 나 사이에 가로막은 발을 천천히 올리기 시작했다. 어마마마와 나의 시선이 하나로 맺어지는 순간, 누가 먼저라 할 것 없이 서로를 보며 눈물을 흘렸다.

"어마마마. 수련이가 왔사옵니다. 절 받으시옵소서. 흑."

난 두 손을 가지런히 하나로 모은 채 절을 올렸다. 절을 다 끝맺기도 전에 어마마마가 손을 뻗어 나를 끌어안았다.

"수련아!"

"어마마마!"

어마마마의 품으로 끌려들어 간 나는 엉엉 울음을 쏟았다. 그것은 나를 끌어안은 어마마마도 마찬가지였다.

"어디 갔다 이제야 왔느냐? 이 어미가 얼마나 너를 걱정하였는지 아느냐?"

"어마마마…… 흑흑. 소녀를 용서하여 주세요…… 흑."

우리 모녀는 한참을 끌어안고 울기만 했다.

"내 딸, 내 딸 수련아! 내 너의 이름을 꿈에서도 생시에도 그리 불렀었다. 모두가 나를 위한다고 네가 죽었다며 잊으라 그리 말해도 난 네가 반드시 살아서 이리 돌아올 것임을 믿었다!"

"어마마마……."

"정녕 하늘이 무심치 않다는 말이 비로 이린 깃이로구나! 내

딸…… 내 딸아!"

"어마마마……!"

자신의 눈물보다도 내 눈에서 흐르는 눈물을 먼저 훔쳐내 주던 어마마마가 말했다.

"어디 보자 내 딸. 어찌 이리도 어여쁠까. 흑…… 그간 어디에 있었느냐, 응? 어디서 어찌 지냈어?"

"아주 먼 곳에…… 먼 곳에 있었사옵니다."

"먼 곳? 어디, 다치거나 아픈 곳이 있었던 것은 아니냐?"

난 고개를 세차게 저었다.

"아주 잘 지냈사옵니다. 어마마마께 돌아와야 한다는 것도 잊은 채…… 너무 잘 지냈사옵니다. 이런 불효녀를 용서하여주세요…… 흑."

"아니다. 네가 이렇게 무사히 살아서 돌아온 것만으로도 아주 고맙구나. 고마워……."

나를 소중히 끌어안은 어마마마가 홍연을 향해 물었다.

"혹, 전하께서도 공주가 살아 돌아온 사실을 아시는가?"

홍연이 대답했다.

"아직은 모르시옵니다."

장 상궁이 말했다.

"대비마마. 분명 공주마마께서 사라지시던 그날 밤. 전하께서는 공주마마를 해하려 하셨사옵니다. 그런 사실이 분명히 있사온데,

어찌 전하께 공주마마께서 살아 돌아오셨던 사실을 알릴 수 있겠사옵니까?"

"나도 그것이 의문이네."

답답한 한숨을 내쉬며 어마마마가 내 젖은 얼굴을 보듬듯 쓸었다.

"주상은 공주만큼은 끔찍하게 여겼지. 즉위 후 내 소생이 아니라 폐비 윤씨의 소생임을 알고 난 후에도 공주를 대하는 것 하나만큼은 변한 것이 없었네. 그런 주상이 공주를 해하려 하였다는 게. 나는 오늘까지도 도무지 믿을 수가 없네."

그것은 나도 마찬가지였다.

홍연과 혼인하기 위해 출궁하던 날. 마지막으로 보았던 오라버니의 표정은 매우 슬퍼 보였다.

"공주가 무사히 돌아온 상황에서 말하기는 무엇하네만. 6년 전 일에 좌부승지가 연관되지 않았다 할 수도 없음이야."

좌부승지 신수근을 언급하는 어마마마의 목소리에 차가움이 실렸다. 난 홍연을 돌아보았다. 신수근은 홍연의 아버지였다. 그는 말없이 고개를 숙이고 있었다. 이 자리에서만큼은 자신의 아버지를 위해 나설 수 없는 홍연을 보며 난 입을 열었다.

"설사 아버님께 잘못이 있더라도 그것은 아들인 대감의 잘못이 아니옵니다."

어마마마도 나를 두고 말실수를 했다 여겼는지 내 어깨를 다독

인다.

"미안하구나, 수련아. 사라진 너를 애타게 찾으며 기다린 거창위를 비난하려는 뜻은 아니었다."

하지만 나도 알아야 했다.

"도대체 6년 전 그날 밤. 궐에서 무슨 일이 있었던 것이옵니까?"

내 물음에 어마마마가 깊은 한숨을 내쉬었다.

"선왕께서 승하하시고 주상이 즉위하던 해. 주상은 자신의 친모가 실은 내가 아니라 폐비 윤씨라는 사실을 알게 되었단다. 처음에는 이 사실을 알고도 별다른 반응을 보이지 않았다. 오히려 조정 일에 적극적이었지."

어마마마를 대함에 있어서도 한결같던 왕이다.

"외척을 멀리하고 바른 정사를 펼쳤다. 모두가 젊은 주상에게 거는 기대가 컸지."

열여덟 살의 왕은 말 그대로 젊었다. 또한 폐비 윤씨의 소생이었다. 즉위하기 전까지 그가 폐비 윤씨의 소생이라는 사실은 오직 그만 모르는 비밀이었다.

그러나 왕을 포함한 모두가 알게 되자 삼사(三司, 사헌부·사간원·홍문관)는 거칠 것이 없었다.

"조정에서 삼사는 젊은 주상을 가르치려고만 들었다. 주상이 행하는 모든 정사에 간섭을 하려 했지. 세자 시절 보인 성품이 워낙 다소곳하고 말수가 적어, 주상을 잘 모르는 이들은 허약하다 보았

겠지. 하나 적어도 내가 그간 봐온 주상은 그리 녹록한 사람이 아니었다."

그리고 마침내 그 일이 일어났다.

성종 말년. 조정은 계유정난으로 세조를 즉위시킨 훈구파가 장악하고 있었다. 아바마마는 사림파를 대거 삼사에 등용해 훈구파를 견제하는 정책을 폈다. 세월이 흘러 아바마마께서 승하하고 세자가 즉위할 때, 이미 삼사 대부분은 사림파가 장악하고 있었다. 이 사실에 불만을 품고 있던 훈구파는 막 즉위한 젊은 왕을 자극했다. 마침 왕 역시 자신의 정책에 늘 반대해온 사림파를 제거할 기회를 노리고 있었다.

왕은 훈구파와 손을 잡아 사림파를 숙청했다. (무오사화) 매일 궐에서는 친국이 열렸고 많은 이들이 고문 속에 피를 흘리며 죽어갔다. 왕은 조금의 주저함도 없이 직접 신하들을 고문하고 처형하고 유배를 보냈다. 아무도 예상하지 못했던, 젊은 왕이 보인 잔혹한 모습. 사림파뿐만 아니라 훈구파도 적지 않게 놀랐다.

그때 궐에 있었음에도 나는 전혀 몰랐었다. 나를 대하는 전하 오라버니의 표정에서는 그 어떤 변화도 없었으니까.

"사림파 숙청이 끝난 후 살아남은 사람들 사이에서 한 가지 소문이 돌기 시작했다."

"소문이요?"

"주상에겐 '흠'이 있다."

"흠?"

어마마마가 고개를 끄덕였다.

"조선은 개국 초부터 명국의 법전을 인용한 〈조선경국전〉을 나라의 법전으로 사용하였다. 선왕께서는 이를 바탕으로 〈경국대전〉을 편찬하셨지. 그런데 이 두 개의 법전의 '보위'편에는 이러한 말이 있단다. '적장자 계승에 있어 흠이 되는 까닭이 있을 시, 적장녀가 왕위를 계승한다.'"

"적장녀가 계승?"

나는 깜짝 놀랐다. 지금 이 조선에서 적장녀는 바로 나 진성 공주 이수련뿐이었다.

"그래. 그 적장녀는 바로 너란다, 수련아."

"말도 안 되옵니다. 그것은 전례도 없는 일이고……!"

"맞다. 전례가 없는 일이지. 설사 공주인 네가 왕이 된다 한들, 전부 사내인 신하들이 여인인 공주를 왕으로 받들 리가 있겠느냐?"

"어마마마. 그 말씀은 단지 소문 때문에 오라버니께서 저를 해하려 하셨다는 것이 아니옵니까? 단지 그것 때문이라면 소녀는 믿을 수가 없사옵니다."

"나도 그것이 의문이란다. 지금 주상에게 '흠'이라고 해보았자 '폐비 윤씨'의 소생이라는 것뿐. 그것이 정녕 주상을 보위에서 끌어내릴 만큼의 '흠'이라면 선왕께서 살아생전에 세자인 주상을 폐위하셨을 일이지. 하나."

어마마마가 다시 홍연을 본다.

"6년 전 그날 밤, 대전에 들었던 좌부승지 신수근이 전하께 너를 해하여야 한다고 주청한 것은 분명한 사실. 그가 주상과 중전의 안위를 위해 벌인 일이라면 이해는 할 수 있다."

좌부승지는 내 시아버지이기 전에 왕과는 사돈관계다. 지금의 왕비는 그의 여동생이고 세자는 조카니까.

단지 나를 죽이려 한 오라버니의 행동을 믿을 수가 없다. 그러나 나를 동굴까지 피신시킨 이들을 죽이라고 명령한 것은 오라버니였다.

"오늘은 이만 퇴궐하시지요. 너무 오래 궐에 머무셨습니다."

홍연의 말에 난 어마마마의 팔을 잡았다.

"조금만 더……."

"아니다, 수련아. 거창위의 말이 옳다. 늦은 시각이나 궐에는 보는 눈도 듣는 귀도 많다."

"어마마마."

울먹이며 짧은 재회를 아쉬워하는 그때였다. 대비전 밖에서 우렁찬 별감의 목소리가 들려왔다.

"주상전하 납시오!"

오라버니, 세자 이융.

두 번째로 왕이 도착했다는 별감의 목소리가 들리자 어마마마가 서둘러 장옷을 머리까지 씌워주며 말했다.

"어서 협방으로 피하거라! 어서!"

장 상궁이 어마마마의 옆으로 닫혀 있던 협방의 문을 열었다. 당직을 서는 상궁이 머무는 작고 좁은 방이었다. 난 서둘러 그 안으로 몸을 숨겼다.

"주상전하 납시오!"

세 번째.

별감의 목소리가 울려 퍼진 그때였다. 대비의 허락도 없이 침전의 문이 열리는 소리가 들려왔다.

"이 늦은 시각에 무슨 역적모의라도 하듯 모두들 이곳에 모여 계십니다?"

협방에 숨은 내 심장이 콩닥거리며 뛰기 시작했다.

오라버니!

어마마마의 목소리가 들려왔다.

"주상. 이 늦은 시각에 여기까지는 무슨 일로 걸음 하시었소?"

"글쎄 말입니다……."

왕의 목소리가 주변을 살피는 듯 퍼져나간다. 누군가를 찾는 듯한 목소리. 지금 침전 안에는 어마마마와 홍연. 장 상궁만이 있었다.

"거창위는 내 몸이 아프다는 소식에 급히 안부를 여쭙고자 입궐한 것이오. 하여……."

"어찌 궐 안에 있는 소자도 모르는 대비전 안부를 거창위가 알

왔사옵니까?"

"그, 그게……."

"또한."

왕이 어마마마의 말을 끊었다.

"소자가 대비전으로 오기 전 듣기로는 거창위와 장 상궁 외에도 '나인' 한 명이 더 들었다고 들었사옵니다만."

내 두 손이 달달 떨려왔다.

"무, 무슨 말이오? 주상이 보시다시피 이곳에는 거창위와 장 상궁만 있소이다. 한데 나인이라니? 장 상궁. 함께 입궐한 이가 더 있는가?"

떨리는 어마마마의 목소리에 장 상궁의 목소리도 함께 떨려온다.

"소인은 거창위대감만 모시고 입궐하였사옵니다."

장 상궁의 대답을 들은 왕이 코웃음을 친다.

"그래? 그렇단 말이지?"

사실 확인하면 금방 밝혀질 뻔한 거짓말이었다. 오직 이 순간만을 넘기기 위한 거짓말. 입궐할 때 수문장은 입궐하는 모든 이들의 신분을 정확히 기록한다. 이 때문에 난 어쩔 수 없이 나인의 옷을 입는 변장을 해야만 했다. 그러니 왕이 알고 온 사실은 정확한 것이었다.

왕의 되묻는 말을 끝으로 숨소리 외에는 아무것도 늘려오지 않

44

는 침묵이 이어졌다. 모두가 왕이 대비전을 떠나주기만을 간절히 바라던 그때였다. 어디로 향해 있는지 모르는 왕의 목소리가 다시 들려왔다.

"소자가 어릴 적 말이옵니다."

왕이 발걸음을 빠르게 옮긴다.

― 탁!

협방의 문이 열리는 소리에 난 깜짝 놀라 고개를 번쩍 들었다. 다행히 왕이 열어젖힌 문은 내가 있는 협방의 문이 아니었다. 대비의 침전을 둘러싼 다섯 개의 협방 중 첫 번째 협방의 문이었다.

"주상? 뭐 하는 짓이오!"

"종종 이렇게 누이와 술래잡기를 하였지요."

하지만.

― 탁!

두 번째의 협방의 문도 열렸다. 내가 숨어 있는 협방과 가까운 곳의 협방이었다. 왕의 이 무례한 행동에는 거침이 없었다.

"누이는 재치가 있게도 늘 뻔한 곳에 숨어 소자가 찾아주기만을 기다렸사옵니다."

"주상!"

― 탁!

"그만하시오, 주상!"

대비의 만류에도 왕은 전혀 듣지 않았다.

"누이는 주로 이런 협방에 숨어 있었사온데……."

– 탁!

네 번째 협방의 문이 열리는 소리가 났다. 이제 남은 곳은 내가 숨어 있는 단 하나의 협방뿐.

"소자가 협방에 숨어 있는 누이를 발견하는 순간 어찌하였는지 아시옵니까?"

마지막 협방의 문 앞에 선 왕의 목소리에 웃음이 섞여 들어간다. 문에 비친 왕의 거대한 그림자가 나를 덮쳐오는 그 순간이었다.

"전하!"

홍연이 뛰어들어 왕의 발치에 엎드렸다.

"거창위!"

"통촉하여주시옵소서! 대비마마께서 많이 놀라셨사옵니다."

"너……!"

홍연의 행동에 분노한 왕이 소리쳤다.

"과인은 진즉 네게 진성 공주를 지키지 못한 책임을 물었어야 했다! 네까짓 게…… 여봐라!"

왕의 외침에 밖에서 별감이 응답하는 소리가 들려왔다.

"예! 전하!"

"당장 거창위를 끌어내라."

별감들이 우르르 대비전 안으로 들어왔다.

"주상! 그만하시오! 그만!"

어마마마의 외침에 내 가슴속에 콕, 박혀오던 그때였다.

"오라버니……"

나도 모르게 내뱉은 자그마한 소리에 일순간 대비전이 고요해졌다. 그 고요함은 분명 내 존재를 대비전에 있는 모두가 깨닫게 되었기 때문이다.

"오라버니……"

모든 것을 체념한 내가 두 번째로 왕을 불렀을 때였다.

– 탁!

닫혀 있던 마지막 협방의 문이 열렸다.

활짝 열린 문. 술래잡기. 어쩌면 오라버니인 왕과 함께했던 가장 긴 술래잡기였는지도 모른다. 난 매번 내가 숨어 있는 곳을 오라버니에게 숨기려 하지 않았다. 서둘러 오라버니가 나를 찾아주길 바랐다.

숨었을 때의 두근거림보다도 오라버니가 나를 찾아내주었을 때의 두근거림이 더 좋았으니까.

난 고개를 들었다. 동시에 머리부터 쓰고 있던 장옷이 어깨까지 흘러내렸다. 문이 열린 후 왕의 그림자가 사라지고 실체가 나타났다. 나를 발견하고 눈을 크게 뜬 왕을 향해, 어릴 적 술래잡기를 하던 때처럼 말했다.

"수련이가 여기에 있사옵니다."

모두가 달라진 것이 없다고 했다. 오라버니가 자신의 생모가 어

마마마가 아닌 폐비 윤씨라는 사실을 알게 된 후에도. 하지만 분명 오라버니는 달라졌다. 그것은 오직 나만 알고 있었다.

종종 오라버니는 나를 끌어안고 눈물을 삼켰다. 어렸던 나는 우는 오라버니를 달래는 방법을 몰랐다. 그저 기대오는 오라버니에게 내 작은 몸, 어깨를 내어주었을 뿐이다.

"수련아."

6년 만이었다. 입궐 전에 들은 일들. 지금 대비전에서 벌어진 모든 일들. 내 어릴 적 기억 속의 오라버니에게서는 볼 수 없었던 모습들이었다.

"오라버니."

나를 죽이려 한, 6년 전 그날 밤을 제외하고.

"네가……."

말을 맺지 못하는 왕은 그날 밤처럼 나를 죽이려 하지 않았다. 뒤늦은 안도감에 속으로 한숨을 삼키는 순간, 긴장이 풀리며 몸이 앞으로 숙여졌다.

"수련아!"

이를 본 왕이 놀란 듯 내게 두 손을 뻗어온다. 밀어낼 수도 거부할 수도 없는 사이 그의 손이 나를 부축했다. 그의 얼굴이 바로 내 앞에 있었다. 포근함을 주었던 익숙한 향이 아닌 맹수 같은 사내들이 내는 짙은 향이 내 코를 자극해온다.

"어디 아프냐? 아픈 것이야?"

처음 나를 본 순간의 놀란 기색은 온데간데없이 사라지고 오직 나를 걱정한다. 또 한 번의 안도감이 내 몸을 훑고 지나갔다. 하지만 이제는 왕의 부축이 없으면 그대로 쓰러질 듯 몸에 힘이 실리지 않았다.

"안 되겠구나."

왕이 부축하던 두 팔로 나를 가뿐하게 번쩍 안아든다. 놀랄 틈도 없이 난 그대로 왕의 품에 안겨버렸다.

"어의를 불러라! 당장!"

왕이 나를 안아든 채 대비전을 나서며 소리쳤다.

어의는 내가 조금 놀랐을 뿐이고 안정을 취하면 괜찮아질 것이라고 말했다. 내게서 눈을 못 떼는 왕을 앞에 두고 어떻게 안정을 취할 수 있을지도 의문이지만. 무엇보다 이 침묵은 어색하다.

여기는 왕의 침전이다.

"저 부마는……."

"늦었으니 퇴궐하라 하였다."

"네?"

홍연이 갔다고?

"그럼 저는?"

"수련아."

왕이 한숨을 내쉰다.

"네 눈에는 지금 수년 만에 재회한 이 오라비가 보이지 않는 게냐?"

"보여요. 보이는데……."

가시방석이다.

그간 못다 한 이별의 정을 풀기에는 우리 사이에 놓인 오해의 벽이 높다. 그 오해를 모두 허물기 전까지는 아직 내게 왕은 어려운 사람이다.

"과인은 아직도 믿을 수가 없구나. 네가 이렇듯 과인의 눈앞에 있다니."

왕의 손이 내 턱을 살짝 들어 올렸을 때였다. 놀란 나는 그의 손길을 피해 고개를 돌렸다.

낯설다. 그리고 어렵다.

그때였다.

"대비마마 납시오!"

왕의 표정이 살짝 일그러지며 시선을 문 쪽으로 보낸다. 그러나 자리에서 일어서지는 않았다.

잠시 후 문이 열리더니 어마마마가 안으로 들어왔다. 조금 전 잠옷 차림이던 어마마마는 어느새 의관을 모두 갖춰 입고 있었다. 침전 안으로 들어온 어마마마는 금침 위에 앉아 있는 나를 본다. 그

리고나서 그 앞에 앉은 왕을 향해 말한다.

"주상."

"늦었는데 쉬지 않으시고요."

차갑게 돌아오는 왕의 응수에도 어마마마는 크게 신경 쓰지 않는 듯 내 곁으로 다가와 앉았다.

"의관에게 들었다. 많이 놀랐다고."

"지금은 괜찮사옵니다."

괜찮다는 말속에 숨은 불편함을 어마마마는 읽은 것 같았다.

"주상. 밤이 늦었소. 더욱이 이곳은 주상의 침전이니 내 공주를 자경전으로 데려가리다."

어마마마가 내게 손을 내밀었다. 나 역시 그 손을 기다렸다는 듯 잡으려 할 때였다. 왕의 팔이 우리 두 사람 사이를 가르며 들어왔다.

"공주에게는 공주의 처소가 있지요."

"하나 오랫동안 사용하지 않아 많이 불편할 듯한데."

"이미 상궁에게 공주가 지낼 수 있도록 준비해놓으라 하였사옵니다."

"그, 그렇소?"

여기까지 말하자 어마마마도 더는 나서지 못했다.

"그럼 오늘 밤은 그곳에서 쉴게요."

어마마마와 함께 있는 것이 가장 좋았지만, 그럴 수 없다면 차라

리 혼자가 더 나을 수도 있다 싶었다.

단 하루만 궐에서 혼자 하룻밤을 보낸다면 내일도 어마마마를 뵐 수 있을 테니까.

어마마마를 대비전으로 돌려보내고 도착한 곳은 내 처소인 자미당이 아니었다. 왕의 침전 중 하나인 인지당仁智堂이었다. 게다가 인지당 안에는 두 개의 금침이 나란히 깔려 있었다.

"기억나지 않느냐?"

왕은 태연스럽게 한 금침 위에 자리를 차지하고 앉는다.

"어릴 적 네가 이 인지당에서 밤늦도록 오라비와 놀다 잠들었던 것을."

"그건 오래전 일입니다."

"과인에게는 엊그제 있었던 일과 같다."

왕의 시선이 자신의 옆, 빈 금침 위로 흐트러진다.

"과인은, 이 오라버니는 네가 다시 내 앞에서 사라질까 두렵구나."

스스로 무겁게 만든 분위기를 알아차렸는지 다시 왕이 활기찬 얼굴로 나를 돌아보며 말한다.

"걱정 말거라. 지친 너와 놀자는 것이 아니니. 이 오라비는 그저 네가 숨을 쉬는지 안 쉬는지만 지켜보려 한다."

저를 그리 걱정하시는 분이 왜 6년 전 그날 밤, 저를 죽이려 하셨어요? 이 물음이 목구멍까지 올라왔지만 난 꾹 참았다. 이 좋은 재

회 분위기를 망치고 싶지 않아서가 아니었다.

"어서, 어서 이리 오거라, 수련아."

6년 전 그날 밤을 제외하고, 나를 대하는 태도에 변함없는 왕의 모습을 더 보고 싶어서인지도 모르니까.

❊　❊　❊

홍연은 사저에 돌아온 뒤에도 쉽게 잠을 이루지 못했다. 왕의 어명이었기에 그는 공주와 함께 퇴궐하지 못했다.

깊은 밤. 홍연은 우두커니 사랑채를 지키고 있다가 일어섰다. 그가 향한 곳은 공주의 처소인 안채였다. 그런데 안채에 불이 켜져 있었다. 사람의 그림자도 비쳤다. 의문을 품은 홍연이 안채의 문을 열고 들어서자, 그 안에서 훌쩍이고 있던 장 상궁이 급하게 일어섰다.

"대감."

"어찌 자네 처소로 가지 않고 이곳에 있는가?"

"공주마마께서 돌아오신 것이 아직도 믿기지 않아 잠을 이루기가……."

"나 역시 그러하네."

홍연이 시름 섞인 한숨을 내쉬며 앉았다. 장 상궁이 홍연의 앞에 마주 앉았다. 홍연의 시선은 주인 없는 안채의 빈자리에 머물렀다.

"공주마마가 그리우신 게지요?"

홍연의 시선을 따라간 장 상궁의 말이었다. 대답 대신 홍연은 멋쩍은 듯 웃었다. 그제야 장 상궁도 눈물을 훔치고 웃을 수 있었다.

이렇게 두 사람이 웃을 수 있게 된 것도 몇 년 만인지 모른다.

"내일이면 퇴궐하시겠지요. 공주마마와 못다 한 회포를 푸실 시간도 충분하실 것이옵니다, 대감."

"과연 그럴까?"

"예?"

장 상궁이 고개를 들어 홍연의 얼굴을 쳐다보았다. 그는 여전히 입가에 미소를 짓고 있었지만 그 미소는 슬퍼 보였다. 곧 그 미소도 완전히 그의 얼굴을 떠났다.

지금 홍연은 머릿속에서 협방문이 열리던 순간을 그리고 있었다. 왕은 돌아온 누이인 공주를 마치 소중한 여인을 대하듯이 안아들었다.

바로 그의 앞에서. 6년 전의 어린 홍연의 눈에는 보이지 않을 것들이 보여지고 읽힌다. 공주를 향한 왕의 눈빛은 오랫동안 누이를 죽이지 못해 안달 난 것이 아니었다. 애타는 그리움이 찬 눈빛이었고 여인을 향한 사내의 눈빛이었다.

"6년 전 그날 밤의 일이 모두 오해에서 비롯된 일이라면 다행이겠지만……."

공주를 해하려 한 일에는 자신의 아버지인 신수근도 관련되어

있다. 그러니 오해가 풀리고 해명이 된다면 홍연에게도 기쁜 일이다.

"소인도 그러길 간절히 바라고 있사옵니다."

"전하께서 공주를 해하려 하셨다는 것이 믿기지 않을 정도로 애틋해 보이셨네."

뒤늦게 장 상궁도 홍연이 무슨 생각을 하는지 알아차린 듯 말을 이었다.

"선왕께서 워낙 자녀분들에게 정을 주지 않으시다 보니, 당시 세자이시던 전하와 공주마마께서는 유독 애틋한 오누이셨사옵니다. 궐에 알 만한 사람은 다 아는 사실이지요."

"영산군 대감께는 그런 말을 듣지 못하였는데……."

"선왕께서 승하하실 때 영산군 대감께서는 겨우 걸음마를 뗀 어린아이셨사옵니다. 당연히 기억에 없으시겠지요."

하지만 영산군은 다르다.

왕은 근래에도, 과거에도 영산군을 가깝게 부른 일이 없고, 공식적인 자리에서도 주군과 신하의 위치를 지켰다.

그것이 공주만 '예외'가 될 수 있는 일일까?

"하하—"

"대감?"

"공주께서 돌아오신 지 얼마나 되셨다고 벌써부터 투기심이 이는군."

"그간 많이 그리워하셔서 그러실 것이옵니다. 애타게 기다리시던 공주마마가 아니시옵니까? 6년 만에 헤어졌던 부부가 만났는데, 이 하룻밤 이별이 어찌 짧다 하겠사옵니까?"

"알겠네."

홍연이 자리를 털고 일어섰다. 주인이 없는 안채에서 홀로 돌아선 그의 발걸음은 무거웠다.

밤이 깊도록 인지당의 불은 꺼지지 않았다. 일정한 거리를 두고 나란히 펼쳐진 금침 위에서 나는 높은 인지당의 천장을 하염없이 쳐다보았다. 아무 일도 일어나지 않았다. 6년 전 그날 밤처럼 나를 죽이려 했다면 지금, 우리 외에는 아무도 없는 이곳에서 충분히 죽일 수 있다. 밖에 나인들이 몇 있지만 어차피 왕은 왕이었다.

난 고개를 옆으로 돌렸다. 왕은 몸을 내 쪽으로 돌려 누운 채 눈을 감고 있었다.

"오라버니?"

조심스럽게 그를 불러보았다. 답이 돌아오지 않았다.

잠든 걸까?

슬그머니 이불을 밀치고 몸을 일으켜 앉았다. 왕이 깨지 않도록 조용히 인지당을 나가려고 했다.

그런데 금침 위에서 일어서려는 내 손을 누군가 붙잡는다. 놀라 돌아보니 왕이었다. 그는 조금 전 내가 보았던 자세 그대로 누워 눈만 뜬 채 나를 쳐다보고 있었다.

"어디를 가느냐?"

그가 잡아 연결된 손이 차갑다.

"주무시는 듯하여……."

"퇴궐이라도 하려고?"

난 어색함을 벗고자 피식 웃은 채 자리에 앉았다.

"이 시각에는 궐문이 모두 닫힌걸요. 아무리 공주라 하여도 전하 오라버니의 허락도 없이 궐문을 열라고 할 수는 없는 법이지요."

어색함을 벗고자 웃은 것인데 나를 보던 왕도 따라 웃는다. 그 웃음을 보자 난 더욱 말문이 막힌다. 여전히 왕의 손은 내 손을 잡고 있었다.

만약 어색함으로 그 손을 밀쳐내려 한다면, 난 내가 지니고 있는 작은 온기조차도 그에게 나눠주기를 매몰차게 거절한 셈이 될 것 같았다.

"오라버니."

"응?"

깊은 밤. 돌아오는 목소리는 다정했다.

왜 절 죽이려 하셨어요?

이 순간 나를 바라보는 왕의 두 눈동자는 온 조정이, 온 궐의 사

람들이 두려워하는 잔혹한 임금의 눈이 아니다.

적어도 나 이수련을 바라볼 때의 눈만큼은. 난 다시 이불에 누우며 자연스레 왕의 손을 뿌리쳤다. 그리고 일부러 왕에게 등을 보이며 물었다.

"그간 어디에 있었느냐?"

왕이 묻는다. 그 물음에는 조금 전 내가 하려다 못한 질문이 섞여 있었다.

이렇게 다정한 오라버니의 모습을 하시고선 왜 저를 죽이려 하셨어요?

소리 없는 눈물이 흘러내렸다. 난 서둘러 흐르는 눈물을 훔치며 자연스레 이불을 어깨까지 끌어올렸다.

"양부모님이 계셨어요."

"그래? 그럼 그들에게 큰 상을 내리마. 관직도 주지. 어디에 있느냐?"

"그분들은 한양에서 너무 멀리 사셔서, 그보다 아주 평범한 분들이라 제가 공주라는 사실을 모르셨는데 아시면 매우 놀라실 거예요."

하지만 진짜 내 가족은 이곳에 있었다.

나를 죽이려 한 오라버니도 더는 나를 해치려 할 생각이 없다면 그리고 그것이 오해였다면 나는 어마마마의 곁에 있고 싶다.

어마마마와…… 윤임.

나도 모르게 머릿속에 떠오르는 윤임의 얼굴을 지우려 고개를 흔들었다. 그럴수록 더욱 선명하게 떠올랐다. 나를 보며 웃던 윤임의 얼굴이. 그리고 끌려 나가는 나를 보던 윤임의 괴로워하던 얼굴이.

그 뒤로 나를 보지 못하고 선정전 밖으로 나가던 왕의 모습까지도. 왕은 아직 그날 선정전에 있었던 두 규수 중 한 명이 나라는 사실을 모르는 것 같았다.

말하지 말자. 아직은 아니야.

하늘이 무너지고 세상이 무너졌다. 윤임에게 첫사랑이었던 유나는 하늘이자 그의 세상이었다. 차라리 그것을 깨닫기 전에 유나를 잃었더라면. 적어도 윤임은 지금처럼 고통스러워하진 않았을 것이다. 유나가 죽은 후 윤임의 처소에서는 모든 빛이 사라졌다. 그곳을 찾아온 것은 덕풍군이었다.

"처남."

윤임은 대답이 없었다. 그는 내일 죽음을 통보받은 사람의 얼굴을 한 채 어둠 속에 홀로 앉아 있었다.

"이 소저의 시신이라도 찾고자 내가 강에 사람을 풀었었지."

윤임의 눈치를 살피며 덕풍군이 그의 앞에 무언가를 꺼내서 내

려놓았다.

"이것을 찾았다고 하네."

윤임이 천천히 고개를 들어 덕풍군이 내려놓은 물건을 쳐다보았다. 그것은 짝을 잃어버린 채 한 짝만 돌아온 여인의 당혜였다. 그가 유나에게 선물했던 당혜.

윤임의 기억 속에 유나는 그 신을 신은 채 아이처럼 기뻐하고 있었다. 그 기억을 쫓아 윤임의 손이 당혜로 옮겨졌다.

마침내 윤임이 한 짝뿐인 당혜를 두 손으로 소중히 그러잡은 순간이었다. 당혜가 머금은 차디찬 강의 물기가 그의 손을 통해 온몸으로 퍼져나갔다.

"아아!"

그에게 한 짝만 돌아온 당혜는 마치 시신이 되어 돌아온 유나를 마주한 것과 같았다. 윤임은 그 당혜를 끌어안고 오열했다.

이른 아침 난 인지당에서 눈을 떴다. 지난밤 내 옆에서 잠들었을 왕의 금침은 이미 치워진 뒤였다. 아마도 나인들이 치웠을 것이다.

하지만 치우는 것도 모르고 내가 깊게 잠들었던 것인지 아니면 아주 작은 소리도 내지 않고 금침을 치운 나인들의 손놀림이 대단한 것인지는 알 수 없다.

"마마. 소인이옵니다."

홍연과 퇴궐했던 장 상궁의 목소리가 들려왔다.

"어서 들어오게."

"예."

막 입궐했는지 장 상궁은 반으로 곱게 접은 장옷을 팔에 걸고 있었다.

"혹 대감도 함께 오셨는가?"

"아니옵니다. 하나 대감께서 보내셨지요."

"대감께서?"

"오늘 퇴궐하신 공주마마를 아주 잘~ 모시고 오라 하셨사옵니다."

나는 얼굴을 붉히고 웃었다. 그사이 장 상궁의 뒤로 나인들이 줄지어 들어왔다. 소셋물과 함께 나의 아침 준비를 도와주기 위한 나인들이었다. 어릴 적에는 당연하고 익숙한 것들이었지만, 이상하게 지금은 많은 나인들의 시중을 받는 것이 어색했다.

"장 상궁이면 충분하니 모두 물러가게."

"그럴 수 없사옵니다. 저희가 반드시 시중을 들라고 주상전하께 엄명하셨사옵니다."

잔뜩 기가 죽은 상궁의 모습에 난 당황했다. 이 모습을 함께 본 장 상궁이 내게 말했다.

"이곳은 궐이니 오늘만 궐의 법도를 따르시지요."

"그러지."

난 고개를 끄덕였고 내 아침 준비를 나인들에게 맡겼다. 그녀들의 시중을 받아 세수를 마치고 옷을 갈아입었다. 그사이 나인들은 지난밤 내가 잠들었던 금침을 빠르게 치웠다. 내 앞에 경대가 놓이고 머리를 맡은 나인이 재빨리 내 머리를 매만지기 시작했다. 이 모든 것을 내 옆에 앉아 지켜보던 장 상궁이 물었다.

"지난밤에 어찌 마마의 처소가 아닌 인지당에서 시침하셨사옵니까?"

장 상궁은 내가 지난밤 왕과 함께 인지당에서 잠들었던 사실을 전혀 모르는 것 같았다. 이 사실을 어떻게 설명해야 하나 말끝을 흐리는데 갑자기 장 상궁이 벌컥 화를 냈다.

"뭐 하는 짓이냐?"

그녀의 화는 내가 아닌 내 머리를 매만지는 나인을 향해 있었다. 난 거울을 통해 화를 내는 장 상궁의 모습을 쳐다보았다.

"어찌 그러는가?"

"이 나인이……."

"응?"

영문을 모르는 나를 두고 나인이 몸을 바짝 엎드렸다.

"소인은 그저 주상전하께서 명하신 대로 하였을 뿐이옵니다."

"전하의 뜻이었다고?"

왕의 뜻이었다는 말에 장 상궁도 더는 아무 말도 하지 못했다.

"전하께서 무엇을 명하셨단 말이냐?"

난 장 상궁을 대신해서 나인에게 물었다. 그러나 나인은 대답 대신 고개만 떨구고 있을 뿐이다.

"마마의 머리모양이……."

장 상궁이 꺼낸 말에 난 한 손을 들어 나인이 매만지던 내 머리를 만져보았다. 혼인 전 소녀 시절에 했던 댕기가 만져졌다. 하지만 난 홍연과 혼인했으나 비녀를 꼽아야 했다. 이것은 비녀를 꼽기 위한 머리가 아니었다.

"이것이 전하의 뜻이더냐?"

"예."

다른 이의 짓이라면 그저 장난으로 치부할 일. 하지만 다른 누구도 아닌 왕이 지시한 것이다. 이것은 홍연과 내 혼인을 부정하겠다는 뜻으로 볼 수 있다.

왕은 6년 전 왕은 내 혼인을 반대했었다.

왕은 6년 만에 돌아온 나를 두고 단지 어릴 적 기억을 되새기고 싶은 것일까.

"주상 전하 납시오!"

왕이 인지당에 도착했다는 소식에 난 자리에서 일어섰다.

"수련아."

밝은 얼굴로 인지당에 들어선 왕의 걸음이 급했다.

"전하 오라버니."

"지난밤은 잘 잤느냐?"

"네."

풀리지 않은 오해를 마음에 지닌 나는 왕을 대하는 것이 불편하다. 반대로 왕에게는 불편함이 존재할 리가 없다.

"전하."

내 뒤에 서 있던 장 상궁이 왕에게 인사를 올렸다. 장 상궁을 알아본 왕의 표정에서 웃음이 줄어들었다.

"장 상궁. 이른 아침부터 어인 일인가?"

"소인은 오늘 출궁하실 공주마마를 모시러 왔사옵니다."

"가자."

"에?"

장 상궁의 말이 끝나기도 전에 왕이 나의 손목을 잡아끈다.

"아침 수라 전이지? 가자."

"오라버니!"

난 잡아끄는 왕의 힘을 버티며 섰다.

"어찌 그러느냐?"

"아직 어마마마께 아침 문후도 올리지 못하였고……."

"그래?"

어마마마를 만나러 간다는 말에 왕의 목소리가 시큰둥해진다. 난 눈치껏 말을 더했다.

"오라버니도 함께 가시지요. 혹 벌써 아침 문후를 다녀오셨습

64

니까?"

"어마마마는 내 문후를 반기지 않으신다."

"그럴 리가요. 함께 가요. 네?"

난 웃으며 말했다. 왕이 웃는 내 얼굴을 보더니 미소를 지으며 고개를 끄덕인다.

"그러자꾸나."

대비전.

"수련아."

나를 보자마자 어마마마는 활짝 웃으신다. 이렇듯 어제도 보고, 오늘 아침에도 보는 어마마마의 얼굴에 내 얼굴에도 웃음꽃이 피었다.

"어마마마."

"이리 오거라."

어마마마가 나를 가까이 불렀고 난 그 옆에 가서 앉았다. 나와 함께 대비전에 온 왕은 어느 정도 거리를 두고 어마마마와 자리를 같이 했다.

"어마마마."

"주상……."

나를 보고 활짝 웃은 까닭인지 어마마마는 여전히 웃고 있었지만, 왕을 대하는 미소는 어딘지 조금 불편해 보였다. 이를 본 나는 서둘러 어마마마께 말했다.

"소녀가 전하 오라버니께 함께 아침 문후를 올리러 가자하였어요."

"그래? 잘하였다."

그러면서 부드러운 손길로 내 얼굴을 쓸어내리신다. 여전히 어마마마에게는 모든 것이 꿈만 같으신 것 같았다.

"아직 아침 수라 전이지? 이 어미가 너와 함께 먹으려고 기다렸단다."

"정말요? 그럼 소녀도 어마마마와 함께 이곳에서 수라를 들지요."

여기까지는 좋았다. 다만 왕을 언제까지 없는 사람 대하듯 무시할 수는 없는 노릇. 어마마마가 왕을 돌아보며 물었다.

"중전은 함께 오지 아니하였소?"

무엇 때문인지 모르지만 아침 수라 이야기 이후로 왕의 표정이 좋지 않다.

"어마마마도 아시다시피 지난해 소자가 두 소용을 벌한 일로 중전이 앓아눕지 않았사옵니까?"

왕은 지난해 선왕의 두 추궁을 직접 매질해 죽였다고 한다. 나는 이를 보지 않아 모르나, 직접 이를 목격했던 중전마마에게는 큰 충

격이었던 모양이다. 그보다 왕이 꺼낸 이야기는 아침부터 꺼내기에는 좋은 이야기는 아니었다.

어마마마의 표정이 굳어졌다. 난 이런 분위기를 원치 않았다. 무엇보다 오늘 나는 퇴궐해야 했다. 이런 분위기와 상황을 보고서도 나 혼자 퇴궐한다면 걱정이 이만저만이 아니었다.

"어마마마. 전하 오라버니도 아침 수라 전이실 텐데 오늘은 대비전에서 함께 들게 해주시옵소서."

"주상을?"

탐탁지 않은 어마마마의 표정. 그것은 어찌 보면 왕도 마찬가지였다. 그러고 보니, 어릴 적에도 이런 분위기를 어떻게든 회복시키는 것은 모두 내 몫이었다.

"오라버니. 그러실 거지요?"

웃으며 묻는 나를 보며 왕은 차갑게 고개를 한 번 끄덕여 응수했다.

곧 나는 이런 청을 한 것을 후회해야 했다. 수라는 한 공간에서 이뤄졌지만 두 공간으로 나뉜 것처럼 진행되었다. 어마마마는 오로지 밥을 먹는 나만 쳐다보시며 나를 챙겨주시느라 여념이 없었다. 반대로 왕의 주변은 기미 상궁들이 둘러싸고 있어서 거리가 있었다. 아니, 처음부터 어마마마는 왕을 없는 사람을 대하듯 취급하고 있었다. 왕도 이를 아는지 수라 내내 말이 없었다. 모두에게 불편한 자리였다. 이 자리를 먼저 끝낸 것은 왕이었다.

"소자는 이만 일어나겠사옵니다."

왕이 무뚝뚝하게 말하며 일어서자 어마마마의 시선이 그제야 왕을 향한다.

"그리하시오. 주상은 바쁘신 분이니."

웃으며 배웅하지만 제발 나가달라는 표정이 내 눈에도 보였다. 왕은 더는 아무 말 없이 밖으로 나가버렸다. 그제야 어마마마는 크게 한숨을 돌리더니 내게 당부하듯 말한다.

"앞으로는 이런 청을 하지 말거라. 알겠느냐?"

"어찌 그리 말씀하시옵니까?"

"난 주상이 싫다."

딱 잘라 말하는 어마마마를 보며 난 잠시 할 말을 잃었다.

"주상이 무슨 생각을 하는지도 그 속을 도통 모르겠구나. 네가 없어서 다행이지. 작년에 주상이 두 소용을 어찌 죽였는지 아느냐?"

"궐 밖에서 들었사옵니다."

"듣는 것과 보는 것은 다르다. 오죽하면 그리 사람 좋은 중전이 쓰러져 중궁전 밖을 한 발짝도 나오지 않겠느냐? 피가 난자했다. 아휴, 떠올리기도 싫구나."

"어마마마."

"그래도 네가 돌아왔어."

어마마마가 나를 품으로 끌어안았다.

"너만 살아 있으면 된다. 너만 무사하면 돼. 그럼 이 어미는 더는 바랄 것이 없겠구나."

왕은 어마마마에겐 친아들이 될 수 없었다. 왕은 여전히 혼자였다. 아바마마가 낯설고 무서우면 어마마마께 달려가면 된다. 어마마마의 따스한 품에 안겨 있으면 된다. 하지만 오라버니는 어마마마의 친아들이라고 알고 있던 시절에도 오지 않았다. 멀리서 어마마마를 지켜보기만 했을 뿐이다.

"이제 출궁 준비를 해야지?"

"네."

"참, 거창위에게 입궐하라 일렀다."

"대감이 오신다고요?"

"그래. 그가 오면 함께 퇴궐하거라. 그전에 네 처소에 한 번 가보고. 이 어미가 보낸 것들이 있다. 챙겨갈 수 있는 건 모두 챙겨가고 부족한 것이 있으면 언제든지 말하거라."

어마마마의 눈가가 촉촉했다. 그런데도 나를 보면서 애써 웃으며 말하려고 하신다.

"어마마마. 앞으로도 소녀 자주 입궐할 것이옵니다."

"아니, 입궐하지 말거라."

"예?"

나를 궐 밖으로 내보내기 싫은 얼굴을 하시고서는 말로는 단호하게 부정하시는 어마마마.

"너와 함께 궐에서 살고 싶은 마음이야 굴뚝같지. 하나, 네가 이 궐에 있는 것이 조금이라도 네게 해가 된다면 나는 평생 너를 보지 않고 살아도 된다."

어마마마가 다시 나를 끌어안았다.

"네가 없는 동안 이 궐에서 일어났던 끔찍한 일들. 많은 이들이 죽어가는 것을 지켜보며 내가 무슨 생각을 하였는지 아느냐? 사라진 네가 그리우면서도 차라리 그리 사라진 것이 다행이다 싶었다. 어린 네가 그 흉측한 일들을 보고 겪지 않아서 다행이다, 난 그리 생각했단다."

기억이 돌아오기 전. 궐 밖에서 왕에 대해 들은 말들도 그리 좋은 말들은 아니었다. 많은 사람들이 죽고 많은 사람들이 귀양을 갔다. 그중에는 억울하게 죽은 사람도 있었고 억울하게 귀양을 간 사람도 있었다. 윤임의 부친도 그중 한 사람이었다.

그중에서도 가장 백성들의 입에 오르내리는 일은 왕이 폐비 윤씨의 죽음에 책임을 물어 직접 때려죽인 두 소용에 대한 것이다. 심지어 왕이 할마마마를 때려죽였다는 소문까지 돌고 있었다. 어쨌든 폐비 윤씨는 이제 왕후로 격상되었다.

"폐비의 일은 모두 마무리되었다 들었사옵니다. 그러니 이제 오라버니는 좋은 임금이 될 것이옵니다."

"난 불안하다. 불인해. 네가 돌아와 얻은 이 기쁨과 평화가 과연 언제까지 지속될 수 있을지 말이다."

무거운 마음을 안고 난 대비전을 나섰다. 그리고 그곳에서 나를 기다리고 있던 왕을 만났다. 대비전 월대 위에 서 있던 왕은 내가 나오는 소리에 돌아서 나를 쳐다본다. 조금 전 수라 자리에서 무거웠던 표정은 온 데 간 데 없이 사라졌다.

"수련아."

과거의 좋은 오라버니의 모습을 한 왕을 보며 생각했다. 어마마마의 뼛속까지 자리한 불안을 해소하기 위해서라도 난 왕을 보며 삼킨 물음에 대한 답을 얻어야 한다.

"오라버니."

"이제 어디로 가느냐?"

"제 처소에 가려합니다."

"그곳에는 왜?"

"거창위가 입궐한다 합니다. 그와 퇴궐하기 전에……."

"넌 나와 갈 곳이 있다."

왕은 자신이 듣기 싫은 말을 들을 때는 일부러 상대의 말을 끊는 버릇이 있다. 지금 왕이 가장 듣기 싫어하는 사람의 이름은 거창위 신홍연. 나의 지아비이자 이 나라의 부마인 것 같다.

"가자."

왕이 다짜고짜 내 손목을 잡는다. 난 놀라면서도 왕의 손을 거부하지 못한다. 그와 함께 있어야 내가 그에게 하고자 하는 물음을 던질 기회가 올 테니까.

❀ ❀ ❀

　바람이 따스했다. 구름이 하늘에 산 모양을 수놓았다. 궐 밖에서
는 곧 봄이 오겠구나 싶었는데 궐에서는 이미 봄 안에 있었다.

　살랑거리는 봄바람에 머리카락이 휘날렸다. 흐트러진 내 머리
카락을 귀 뒤로 넘기고 내려다보니, 앉아 있는 내 옆으로 눈을 감
고 누워 있는 왕의 얼굴이 보였다.

　난 속으로 한숨을 내쉬었다. 후원에 온 뒤로 상당한 시간이 흘렀
다. 왕은 그 누구의 손길도 닿지 않은 꽃밭에 나를 끌고 들어갔고
그대로 누워서 눈을 감아버렸다. 참 한가롭다 싶다가도 고요해진
꽃밭 위에서 둘러보는 봄의 후원의 경치는 훌륭했다.

　왕은 내게 이것을 보여주고 싶었던 걸까? 아름다운 풍경을 보면
서도 무거운 마음을 떨쳐버리지 못한 내 시선이 다시 왕을 향했을
때였다. 잠든 줄 알았던 왕이 두 눈을 떴다.

　놀란 나와 다르게 왕은 가만히 내 눈을 쳐다본다. 찬찬히 내 표
정을 살피는 듯싶던 그가 아주 자연스럽게 내 무릎에 자신의 머리
를 벤다.

　"전하 오라버니?"

　"쉿."

　왕은 쉿 소리를 내더니 다시 눈을 감아버린다. 그리고 아주 편안
하게 잠을 청하는 것 같다.

72

얼떨결에 무릎을 내어준 나는 한동안 왕을 멀뚱멀뚱 내려다보기만 했다. 그가 나를 왜 후원으로 데려왔는지에 대한 의문도 다시 일었다. 하지만 답은 오로지 왕에게만 있었다. 왕이 말하고 싶을 때, 왕이 원할 때 알 수 있는 그런 답.

바람이 내는 소리 외에는 아무 소리도 들리지 않는 그때,

"전하. 경연에 가실 시간이옵니다."

바람소리보다도 더 작은 발소리로 다가온 내관이 조심스럽게 속삭였다. 그런데 조금 전 눈을 떴던 왕에게서는 아무런 대답이 없다. 마치 잠에 들어 있는 듯, 못 들은 척으로 일관한다. 보통 같으면 내관이 눈치 빠르게 물러갔을 텐데, 오늘은 그럴 수 없는 날인가 보다.

"오늘 아침조회에서 전하를 뵙지 못한 일로 경연에 삼정승과 육조판서가 입시하여 기다리고 있사옵니다."

두 번째 말에서는 내관의 목소리가 줄어들었다. 왕은 그저 눈을 감고 누워 있는데도 내관은 불호령을 맛본 듯 쩔쩔맨다. 결국 왕의 눈치를 보는 내관이 안됐다 싶어 내가 말했다.

"전하 오라버니."

"으응."

바로 돌아온 대답. 그가 잠들지 않았다는 걸 알게 된 나는 속으로 한숨을 내쉬며 말했다.

"경연에 안 가세요?"

"안 간다."

왕이 딱 잘라 말을 하자 나는 잠시 할 말을 잃었다.

"아침조회도 안 가신 것 같은데요? 그래서 삼정승과 육조판서가 경연에 든 것이 아닌지요?"

왕의 굳게 다문 입술 사이로 긴 한숨이 흘러나왔다. 그러더니 왕이 한 손을 들어 내저었다. 내관에게 하는 지시인 듯했다. 이를 본 내관이 다시 우리를 남겨둔 채 멀찍이 물러갔다. 내관이 물러가는 발소리를 왕이 들었는지, 내관이 완전히 사라지자 감았던 눈을 뜬다. 그리고 나를 바로 보는 왕의 눈동자.

무언가 불만이 있는 듯한 얼굴이다.

"전하 오라버니?"

"그 전하 소리는 좀 빼고 말하거라."

"에?"

"오라버니면 오라버니인 게지, 전하는 무슨."

"전하 맞으시잖아요."

"하, 내가 세자일 땐 세자 오라버니라 불렀었지. 그것도 실은 싫었다."

"싫으셨다고요?"

"그래."

왕이 몸을 일으켜 세워 앉는다.

"왜요?"

74

"네게 오라버니가 여럿이냐? 오직 나 하나뿐이 아니더냐? 허면 그냥 오라버니인 게지."

"틀린 말씀은 아니네요."

"허면?"

왕이 피식 웃는다. 영문을 모르는 표정을 짓는 것은 나.

"이제 어찌 나를 부르겠느냐?"

왕의 말뜻을 알아차린 내가 더듬더듬 말했다.

"오라버니?"

왕이 이 대답에 만족한 듯 웃었을 때였다. 동굴에서 윤임과 호칭 문제로 다퉜던 것이 떠오르며 더는 웃을 수 없는 얼굴이 되고 말았다. 이 미세한 표정의 변화를 왕은 아주 빠르게 눈치챘다.

"누굴 생각하는 것이냐?"

"네?"

깜짝 놀란 나를 보며 왕의 표정이 날카로워진다.

"짐작한 것인데 사실인 모양이구나."

"그게……."

여기서 더 머뭇거렸다가는 누굴 생각했는지 캐물을 기세다.

"감히 과인과 있는 자리에서 과인이 아닌 다른 사람을 생각하다니. 이런 무엄한……."

왕이 한 손을 내게 뻗는다. 흠칫 놀라며 내가 몸을 뒤로 뺐을 때였다. 왕의 손이 내 볼을 꼬집더니 위아래로 흔든다.

"공주 같으니라고."

왕이 다시 나를 보며 웃고 있었다. 화난 것은 아니었지만 순간 가슴이 철렁했다. 도무지 왕의 감정을 종잡을 수가 없었다. 어쩌면 우리 두 사람 사이에 풀리지 않은 문제가 하나 남아 있어서인지도 모르겠다. 난 왕이 내 친 오라버니이기 전에 나를 죽이려 했던 사람이라는 생각을 여전히 지우기가 어렵다.

혼란스러웠다. 왕이 친 장난에 웃지도 울지도 못하는 내 얼굴을 보며 왕이 손을 내리며 묻는다.

"아프냐?"

"아니요. 그게……."

"허면 누굴 생각하고 있었는지 말해 보거라."

윤임의 얼굴이 내 머릿속을 가득 메우고 있었지만, 난 침착하게 변명으로 삼을 사람을 떠올렸다.

"중전마마요."

"중전?"

왕이 의외라는 표정이다.

"그러고 보니 아직 중전마마를 뵙고 인사를 드리지 못해서요."

"중전은 만날 필요 없다."

"네?"

"요즘은 아파 매일같이 골골거리며 중궁전에서 도통 나오지 않는다. 괜히 네가 그곳에 갔다가 중전에게서 병을 옮을라. 나중에

천천히 인사해라."

난 순순히 고개를 끄덕였다.

어차피 중전마마 이야기는 왕의 관심을 다른 곳으로 돌리기 위한 핑계일 뿐이다. 거기에 어마마마께 중전마마가 지난해 있었던 일에 대한 충격으로 앓아누웠다는 말도 들었다.

왕이 다시 내 무릎을 베고 눕는다. 이번에도 놀란 것은 나다. 놀란 표정을 보았는지 왕이 말한다.

"기억나지 않느냐?"

"기억이요?"

"어릴 적에는 네가 내 무릎을 베지 않았느냐? 한데 이제는 내가 네 무릎을 베는구나."

왕이 나를 보며 웃는다.

이 순간 그의 웃음은 분명 어릴 적 내가 보았던 오라버니의 웃음 그대로였다. 지금 이 분위기에서라면 난 용기를 낼 수 있을 것 같았다.

"오라버니."

"말하거라. 뭐든."

"6년 전 일에 대해서 묻고 싶은 것이 있어요."

왕의 얼굴에서 웃음이 사라졌다.

"동굴에 숨어서 오라버니를 보았어요."

왕의 시선이 더는 나를 보지 않았다.

"그때 일어났던 일들을 제게 설명해주실 수 있나요?"

왕이 몸을 일으켜 세우더니 자리에서 벌떡 일어섰다.

"오라버니?"

왕은 대답도 하지 않고 후원에서 자리를 떴다.

"오라버니!"

놀라 내가 부르는 사이 물러갔던 내관이 재빨리 내게 다가와 속삭인다.

"어서 전하의 뒤를 따라가시옵소서."

"예?"

"어서요, 공주마마!"

이유도 모른 채 난 내관이 시키는 대로 왕의 뒤를 쫓기 시작했다. 왕의 걸음은 매우 빨랐다. 난 왕의 걸음을 놓치고 말았다. 왕을 놓친 후 숨을 돌리는데 앞서 왕을 쫓아갔던 내관이 내게로 되돌아왔다.

"혜안전에 계시옵니다!"

"혜안전?"

처음 듣는 전각의 이름이었다.

"이쪽이옵니다!"

내관이 길을 안내했다.

❋ ❋ ❋

　혜안전惠安殿.

　현판이 걸려 있는 전각은 차마 전각이라고 불리기에도 민망할
정도로 작고 아담했다. 하지만 아기자기한 모습이 흡사 여인이 머
무는 처소처럼 보이기도 했다. 혜안전 앞까지 나를 데려온 내관은
정작 그 문을 넘어서기를 주저하고 있었다.

　무언가 두려워하는 느낌이다.

　난 홀로 담장 사이로 난 작은 문을 넘어서 혜안전 경내로 들어
섰다. 그러자 혜안전의 모습이 더욱 뚜렷하게 시야에 들어왔다.

　창문이 없는 전각에는 벽마다 모란을 비롯한 꽃그림이 그려져
있었다. 전각의 주변으로는 봄을 맞아 활짝 핀 개나리들이 가득했
다. 꼭 개나리 때문이 아니더라도 열려 있는 혜안전의 문 안에서부
터 좋은 향기가 났다. 망설이던 나는 신을 벗고 혜안전에 올랐다.

　창문이 없는 혜안전 안은 어두컴컴했다. 그곳에 잘 차려진 제단
이 놓여 있었고 위패 하나가 홀로, 외로이 놓여 있었다. 그 위패 앞
에 한 사내가 무릎을 꿇은 채 앉아 있는 모습이 보였다. 뒷모습만
으로는 얼핏 혜안전으로 사라진 왕의 모습을 닮아 있었다.

　그 짧은 시간에 옷을 갈아입었는지는 의문이었지만 내관도 분
명 왕이 이 혜안전에 있다고 했다.

　"오라버니?"

사내가 감고 있던 눈을 뜨며 내게로 고개를 돌렸다. 난 깜짝 놀랐다. 그는 내가 찾던 왕이 아니었다. 중년의 사내였다. 여기에 그는 내가 보지 못한 반대쪽 눈에 검은 안대를 차고 있었다. 그의 입이 열렸다.

"누구십니까?"

"저는……."

당황한 내가 시선을 다른 곳으로 돌리다 위패에 적힌 이름을 읽었다.

[제헌왕후 齊獻王后 윤씨 尹氏]

제헌왕후는 왕의 생모인 폐비 윤씨였다.

그가 무슨 생각이 들었는지 자리에서 일어섰다.

"혹시 진성 공주마마?"

난 대답 대신 고개를 한 번 끄덕였다. 그가 바로 고개를 숙이며 내게 인사를 해왔다.

"소인은 혜안전을 지키는 별감 한수라 하옵니다."

별감들은 대부분 젊은 무관들이 맡고, 일정 기간이 지나면 대부분 별감직보다 높은 직책으로 옮겨간다. 그러나 이 사내는 별감이라고 하기에는 나이가 적지 않아 보였다.

"전하를 찾으러 오셨사옵니까?"

"네."

그가 알겠다는 듯 말한다.

"이 혜안전의 뒤편으로 가시면 혜안전의 동각인 '장생전'이 있사옵니다. 조금 전 주상전하께서 그곳으로 가시는 것을 보았사옵니다."

"고맙습니다."

내 신분이 드러났음에도 또 그의 신분이 하찮은 궁중 별감이라는 사실을 알게 되었음에도 정중한 내 인사에 그가 입가에 미소를 짓는다.

"별말씀을."

단순 별감이라고 하기에는 상당히 품위 있어 보이는 모습이었다. 난 의문을 품은 채 혜안전에서 나와 별감이 가르쳐준 동각인 장생전으로 발길을 돌렸다.

장생전 역시 창문이 없고 문만 있는 전각이었다. 혜안전보다도 더 작은 전각이기도 했다. 장생전 안에 들어서자 빛이 모두 사라졌다. 대신 내가 열어젖힌 문을 통해 들어오는 햇빛이 작은 장생전 안을 환하게 비췄다. 난 그 안에서 옻칠이 되어 있는 거대한 검은 관을 발견했다.

장생전長生殿.

조선의 왕은 즉위와 동시에 자신의 체격에 맞춰서 관을 만들어

놓는다. 언제 승하할지 모르는 왕을 위해 준비된 관. 그 관을 보관하는 곳이 바로 장생전이었다. 햇빛을 등지고 선 나로 인해 관 위를 내 그림자가 덮었다. 으스스한 기분이 몰려왔다.

왕은 보이지 않았다. 도로 나가려고 장생전 앞에서 돌아서려던 그때였다.

"네가 죽은 줄 알았다."

장생전 안에서 들려오는 왕의 목소리에 깜짝 놀란 나는 다시 장생전 안으로 시선을 돌렸다. 왕은 여전히 보이지 않았다. 다시 왕의 목소리가 들려왔다.

"살아 있다면 그리 오랫동안 돌아오지 않을 리 없다 여겼으니까."

"오라버니?"

설마하는 마음으로 목소리가 들려오는 방향, 바로 관이 있는 곳으로 다가갔다. 성인 두 사람이 나란히 눕고도 넉넉할 정도로 큰 관이었다. 난 뚜껑이 덮여 있지 않은 관 안을 조심스럽게 들여다보고는 깜짝 놀랐다. 왕이 마치 곧 무덤에 들어갈 사람처럼 가지런히 일자로 누워 천장을 바라보고 있었던 것이다.

"여기서 대체 뭐 하세요?"

놀란 내 물음에 누워 있는 왕의 시선이 관 밖에 있는 내 얼굴을 향했다. 바로 그때 관 안에 있던 왕이 한 팔을 쑥, 내밀더니 그대로 나를 관 속으로 잡아끌었다.

"오, 오라버니!"

놀랄 틈도 없이 그대로 관 안으로 끌려들어 갔다. 순식간에 내 몸은 관에 누워 있는 왕의 몸 위로 올려졌다. 숨을 제대로 쉴 수 없을 정도로 놀란 나와는 달리 왕의 얼굴은 평온하고 침착했으며 차갑게까지 느껴졌다. 왕은 내 양팔을 도망가지도 못하도록 꽉 부여잡은 채, 아무 감정이 묻어나지 않는 차디찬 눈으로 나를 쳐다보며 말했다.

"내 관이다. 과인의 관이지. 이 관이 어찌 이리도 큰지 아느냐?"

"오라버니. 우선 나가서 이야기해요. 네?"

"네가 정녕 그날 밤의 일로 인해 죽어서야 돌아온다면 후에 내가 가는 길에 함께 묻으려고 이리 한 것이다."

"오라버니!"

왕의 몸에 딱 맞춘 것보다도 큰 관. 이 관에 자리가 있다면 그 한 자리가 나였을지 모른다는 말에 소름이 돋았다. 난 양 팔을 부여잡은 왕에게서 도망치려했다. 그럴수록 왕은 잡은 내 팔을 더욱 힘을 주었다.

"무서워요. 이러지 마세요, 제발요, 오라버니."

난 결국 울먹이며 왕에게 사정했다.

"내 말을 듣거라, 수련아!"

왕이 소리를 지르며, 막 눈물이 흐르기 시작한 내 얼굴을 부여잡았다.

"과인은 널 죽이려 한 것이 아니다."

이런 상황이 너무나도 낯설고 무서워서 왕의 말 외에는 아무것도 들리지 않았다. 무슨 말이든 열심히 듣고 이 관 속에서 빠져나가고만 싶었다.

"흐흑. 그, 그럼 어찌…… 흐흑…… 그날 밤 동굴에서……."

"과인이 죽이려 한 것은 '진성 공주'이지, '이수련'이 아니었다."

난 쏟아지는 눈물을 간신히 참은 채 왕을 보며 물었다.

"경국대전, 그 보위편 때문에요?"

왕이 조금 놀란 듯 되물었다.

"너도 아느냐?"

"소문에 대해서는 들었어요. 한데 단지 그 소문 때문에 그리하셨다고요?"

놀란 가슴이 조금씩 진정되자 머리가 빠르게 돌았다. 왕의 손에 사림파들이 죽었다. 폐비 윤씨를 왕후로 복권시키는 과정 중에서 왕을 향한 불만 세력들이 늘었다. 그들이 왕이 폐비의 소생이라는 점 '흠'으로 만들어 선왕의 적장녀인 나를 소문 속에 끌어들였다.

왕은 왕권에 위협이 될 수 있는 선왕의 적장녀이자 친누이인 '진성 공주'를 이 세상에서 없애버리려고 했다. 그러나 나 '이수련'을 죽일 생각은 아니었다는 것. 공식적으로 '진성 공주'만 죽은 것으로 만들려고 했다는 것. 그렇다 해도 의문은 꼬리에 꼬리를 물고 이어진다.

"진성 공주가 사라지고 이 세상에 이수련만 남는다면 너를……."

왕의 목소리가 살짝 떨려왔다.

무언가 내게 밝힌 것과는 다른 생각을 하고 있는 것 같다.

하지만 느낌뿐이다. 그렇다고 내가 왕의 머릿속에 들어 있는 생각과 계획을 전부 알 수는 없을 테니까.

"그 누구도 그 따위 소문에 귀를 기울이지 않겠지. 또한 이수련은, 여인 이수련은……."

왕이 떨리는 목소리를 잠재우려 더듬거리며 말을 이어나간다. 그사이에 내 얼굴을 움켜잡았던 왕의 손길에 조금씩 힘이 풀리며 부드러워지고 있었다.

"단지 그 소문 때문에 죄 없는 상궁들을 죽이시다니요? 차라리 제게 미리 언질이라도 주시지 그러셨어요."

"너를 위해서라면 이 궐의 나인들을 전부 죽일 수 있음이야!"

"전하!"

왕의 무서운 진심에 나도 모르게 '오라버니'가 아닌 '전하'라는 말을 내뱉고 말았다. 그와 거리를 두는 말투를 쓰고 있었다. 왕의 표정이 무섭게 굳는다. 난 그 틈에 왕의 손길을 밀어내며 관 속에서 일어섰다.

"이유야 어찌 되었든, 그날 밤 죄 없는 나인들이 죽었지요."

"나는 그저 너와 나의 사이를 갈라놓으려던 소문으로부터 너를

지키려 했다. 진성 공주가 이 세상에서 사라지게 하고 대신 이수련을 지키려 했다. 그 대가로 그날 밤 널 잃고 얼마나 큰 고통 속에서 지난 6년간의 시간을 보냈는지 아느냐?"

나도 모르게 헛웃음이 터져 나왔다. 왕의 잘못된 선택이 가져왔던 6년의 시간.

"그날 밤 소녀가 얼마나 무서웠는지 아십니까? 그 동굴 속에서 전하께서 소녀의 이름을 부르시고 찾으실 때 얼마나 두려웠었는지 아시나요?"

눈물이 빠르게 흘러내렸다. 그런데도 입에서는 헛웃음만 계속 나왔다. 난 일어선 나를 따라 반쯤 몸을 일으켜 세운 왕을 돌아보며 말했다.

"설사 그 소문이 사실이 되더라도 선왕의 적장자이자 세자로 즉위하신 전하 오라버니를 두고 한낱 계집인 소녀가 왕이 된다는 것이 말이나 되옵니까?"

스스로 생각하고도 스스로 말하고도 헛웃음만 나오는 말이 아닐 수 없었다. 공주가 왕이 된다. 내가 조선의 국왕으로 즉위한다.

"수련아!"

관 속에서 나가려는 내 손을 왕이 붙잡는다.

"오늘 퇴궐하겠사옵니다. 소녀는 이미 혼인하여 신씨 집안의 여인이 되었으니 부마에게 갈 것이옵니다."

나는 왕을 남겨둔 채 장생전을 떠났다.

"퇴궐하겠다고? 부마는?"

대비전에 들려 인사를 올리려는데 어마마마가 홍연을 찾는다.

"아직 입궐 전인 듯 한데 곧 오면 함께 출궁할 것이옵니다. 그전에 미리 인사를 드리고자 찾아왔사옵니다."

"그래……."

섭섭함이 담긴 목소리로 어마마마가 주변을 둘러본다. 이런 어마마마의 행동에 대비전 상궁들이 모두 자리를 비우고 물러갔다.

어마마마가 말한다.

"수련아."

"네?"

"들자 하니 주상이 혜안전에 갔었다던데. 너도 그곳에 있었고."

난 혜안전과 장생전에서 있었던 일을 떠올렸다. 사실 그렇게 떠올리고 싶은 일은 아니었다.

"어마마마."

"응?"

"전하 오라버니께서는 6년 전 그날, 소녀를 죽이려 한 것이 아니라고 말씀하셨사옵니다."

"주상이 정녕 그리 말했더냐? 네게?"

"예."

나의 목소리에 힘이 없었다.

"너는 그 말을 믿느냐?"

잠시 고민하던 나는 고개를 끄덕이며 말했다.

"믿사옵니다."

"믿는다?"

"네."

난 확신에 찬 눈으로 어마마마를 바라보았다.

"그 6년 전, 단 하룻밤만 제외하고는 오라버니는 늘 소녀에게 다정하신 분이셨사옵니다."

"그건 주상이 너와 마찬가지로 생모가 나인 줄 알았기에……."

"아니요."

난 고개를 저었다.

"어마마마도 아시지 않사옵니까? 전하 오라버니께서는 즉위와 동시에 폐비의 소생임을 아셨사옵니다. 한데도 어마마마께 올리는 아침 문후를 단 한 번이라도 게을리한 적이 있었사옵니까? 또 이 소녀에게 대하는 태도에도 전혀 변함이 없었사옵니다."

왕을 위해 항변하는 나를 보며 어마마마가 무언가 말하기를 주저했다.

"어마마마께서는 전하 오라버니의 무엇이 그리 두려우십니까?"

무언가를 말하려던 이미마마가 깊은 한숨을 내쉬며 말한다.

"아니다. 기우겠지."

"무슨?"

"어찌되었든 수련아. 넌 혼인했다. 그러니 이 어미 걱정은 말고, 궐을 멀리하거라. 알겠느냐?"

무거운 마음을 뒤로하고 나온 대비전이었다. 그런데 밖에서 나를 기다리고 있는 사람이 있었다. 대비전 상궁이었다.

"거창위 대감께서 입궐하셨다 하옵니다."

홍연이 왔다는 소식에 난 그제야 안도감을 느끼며 편안하게 웃을 수 있었다.

"대감께서는 어디에 계시는가?"

"자미당에서 기다리고 계시옵니다."

"알겠네."

난 홍연이 기다리고 있다는 자미당으로 가기 위해 발길을 돌렸다. 그때 내가 있는 곳을 향해 다급히 달려오는 내관이 보였다. 그 내관은 바로 낮에 왕을 수행하고 있던 대전 지밀 내관이었다.

"공주마마!"

나는 직감적으로 왕에게 무슨 일이 일어났음을 알았다.

❋ ❋ ❋

아바마마는 동물을 매우 좋아하셨다. 보기에는 예쁘고 귀여운 동물들을. 그러나 약하디 약한, 자신보다도 나약한 존재들. 그 때

문에 후원에는 꽃사슴 여러 마리를 풀어 기르셨는데 이 사슴들을 애지중지하셨다. 어떨 때는 자신의 자녀들보다도 더.

"까악!"

후원에 가까워지자 나인들의 비명소리가 들려왔다. 오싹하리만 치 섬뜩한 비명소리였다. 동시에 화살이 날아가는 소리도 들렸다. 난 직감적으로 왕이 무엇을 하고 있는지를 알 수 있었다.

– 휙!

화살이 박히는 소리와 함께 화살을 맞은 동물이 고통스러워하 며 죽어가는 소리도 들린다. 얼마나 많은 사슴을 잡았는지 후원 입구에서부터 곳곳이 핏물로 얼룩져 있었다.

낮에 왕과 후원을 찾았을 때만 하더라도 봄꽃이 만발하던 곳이 었다. 지금은 여느 전쟁터 못지않은 끔찍한 살육의 현장이 되어 있 었다.

– 휙!

바람을 가르고 날아가는 화살의 소리가 가까워졌다. 내 눈앞에 서 한 치의 흐트러짐 없는 자세로 도망치는 사슴들에게 화살을 쏘 고 있는 왕의 모습이 보였다.

이를 지켜보던 상궁과 나인들은 웅성거리며 어찌할 줄 모른다. 그들은 왜 왕이 후원을 자유롭게 노닐던 사슴들을 갑자기 살육하 기 시작했는지 그 이유를 모른다. 그리고 왕을 두려워한다. 두려워 하는 눈으로 바라보고 두려워하는 눈으로 멀찍이 떨어져 서 있을

뿐이다.

— 휙!

또 하나의 화살이 날아가 도망치던 사슴의 목을 맞췄다. 사슴은 고통스러운 소리를 내지르며 비틀거렸다. 왕이 재빨리 다음 화살을 활에 끼워 넣더니 두 번째 화살을 사슴에게 날리려고 했을 때였다.

"안 돼요!"

난 왕의 뒤에서 그를 두 팔로 끌어안으며 이를 막았다. 왕이 동작을 멈추더니 나를 돌아본다. 난 그와 눈을 맞추며 고개를 완강하게 내저었다.

"안 돼요. 그만하세요, 오라버니! 제발⋯⋯."

아주 잠깐이지만, 우리는 같은 기억을 떠올리고 있었다.

그날은 오늘과 같은 아주 화창한 봄날이었다. 후원에서 아바마마는 자신에게 다가오는 사슴을 자상한 손길로 쓰다듬고 계셨다. 세자였던 왕도 사슴에게 손을 내밀었다. 사슴과 가까워지면 아바마마의 마음과도 가까워질 것이라 그리 여겨서겠지. 하지만 사슴은 익숙지 않은 세자의 손길을 피해 놀라 달아났고 이에 분노한 아바마마는 갑자기 세자인 자신의 아들을 말채찍으로 사정없이 내려치기 시작했다.

다른 이유는 없었다. 단지 자신이 아끼는 사슴을 놀라게 했다는 것이 이유라면 이유일지도. 세자인 왕이 입궐했다는 소식에 반가

운 걸음으로 후원에 다다른 내 눈앞에 펼쳐진 상황. 바닥에 몸을 웅크린 채, 아바마마가 휘두르는 채찍을 맞는 세자는 자식은커녕 사람의 대접도 받지 못하고 있었다.

난 채찍을 맞던 세자 오라버니를 끌어안았다. 아바마마의 채찍질은 멈추지 않았다.

"우린 아바마마가 키우시던 사슴만도 못한 존재였다."

왕의 두 눈이 붉었다. 금방이라도 눈물이 흘러내릴 듯 차오르고 있었다. 그날 나는 세자 오라버니를 보호하려다 아바마마가 휘두른 채찍질에 피를 흘렸다. 나중에 어의가 채찍에 다친 나를 치료하는 모습을 보며 그는 울었다. 울며 어린 내게 말했다. 내가 오늘 흘린 피는 자신이 흘린 피와 같다고.

어릴 때는 이해할 수 없었던 말이었다.

왕은 성년이 되고 보위에 올랐지만 여전히 무언가가 불안정했다. 해소되지 않은 이 불안정함을 품은 왕을 모두가 두려워하고 지켜보기만 할 뿐이다. 나의 어마마마도 그중 한 사람이었다. 어릴 적에는 볼 수도 보이지도 않던 것들이 보이는 순간.

"수련아!"

왕이 나를 끌어안았다. 하나뿐인 내 오라버니가 나를 끌어안았다. 그가 홀로 품어왔던 상처가 오롯이 내게로만 전해져온다. 그와 나만이 알 수 있고 그와 나만이 공감할 수 있는 상처.

출궁 후, 난 많은 이들의 사랑과 관심 속에서 벗어날 수 있었다.

하지만 왕은 지금껏 그 상처의 굴레 속에 홀로 남아 있었던 것이다. 그리고 지금 그 상처에 손을 댈 수 있는 사람은 이 조선에 나, 진성 공주 이수련뿐이었다.

※　※　※

자미당. 나의 어린 시절을 보냈던 곳.

여전히 소녀 시절의 아기자기함이 그대로 남아 있는 공간이다. 난 이 공간에서 홍연과 마주했다.

"대감."

자미당 안으로 돌아서는 그를 보며 활짝 웃는 나. 이런 나를 보며 안도의 미소를 짓는 홍연. 그가 자리에 앉고 살짝 어색한 웃음이 오가는 가운데, 그의 웃음이 내 어딘가에 시선이 꽂히며 멎었다.

머리. 사대부가의 부인들이 하는 가체가 아닌 댕기머리. 이를 알아챈 내가 먼저 말을 꺼냈다.

"이렇게 머리를 해준 나인의 말로는 전하의 뜻이었답니다."

"전하의 뜻?"

"예. 아마도 어릴 적 소첩의 모습을 그리워하고 계신 것이겠지요."

"공주. 그 말은……."

"알고 있습니다."

6년 전 왕은 나를 죽이려 했다. 이 사실은 홍연도 아는 사실이었다.

"전하께 6년 전 일을 물었소?"

난 홍연의 두 눈을 똑바로 바라보며 대답했다.

"네."

"전하께서 무어라 답하셨소?"

여기서는 대답이 주저된다. 난 홍연의 시선을 피해 조금 더 밝게 웃으며 답했다.

"오해는 모두 풀렸어요. 이제 그날 밤의 일로 인해 대감께도, 소첩에게도 위협은 찾아오지 않을 거예요."

"공주가 그러하다면 그런 것이겠지만."

홍연은 있는 그대로 내 말을 받아주며 고개를 끄덕인다. 난 그를 보며 마음 한구석이 무거워지는 것을 느꼈다.

"대감."

내 부름에 홍연과 나의 시선이 다시 합쳐졌다.

"어려운 말씀을 드려야 할 것 같습니다."

단지 이 말뿐이었는데도 내 마음의 무거움이 전해진 듯 홍연의 얼굴이 무거워졌다.

"선왕께서는 자녀에게 차갑고도 엄하신 분이셨습니다. 하지만 소첩은 어마마마와 할마마마, 또 많은 궁중 나인들의 사랑 속에서

이러한 사실을 크게 느끼지 못하고 성장할 수 있었지요."

하지만 오라버니는 달랐다.

왜 어릴 적 나는 그것을 보지 못했을까? 오라버니에게는 오직 나뿐이었다.

어쩌면 6년 전 그날 밤, 진성 공주를 죽이고 이수련을 살리겠다는 극단적인 판단을 하게끔 오라버니를 몰아간 것 역시. 이 세상에서 가장 소중한 누이만큼은 지키고자 한 바람에서부터 시작된 것인지도 모르는데.

그리고 이젠 내 차례였다.

"궐의 모든 이들이 전하로 인해 불안해합니다. 어마마마께서도 역시요."

"공주."

홍연은 다음 내 말을 눈치챈 듯 가로막는다. 난 잠시 눈을 질끈 감았다. 짧은 침묵.

이 침묵 중에 홍연이 먼저 '안 된다'라는 말을 꺼낸다면? 내 지아비인 그의 말을 난 뿌리치지 못할 수도 있었다.

난 공주다. 이 나라에 이 조선에 하나뿐인 공주.

난 기억이 돌아온 뒤로 그 사실을 단 한 번도 잊어본 적이 없었다. 다시 눈을 뜬 나는 홍연을 향해 말했다.

"어릴 적 냉담하시기만 했던 아바마마를 보며 생각했어요. 군주의 아량이란 군주의 마음이란, 제 백성도 가족도 모두 품을 수 있

을 정도로 넓어야 한다고"

군주가 된 오라버니가 아바마마의 모습을 닮길 원치 않는다.

"자고로 군왕이란 수많은 백성의 어버이이기에 그 마음이 모든 백성을 품을 만큼 넓어야 하는데 지금 전하의 마음 안에는 상처로만 가득 차 있어요. 그리고 그 상처에 다가갈 수 있는 사람도, 손을 가져다 댈 수 있는 사람도 오로지 저뿐이라는 걸 깨달았고요."

"무슨 말인지 알겠소."

영민한 홍연은 이미 알고 있었다. 그는 부마로서의 무게를 깨닫기도 전에 타고난 부마의 길을 걷고 있었다.

공주인 나와 그 운명을 함께하게 된 순간부터 그를 향한 미안함이 커질수록 내 시선은 점점 땅으로 떨어졌다.

"소첩이 아는 사내라고는 아바마마와 오라버니. 그리고 대감뿐입니다."

아니, 한 사람이 더 있었다.

이 순간 홍연의 앞에서 그의 이름을 감히 언급할 수도 꺼낼 수도 없다.

"이중에서 이런 부탁을 드릴 수 있을 정도로 마음이 넓으신 사내는 대감뿐이에요."

"공주."

홍연의 낮게 깔린 목소리가 내 말을 갈랐다.

"난 공주가 생각하는 것만큼 마음이 넓은 사람이 아니오. 다만

하나뿐인 내 아내에게 졸렬한 사내처럼 보이고 싶지 않을 뿐."

그의 눈빛이 슬프게 흔들린다.

"그대의 선택이 전하를 위하고 이 나라를 위한 것임을 잘 알겠소."

그가 내게서 시선을 거두더니 자리를 털고 일어선다. 아직 내 말은 다 끝나지 않았다. 그러나 이젠 남은 말을 그에게 하는 것조차도 미안하게 되어버린 것이다.

"한 가지."

그가 문을 바라보며 서서 내게 등을 보인 채 묻는다.

"한 가지 묻고 싶은 것이 있소."

"무엇이죠?"

"그대에게 전하는 어떤 존재요?"

예상치 못했던 물음에 당황하는 것도 잠시, 난 천천히 숨을 고르며 대답했다.

"소첩의 하나뿐인 소중한 오라버니이십니다."

내 대답에 잠시 침묵하던 홍연이 문을 열고나서며 말했다.

"공주의 그 말씀만 믿겠소."

홍연이 밖으로 나가버리고, 남겨진 그의 빈자리를 돌아보는 내 마음이 무거워졌다.

⁂ ⁂ ⁂

홍연이 홀로 퇴궐했다는 소식이 왕에게 전해졌다. 왕은 입가에 비릿한 미소를 짓더니 뒤이어 큰 소리로 대전이 떠나갈 듯 웃어 댔다.

무엇이 그리 왕을 기쁘게 했는지 알지 못하는 지밀나인들만 곁에서 불안해했다. 한참을 홀로 웃던 왕이 내관 김자원을 불러 말했다.

"앞으로 거창위가 공주를 만나러 입궐하려거든 못하게 막아라."

"예?"

"또한 서신이라도 왕래하려 하거든 모두 과인에게 가져오고 공주에게 일절 전하지 말라."

"예. 전하."

왕의 속뜻을 모른 채 내관은 그러하겠노라 답할 뿐이다. 보료에 반쯤 몸을 누운 왕이 편안히 눈을 감았다. 잠시 뒤 다시 눈을 뜬 왕이 내관을 향해 말했다.

"거창위 사저에서 지내던 장 상궁은 어찌 되었느냐?"

"공주마마를 모시던 상궁인지라 거창위 대감과 함께 퇴궐은 하지 않은 것으로 알고 있사옵니다."

"상 상궁을 비롯하여 공주가 살아 돌아온 사실을 아는 나인들의 입단속을 시켜라."

"하오면 전하. 공주마마께서 돌아오신 사실을 공표하지 않으실 것이옵니까?"

"당분간은. 당분간은 그러할 것이다."

그때였다.

"전하. 군기시 부정 들었사옵니다."

문 밖의 나인이 이보가 왔음을 알렸다. 왕이 자세를 고쳐 앉더니 말했다.

"들라 이르라."

"예, 전하."

문이 열리더니 이보가 안으로 들어왔다.

"전하."

정중하게 인사를 올리는 이보를 보며 왕이 미소를 지었다.

"이리 경을 독대하기가 참으로 오랜만이오."

"송구하옵니다."

왕은 이보의 얼굴에 드러난 근심을 읽었다.

"경에게 무슨 일이라도 있소?"

이보가 기다렸다는 듯 입을 놀렸다.

"소인의 여식과 정혼했던 윤여필의 자제 말이옵니다."

왕이 기억난다는 듯 고개를 끄덕인다. 그간 공주가 돌아온 일에 신경 쓰느라 그 이전에 자신이 선정전에서 벌였던 일을 잊고 있었던 것이다. 어쨌든 정혼녀인 도희를 버려두고 윤임이 놀아난 계집

은 한강수에 던져 죽이라고 명했던 왕이었다. 왕은 그 일이 그렇게 해결된 줄로만 알고 있었다.

"윤임은 마음 준 계집이 죽었다하여 식음을 전폐한다 하옵니다."

"그렇소?"

"예에."

돌아오는 이보의 목소리에 한숨이 실린다.

"허면 그리 굶어 죽으라지."

왕은 별 관심도 없다는 듯 쓴소리를 던졌다. 이 역시도 왕을 잘 아는 이보는 예상했던 일이었다.

"그리되어도 탓할 자는 아무도 없을 것이옵니다. 다만 저희 여식의 팔자가 기구하게 되었사오니, 이 억울함을 또 어찌 풀어야 할지 아비로서 괴롭기만 하옵니다."

왕이 자신의 매끈한 턱선을 쓸어내렸다.

"허면 어찌하여야 경과 경의 여식의 억울함이 풀리겠소?"

이보가 대답했다.

"파혼당한 일이 널리 알려져 새 배필을 찾기에도 어렵게 되었사오니, 전하께서 직접 소인의 여식의 새 배필을 찾아주신다면 집안의 광명이 될 줄 믿사옵니다."

"그렇다면 윤여필의 자제보다는 나은 사내여야 하겠군?"

"그렇지요."

이보의 눈빛에 기대감이 차올랐다.

윤임이 아직 관직에 나아가지 않은 반가의 자제라는 점만 제외하면 그의 이모와 누이들은 모두 종친에게 시집 간 명문가였다. 이런 윤임에 견줄 만한 집안의 자제를 찾는다는 것은 결코 쉽지 않은 일.

여기에 윤임과 정혼하고 혼인이 미뤄지는 사이 도희도 나이를 먹어버렸다. 이렇다 보니 도희 또래의 명문가 자제들은 다들 짝이 있었다.

"영산군."

왕의 머릿속에 영산군이 떠올랐다. 영산군은 왕을 제외하고 선왕의 유일한 아들이었다. 필시 윤임과는 비교도 할 수 없는 훌륭한 배필감이 될 것이다.

"영산군 대감께서는 이미 윤임의 누이와 정혼하지 않았사옵니까?"

"그렇소. 하나 과인이 그 혼인을 깨고 경의 여식과 맺어준다면, 윤임에게 또 다른 복수를 하는 것이 될 수도 있으니 경의 한도 풀리지 않겠소?"

간악한 이보의 머리가 빠르게 돌았다. 왕의 말대로 그리된다면 자신에게는 일거양득. 하나 아무런 문제가 없던 영산군과 여진의 혼인을 왕이 나서서 깨트린다면 그에 따라올 비난도 어느 정도 감수해야 한다.

"그리만 된다면야 소인의 가문에는 큰 영광이겠사오나, 무지한 백성들은 전하의 깊으신 뜻을 모르고 소인을 위해 나서주신 전하의 큰 뜻을 비난할까 두렵사옵니다."

"경의 말을 듣고 보니 그럴 수도 있겠군."

고민하던 왕이 이보에게 물었다.

"허면 마음에 둔 집안의 자제라도 있소? 정혼하지 않은 사내라면 과인이 나서서 중매를 서주겠소. 그 누구라도 과인이 중매를 선다면 경의 여식을 거절치 못할 것이오."

"정혼하지 않은 사내라면……."

도희의 나이를 생각한다면 상대로 삼을 만한 명문가의 자제들은 대부분 젖을 뗀 어린아이들. 이런 어린아이와 도희를 강제로 맺어준다 한들 웃음거리가 되고도 남을 일이었다. 고민하던 이보의 시선에 왕의 용안이 들어왔다.

"전하!"

이보가 왕의 앞에 머리를 깊게 조아렸다.

"응?"

"소인의 여식을 궁중 나인이 될 수 있도록 윤허하여 주시옵소서!"

"나인? 어찌 경의 여식을 나인으로 삼아달라는 것이오?"

"윤녀필이 귀양을 간 후 정해진 혼인이 미뤄지면서, 소인의 여식 또한 혼기를 놓치고 말았사옵니다. 이런 상황에서 어울리는 짝을

찾기란 불가능에 가깝사옵니다. 차라리 소인이 전하께 충성을 바치는 것처럼 소인의 여식도 나인이 되어 일평생 전하를 보필하는 삶을 살 수 있도록 하여 주시옵소서!"

말이야 윤여필이 귀양을 가면서 혼인이 미뤄졌다고 하지만, 그 윤여필을 귀양 보낸 것은 다름 아닌 왕이었다. 이보는 왕에게 그 책임을 돌려 물으면서 동시에 제 여식을 거둬달라는 말을 한 것이다.

왕이 이를 모를 리가 없었다.

"이 부정."

돌아오는 왕의 목소리가 부드러웠다.

"예, 전하."

이에 이보가 보란듯이 더욱 머리를 조아렸다. 왕의 입가에 미소가 그려졌다.

"고개를 드시오."

그러나 이보는 고개를 들지 않았다. 왕은 직접 손으로 그를 일으켜 세웠다.

"과인에게는 이미 많은 후궁들이 있소. 그런데도 하나뿐인 여식을 과인에게 보내는 것을 후회하지 않겠소?"

왕이 호탕하게 웃으며 말했다.

"과인 역시 이번 일에 책임을 통감하는 바이오. 하여 경이 반대하지 않겠다면 경의 여식을 과인의 숙원으로 삼겠소."

"서, 성은이 망극하옵니다, 전하!"

그렇게 이보의 여식인 도희의 문제가 마무리되었다. 단, 아직 한 가지 숙제가 남아 있었다.

왕은 윤임이 죽든 말든 상관이 없었다. 그러나 윤임은 월산대군의 유일한 아들인 덕풍군의 처남이었다. 또 어릴 적 궐에서 쫓겨난 왕을 키워준 월산대군의 부인 박씨는 윤임의 큰 이모였다. 지금까지는 일방적으로 도희와 파혼을 선언한 윤임이 비난받아왔다.

만약 윤임이 식음을 전폐하다 죽는다면 그 책임과 비난은 왕을 향할 수도 있었다. 고민하던 왕이 눈을 번뜩였다.

인지당.

왕이 내가 올리는 꽃차를 받아 한 모금 마셨다.

"네가 올리는 차는 늘 꿀맛이었지."

"이것은 화차花茶이지, 꿀물이 아니옵니다."

"말이 그렇다는 것이다."

다행히 오늘 아침 왕의 기분은 좋아 보였다. 아니면 내가 타서 올린 꽃차가 심신을 가라앉혀주었는지도 모른다.

"상소가 꽤 많사옵니까?"

"그렇구나."

왕이 수북이 쌓인 상소를 두고 내게 푸념한다. 난 왕의 곁에 앉아서 계속 끓는 물을 꽃차에 부어 우려내길 반복하며 미소를 지었다. 그사이 왕이 내 미소를 훔쳐보듯 쳐다본다.

어쩌다 나와 눈이 마주친 왕은 나쁜 짓을 하다 들킨 어린아이처럼 눈을 크게 떴다. 난 피식 웃으며 왕에게 말했다.

"소녀의 얼굴을 어찌 그리 보십니까?"

변명거리를 생각하는 듯 고심하던 왕이 어색한 웃음을 흘린다.

"과인의 누이가 언제 이리 커서 아리따운 여인이 되었나, 믿을 수가 없어 그렇다."

난 웃으며 반쯤 줄어든 왕의 찻잔에 꽃차를 따랐다.

"소녀가 자라 여인이 되는 것은 하늘의 이치이지요."

"천불변 도역불변天不變 道亦不變. 기억하고 있었구나?"

"어찌 잊겠사옵니까?"

내겐 그와 함께했던 소중한 추억이었다. 그런데 지금 그에게는 그 추억을 떠올리는 것이 크게 즐거워 보이지는 않았다.

"혹 부마가 그리운 것이더냐?"

저리 다르게 넘겨짚고 있으니.

"소녀는 그저……."

말끝을 흐리다가 순간 꽃차를 찻잔이 아닌 내 손에 흘리고 말았다.

"앗!"

"수련아!"

찻물이 뜨거워 깜짝 놀란 것인데, 나보다도 더 크게 놀란 것은 왕이다. 왕은 손에 들고 있던 상소를 내던지더니 양손으로 찻물에 데인 내 손을 붙잡았다.

"괜찮으냐? 많이 데인 것이야?!"

"괜찮사옵니다."

뜨거운 찻물의 쓰라림보다도 데인 내 손을 움켜잡은 왕의 악력이 더 아팠다. 당황하는 나를 두고 왕은 문 밖을 향해 큰 소리로 호령했다.

"당장 어의를 불러라! 어서!"

"전하."

"당장!"

"오라버니."

'오라버니'라고 부르고 나서야 왕이 내 얼굴을 쳐다보았다.

난 최대한 밝게 웃으며 왕을 부드럽게 타일렀다.

"어의를 부를 일은 아니옵니다. 의녀를 불러주십시오."

"턱도 없는 소리 말거라."

왕은 단호했다.

잠시 후 왕의 다급한 부름에 놀란 어의가 뛰어왔다. 어의는 붉게 변한 손등의 상처를 보더니 심하지 않다고 말했다. 가만히 내버려 두면 저절로 나을 것이라며 걱정 말라고도 했다.

왕은 어의를 무섭게 다그쳤다.

"그러고도 네가 어의냐?"

어의가 쩔쩔매며 연고를 처방하고는 물러갔다. 어의가 떠난 후 왕이 내게 말했다.

"연고를 어서 바르지 않고 무엇 하느냐?"

난 웃으며 고개를 저었다.

"심하지 않다고 했지 않사옵니까? 나중에 바르면 되옵니다."

"아니다. 어서 발라라."

"정말 괜찮사옵니다."

"내가 괜찮지 않다. 어서, 과인의 눈앞에서 연고를 바르거라."

왕이 어린아이처럼 한 번 우기기 시작하면 그 고집을 쉽게 꺾을 수 없었다. 이를 잘 아는 나는 속으로 한숨을 삼키고는 연고를 꺼내 손등에 펴 바르기 시작했다. 왕은 연고를 펴 바르는 내 모습을 쳐다보며 안절부절못하고 있었다. 연고를 바르다가 조금이라도 아프다는 소리를 냈다가는 다시 어의를 불러 호되게 꾸짖을 분위기였다. 난 정말 괜찮다는 듯 웃으며 연고를 발랐다.

여전히 왕은 나를 살짝만 건드려도 깨질 것 같은 유리그릇을 대하듯 쳐다본다.

그때였다.

"전하. 경연에 가실 시간이옵니다."

내관의 목소리에 왕은 대꾸조차 안 한다. 여전히 왕의 시선은 내

손등에 머물러 있었다. 난 왕의 눈을 쳐다보며 말했다.

"오라버니."

"응?"

바로 돌아오는 목소리.

"경연에 가실 시간이옵니다."

"그깟 경연. 하루에 세 번이다. 한두 번쯤 빠진다고 큰일 날 것도
아니고."

"음음."

난 입을 다문 채 고개를 엄하게 저었다. 왕은 이런 내 얼굴을 황
당하다는 듯 쳐다보더니 말했다.

"네가 지금 과인에게 경연에 가라, 명령이라도 내리는 것이
더냐?"

"후훗."

난 이번에 소리 내 웃었고 왕도 자연히 나를 따라 웃었다.

"어릴 적에 너는 과인이 시키는 대로만 하는 계집아이였지. 한데
자라서는 과인을 쥐락펴락하는 여인이 되었구나."

"오라버니께서 지금 경연에 가시면요. 그 말이 옳은 말이 되겠
지요."

"그럼 과인의 말이 옳다는 것을 증명하기 위해서라도 경연에 갈
수밖에 없겠구나."

왕이 순순히 자리에서 일어서서 밖으로 나갔다. 왕이 떠나자, 내

얼굴을 가득 채웠던 미소가 사라져버렸다. 그리고 터져 나오는 것은 한숨뿐. 임금의 앞에서 짓는 미소는 진실될 수 없었다. 그 누구라도 그러할 것이다.

무엇보다도 이를 보는 상대가 이 미소가 진짜가 아니라는 걸 눈치채지 못하게 해야 한다. 임금 앞에서 짓는 미소는 그래야만 했다.

"공주마마. 소인이옵니다."

문 밖에서 장 상궁의 목소리가 들리더니 곧이어 장 상궁이 안으로 들어왔다. 난 상궁을 보자마자 조금 전까지 왕이 마시던 찻잔을 정리하기 시작했다.

"소인이 하겠사옵니다."

"아니네. 내가 하겠네."

"공주마마. 이런 하찮은 일들은 나인들에게 맡기시옵소서."

장 상궁이 내가 손에 쥔 왕의 찻잔을 가져갔다. 그 순간 나도 모르게 내 손으로 장 상궁의 손목을 잡았다.

"공주마마?"

이런 나의 행동에 장 상궁이 돌아보았을 때였다. 난 조금 전까지 왕이 앉아 있던 자리를 멍하니 쳐다보며 중얼거렸다.

"이상하지? 내 모든 기억이 돌아왔는데도 전하 오라버니가 낯설게만 느껴지니."

"공주마마의 오라버니이시기 전에 주상전하이시니까요. 이 나

라의 상감마마이시니까요."

장 상궁의 말은 머리로는 이해가 되었지만, 지금 내가 느끼는 감정까지 이해시키지는 못했다.

"살아 돌아온 하나뿐인 누이를 소중히 여기시고 6년 전 일에 대한 미안함으로 이 누이를 소중히 여겨주신다면야 고마운 일이지만."

가슴 한구석이 무언가의 돌덩이에 꾸욱, 눌린 듯 갑갑하기만 하다.

"임이는 지금 어디에 있느냐?"

대문을 넘어서자마자 해진이 잔뜩 화가 난 목소리로 윤임을 찾았다. 그녀를 마중 나온 것은 윤임이 아닌 그의 집 하인들뿐. 하인들도 해진의 눈치만 보며 누구 하나 나서서 윤임이 어디에 있는지 알려주려 하지 않았다.

해진이 직접 나섰다. 평소 윤임이 지내는 사랑채로 다가간 해진이 문고리를 잡았다. 문고리가 안에서부터 잠겨 있었다. 낮인데도 불구하고 전혀 햇빛이 비치지 않는 사랑채는 문이고 창문이고 할 것 없이 모두 고리가 걸려 있었다.

"임아! 여기에 있느냐? 임아!"

닫힌 문고리를 잡고 해진이 흔들어대며 윤임을 불렀다. 분명 사랑채 안에 있을 윤임에게서는 답이 돌아오지 않았다.

"임아! 어서 이 문을 열어 보거라! 누이와 이야기를 하자꾸나! 임아!"

거듭된 해진의 목소리에도 끝내 안에서는 답이 돌아오지 않았다. 화가 난 해진이 사랑채 안을 향해 소리쳤다.

"전하의 어명이다! 네가 이를 따르지 않았다가는 우리 집안이 멸문지화를 당할 것이야! 아직도 죽은 그 계집 하나 때문에 정신을 차리지 못하겠느냐? 임아!"

같은 시각 사랑채 안. 어둠 속에서 홀로 조용히 앉아 있는 윤임의 눈앞에 어제 도착한 왕의 교서와 곱게 접힌 관복이 나란히 놓여 있었다. 왕은 윤임에게 진독청(進讀廳, 홍문관) 교리 자리를 제수하고 관복까지 친히 내렸다. 어명을 그대로 따르자면 당장 오늘부터 입궐해야 했다. 그러나 윤임은 이를 따르지 않았다.

그의 시선이 머무는 곳은 왕이 내린 교지와 관복이 놓인 곳이었다. 하지만 그의 마음은 그리 오래되지 않은 기억 속에 있었다. 그곳에 유나가 있었다. 자신이 지켜주지 못했던 유나가.

그녀의 마지막이.

그녀의 마지막 모습이.

그녀의 마지막 목소리가.

윤임의 가슴을 고통스럽게 짓이긴다.

제 고통을 이기지 못한 윤임이 손등에 힘줄이 솟아날 정도로 세게 손을 움켜쥐었다. 그는 그녀를 지키지 못했지만 그녀를 죽인 왕의 신하가 될 순 없었다.

❋　❋　❋

　삼각산.

　윤임의 소식은 그의 이모인 박씨부인에게도 전해졌다.

　"버틴다고? 항명하고?"

　"예. 분명 이 소식이 주상전하의 귀에도 들어갔을 텐데요. 계속 윤 도령께서 저러시면 덕풍군댁은 물론이고 곧 혼사를 앞둔 여진 아가씨께도 해가 가지 않을는지요."

　여종의 걱정스러운 말에 박씨부인이 속으로 긴 한숨을 내쉬었다.

　"아니 도와주십니까?"

　"내가? 왜?"

　"윤 도령은 부인의 조카가 아니십니까? 게다가 덕풍군 대감은……."

　"조카사위지. 내 친언니의 양자이기도 하고."

　단순 가족 관계만 본다면 나서서 도와주고 싶은 마음이 없는 것도 아니었다.

"제안대군께서 나와 이혼하셨을 때, 세상은 마치 내게 문제가 있어 이혼당한 것인 양 떠들어댔어. 그때 어린 해진이는 이런 나를 두고 비난했지. 가문의 먹칠을 했다면서, 살아서는 나를 다신 보지 않겠다고 말했어. 죽은듯이 살라며 나를 내몰았지."

"혹 그때 그 일을 두고 큰 아가씨를 미워하십니까?"

"호호!"

박씨부인이 깔깔 웃으며 말을 이었다.

"미워하기는? 그때 그 해진이는 고작 열 살이었는걸."

"하오면?"

박씨부인이 또 한 번의 긴 한숨을 내쉬었다.

"임이가 항명하는 것은 왕이 그 처자를 처형했기 때문이지. 대쪽 같은 임이 성격에 거짓으로라도 왕에게 충성하느니 차라리 죽는 것이 더 낫다고 생각하는 게 분명해."

"이 문제를 해결할 방도가 있으십니까?"

"방도야 많지."

자신만만하게 말한 박씨부인이 자신의 맞은편 자리를 쳐다보았다. 얼마 전 이곳에서 지내던 유나의 모습이 떠올랐다.

"난 왠지 그 처자가 죽지 않았을 것 같단 말이야."

"한강에서 시체가 발견되지 않았기에 그러십니까?"

"시체, 시체라……."

박씨부인은 같은 말을 반복하듯 읊조렸다.

❋ ❋ ❋

"공주마마."

인지당을 나와 자미당에 이르렀을 때, 장 상궁이 뒤에서 나를 불러 세웠다. 돌아보자 그녀의 시선이 월대 아래 서 있는 한 사내를 향해 있었다.

한쪽 눈에 안대를 하고 있는 사내. 그 안대 때문에 나는 바로 그를 기억해 낼 수 있었다. 얼마 전 혜안전에서 보았던 별감이었다. 그가 막 자미당에 오르려는 나를 월대 아래에서 쳐다보고 있었다.

나와 눈이 마주친 그가 한 팔을 가슴에 대며 고개를 숙여 인사를 올렸다. 난 자미당으로 들어가려던 걸음을 돌려 그에게로 다가가 마주 섰다.

"공주마마."

"혜안전의 별감이었지요?"

내가 아는 체를 하자 날 보는 그가 활짝 웃는다.

"그렇사옵니다."

"여긴 어쩐 일이죠?"

그가 잠시 망설이더니 내게 말한다.

"주상전하의 명이 있으셨사옵니다."

"무슨?"

"앞으로 소인은 자미당의 별감으로서 공주마마를 호위하게 될

것이옵니다."

생각지도 못한 일에 난 잠시 당황했다. 그사이 장 상궁이 내 앞으로 나섰다.

"자미당에도 별감이 여럿이오. 한데 어찌 전하께서 혜안전의 별감인 그대를 보내셨소?"

이 물음은 자미당에 있던 내관이 나서서 대신했다.

"한 별감은 궁중에서도 무예로는 둘째가라면 아주 서러울 정도로 뛰어난 자이지요. 전하께서 공주마마의 호위를 맡기신 것은 이러한 사실을 그 누구보다도 잘 아시기 때문일 것이옵니다."

내관의 말에 난 고개를 끄덕이며 다시 한수를 보았다.

"그리 뛰어나신 분이 어찌 혜안전이나 지키는 별감 일을 하고 계셨습니까?"

장 상궁은 이런 내 말투가 마음에 안 드는지 작은 목소리로 속삭였다.

"무예 실력이 출중하든 나이가 많든 한낱 별감이옵니다. 하대하소서."

난 웃으며 장 상궁을 설득했다.

"전하 오라버니께서 보내셨는데 어찌 함부로 하대하겠느냐?"

이런 내 모습을 유심히 지켜보던 한수가 말했다.

"소인이 그간 혜안전의 별감으로 지내온 것은 제헌왕후마마를 지키지 못한 죄를 사죄하기 위함이었사옵니다."

제헌왕후는 폐비 윤씨에게 전하 오라버니가 내린 작호다. 그보다 폐비 윤씨는 죄인으로, 사가에서 사약을 받고 죽었다. 그 폐비 윤씨를 지키지 못했다는 말은 무슨 의미인 걸까?

"과거 제헌왕후를 모시던 별감이었습니까?"

다시금 정중한 내 물음에 한수가 웃으며 말했다.

"상궁의 말대로 소인에게 하대하소서."

그는 내 물음에 대답하지 않았다.

"이만 제 자리로 물러가 있겠사옵니다."

그는 내게 정중히 인사를 올리고는 돌아서서 자리를 떠났다.

윤임이 왕이 내린 교지를 받고도 등청하지 않고 버틴 지 열흘째. 공식적으로야 윤임은 병이 있어 등청하지 못하고 있었다. 그러나 감춰진 진짜 진실이 언젠가는 밝혀질지 모르는 상황. 그리되면 후폭풍은 엄청날 것이었다.

이 사실을 여진에게 전해들은 영산군의 고민이 깊어졌다. 윤임 때문에 곧 있을 여진과의 혼인에 차질이 생길 것이 불 보듯 뻔해서였다.

또 한 번의 깊은 한숨이 영산군의 입에서 흘러나온 그때였다. 그가 앉아 있던 누마루 위로 누군가 걸어 올라오며 말했다.

"계속 그리 한숨을 지으시다가는 오늘 이 마루가 땅으로 주저앉는 것을 보겠습니다."

"홍연!"

예고도 없이 찾아온 홍연의 등장에 영산군의 눈이 커졌다. 홍연은 영산군의 맞은편에 앉으며 입가에 미소를 지었다.

"어찌 그리 한숨을 쉬십니까?"

"아휴! 자네도 알다시피 달포 뒤가 내 혼인날이 아닌가?"

"그렇지요."

영산군은 비밀을 털어놓을 지기가 생겼다는 듯 주절주절 말을 늘어놓았다.

"내 윤임 아니, 내 처남 때문에 혼인도 못 하고 총각귀신으로 죽게 생겼네!"

"무슨?"

영산군이 주변을 조심스럽게 살피며 목소리를 낮췄다.

"전하께서 윤 도령에게 교리직을 내리신 소식은 들었겠지? 한데 그가 이를 받아들이지 않고 여전히 사랑채에서 두문불출하고 있네."

"듣자 하니 병으로……."

"병이 아닐세. 내 누이 때문이지."

홍연의 눈빛이 살짝 흔들렸다.

"처남은 내 누이가 그날 죽은 줄 알지 않은가? 어쨌든 전하가 죽

인 것이니, 그리 여기고 항명하는 것일세. 어쩌면 내 누이를 따라 죽으려고 결심했는지도 몰라. 이리된 것, 차라리 누이 보고 처남을 만나라 할까? 살아 있는 것을 안다면 처남도……."

"그것은 안 됩니다."

홍연이 단호하게 영산군의 말을 끊었다.

"응? 안 된다니?"

"공주께서 다시는 윤씨 남매를 만나지 않겠다고 하셨습니다."

"허, 하나 윤 도령은 그렇다 치더라도 윤 소저는 곧 내 부인이 될 사람인데 누이에게는 올케가 될 것이고."

"영산군 대감."

"응?"

"공주께서 불의의 사고로 기억을 잃으신 동안, 윤씨 남매와 지내며 있었던 일들을 아시지요?"

기억을 잃은 공주는 자신의 지아비의 존재도 잊어버린 채, 윤임과 사랑에 빠졌다.

"지금 윤 도령의 태도를 보더라도 공주께서 살아계신 것은 물론이거니와 공주가 이 소저였다는 사실 역시 영원히 비밀로 붙이셔야 합니다."

"전하께서도 아직 모르시지?"

"예."

홍연이 고개를 끄덕였다.

"아휴, 이 나라 종친들에게는 왜 이렇게 비밀들이 많은 건지."

연거푸 한숨을 내쉬는 영산군을 보며 홍연이 피식 웃었다.

"걱정 마시지요. 혹 혼인이 미뤄지거나 없던 일이 되더라도 다른 여인과 혼인하시면 총각귀신은 되지 않으실 것입니다."

"어, 없던 일이라니?! 난 싫네! 절대 싫어! 윤 소저가 아니라면 다른 그 누구와도 혼인하지 않을 것이네! 아니, 평생 홀로 살다 죽고 말지!"

"하하하!"

여진이 아니면 다른 여인은 죽어도 싫다는 영산군의 태도에 홍연이 시원스레 웃었다. 반대로 그렇게 웃는 홍연을 보는 영산군의 표정은 밝지 못했다.

잠시 후 홍연의 웃음이 그치자 영산군이 넌지시 말을 걸었다.

"아직도 전하께서는 누이가 살아 돌아온 사실을 공표하지 않으시고 계시네."

이 말에 홍연의 얼굴에서 웃음이 사라졌다.

"하나 궁궐의 누군가는 입이 그리 무겁지 않은 모양이야."

"그건 또 무슨……."

"전하께서 입단속을 시키신 모양인데도 불구하고 벌써 궐 밖에서 들리는 소문이 있어. 아직은 다들 헛소문이라 치부하는 단계이지만 뭐, 영원한 비밀은 없는 법이니 언젠가는 전하께서도 누이가 살아 돌아왔다는 사실을 공표하실 수밖에 없으시겠지."

"대감."

"무엇보다 그때가 되면 윤 도령도 분명 이 소저가 진성 누이라는 사실을 알게 될 터인데……."

❋ ❋ ❋

평양 인근의 산속.

외로이 놓여 있는 정자 앞에 가마 하나가 멈춰 섰다. 안에서 내린 이는 박씨부인. 그녀는 고요히 놓인 정자를 가만히 바라보다가 가마꾼들과 여종까지 모두 물렀다. 이제 홀로 남게 된 그녀가 정자 위에 올라 자신이 온 길 쪽을 내다보던 그때였다.

"무에 급한 일이 있어 나를 여기까지 불렀느냐?"

등 뒤에서 들려오는 목소리에 놀란 박씨부인이 황급히 돌아보자 갓을 쓴 중년의 사내가 정자에 오르고 있었다. 유청색의 철릭에 붉은 허리띠를 동여맨 사내는 한눈에 보더라도 고관대작의 품새를 지니고 있었다.

두 사람은 안면이 있는 듯했다. 그가 정자 위에 완전히 올라서기까지 기다리던 박씨부인이 마침내 마주 선 그를 향해 입을 열었다.

"오라버니."

그는 바로 함경도 병마절도사이자 박씨부인의 오라버니인 박원종이었다. 실로 오랜만인 남매의 상봉이었다. 그럼에도 불구하고

두 사람은 자리에 앉지도 않은 채 등을 지고 섰다.

"삼각산에서 지내던 네가 어찌 나를 불렀느냐."

"함경도가 도성에서 멀다 하나, 분명 오라버니께서도 임이의 이야기를 들으셨겠지요."

"윤임? 나를 여기까지 불러낸 이유가 고작 임이의 일 때문이더냐?"

"예?"

원종이 코웃음을 쳤다.

"윤여필이 귀향 갈 때를 잊었더냐? 그 당시 나도 연루되어 목숨을 잃을 뻔하였다. 기사회생한 것은 월산대군의 처가 된 큰누이 덕분이었고. 난 명색이 절도사이나 지금 주상은 나를 함경도로 쫓아낸 것이나 진배없다. 하여 윤여필과는 왕래를 끊기로 마음먹은 지 오래다."

"형부와 인연을 끊더라도 임이는 오라버니의 친조카가 아닙니까?"

"죽기로 각오하고 항명하는 조카 따위는 나와 상관없다."

여기까지 들은 박씨부인은 짧은 한숨을 내쉬었다.

"그리 말씀하시는 것을 보아하니, 임이의 소식을 이미 아시나 봅니다."

"병을 핑계로 주상이 내린 관직을 거부하고 있다지?"

"역시 알고 계시는군요."

"그래서? 넌 내가 어찌하길 바라느냐? 어차피 그 아이 스스로 고집을 부리는 것이다. 죽든 살든 함경도에서 조용히 지내는 내게 피해가 오지 않길 바랄 뿐."

매정한 원종의 태도에 박씨부인도 화가 난 듯, 그가 관심을 보일 만한 주제로 말을 돌렸다.

"임이의 소식은 이미 알고 계시다 하니, 그럼 이 소식도 아시는지 물어야겠습니다."

"무엇이냐?"

"진성 공주가 살아 있답니다."

이 말에 원종이 깜짝 놀라며 누이를 돌아보았다.

"뭐라?"

박씨부인은 원종에게서 고개를 돌리며 무심히 말했다.

"궐에 심어둔 세작에게서 전해 들었습니다. 궐로 돌아온 지 달포는 되었답니다."

"그럴 리가 없다. 분명 진성 공주는 6년 전 주상이……."

원종이 말을 끝내기도 전에 박씨 부인이 말을 받았다.

"살아 있습니다."

"진성 공주가 살아 있다라……."

원종의 표정이 딱딱하게 굳었다.

박씨부인은 이런 오라버니의 모습을 즐기기라도 하듯 입가에 미소를 띠었다.

"오래전 오라버니께서 제게 말씀하셨지요. 지금 주상에게 '흠'이 있다면 적장녀인 진성 공주가 왕위를 물려받게 될 것이라고."

"누이야."

그녀를 부르는 원종의 목소리가 조금은 부드러워졌다. 그는 아주 오래전 일을 회상하며 말했다.

"윤비는 분명 한 지평과 사통했다. 선왕은 분노해 한 지평을 베어버렸지."

당시 그는 선왕의 총애를 받던 대전별감이었다.

"그날 이후 한 지평은 조정에서도, 이 조선에서도 사라졌다."

대왕대비는 죽는 날까지도 그날 밤의 일을 아는 자들의 입단속을 했다. 또 윤비는 사약을 받아 죽었다. 이 모든 일들을 궁중 안에서 지켜보았던 박원종이었다.

"선왕은 분명 지금의 주상이 한 지평의 소생일 것이라 의심하고 있었다."

하지만 증거가 있었을까? 아니, 그 뒤에 일어났던 모든 일들이 증거였고 진실이었다. 적어도 박원종의 눈에는 그렇게 보였다. 선왕은 죽기 전 경국대전에 적장녀 승계에 대한 원칙을 다시금 명시하게 했다. 선왕의 적장녀는 오직 진성 공주 이수련뿐이었다. 또한 두 개의 밀지를 은밀히 월산대군과 제안대군에게 내렸다.

두 개로 나누어진 밀지.

도대체 그 안에는 각각 무슨 내용이 담겨 있는 것일까? 밀지가

담긴 상자는 열쇠가 되는 '옥' 없이는 열 수가 없었다. 혹 강제로라도 열려고 하면, 밀지와 함께 들어 있는 어떠한 장치로 인해 안에서 먹물이 담긴 통이 터진다. 동시에 밀지는 먹물에 젖어버려 더는 글씨를 알아볼 수 없게 되는 것이다.

"그 상자는? 아직도 가지고 있느냐?"

원종의 물음에 박씨부인이 고개를 끄덕였다.

"예. 하지만 아직 열쇠인 옥을 찾긴 못했습니다."

"결국 왕실의 물건이다. 옥도 왕실에 있겠지."

두 개의 상자 중 제안대군에게 보내진 상자는 박씨부인에게 있었다. 애초부터 제안대군은 그 상자에 담긴 밀지를 그리 중요하게 여기지 않았다. 열쇠가 없이는 열어볼 수 없다는 사실에 금방 흥미를 잃은 것이다. 원종은 누이인 박씨부인이 제안대군에게 이혼을 당해 쫓겨날 때, 그 상자를 은밀히 챙겨오도록 지시했다.

"상자 안에 담긴 내용이 무엇이라 생각하십니까?"

"주상이 한 지평의 소생이라는 사실이거나 그것이 아니더라도 윤비와 한 지평의 간통 사실을 명시한 내용일 것이라 추측한다."

"선왕이 스스로 정비가 외간 사내와 간통한 사실을 밀지로 남겼다고요? 이를 어찌 믿습니까?"

"선왕이 생전에 이를 밝혔다면 스스로에게 치욕이 되겠지만, 죽어서 밝히는 일은 상관없지 않겠느냐."

"그래서요? 그래서 죽은 선왕이 얻는 것이 무엇입니까?"

"법전에 명시된 '적장녀 승계'는 오로지 '적장자 계승에 있어 흠이 되는 까닭이 있을 시'에만 가능하다. 다시 말해서 어느 쪽이든 주상은 '흠'이 있으므로 왕위에서 물러나야 하지."

생각에 빠진 누이를 뒤로하고 원종이 말을 이었다.

"6년 전 신수근이 앞장서서 진성 공주를 죽이려 한 것 역시, 분명 이와 무관치 않을 것이다. 화근을 없애려 한 것이겠지."

박씨부인이 고개를 들었다.

"진성 공주가 살아 돌아온 이상, 왕에게는 분명 화근일 테니 다시 죽이려 하겠군요."

두 사람의 시선이 허공에서 얽혔다. 이 순간, 두 사람의 생각은 하나였다.

"내가 그간 네게 삼각산에서 모은 재물로 비밀리에 사병을 키워 오게 한 것이 무슨 뜻인지 알겠느냐? 오늘과 같은 일을 대비하기 위함이었다."

박씨부인이 고개를 저었다.

"정녕 왕의 흠을 찾아내 공주를 여왕으로 즉위시키기라도 하실 생각이십니까? 공주가 얼마나 영민한지는 몰라도 계집입니다. 계집이 군주라니요? 어느 사내가 따르겠습니까?"

"그래서, 왕이든 여왕이든 뛰어난 책사가 필요한 법이지."

그 책사는 원종이 스스로를 가리키는 말이었다.

"너는 그만 한양으로 돌아가거라. 나 역시 빠른 시일 내에 한양

으로 돌아갈 것이니."

"임이와 마찬가지로 항명이라도 하시려는 것입니까? 절도사로 계신 분이 왕명도 없이 한양으로 돌아오신다는 것은 있을 수 없는 일입니다."

"안 그래도 한양에 장계를 올릴 참이었다."

"장계요?"

"어리석은 조카 녀석이 벌인 일에 대한 책임을 지고 절도사직에서 사임하려 한다, 그게 지금 당장 한양으로 돌아갈 수 있는 좋은 핑계지."

"왕이 이를 받아들이겠습니까?"

"어차피 곧 여진의 혼례도 있지 않느냐? 주상은 내가 한양으로 돌아오는 것을 막진 못할 것이다."

고개를 끄덕이며 듣던 박씨부인이 물었다.

"허면 돌아오셔서 임이의 일도 처리해주실 것입니까?"

"걱정 마라. 내가 한양으로 돌아가서 제일 먼저 할 일이 바로 임이, 그 녀석을 만나는 것일 테니."

"이 많은 것을 다 말이옵니까?"

자미당을 가득 채운 혼수품에 장 상궁이 당황한 얼굴이 되었다.

난 웃으며 고개를 끄덕였다.

"내 하나뿐인 귀한 아우의 혼례인데? 이 정도는 챙겨서 보내주어야 하지 않겠는가."

"정업원에 계신 영산군 대감의 모친께서도 준비를 하셨을 텐데요."

"그래보았자 정업원에는 여승들뿐인데, 이 혼사를 챙기는 것도 한계가 있겠지."

난 또 다른 꾸러미 한 보따리를 가리켰다.

"이것은 윤 소저에게 보내게."

"윤 소저라면……."

"곧 영산군부인이 될 소저이지."

"그것은 소인도 아옵니다. 하나, 누가 보냈다고 하고 전해야 하는지요?"

거기까진 미처 생각지 못했다. 마냥 즐거워 이것저것 챙겨두고 보낼 생각만 했을 뿐이다. 아직 내가 살아서 돌아온 사실은 공표되지 않았다. 여기에 여진은 '이유나'는 죽은 줄로만 알고 있을 테니까.

"왕실에서 보낸 것으로 할까?"

귀엽게 운을 떼는 나를 보며 장 상궁이 한숨을 짓는다.

"대비마마께서 챙겨주신 혼수품은 이미 윤 소저 댁으로 갔사옵니다."

"그럼 이건 못 전해주나?"

섭섭한 내 말투에 장 상궁이 꾀를 냈다.

"부마 대감을 통해 보내시지요."

"대감께?"

"예. 어찌 되었든 대감은 공주마마의 부군이시니, 충분히 공주마마를 대신해 혼수품을 보내실 수 있지 않겠사옵니까?"

"그렇겠네. 그리해주게."

난 웃으며 고개를 끄덕였다.

"예. 알겠사옵니다."

장 상궁이 나인들을 보내 내가 챙긴 혼수품들을 홍연의 사저로 보내도록 지시했다. 나인들의 손에 들려나가는 혼수품들을 보며, 난 작은 것 하나라도 나를 챙겨주려고 하던 여진을 떠올렸다.

여진이 보고 싶었다. 함께했을 때처럼 지금도 자매처럼 지낼 수 있다면 얼마나 좋을까.

그러나 진성 공주 이수련에게는 불가능한 이야기다.

"공주마마."

"응?"

"어찌하여 전하께서는 공주마마께서 살아 돌아오신 사실을 공표하지 않으실까요?"

"아직은 때가 아니기 때문이겠지."

"때가 아니라니요?"

"애초에 6년 전 오해도, 전하 오라버니의 곁에서 말을 만들어내는 자들 때문이었네. 6년이 지났다고 크게 달라졌겠는가? 전하 오라버니는 다 나를 지키기 위해 그러신 것이네."

"그렇다고 부부간의 왕래도 막으시다니요?"

"무슨 말인가?"

장 상궁이 울분을 터트리듯 말했다.

"엊그제 벼랑이를 통해 알게 되었사옵니다. 그간 부마 대감께서 공주마마를 뵙고자 몇 번이나 입궐하려 하셨사오나, 수문장들이 왕명이라 막았다 하옵니다!"

"그런 일이."

"아무리 주상전하라 하셔도 어찌 부부간의 왕래까지 끊으신단 말이옵니까?"

"나는 몰랐네."

"6년간 그 많은 회유와 비난에도 오로지 공주마마만을 기다리신 대감이시온데……. 흑."

장 상궁이 결국 눈물을 훔치자 난 할 말을 잃었다. 사실 장 상궁을 달랠 만한 핑계는 많았다. 홍연이 나를 만나고자 궁궐을 자주 출입하다 보면, 내가 살아 돌아온 사실이 알려질 수도 있다. 왕은 이를 방지하기 위해 그의 출입을 막았을지도 모른다. 하지만 이 말은 핑계는 될 수 있어도 장 상궁을 납득시킬 수 없다는 것을 난 안다.

내가 살아 돌아온 사실이 공표되지 않으니, 하나뿐인 아우 영산군의 혼례에도 갈 수가 없게 되었다. 이는 속상한 일이었다.

"듣자 하니 전하께서는 영산군 대감의 혼례 날 새 숙원을 들이신다 하옵니다. 그 일로 궁중 안팎이 연회 분위기인데 어찌 공주마마께서 살아 돌아오신 사실도 공표하지 않으시고, 대감의 입궐도 막으시는지요? 너무하시옵니다."

장 상궁이 내 팔을 잡았다.

"벌써 대감을 뵙지 못하신 지도 두 달이나 지나지 않으셨사옵니까? 대감의 안부가 걱정되지 않으시옵니까?"

"대감께는 이미 앞서 잘 설명한 일이라……."

"허면 대감께서 이해해주신다고 하시옵니까?"

"대감은……."

등을 돌린 채 서 있던 홍연의 마지막 모습이 눈앞에 떠오르자 다시 그때처럼 마음이 무거워졌다.

"6년간 소인이 대감의 곁을 지키면서 본 것은 공주마마를 향한 한결같은 대감의 마음이셨사옵니다. 하여 소인이 감히 묻고자 하옵니다. 공주마마께 대감은 어떤 존재이시옵니까?"

"대감은……."

망설이며 다음 말을 잊지 못하자 장 상궁이 말했다.

"당분간이시겠지요. 이처럼 두 분이 떨어져 지내시는 것은 말이옵니다. 하오나 공주마마. 다른 여인들은 지아비와 떨어지면 불안

해하옵니다."

"불안해한다고?"

"혹여 다른 여인에게 빼앗길까 걱정을 하거나……."

난 무슨 말인지 알겠다는 듯 고개를 끄덕였다.

"난 공주네. 여염집 여인들과는 다르지."

명쾌하게 나온 답변이었음에도 장 상궁뿐만 아니라 나도 만족 시키지 못한 답변이었다.

장 상궁이 다시 나를 설득했다.

"공주마마께서 그리 말씀하시니 소인이 더는 할 말이 없사옵니 다만, 이리 지내시는 것이 계속된다면 이는 부마 대감께는 잔인하 신 것이옵니다."

"잔인하다?"

장 상궁이 힘없이 고개를 숙인다.

"대감께서 오직 공주마마만을 기다리신 세월을 기억해주시옵 소서."

"공주마마. 한수 나으리께서 오셨사옵니다."

문 밖 나인의 목소리였다.

"어서 드시게 해라."

"예."

문이 열리며 한수가 안으로 들어왔다. 그는 자미당에 들어서자마자 바로 그 자리에 무릎을 꿇고 앉아 예를 올렸다.

"부르셨사옵니까, 공주마마."

난 웃으며 그에게 말했다.

"이리 가까이 오세요."

내 명이 떨어지고 나서야 그가 다시 자리에서 일어서더니 바로 내 앞까지 다가와 앉았다. 그는 나를 곧장 쳐다보지 않고 허리를 굽히고 머리를 조아렸다. 한눈에 보더라도 매우 불편한 자세였다.

"대화를 위해 불렀으니 그리 계시면 제게 불편합니다."

"하대하시지요, 공주마마. 그리하지 않으시면 소인이 더 불편하옵니다."

여전히 그는 머리를 조아린 채 고개를 들려 하지 않았다. 내가 먼저 한숨을 쉬며 포기했다.

"그리하마. 고개를 들거라."

"예."

그가 고개를 들어 나를 쳐다보았다. 잠깐이지만, 난 또다시 혜안전에서 그를 처음 보았던 순간을 떠올렸다. 그때 보았던 그의 옆모습이 흡사 왕의 모습을 닮아 놀라지 않았던가? 정면으로 마주한 그의 모습은 한쪽 눈이 안대로 가려져 있어서, 어디서 왕을 닮았는지 도로 의문이 들었다.

만약 그가 쓰고 있는 안대의 반쪽을 치워서 두 눈을 동시에 볼 수만 있다면 그때도 왕을 닮았다는 생각을 하게 될까?

하지만 그가 왕을 닮은 부분이 외모인지 아니면 풍채인지는 구별하기 어려웠다.

"무슨 일로 소인을 부르셨사옵니까?"

"한수, 네게 부탁할 것이 있다."

"하명하시지요."

"내일……."

난 잠시 뜸을 들이다 주저하지 않고 말했다.

"윤여필의 여식이 혼인한다. 그리고 전하 오라버니께서는 새 숙원을 들이시는 날이라지."

"소인도 그리 알고 있사옵니다."

"아마 궁중이 새 숙원을 들이는 일로 분주할 터이니, 이 틈에 출궁하고자 한다."

"혹 윤여필 여식의 혼례에 참석하고자 하심인지요? 그렇다면 전하께 윤허를 받으시지요."

나도 생각을 안 해본 것은 아니다. 그러나 여진의 혼례에 가는 것 외에도 내가 출궁하려는 목적은 따로 있다.

거창위 신홍연. 부마 대감. 그리고 나의 지아비.

그를 만나려는 것이다.

이유는 모르지만 이 사실을 왕에게 밝힌다면 어느 쪽이든 윤허

하지 않을 것 같았다. 전자는 내 기억이 돌아온 날 있었던 진실. 바로 윤씨 남매와 관련된 사실을 왕에게 들킬 수 있었다.

내가 바로 윤임이 도희와 파혼하게 된 원인을 제공한 여인이며, 그날 한강에 빠트려 죽이라고 했던 여인이라는 사실을 아직 왕은 모른다.

왕에게 이 사실을 밝히지 않고 싶었다. 그리고 후자는 신홍연. 이상하게 왕은 부마의 이야기만 꺼내면 늘 내 말을 끊었다. 다시 말해서 그는 부마의 이야기를 꺼내는 것을 좋아하지 않았다. 당연히 홍연을 만나러 간다고 하면 출궁을 반대할 것 같은 생각이 들었다.

"전하께는 알리지 않고 출궁하시려 하옵니까?"

"장 상궁만 대동한 채 출궁하려 한다."

"하오면 소인은……."

"네가 이곳에 있어야, 전하께서 내가 출궁한 사실을 모르거나 늦게 아시겠지."

한수는 장신에 눈을 하나 잃은 외모 때문에 눈에 띈다. 궁궐 밖으로 데리고 나갔다가는 금세 왕의 귀에 내 출궁 사실이 전해질 것 같았다.

"그리 해주겠느냐?"

내 어려운 부탁에 잠시 고민하는 듯하던 한수가 고개를 숙인다.

"그리하겠사옵니다."

"고맙구나."

나는 밝게 웃으며 대답했다.

"더는 하명하실 일이 없으시다면 소인은 이만 물러가겠사옵니다."

"그래. 참."

나가려는 그를 내가 붙잡았다.

"그 눈. 어쩌다 그리되었는지 내가 물어도 되겠느냐?"

그는 안대를 하지 않은 한쪽 눈을 몇 번 깜빡이며 생각에 잠긴 얼굴을 했다. 난 괜히 물었다는 생각에 미안한 듯 그에게 말했다.

"아니다. 말하기 싫다면······."

"벌을 받았사옵니다."

"벌?"

"선왕께 큰 죄를 지었기에."

"선왕이라면······."

내 아바마마.

난 놀라 되물었다.

"아바마마께서 그리하셨다고?"

그는 이번에 아무런 대답도 하지 않았다. 순간이지만 그가 한쪽 눈을 잃은 것에 죄책감이 일었다. 그의 눈을 잃게 만든 사람이 내 친부였으니까

"실수이셨더냐? 어찌 내 아바마마께서 그리······."

"소인의 잘못이었사옵니다. 그리고 그 죄를 사하시고 소인을 받아주신 것 역시, 주상전하이시옵니다."

"허면 전하 오라버니께 충심이 대단할 터인데, 이리 날 도와 전하 오라버니를 속여도 괜찮겠느냐?"

조심스럽게 물은 말에 그가 활짝 웃으며 말했다

"공주께서 악의 있는 행동을 하시려는 것이 아니시니, 혹 전하께서 아시더라도 용서하실 것이옵니다."

그의 밝은 웃음에 나도 모르게 따라 웃으며 응수했다.

"이제 보니, 한수 네가 전하 오라버니를 오래 모신 모양이구나. 나보다도 더 잘 아는 듯 말하는 것을 보아하니."

난 소리 내어 웃지는 않았지만, 얼굴에서 미소가 떠나지 않았다.

다음 날 아침.

"대체 뭘 꾸물거리고 있는 게냐?"

해진의 호통에도 여진은 돌아앉아 요지부동이었다.

"기어코 너까지 집안 망신을 주려느냐? 영산군 대감과 혼례하지 않을 것이야?"

"아ㅏ! 혼례할 거야! 할 거라고!"

여진이 울먹이며 해진에게로 고개를 돌렸다.

해진이 깊은 한숨을 내쉬었다.

"허면 어서 혼례복으로 갈아입지 않고? 조금 있으면 영산군 대감께서 당도하실 터인데!"

"오라버니가 안 왔잖아…… 엉엉."

바닥에 몸을 엎드리며 여진이 엉엉 울음을 쏟았다. 이를 보는 해진의 마음도 편치 않았다.

"그저 조금 늦는 것이겠지. 안 그래도 유모를 보내지 않았더냐? 설마, 제 하나뿐인 누이의 혼례에도 오지 않을까?"

"오라버니는 안 올지도 몰라. 오라버니는 마음이 아프니까. 흑."

"마음이 아프다?"

유나 이야기를 꺼내는 것임을 직감한 해진이 코웃음을 치자, 여진이 엎드렸던 허리를 폈다.

그녀의 오른손은 목에 걸고 있는 목걸이를 소중히 쥐고 있었다. 그것은 유나가 여진에게 준 목걸이였다.

"오라버니는…… 흑! 오라버니는……"

"또 그 계집 이야기를 하려는 것이거든 입도 벙긋 말거라. 혼삿날에 강에 빠져 죽은 계집 이야기라니!"

"유나 언니는 나 때문에 죽은 거야. 흐흑! 나만 없었으면 그날 목숨을 잃진 않았을 텐데…… 흑!"

"말도 안 되는 소리!"

"아니야. 다 나 때문이라고…… 흐흑. 내가 행복해지면 유나 언

니도 오라버니와 행복해져야 하는데…… 그래서 내가 혼례를 미루자고 했잖아."

"미룰 걸 미뤄야지? 어서 혼례복을 입지 않으면, 내가 영산군 대감께 가서 이 혼사를 파혼해달라고 할 것이다."

"그, 그건 안 돼!"

울던 여진이 기겁하며 나오자 해진이 속으로 혀를 찼다. 고심하던 해진이 꾀를 냈다.

"또 아느냐? 유모가 갔으니 임이가 이곳으로 오고 있을지. 한데 네가 혼례하기 싫어서 파혼했다는 소식을 들으면, 영산군 대감은 다른 여인과 혼인해야 할 터이고……."

"아냐! 아냐! 혼인할 거야! 영산군 대감과 혼인할 거라고!"

"그럼 어서 혼례복부터 입거라, 응?"

여진은 섣불리 동의하진 못했다. 해진의 말을 그대로 따르기에는 유나가 죽은 후 윤임이 보인 태도가 너무나도 완강했기 때문이었다. 그는 점점 초췌해져갔고 곧 유나의 뒤를 따라 저승으로 가버릴 것만 같았다. 세상만사 다 자신과 상관없다는 듯 구는 윤임을 보면 오늘 자신의 혼례에는 절대 나타나지 않을 것만 같았다.

"어서 혼례복을 입지 못하겠느냐?"

"좋아."

"입겠다고?"

"당연히 입을 거야. 대신 조건이 있어."

"조건이라니?"

"언니가 가줘."

"뭐?"

"언니가 가서 오라버니를 데려와. 언니가 가서 내가 오라버니가 안 오면 혼례를 안 하겠다고 고집 피우고 있다고 가서 전해줘. 아니, 언니라면 어떤 식으로든 오라버니를 데려올 수 있을 거야. 난 오라버니가 없으면 혼례 안 할 거니까."

"여진아!"

여진의 태도는 단호했다.

"그래줄 거지? 하나뿐인 동생의 혼례인데. 안 그래도 유배지에 계신 아버지도 오지 못하시는데, 오라버니까지 없는 혼례라니…… 흑. 난 이런 혼인 못 해! 안 할 거라고!"

한숨을 쉬며 여진의 처소에 나오는 해진에게로 덕풍군이 다가왔다.

"처제는?"

"임이가 안 오면 절대 혼례를 하지 않겠다 합니다."

"그거 참 다행이군."

"다행이라니요?"

해진이 덕풍군을 노려보았다. 이런 해진의 눈빛에 덕풍군이 어깨를 잔뜩 움츠리며 말했다.

"아, 아니…… 내 말은! 처제는 영산군이 싫어서 혼례를 안 하겠

다 저리 고집을 피우고 있는 것이 아니지 않소? 그저 처남만 나타나면 혼례를 한다고 했다 하니 이보다도 더 쉬운 해결이 어디에 있겠소?"

"이 소저가 죽은 후 윤임은 방 밖으로 단 한 발짝도 나오지 않았어요. 그런 임이를 어떻게 여기까지 끌고 온단 말입니까?"

덕풍군이 손뼉을 쳤다.

"바로 그거요!"

"그거라니요?"

"끌고 오시란 말이오. 장정들을 여럿 데려가서 끈으로 동여매서 끌고 오시오. 그리고 혼례가 끝날 때까지 우리 집 기둥에 단단히 묶어두는 것이지. 그리되면 처제도 안심하고 혼인할 터이고."

"지금 남의 집안 이야기라고 말을 함부로 하시는군요."

사나워지는 해진의 목소리에 덕풍군의 목소리가 작아졌다.

"내, 내가? 그대 집안의 일은 내 집안의 일이기도 하거늘."

"아니요. 대감께서는 지금 이 상황을 즐기고 계신 듯 합니다만."

"부인."

덕풍군이 자신의 목소리를 애교 있게 살살 굴렸다. 해진은 자신의 어깨로 덕풍군의 어깨를 밀어내듯 치며 말했다.

"비키십시오."

"응?"

"대감의 말씀대로 끌고 와서라도 임이를 일단 이곳에 데려 와야

겠으니."

"정녕 그럴 것이오?"

"허면요? 방금 하신 말은 농이시옵니까?"

"아, 아니오. 노, 농이라니! 해결 방법을 제시한 것이지!"

"그럼 그리 알겠습니다."

해진이 마루를 내려가 신을 신으며 여종을 불렀다.

"가마를 아니, 말을 가져오너라."

"예, 마님."

여종이 말을 가지러 간 사이 덕풍군이 해진에게 물었다.

"말을 타고 가실 것이오?"

"가마를 타고 다녀오다가는 길이 늦습니다."

"그럼 나도 갈까?"

"됐습니다."

단단히 토라진 해진의 목소리에 덕풍군도 짧은 한숨을 내쉬고
는 자리를 떴다. 잠시 후 하인이 말을 가져오자 해진이 말의 고삐
를 잡았다. 혼례 전 처녀 때 즐겨 타던 말이었다.

덕풍군과 혼례 이후에는 혼자서 말 타는 것을 완전히 끊은 해
진이었다. 오랜만에 타는 말이라 살짝 긴장한 듯 해진이 숨을 크
게 들이쉬었을 때였다. 갑자기 해진의 머리 위로 검은 너울이 둘러
졌다.

당황한 해진이 뒤를 돌아보려고 하자, 그녀의 몸이 번쩍 들리더

니 말 위에 앉혀졌다.

"자자."

그녀에게 너울을 씌우고 말 위에 앉힌 사람은 바로 덕풍군이 었다.

"대감."

"지아비도 있는 여인이 어찌 너울도 없이 말을 타려 하오. 혼인도 안 한 처자인 줄 알고 낯선 사내들이 따라붙을까 염려되오."

덕풍군이 웃으며 말 위에 해진을 향해 말했다. 덕풍군의 행동에 잠시 토라진 기분을 잊었던 해진이 다시 쌀쌀해진 목소리로 응수했다.

"너울을 쓰든 안 쓰든 벌써 아들만 셋인 처자를 누가 쳐다본다고."

"내가 보지 않소."

해진은 덕풍군이 혼인 전부터 느끼하기로는 한양에서 둘째가라면 서러운 사내였다는 사실을 떠올렸다. 처음 덕풍군이 해진을 보았던 것도 말을 타던 모습이었다. 소녀 시절 해진이 즐겁게 말을 달리는 모습은 막 관례를 치른 소년 덕풍군의 가슴을 설레게 했었다.

하지만 해진은 혼인 이후 말을 타지 않았다. 종친의 부인답게 조신한 행동 가짐으로 늘 가마를 고집했었다. 그는 해진의 변화가 아쉬우면서도 한편으로 존중했다. 그녀의 변화가 오롯이 자신으

로 인한 것임을 알기에.

"다녀오겠습니다."

얼굴이 슬쩍 붉어진 해진이 말을 타고 사저를 나섰다. 멀어지는 해진의 모습을 보며 덕풍군이 부채를 펼쳐들었다.

"풀렸구먼…… 우후훗."

❀ ❀ ❀

"도련님! 오늘은 다른 날도 아니고 아가씨의 혼례 날이 아닙니까? 나으리도 유배지에 계신데 도련님께서 나타나지 않으시면 사람들이 이를 두고 뭐라 하겠습니까요?"

문 밖에서의 유모의 간절한 외침에도 윤임은 묵묵부답이었다. 그의 세상이었던 유나가 죽었다. 그 후 그는 무너진 세상 속에서 홀로 살아가는 기분을 느꼈다. 그 세상 속에서 그를 꺼낼 수 있는 것은 아무것도 없었다.

"그만하게!"

- 히이이잉!

말을 탄 채 대문 안으로 뛰어 들어온 해진의 외침에 사랑채 마루에 있던 유모가 고개를 들었다.

"큰 아가씨!"

"유모는 얼른 여진이에게 가 봐. 임이는 내가 맡을 것이니."

"아, 예에."

유모가 주섬주섬 일어서자 해진이 빠르게 마루에 올랐다. 그녀
는 윤임의 허락도 없이 사랑채 문고리를 잡아당겼다가, 그 안이 굳
게 잠겨 있는 것을 보고는 인상을 썼다.

"네가 정녕 나의 심기를 건드는구나."

해진은 일말의 망설임도 없이, 손에 들고 있던 말채찍으로 사랑
채 문을 내리쳤다.

– 찰싹! 찰싹!

두 번의 채찍질에 안에서부터 잠겨 있던 문이 어렵지 않게 열렸
다. 열린 문안으로 뛰어 들어간 해진은 나 홀로 앉아 있는 윤임과
마주했다.

"임아."

해진의 부름에 윤임이 고개를 들었다. 그 순간 해진은 그의 앞
서안에 놓인 짝 잃은 당혜를 발견했다. 그것이 누구의 것인지는 굳
이 묻지 않아도 해진은 알 수 있었다.

"그 당혜에 이 소저의 혼백이라도 들었더냐?"

분노한 해진이 들고 있던 채찍을 들었다. 그녀의 채찍질은 유나
의 당혜를 향해 있었다.

– 휘익!

하늘 높이 들어올린 채찍의 끝이 서안 위에 놓인 당혜를 내리치
던 그때였다. 윤임이 한 손을 뻗어 당혜를 움켜잡았다. 해진의 채

찍질이 당혜가 아닌, 당혜를 움켜잡은 윤임의 손등을 내려치고 말
았다.

　– 찰싹!

　윤임의 손등에 붉은 채찍 자국이 남았다. 그의 입에서는 작은 신
음 소리 하나조차 나오지 않았다. 순식간에 벌어진 일에 해진도 당
황했는지 당혜를 움켜진 윤임의 손만 노려보았다. 해진이 윤임을
내려다보며 소리쳤다.

　"네가 정녕 미치지 않고서야!"

　"가시오."

　"임아!"

　"누이, 이만 가시오."

　"오늘은 여진이의 혼례 날이다! 다른 날도 아닌 이 날에! 이 집안
의 장손인 네가 이래서야 어찌하느냐!"

　"가시오!"

　두 남매의 신경전 속에 사랑채의 분위기가 무겁게 가라앉은 그
때였다. 여인의 웃음소리와 함께 해진의 등 뒤로 누군가 모습을 나
타냈다.

　"너희 남매의 성질은 여전한 모양이로구나. 특히 해진이 너는 시
집가서 아이를 낳고도 변한 게 없어."

　목소리가 들리는 쪽으로 돌아선 해진의 두 눈이 크게 떠졌다. 목
소리의 주인은 다름 아닌 삼각산의 박씨부인이었다. 놀란 해진을

뒤로하고 박씨부인은 유유히 안으로 걸어 들어오며 말했다.

"윤해진. 너는 어릴 적부터 임이를 네 맘대로 부리려고 무던히도 꾀를 썼지. 얌전한 임이가 참고 넘길수록 꾀가 지나쳐 제 성질을 참지 못했다. 아직도 그 성질을 버리지 못한 게냐? 아니면 숨기지 못한 게냐?"

박씨부인을 알아본 해진이 소리쳤다.

"여긴 당신 같은 사람이 올 곳이 아니에요."

"그래?"

박씨부인이 코웃음을 치며 해진을 지나쳐 윤임의 곁으로 다가가 앉았다. 그녀는 당혜를 움켜잡은 윤임의 손등에 난 상처를 보더니 안쓰러운 표정을 지었다.

"흉이 오래가겠어."

"괜찮습니다."

"괜찮기는. 그리고 이 당혜. 이 소저의 것이더냐?"

"예."

윤임이 힘없이 고개를 끄덕이자 그를 쳐다보는 박씨부인의 눈빛이 더욱 애틋해졌다. 그사이 두 사람의 대화를 지켜보던 해진이 윤임에게 화를 냈다.

"너 설마 삼각산과 왕래를 해왔던 것이야?"

바로 대답하지 못하는 윤임을 두고 박씨부인이 해진을 나무랐다.

"삼각산이라니? 어찌 이모를 이모라 부르지 않고 죄 없는 삼각
산의 이름을 갖다 붙이느냐?"

"부끄러운 줄 아세요! 당신이 극락사와 낙락사의 주인이라는 사
실을 내가 모를 줄 알아요?"

"그래서? 두 절을 왕래하는 사내들 중에서 네 서방인 덕풍군의
이름도 있나, 찾아줄까?"

"뭐, 뭐라고요?"

흥분한 해진을 보며 오히려 박씨부인은 여유를 부렸다.

"이대로 말끝만 잡다가는 하루가 다 간다. 안 그래도 오늘이 여
진이의 혼례 날인데. 너희 두 남매가 모두 없으면 여진이가 얼마나
슬퍼하겠느냐?"

여진이 이야기에 해진이 잠시 할 말을 잃은 사이 박씨부인이 윤
임을 돌아보았다.

"임이야. 이 소저의 일을 알고 있다."

금세 어두워지는 임이의 얼굴을 박씨부인이 애처롭게 쓸었다.

"어찌 이리 야위었을꼬. 유배지에 계신 네 부친께서 네 몰골이
이런 줄 아시면 없던 병도 나실 게다."

"송구할 따름입니다."

"아니지, 그 말은 내게 해서는 안 되지. 이 소저에게 해야 한다."

그녀의 입에서 나온 유나의 이야기에 윤임의 눈빛이 잠시나마
생기를 되찾았다.

"이 소저와 여진이의 사이가 자매만큼 각별했다는 것도 안다. 너 역시도 이를 잘 알 터인데, 이를 알고도 여진이의 혼례에 가지 않겠다면 이 소저가 얼마나 슬퍼하겠느냐."

유나가 슬퍼할지도 모른다는 박씨부인의 말에 윤임의 한쪽 눈에서 뜨거운 눈물이 흘러내렸다.

박씨부인은 윤임이 너무나도 안타까워 마음이 아팠다.

"네가 슬퍼하는 것도 이 소저는 알고 있겠지. 그렇다고 자신으로 인해 네가 이렇듯 삶을 모두 내려놓은 채 지내는 것을 안다면 이 소저가 저승에서 얼마나 슬퍼하겠느냐?"

"저는 지키지 못했습니다."

윤임의 눈에서 흐르는 눈물의 양이 늘었다.

"안다, 알아. 하나 그렇다고 똑같은 실수를 두 번 해서는 안 되겠지. 이 소저를 여인으로서 사랑한 것이 진심이라면, 네가 누이로서 사랑해 온 여진이를 불행하게 해서는 안 된다."

"저는……."

말을 제대로 잊지 못하는 윤임의 손을 박씨부인이 부드럽게 잡아주었다.

"더 늦기 전에 여진이의 혼례에 가자꾸나. 내 오면서 들으니 여진이가 너를 기다리며 울고불고 난리도 아니란다. 신부가 혼례 날에 우는 것은 앞길을 망치는 일이야. 친오라버니인 네가 네 누이의 앞길을 망쳐서야 되겠니?"

박씨부인의 진심 어린 말에 설득당한 듯 윤임이 천천히 자리에서 일어서 밖으로 나갔다.

윤임이 나가는 것을 본 해진이 뒤따라 일어선 박씨부인에게 다가와 속삭이듯 말했다.

"분명히 말하지만 당신은 이 혼례에 초대받지 않았어요."

"하나, 임이를 혼례에 보내게 마음을 움직인 것은 나다. 네가 아니라."

"!"

"보거라, 이대로 혼례가 끝나면 임이는 다시 원래 상태로 되돌아갈 게야. 계속 병을 핑계로 등청하지 않겠지. 너는 임이가 이대로 지내기를 바라느냐?"

해진이 마뜩잖은 표정으로 박씨부인을 노려보며 물었다.

"어찌하시려고요?"

박씨부인이 한 손으로 입을 가리며 웃더니 말했다.

"난 어차피 곧 삼각산으로 돌아갈 게다. 그전에 네 고민거리를 해결해주고 가마."

"엉엉. 오라버니에 언니까지 안 와. 엉엉."

"윤 소저, 울지 마시오."

"언니…… 오라버니…… 엉엉……."

영산군은 닫힌 문을 사이에 두고 안에서 울고 있는 여진을 달래느라 애를 먹었다. 윤임이 나타나지 않고 이런 윤임을 데리러 해진이 간 사이, 여진이 결국 울음을 터트렸다는 소식에 달려온 것이다. 벌써 시작했어야 할 혼례는 결국 미뤄지고 여진까지 울자 영산군은 애가 탔다.

"윤 소저……."

마음 같아서는 방 안에 들어가서 여진의 얼굴을 보고 직접 달래주고 싶은 영산군이었다. 하지만 혼례 날인 데다가 이미 여진은 반강제적으로 혼례복으로 갈아입혀진 상태. 조금 전, 여진에게 혼례복을 갈아입힌 수모들은 혼례식이 시작하기 전까지 절대 신부의 얼굴을 보아서는 안 된다며 신신당부를 하고 간 뒤였다.

"엉엉."

울음을 그칠 기미가 보이지 않는 여진의 태도에 영산군은 혹시라도 그녀가 잘못될까 전전긍긍했다.

"실례하겠소!"

참다못한 영산군이 문을 열어젖히고 안으로 들어섰다. 곱디고운 혼례복을 입고, 앉아서 울던 여진의 눈이 동그랗게 커진 것은 당연지사. 영산군은 여진을 보자마자 안쓰러운 마음에 대뜸 그녀를 두 팔로 와락, 끌어안았다.

"울지 마시오, 윤 소저. 그대가 울면 나도 울고 싶어진다오."

영산군의 간절한 마음이 담긴 목소리에 잠시 놀랐던 여진이지만, 오히려 그의 품 안에서 더 큰 울음을 쏟아냈다. 영산군은 여진의 등을 쓸어내리며 오랫동안 그녀를 안고 있었다.

"대낮부터 신혼 방에 든 것이더냐?"

"히익!"

열린 문 밖에서 들려오는 박씨부인의 목소리에 영산군과 여진이 황급히 떨어져 얼굴을 붉혔다.

"누, 누구시오?"

놀라 여진과 떨어진 영산군이 박씨부인에게 성을 냈다. 그녀의 뒤로 윤임과 해진이 나타나자 이를 본 여진이 방 밖으로 뛰쳐나갔다.

"오라버니! 언니!"

여진은 오랜만에 얼굴을 본 윤임에게 달려들어 다시 엉엉 울음을 쏟았다. 미안한 마음에 윤임은 아무런 말도 하지 못했다. 대신 해진이 여진을 윤임에게서 떼어놓으며 말했다.

"어서 혼례를 치러야지. 언제까지 이리 울고만 있으려고?"

"언니…… 흐흑."

여진이 간신히 울음을 그쳐가는 사이, 박씨부인이 말했다.

"여진아. 나는 알아보지 못하느냐?"

"네?"

박씨부인의 말에 여진이 그녀의 얼굴을 돌아보았다. 한참을 그

녀의 얼굴을 살피며 고개를 갸웃거리던 여진이 놀라며 소리쳤다.

"서, 설마 막내 이모?"

"그래. 나다. 네 막내 이모."

"언니가 돌아가셨다고……."

해진의 눈치를 보며 슬그머니 말하는 여진을 향해 박씨부인이 두 팔을 벌렸다.

"안 죽었다. 그러니 어서 이리 오렴. 어릴 적처럼 이모에게도 안겨야지."

"이모!"

여진이 울던 얼굴로 아이처럼 활짝 웃으며 박씨부인의 품에 안겼다. 박씨부인도 웃으며 여진에게 말했다.

"네 혼례 날인데 내가 안 올 줄 알았더냐? 설사 죽었더라도 저승에서라도 내려왔을 것이다."

"이모오."

"다 커서 벌써 혼례를 치르다니. 경사로구나."

두 사람의 재회를 지켜보던 영산군이 나섰다.

"윤 소저의 이모님이라면 혹 제안대군마마의 전처인……."

"예, 맞습니다."

"처음 뵙겠습니다. 이전이라 합니다."

"알고 있습니다, 영산군 대감."

정중하게 예를 올리는 영산군을 보며 박씨부인도 뿌듯해했다.

"여진아, 아무래도 머리와 화장을 다시 매만져야겠다. 이 상태로 절대 혼례를 치러서는 안 돼."

웃음을 되찾은 여진이 자신의 머리를 매만지며 부끄러워했다.

"그렇게 이상해요?"

"조금만 손대면 될 것 같아. 마침 내가 데려온 수모의 실력이 좋으니, 그녀에게 맡기자꾸나."

"네에."

"어서 들어가자."

박씨부인이 여진을 데리고 방으로 데려갔다. 그녀가 데려온 수모도 뒤따라 방으로 들어왔다. 영산군은 윤임과 자리를 떴고 해진도 그 뒤를 따랐다.

방 안에 들어온 후 박씨부인이 데려온 수모가 여진의 머리를 풀어 다시 매만져주기 시작했다. 박씨부인은 흐트러진 여진의 옷을 어머니처럼 매만져주다가 그녀의 목에 걸린 반달 모양의 목걸이를 발견했다.

"응? 이것은 무엇이냐?"

"아, 이거요."

여진이 목걸이를 들어 박씨부인에게 잘 보이도록 내밀었다. 순간 박씨부인의 눈빛이 예리하게 빛났다. 옥에 새겨진 봉황 모양이 눈에 확 들어왔기 때문이었다.

"제겐 소중한 거예요."

"소중한 것? 잠시 봐도 되겠느냐?"

"네."

여진이 순순히 목걸이를 풀러 박씨부인에게 내밀었다. 그것을 받아 천천히 살펴보던 박씨부인의 눈빛이 살짝 흔들렸다. 여진은 수모에게 맡긴 머리를 살펴보느라 이러한 박씨부인의 변화를 알아차리지 못했다.

"봉황이라…… 하나, 혼례복과는 어울리지 않는 것 같구나. 무엇보다 첫날밤에 신랑이 다른 곳에 한눈을 팔 만한 것을 지니는 것을 옳지 않다."

"그래요?"

"오늘만 따로 보관해 두는 것은 어떻겠느냐?"

여진은 순순히 고개를 끄덕이며 따랐다.

"네."

"그럼 여기에다 두마."

박씨부인은 여진이 보는 앞에서 경대에 달린 서랍에 목걸이를 넣었다. 잠시 후 밖에서 소리가 들렸다.

"신부님 나오시랍니다!"

혼례가 시작되려 하고 있었다. 막 단장을 마친 여진이 수모의 도움을 받아 자리에서 일어서 밖으로 나갔다. 바로 뒤따라갈 듯 자리에서 일어섰던 박씨부인이 경대에 넣어두었던 목걸이를 조용히 챙겼다.

"분명 이것은……."

주변에 아무도 없다는 것을 확인한 박씨부인이 그것을 자신의 옷 속에 소중히 감췄다.

❀ ❀ ❀

시간이 갈수록 혼례에 참석하는 손님들이 많아졌다. 윤임과 해진이 부모님을 대신해서 손님들을 맞았다. 누마루에서는 윤임이 덕풍군과 함께 남자 손님들을 맞았다. 어느새 누마루가 손님들로 가득 차고 그중에는 홍연도 있었다. 홍연은 계속 어두운 표정인 윤임의 얼굴에 시선이 갔다. 잘 모르는 사람이 보면 소문대로 병색이 완연한 것으로만 여길 것이다.

홍연은 누이의 혼례 날에도 어둡기만 한 윤임의 안색의 이유를 알고 있었다.

"홍연."

덕풍군의 부름에 홍연이 윤임을 바라보던 시선을 뗐다.

"예?"

"자네만 내 처남의 술을 받지 않았더군. 한잔 받게."

"아, 예에……."

덕풍군이 윤임을 불렀고 곧 윤임이 홍연의 곁으로 다가와 그의 술잔에 술을 채웠다.

"이리 거창위 대감께서 와주셔서 고맙습니다."

"아닐세."

홍연답지 않은 말투에 덕풍군이 웃으며 말했다.

"어찌 그리 말이 짧은가? 나이대도 비슷하니 이번 기회에 친해져보게. 응?"

덕풍군의 주선에 홍연이 다시 입을 열었다.

"영산군 대감과 오랜 친분이 있어서 온 것이네."

"예에."

이번에는 윤임의 말이 짧았다. 홍연은 이상했다. 그들은 이미 유나의 일로 안면이 있었고 지난번 윤임의 간청으로 홍연이 온수골 별궁의 출입패를 내준 적도 있었다.

오늘 윤임은 홍연과 눈도 마주치려 하지 않았다. 그는 산 사람들 사이에 있었으나 마치 죽은 사람처럼 보였다. 그 이유가 진성 공주 때문이라는 사실을 아는 홍연으로서도 마음이 편치 못했다. 윤임이 건넨 술을 반쯤 마신 홍연이 다시 말을 건넸다.

"이 소저의 일은 들었네. 안타깝게 되었더군."

조심스럽게 유나에 대해 말을 꺼내자 윤임의 입술이 파르르 떨려왔다. 고개를 든 윤임이 홍연을 바라보았다. 그것은 이 세상 모든 것을 잃어버린 듯한 사내의 얼굴이었다.

"지난번 대감께서 도와주신 일은 잊지 않고 있습니다. 다만⋯⋯."

윤임이 말을 잇지 못하는 사이 다른 손님들과 대화를 나누던 덕풍군이 윤임을 불렀다.

"자자, 처남. 여기도 와서 술을 따르게나. 여기 이분은 이판 대감의 자제이시네. 홍문관 전 교리였지. 자네가 배울 게 많을 게야. 하하하!"

"이만."

윤임이 홍연에게 짧게 인사를 하며 자리를 떴다. 홍연이 무거운 한숨을 내쉬며 여전히 손님들이 몰려드는 대문 쪽으로 눈길을 돌렸다. 대문 앞은 많은 손님들로 인산인해였다. 여기에 구경 온 백성들까지 담벼락에 몰려들어 대저택이라는 말이 무색하게 덕풍군의 사저는 시장판이나 다름없었다.

그때 홍연의 눈에 사람들 사이로 익숙한 얼굴이 보였다. 장 상궁이었다. 분명 궁궐에서 공주의 곁에 있어야 할 장 상궁이 나타나는 것을 본 홍연이 의아하게 여겼을 때였다. 사람들 속에서 장 상궁이 자신의 뒤에 선, 너울을 쓴 여인에게 무언가 말을 걸고 있었다. 비록 너울 속에 가려져 얼굴을 볼 순 없었지만, 본능적으로 그녀가 누구인지 알아챈 홍연이 자리에서 벌떡 일어섰다.

"으응? 자네 어디를 가려는가? 곧 혼례가 시작인데."

덕풍군이 홍연을 불렀다. 그러나 그는 대답도 하지 않고 서둘러 누마루를 내려갔다.

※ ※ ※

사람이 많아도 너무 많았다. 장 상궁은 홍연을 찾아서 데려오겠다고 했다. 장 상궁을 기다리던 나는 곧 혼례장에 입장해야 할 영산군이 다른 사람들 몰래 구석진 곳으로 걸어가는 것을 보았다.

그의 뒤를 따라간 곳은 아무도 지나가지 않는 한적한 담벼락 옆. 그곳에서 홀로 목소리를 가다듬던 영산군이 혼잣말을 시작한다.

"흠흠, 윤 소저. 내 약조하리다."

난 조용히 그의 뒤로 다가갔다.

"내 오직 일평생 여인은 그대만 은애할 것이고."

"풋."

"응?"

나도 모르게 터진 웃음에 영산군이 뒤를 돌아본다. 그는 너울을 쓰고 있는 나를 알아보지 못한 것 같았다.

"누구요?"

"누구긴."

내 목소리에 영산군이 눈을 크게 뜬다.

"누이?"

"그래."

난 너울을 벗고 영산군에게 가까이 다가갔다. 나의 얼굴을 확인한 영산군의 얼굴도 환해졌다.

"누이! 어찌 왔소? 어찌 출궁한 것이오?"

"어찌 오긴? 하나뿐인 아우의 혼례 날인데 이 누이가 어찌 이런 자리를 빠지겠느냐?"

"기쁘오!"

"우리 전이. 벌써 다 커서 장가를 가다니, 윤 소저가 그리 좋으냐?"

"좋으니 혼인하지."

행복한 영산군의 표정에 나도 기뻤다.

"윤 소저는 잘 지내고?"

"전처럼 윤 소저의 이름을 부르진 않소?"

"난……."

그 말에는 나도 딱히 할 말이 없었다. 웃음을 거두고 무거워진 내 얼굴을 보며 영산군이 한숨을 내쉰다.

"홍연에게 들었소. 윤씨 남매를 다시는 만나지 않겠다고 했다지."

"그게 당연하지 않겠느냐. 그땐 내가 공주로서의 기억을 잃었으니 어쩔 수 없이 도움을 받았고 지금은……."

"거창위의 아내이니까?"

난 눈을 크게 뜨고 영산군을 바라보았다. 이런 나를 바라보는 영산군의 두 눈은 진지했다. 그리고 많은 의문을 담고 있었다. 영산군은 내가 기억을 잃었을 때 윤임과 있었던 일들을 알고 있다.

"누이. 누이의 선택이 그러하다면 이제는 거창위와 행복해져야
하오."

"그럴 것이다. 그래야지."

내 대답에 만족한 듯 영산군이 활짝 웃었을 때였다. 난 두 손
으로 영산군의 양 볼을 살짝 잡아당기며 어릴 적 그를 대하듯 말
했다.

"우리 전이."

"후훗."

영산군도 싫지 않은지 이런 나를 보며 웃었을 때였다.

"거기 누구요?"

내 등 뒤에서 들려오는 목소리의 주인. 그것은 윤임이었다.

윤임이 오해하는 것은 어쩌면 당연한 것이었다.

"거기 누구요?"

생각지 못한 윤임의 등장에 놀란 여인이 서둘러 너울을 뒤집어
쓰더니 황급히 앞으로 사라졌다. 바로 그 뒤를 쫓아가려던 윤임의
앞을 영산군이 가로막았다.

"어, 어디를 가는가!"

상황을 오해한 윤임은 그에게 화를 냈다.

"오늘이 무슨 날인지 잊으신 겁니까? 어찌 혼례 날에 다른 여인을 가까이하십니까?"

"아, 아닐세! 오해! 오해네!"

자칫 윤임이 이 상황을 여진에게 일러바치기라도 할까, 영산군이 황급히 해명했다.

"오해라니요? 지금 변명이라도 하시려는 겁니까?"

"그러니까 저 이는!"

유나라고 말할 수는 없었다. 유나라고 하더라도 조금 전 영산군과 보인 행동은 오해를 사고도 남을 일이었다. 자신의 머리를 쥐어뜯으며 영산군은 결심했다.

"내 누일세!"

"누이?"

"내 하나뿐인 누이! 저 여인은 내 누이라네."

"몇 년 전 세상을 떠났다던 공주마마 말씀이십니까?"

"그렇네! 아니, 아니지! 실은 죽지 않고 살아 있었는데, 아직은 전하의 어명으로 살아 있다는 사실을 공표하지 않았네. 한데 오늘은 내 혼인 날이 아닌가? 하나뿐인 누이이니 나를 보고자 몰래 이곳에 온 것이네."

윤임은 이를 믿지 않았다. 그저 구차한 변명으로만 보일 뿐이었다.

"거짓도 지나치면 화가 되어 돌아오는 법입니다."

"이 사람! 진짜라니까!"

"어쨌든 오늘은 혼례 날이니, 대감의 여인을 이곳에 둘 수 없습니다."

"진짜라고!"

"비키십시오."

화가 난 윤임이 영산군을 밀친 채 유나의 뒤를 쫓았다.

"아니, 아니라고!"

흥분한 채 윤임의 뒤를 따르려던 영산군을 뒤에서 잡는 손길이 있었다. 덕풍군이었다.

"여기 있었더냐? 지금 혼례가 막 시작하려는데 신랑이 나타나지 않다니! 어서 오너라!"

"덕풍 형님! 그게 아니!"

윤임이 유나를 쫓아간 방향으로 갈 수도, 그렇다고 안 갈 수도 없는 영산군은 발만 동동 구르며 덕풍군에 팔에 이끌려 혼례 장으로 향했다.

도망쳤다.

"헉헉."

도망쳐야 했다.

"어디로 가지?"

덕풍군 댁은 과거에도 여러 차례 왔었다. 지금은 어디로 가야 할지 길을 알 수 없었다.

"거기 멈추시오!"

그사이 윤임이 내 뒤를 바짝 쫓아왔다.

작정하고 나를 쫓아오는 그를 피해 멀리 달아다는 것은 불가능해 보였다. 그때 누군가 내 팔을 잡아당겼다. 무방비 상태에서 그대로 끌려들어가자 동시에 쓰고 있던 너울이 바닥으로 흘러내렸다.

"그대였군."

"대감!"

내 얼굴을 확인한 홍연이 안도의 표정을 짓는다.

"이곳에는 어찌 온 것이오? 전하의 윤허를 받은 것이오?"

윤임이 가까워지고 있었다. 난 홍연의 뒤로 보이는 전각과 전각 사이에 틈을 발견하고는 그를 밀어붙이며 그 안으로 몸을 숨겼다. 그곳에 그늘에 가려진 공간이 있었다. 난 홍연의 가슴에 푹 안긴 채로 숨소리마저 내지 않으려고 애를 썼다.

"왜……."

"쉿."

영문을 모르는 홍연이 나를 내려다보며 고개를 갸웃거리던 그때였다. 뒤늦게 나타난 윤임이 조금 전까지 내가 홍연과 만났던 그

자리를 둘러보며 숨을 골랐다

"분명 이쪽으로 가는 걸 보았는데?"

윤임의 등장을 알아차린 홍연도 더 이상 소리를 내지 않았다. 한참을 주변을 서성이던 윤임이 자리를 뜨자 그제야 나도 안도의 숨을 내쉴 수 있었다.

"어찌 그에게서 도망쳤소?"

홍연의 갑작스러운 물음에 난 고개를 들어 그의 얼굴을 쳐다보았다.

"이 소저인 그대가 살아 있다는 사실을 알면 그가 크게 기뻐했을 텐데."

희미한 미소를 지으며 말하지만 눈빛은 슬퍼보였다.

"대감께서는요? 대감께서도 그리되길 원하십니까?"

그가 입술을 다문 채 무거운 침을 삼켰다. 난 그의 품에서 벗어나 바깥쪽으로 걸어 나왔다. 그 뒤를 홍연이 따랐다.

"그래서 가지 않으려 해요. 그래서 윤씨 남매 앞에 나타나지 않으려는 것이고요."

"나를 배려하는 것이오?"

난 다시 홍연을 돌아보며 말했다.

"늘 생각하고 있어요. 대감께 미안하고요."

바깥쪽이 시끄러워졌다. 혼례가 시작된 것 같았다. 영산군만 만났을 뿐, 여진이의 혼례복 입은 모습을 보지 못한 것이 아쉬웠다.

164

그러나 이대로라면 다시 윤임과 마주칠 수도 있었다.

"여기서 나가야겠어요."

"혼례는 보지 않을 것이오?"

"전이를 만났어요. 그거면 괜찮아요."

아쉬움이 묻어나는 내 목소리를 알아차렸는지 홍연이 제안했다.

"내게 혼례를 볼 수 있는 방법이 하나 있는데."

❀　❀　❀

역시 가장 좋은 자리는 가장 높은 자리다. 홍연은 날 덕풍군 댁에서 가장 높은 전각의 지붕으로 데려갔다. 이미 그곳에는 사다리가 놓여 있었고, 집안의 하인들 여럿이 올라가 구경 중이었다. 하지만 그들은 홍연이 나타나자 아쉬워하며 모두 지붕에서 내려갔다.

"자."

홍연이 기왓장 위에 천을 놓아 자리를 폈다. 내가 그 위에 앉을 때까지 그는 혹시라도 발을 헛딛을까 손을 잡아주었다.

"정말 잘 보이네요!"

"그렇소?"

기뻐하는 나를 보며 홍연도 방긋 웃었다. 혼례 중에 영산군은 몇

번 실수를 했다. 영산군을 보며 여진은 신부라는 사실도 있고 연신 까르륵 웃어댔다. 이런 여진의 행동에 당황하는 건 해진이었다. 윤임은 덕풍군과 나란히 서서 여진에게서 눈을 떼지 못하고 있었다.

한참 집중해서 혼례를 보고 있는데 홍연이 혼례가 아닌 내 옆모습을 쳐다보고 있다는 걸 알아차렸다.

"함께 혼례를 보러 지붕까지 올라오신 것이 아닌가요?"

"아니오."

"아니라고요?"

"난 영산군 대감의 혼례가 아니라, 그 혼례를 보고 싶어 하는 그대의 얼굴을 보러 온 것이오."

그가 웃으면서 진지하게 말하니 농담인지 진담인지 구별이 가지 않는다. 난 그의 시선을 피해 다시 혼례식으로 눈을 돌렸다가 문득 홍연과의 혼례 날을 떠올렸다.

"6년 전이었죠. 우리 혼례."

영산군처럼 실수도 없었고 여진처럼 까르륵 웃는 일도 없었다. 잔잔했고 조용했다.

"우린 실수 같은 거 없었죠?"

"있었소."

"있었다고요?"

놀란 내가 홍연을 돌아보자 그가 피식 웃는다.

166

"그대는 다소곳하고 시종일관 얌전했소. 아주 차분했지. 그에 반해 나는 그대를 뚫어져라 쳐다보느라, 아버지의 눈총을 받았소."

"정말요?"

자세히 기억나진 않지만, 난 계속 고개를 숙인 채 눈도 제대로 들지 못했다. 머리에 쓴 가체는 너무 무거웠고 여러 겹으로 입은 혼례복도 마찬가지였다. 긴 예식을 버티기에는 어린 나이에 너무나도 복잡하고 힘들기만 했었으니까.

"어린 내 눈에 그대가 너무나도 예뻐서 난 눈을 뗄 수가 없었소. 아버지께 그리 눈총을 받았어도 말이지."

난 괜히 부끄러워서 말을 돌리려고 애썼다.

"어릴 땐 누구나 다 예뻐요. 하지만 지금은……"

"지금은 아름답소."

홍연이 가로챈 말에 내 얼굴이 화끈거렸다. 난 고개를 푹 숙인 채 말을 더듬거렸다.

"이런 말을 잘하시는 분인 줄 몰랐네요."

"그대가 지금껏 내게 기회를 주지 않았으니까. 하지만 이제는 기회를 주시겠소?"

"무슨 기회를 말씀하시는 거죠?"

"그대의 곁에서 그대를 사랑해줄 기회."

화끈거리는 얼굴이 이제는 불덩어리가 되어버렸다.

"내 여인이자 내 부인인 그대에게 내 마음을 한없이 드러낼 수

있는 기회 말이오."

시간이 걸리더라도 난 결국 이 사내에게 돌아가야 한다. 나의 부군은 신흥연, 단 한 사내뿐이니까. 그렇게 결심하고 출궁한 길이었다. 그를 만나서 말해야 한다. 알려줘야 한다.

난 천천히 고개를 돌려 그의 얼굴을 바라보았다. 붉어진 얼굴을 한 채로 그의 두 눈을 똑바로 바라보며 입을 열었다.

"그 기회는 이미 대감께 드렸어요."

"공주."

그가 내게 입을 맞춰오려는 듯 얼굴을 가까이 댄다. 나는 자연스럽게 두 눈을 감았다. 동시에 혼례식에 모인 사람들의 시끄러운 웅성거림이 일순간 귓가에서 모두 사라졌다. 마치 우리 두 사람만 존재하는 것처럼 느껴지는 이때.

"임아! 잠깐만 이리 와 보거라!"

해진이 윤임을 부르는 목소리에 난 두 눈을 번쩍 뜨며 가까워진 홍연의 어깨를 잡았다. 입술이 닿기 직전 상태에서 가장 가까운 거리. 그렇게 우리 두 사람의 시선이 만났다. 우리는 서로를 보며 아무 말도 하지 않았다.

"임아!"

두 번째로 해진이 윤임을 부르는 목소리가 들려오자마자 난 홍연의 시신을 피해 고개를 돌리며 변명했다.

"사람이 너무 많아요."

"공주."

한숨 섞인 목소리로 홍연이 나를 불렀다. 그러나 나는 홍연의 얼굴을 바라볼 용기가 나지 않았다. 조금 전 그의 달콤한 말들에 자연스럽게 설레던 마음도 실종되어버렸다.

"미안해요. 하지만 정말로 사람이 많아서."

핑계다. 이런 핑계도 핑계가 될 수 있다면.

"그대가 내게로 돌아오기 전 윤 도령과 있었던 소문들은…… 난 다 잊었소."

소문이 아니었다.

"대감."

어떤 변명을 하더라도 난 윤임을 좋아했다. 공주로서의 기억을 잃고 있었던 그때, 난 모든 걸 버리고 윤임의 곁에 남으려고 결심했었다. 그 마음은 여전히 내 안에 살아 있었다. 남아 있었다.

"그대가 내게로 돌아온 이상, 그대는 내 여인이오."

그의 목소리에 담긴 슬픔이 그대로 내 가슴으로 전해져 온다. 이역시 미안함이다.

내 안에는 두 명의 이수련이 있다. 한 명은 진성 공주 이수련이다. 또 한 명은 이수련이라는 과거를 가진 이유다. 두 사람은 각각 다른 사람을 좋아하고 있다.

진짜 '나'는 그 두 사람 사이에 서서 어디를 바라보고 있는 것일까? 어디로 가려고 마음을 먹은 것일까?

❋ ❋ ❋

경복궁.

간택 후궁으로 입궐한 도희가 왕과의 혼례를 준비하고 있었다. 사실 후궁이라고 해도 혼례의 대상이 왕인 이상 까다롭고 복잡할 수밖에 없었다. 이미 입궐 전부터 오랜 기간 많은 교육을 받아왔던 도희는 상당히 지쳐 있었다.

오직 이 간택 날만 기다려왔던 도희였다. 그런데 막상 간택 당일에 새벽부터 입궐해서 준비하던 그녀는 오후가 되도록 대기만 하고 있자 짜증이 났다. 기다림에 지친 도희가 몸을 비트는 사이 제조상궁이 안으로 들어왔다.

"전하께서 어전회의가 끝나는 대로 납신다 하옵니다."

"그럼 바로 식이 시작되는 것입니까?"

"전하께서도 의복을 갈아입으셔야 하지 않겠사옵니까?"

"참내. 곧 해가 지겠네!"

"예?"

도희가 제 속을 감추지 못하고 결국 짜증을 드러내자 제조상궁이 당황했다. 아무리 도희가 후궁이라도 이제 겨우 종사품 숙원의 품계를 받고 입궐한 상태다. 반대로 제조상궁은 궐의 모든 일을 책임지는 성오품에 해당했다. 또한 제조상궁은 왕실의 대소사와 후궁이 왕의 침소에 드는 일까지 관장한다. 이리되다 보니 입궐한 지

십여 년이 된 잔뼈 굵은 후궁들도 제조상궁의 눈치를 보는 일이 허다했다.

"내 입궐 전 듣기로는 비록 후궁 간택이라 하여도 그날에는 조정을 폐한다 들었습니다. 한데 어찌 없어야 할 어전회의가 있었단 말입니까?"

제가 내는 짜증을 거리낌 없이 제조상궁에게 부리는 도희다. 제조상궁도 어이가 없는지 허허 웃으며 도희에게 말했다.

"일개 숙원을 간택하는 일에 전하께서 어전회의를 미루실 까닭이 없지 않겠사옵니까?"

"뭐예요?"

참다못한 도희가 자신의 옆에 놓인 경대를 냅다 들어 내던졌을 때였다.

– 와장창!

경대가 깨지고 부서지며 요란한 소리를 냈다. 동시에 닫혀 있던 문이 열리더니 왕이 나타났다.

"전하!"

이를 본 제조상궁이 놀라 엎드리자, 뒤늦게 당황한 도희가 왕의 얼굴을 쳐다보았다.

"저, 전하?"

"어서 고개를 숙이시옵소서."

제조상궁의 엄한 말에 도희가 황급히 고개를 숙였다. 왕은 고개

를 숙인 도희와 방금 전 깨진 경대를 번갈아 쳐다보더니 말했다.

"자고로 타고난 성질은 바꾸기가 쉬운 것이 아니지."

목소리가 부드러웠기에 그것이 훈계인지 아니면 칭찬인지 도희로서는 알 수가 없었다.

"그러기에 비난거리는 아니다. 다만, 제조상궁에게는 잘못이 없으니 사과하거라."

"예에?"

왕의 말에 도희가 고개를 들었다. 그녀와 시선을 주고받은 왕은 감정을 알 수 없는 얼굴이었다. 다만 왕에게서 전해지는 위엄에 눌린 도희가 어쩔 수 없이 인상을 쓰며 제조상궁에게 말했다.

"송구합니다."

도희가 어렵게 사과하는 것을 본 왕이 말했다.

"이 숙원의 타고난 성질이 어떠하든 앞으로 궐 생활에 있어, 과인을 분노케만 하지 말거라. 알겠느냐?"

도희가 왕을 향해 연신 고개를 조아렸다.

"예에."

왕이 웃으며 도희에게 말했다.

"오늘은 어전회의가 길어져 낮이 얼마 남지 않았으니, 간택은 내일로 미루어야겠다. 하여, 오래 기다린 숙원을 위로하고자 과인이 직접 찾아온 것이다."

"화, 황공하옵니다. 전하."

"오늘은 많이 피곤하였을 터이니 이만 쉬거라."

계속 고개를 조아리는 도희를 둔 채 왕이 돌아서 전각을 나왔다. 아직 날이 저물려면 시간이 한참이나 남아 있었다. 그러니 그리 길지 않은 후궁 간택식도 빠르게 끝낼 시간이 있었다. 하지만 도희가 일으킨 소동에 왕의 마음이 변심했다.

"이 부정의 여식의 성질머리가 저리하니, 윤여필의 아들에게 파혼당할 만도 했다."

내관 김자원이 왕의 곁에서 물었다.

"이 부정의 여식이 마음에 들지 않으시옵니까?"

"흠."

실은 왕은 도희의 미색이 궁금하여 찾은 것이었다. 미색은 반반하나 성질이 못났다. 총애하는 이 부정의 여식만 아니었다면 숙원으로 정한 일도 없던 일로 하고 싶을 정도였다.

"전하께서 숙원을 들이는 일을 원치 않으신다면, 지금이라도 이 부정을 불러……."

"자미당으로 가자."

"예?"

"누이를 놀래주련다."

진성 공주를 떠올린 왕의 입가에 미소가 지어졌다. 어차피 오늘은 숙원을 간택하는 일로 공주를 마주할 시간이 없었다. 그러나 간택식을 미룬 지금 공주를 만날 시간이 생긴 것이다.

"전하께서 자미당으로 납시신다!"

김자원의 외침에 나인들이 빠르게 옥교를 대령했다.

✳ ✳ ✳

자미당으로 향하던 옥교 위에서 왕이 갑자기 손을 들었다. 나인들이 재빨리 옥교를 세웠다. 왕은 옥교에서 내리더니 궐 담장 가까이에 심어진 오얏나무로 다가갔다. 흰 오얏 꽃송이 가지를 손에 감듯이 잡은 왕이 중얼거렸다.

"벌써 오얏 꽃이 필 시기더냐."

덩달아 왕의 표정이 밝아졌다.

"누이가 오얏 꽃을 좋아하였지."

왕은 주저 없이 꽃이 핀 가지를 꺾어들었다.

"누이에게 가져다주면 좋아할 것이다."

다시 옥교로 걸어가던 왕은 이곳에서 자미당이 그리 멀지 않다는 것을 알고는 옥교를 타지 않았다. 대신 걸어서 자미당에 도착했다. 그런데 자미당의 분위기가 무언가 달랐다. 왕이 왔다는 소식에 제일 먼저 달려 나와야 했을 장 상궁도 보이지 않았다. 몇몇 나인들만이 사시나무 떨듯이 겁에 질려 왕을 맞이하러 나왔다. 무언가 이상한 낌새를 느낀 왕이 서둘러 자미당에 올랐다.

"수련아!"

공주를 부르며 자미당의 문을 열어젖힌 왕은 아무도 없는 처소를 확인하고 나서야 얼굴이 새파랗게 질려 한수를 찾았다.

"한수! 한수는 어디에 있느냐!"

왕의 외침에 한수가 월대 아래에 나타나 고개를 숙였다.

"공주는? 진성 공주는 어디에 있느냐?!"

분노한 왕이 꺾어온 오얏 꽃가지를 한수에게 내던지며 소리쳐 물었다. 망설이던 한수가 대답했다.

"돌아오실 것이옵니다."

"돌아와? 허면 공주가 사라진 연유를 너도 알고 있으렷다? 허면 공주는 어디에 있느냐?! 어디로 갔느냔 말이다!"

한수는 입을 다문 채 대답하지 않았다. 분노가 머리끝까지 치민 왕이 말했다.

"오늘 안으로 공주가 돌아오지 않으면 자미당의 모든 이들은 물론이거니와 개미 새끼 한 마리도 살려두지 않으리라!"

❈ ❈ ❈

밤. 오랫동안 주인에게 버려졌던 홍연의 사저 안채가 제 주인을 만났다. 일찌감치 장 상궁이 나인들과 비워져 있던 안채를 깨끗이 치웠고 금침도 깔아주었다. 그리고 놓인 베개는 두 개는 홍연과 내 것이었다. 홍연은 이를 아는지 모르는지 사랑채에서 꼼짝도 하지

않는다.

"공주마마."

홍연이 오기만을 마냥 기다리던 때, 장 상궁이 나를 불렀다.

"사랑채에 나인을 보내겠사옵니다."

난 조용히 고개를 한 번 끄덕였다. 장 상궁이 자리에서 일어서 밖으로 나갔다. 그런데 나가자마자 놀란 장 상궁의 목소리가 들려왔다.

"부마 대감?"

장 상궁의 목소리에 내가 고개를 들었다. 그러자 닫힌 문이 열리더니 무거운 표정으로 시선을 떨어뜨린 홍연이 안으로 들어온다. 난 서둘러 자리에서 일어섰다. 홍연은 깔아진 금침에 잠시 눈길을 주더니 자리에 앉는다. 장 상궁은 홍연의 뒤로 조용히 물러나가더니 문을 닫았다.

그렇게 우리는 금침을 옆에 둔 채 나란히 자리했다.

"밤이 늦었는데 그만 궐로 돌아가야 하지 않겠소."

그는 이 말을 하기 위해 이렇게 늑장을 부린 것일까? 이미 궐로 돌아가기에는 시간이 많이 늦었다. 궐문은 닫혔을 것이다. 공주인 내가 궐로 들어가겠다면 수문장은 문을 열어줄 테지만, 대신 몰래 출궁한 사실이 왕의 귀에도 전해질 것이다. 무엇보다 왕은 지금 숙원 간택식을 치르고 있을 텐데.

가라는 말을 하는 사내 앞에서 도대체 무슨 대답을 해야 할지

망설이던 그때였다. 문 밖에서 상 상궁의 목소리가 들려왔다.

"마마, 곧 길시이옵니다."

그 말에 홍연이 닫힌 문 쪽과 내 얼굴을 번갈아 쳐다보며 내게 물었다.

"무슨 말이오? 길시라니?"

순간 오늘 낮에 지붕 위에서 바라보았던 윤임의 모습이 떠올랐다.

마찬가지로 지붕 위에서 내게 입을 맞춰오던 홍연을 밀어내던 순간도 떠올렸다. 여전히 갈피를 잡지 못한 내 마음속의 또 다른 나도 떠올렸다. 난 눈을 무겁게 감아 뜨며 말했다.

"그간 궁중에 머물고 있어 대감께 부인의 도리를 다하지 못했습니다."

"공주."

"자고로 부부지간 합궁은 당연한 일. 아이라도 생기면 전하께서 더는 대감의 왕래를 막지 못하실 것입니다."

그가 이런 내 말과 행동에 마냥 기뻐할 것이라고는 생각하지 않았다. 하지만 홍연은 인상을 쓴 채 나를 쳐다보았다.

"누구의 뜻이오? 장 상궁이오?"

"장 상궁은 소첩이 어릴 적부터 곁에 있었으나, 소첩의 뜻을 좌지우지할 위인은 아닙니다."

"그럼 정녕 공주의 뜻이오?"

윤임과의 일을 알고 있었다고 했으니 홍연은 나를 믿지 못하는 것이다. 그리고 난 낮에 그의 입맞춤을 거절했었다. 이 점은 명백했다. 난 그의 시선을 피해 그의 허리끈을 잡아 풀며 말했다.

"소첩이 대감의 의복을 갈아입는 일을 돕겠습니다."

허리끈이 풀자, 다음은 그가 쓰고 있는 갓 끈에 손을 댔다. 갓 끈도 허리끈처럼 쉽게 풀렸다. 다음으로 아직 그의 머리에 씌워진 갓의 끝을 잡고 그것을 벗겨내 주려 했다.

그러나 갓에 내 손이 닿기도 전에 그가 아무것도 하지 못하도록 나를 붙잡더니 격한 입맞춤을 해 왔다.

그에게 손이 붙잡혀 도망갈 수도 피할 수도 없는 상황. 그의 거센 입맞춤에 눌린 나는 금침 위에 등을 대고 쓰러져 내렸다. 나의 허리를 바짝 끌어당기며 안은 홍연의 입술이 깊이를 더해갔다.

박씨부인은 오늘 밤 윤임의 집에서 여정을 풀었다. 그리고 그녀는 홀로 처소에서 초를 켠 채 누군가를 기다리고 있었다.

"흠흠."

원종이 낸 인기척 소리에 박씨부인이 서둘러 자리에서 일어섰다. 곧 문이 열리더니 원종과 함께 윤임이 안으로 들어섰다.

"임아."

윤임을 본 그녀의 표정이 조금은 밝아졌다. 하지만 윤임은 예의 상 짧은 미소만 지었을 뿐, 곧 그 미소도 입가에서 사라졌다.

"어서 앉거라."

박씨부인은 윤임을 자신의 곁에 앉혔다. 오히려 이런 그녀의 행동에 원종이 성을 냈다.

"조카는 보이고 이 오라비는 보이지도 않는 게냐?"

"설마요. 어쨌든 이리 자리를 해 주셔서 고맙습니다."

"아니지, 인사를 받기엔 이르다. 나뿐만 아니라 임이까지 부른 것은 분명 연유가 있을 터. 무슨 일로 불렀느냐?"

"두 사람 모두에게 보여줄 것이 있어서입니다."

"보여줄 것?"

"예."

그녀가 서안 아래에 숨겨놓았던 무언가를 꺼내 올려놓았다. 그것은 상자였다.

"이것은!"

상자를 제일 먼저 알아본 것은 원종이었다. 박씨부인은 고개를 끄덕이며 윤임을 돌아보았다. 윤임은 그 상자를 처음 보는 눈빛이었다.

"그것이 무엇입니까?"

"선왕의 밀지가 든 상자다."

"예?!"

생각지도 못했던 엄청난 물건에 윤임이 깜짝 놀랐다.

"왜? 내게 이런 귀한 것이 있느냐고?"

"어찌 이모님께서 그것을 가지고 계십니까?"

"원래는 선왕께서 제안대군마마께 내린 것이었다. 한데 제안대
군마마께서 나를 내치실 때 내가 몰래 가지고 나온 것이다."

"어찌 그러셨습니까? 제안대군마마께서 아셨다가는……."

"모르실 것이다. 아니, 관심도 없으시지. 애초에 열쇠가 없으면
열어볼 수가 없는 상자이거든."

"열쇠?"

"그래. 열쇠. 열쇠 없이 열었다가는 이 안의 내용물은 영원히 볼
수 없게 장치가 되어 있단다. 선왕은 이러한 상자를 두 개를 남겼
다. 하나는 월산대군마마에게, 또 하나는 제안대군마마에게 남겼
지. 상자를 열 수 있는 열쇠만은 주지 않은 채."

박씨부인의 설명을 잠자코 듣던 원종이 끼어들었다.

"오늘 네 얼굴을 보아하니, 그 열쇠를 찾은 듯하구나?"

"역시 오라버니이시군요. 바로 맞히셨습니다."

그녀가 묘한 미소를 지으며 옷 속에서 무언가를 꺼내 들어 보였
다. 그것은 줄에 매달린 반달 모양의 옥 목걸이였다.

"이건!"

윤임은 그 옥을 바로 알아보았다. 바로 유나의 것이었고 유나가
여진에게 준 옥이었다.

"그래. 이 옥은 원래 두 개인데, 각각 상자를 열 수 있는 열쇠의 역할도 한단다. 그런데 여진이가 열쇠 중 하나를 가지고 있더구나."

"그것은 원래 이 소저의 것이었습니다."

"이 소저의 것?"

박씨부인도 몰랐던 사실에 조금 당황하며 되물었다.

"예."

"이 소저의 것이었다니? 이 소저가 이것을 어디에서 구했는지 말하더냐?"

"어릴 적부터 지니고 있던 것이라고 말했던 것이 기억이 납니다."

"그래?"

하지만 유나는 죽었다. 죽은 유나를 되살리지 않고서야 옥의 출처를 알아낼 수는 없는 법. 어쨌든 이제 옥은 박씨부인의 손에 들어왔으니, 출처는 아무래도 상관이 없었다.

"이 소저라니? 그게 누구냐?"

"임이의 정인이었던 소저입니다. 이미 저세상 사람이 되었지만요."

"그렇구나."

원종이 윤임의 눈치를 살피며 말끝을 흐렸다. 그 일로 윤임이 왕이 내린 관직도 거절하고 있다는 사실을 알고 있기 때문이었다. 박

씨부인이 두 사람의 눈치를 살피더니 빠르게 말을 돌렸다.

"오라버니는 아주 오래전부터 자신이 기대하던 '그것'이 이 상자 안에 들어 있을 것이라고 믿어왔지. 오늘 이 상자를 열어 그것을 확인해 보자꾸나."

"그것이 무엇입니까?"

"열어보면 안다."

박씨부인이 옥을 상자에 난 구멍에 반쯤 끼워 넣었다. 거짓말처럼 옥은 딱 맞아 들어갔다. 그녀는 반쯤 튀어나온 옥의 부분을 잡고 돌렸다. 그러자 탁, 하는 소리와 함께 거짓말처럼 상자의 뚜껑이 열렸다. 그 안에서 봉투 안에 든 서신 한 장이 모습을 드러냈다.

"역시!"

감탄하는 박씨부인을 뒤로하고 원종이 손을 뻗어 그 서신을 집어 들었다. 그는 일말의 주저함도 없이 봉투 안에서 서신을 꺼내 펼쳤다.

"선왕의 인장이다! 인장이 찍혀 있어!"

원종이 흥분하며 그것을 읽어 내려갔다.

─이것은 과인이 제안과 월산, 두 대군에게 내리는 밀지 중 첫 번째이다. 세자 이융은 과인의 소생이 아니며, 한건이 폐비 윤씨와 사통하여 낳은 자이다. 따라서 세자 이융을 폐하고 과인의 적장녀인 진성 공주 이수련을 즉위시켜라.

엄청난 사실에 윤임이 크게 놀라 말을 잇지 못했다. 그러나 충분히 예상했다는 듯 원종의 표정은 밝았다.

"신수근이 그토록 숨기고자 많은 이들을 암암리에 살해해 온 진실이 여기에 있었군."

"이로써 그저 풍문 같았던 한 지평과 윤비가 간통했다는 소문이 사실이었군요."

"그렇다. 대왕대비가 자신의 조카인 한 지평을 살리기 위해서 신수근이 벌인 일들을 눈 감아 왔었지. 당시 궁중에 있던 많은 이들이 소리 소문 없이 죽임을 당하거나 사라져 왔다. 하하! 주상이 선왕의 소생이 아니라니! 선왕도 알고 있었어!"

"이제 어찌하실 것입니까?"

"어찌하기는? 이씨의 나라를 한씨가 차지하게 둘 수는 없지 않으냐?"

흥분을 좀처럼 가라앉히지 못하는 원종이 윤임을 돌아보며 말했다.

"너도 나와 함께하지 않겠느냐?"

"무슨 말씀이십니까?"

"무슨 말이기는? 지금의 주상은 가짜다! 선왕의 소생이 아니야! 그를 폐위시키고 선왕의 뜻대로 진성 공주를 여왕으로 즉위시키는 거다."

"여왕이라니. 게다가 진성 공주는 오래전 죽었…… 아!"

윤임이 무언가 떠올리며 탄성을 내질렀다. 바로 오늘 낮에 있었던 일이 생각난 것이다.

"무언가 알고 있는 게냐?"

"오늘 낮에 영산군 대감을 찾아온 여인이 있었는데, 영산군 대감께서 그 여인이 자신의 누이인 진성 공주라고 하셨습니다."

이 말에 원종이 박씨부인을 쳐다보며 흐뭇한 미소를 지었다.

"네 말이 사실인가 보구나."

두 사람만 아는 듯한 대화에 윤임이 의문을 품었다.

"허면 두 분은 진성 공주가 살아 있다는 사실을 알고 계셨습니까?"

박씨부인이 대답했다.

"얼마 전에 궐에 심어둔 세작을 통해 전해 들었단다."

"궐에 세작을?"

"그래. 실은 오라버니와 난 오래전부터 준비해 왔단다. 무엇보다 오라버니는 선왕이 아끼는 충신이셨지. 그래서 당시 세자였던 주상이 한 지평과 폐비가 사통하여 낳은 소생이라는 확신을 가지고 계셨다."

"모두 이 나라를 위한 충정에서 비롯된 일이지. 하나, 나와 마찬가지로 진실을 알고 있는 신수근은 이 사실을 숨기기 위해 많은 이들을 숙여왔다. 난 살아남기 위해서라도 도성을 떠나야 했고."

신수근은 왕의 장인이다. 또한 차기 임금이 될 세자의 외할아버

지였다. 그에게는 충분히 그럴 만한 이유가 있었다. 지금의 주상이 선왕의 소생이 아니라면, 그의 일가는 물론이거니와 그도 죽는다. 윤임은 모든 것이 혼란스럽기만 했다.

"이것이 선왕의 유지가 맞다면 왕을 아니, 여왕을 세우는 일인데. 그건 지금 임금에 대한 반역입니다."

"네 정인을 죽인 왕을 감싸기라도 하겠다는 것이냐?"

원종이 던진 싸늘한 말 한마디에 윤임의 눈동자가 요동쳤다. 그 사이 박씨부인이 원종에게 물었다.

"만약 오라버니께서 선왕의 유지를 따라 반역을 일으켜 진성 공주를 여왕으로 세운다 하여도 여왕을 모시려는 조정 중신들이 얼마나 되겠습니까?"

"나도 그것을 생각하지 않은 것은 아니다. 어쨌든 진성 공주를 즉위시키라는 것은 선왕의 뜻. 이후에 대신들이 반대한다면 덕풍군이나 영산군에게 양위하도록 종용하면 될 일이 아니냐? 그리고 알다시피 덕풍군과 영산군도 모두 임이의 누이들과 혼인했지. 다 한 다리만 건너면 우리 순천 박씨 집안과 한 가족이나 다름없다."

아주 잠깐이지만 윤임은 자신의 외숙부가 품고 있는 권력욕을 엿볼 수 있었다.

"임아."

원종이 윤임을 불렀다.

"네가 정인을 잃고 얼마나 고통스러워했는지 전해 들었다. 왜 오

늘 이 자리에서 상자가 열렸겠느냐? 어찌 네 정인이 가지고 있었을 옥이 여진의 손에 들어갔겠느냐? 모두 하늘의 뜻이다. 그러니 나를 도와다오. 무엇보다 지금의 주상을 폐위시키는 것은 억울하게 죽은 네 정인을 위한 복수를 하는 길이기도 하니, 안 그렇느냐?"

그러나 섣불리 동참할 수 없는 일이기도 했다. 고심하는 윤임을 앞에 두고 원종이 말을 덧붙였다.

"이 거사에 동참하겠다면 마지막에 왕의 목은 네가 벨 수 있도록 해주마. 어떠냐?"

유나를 마지막으로 보았던 순간이 떠오른 윤임이 자신의 오른손 주먹을 힘껏 움켜쥐었다.

"임아?"

잠시 후 윤임이 결심한 듯 낮은 목소리로 입을 열었다.

"이 거사에 숙부님과 함께하겠습니다."

원종이 떠난 후 비가 내렸다. 조금 열어둔 창문 틈으로 비가 몰고 온 바람이 불었다. 바람이 만든 요동에 촛불이 흔들리는 것을 보며 윤임이 마주 앉은 박씨부인에게 말했다.

"궁금한 것이 있습니다."

"무엇이냐?"

"어찌하여 밀지가 두 개일까요?"

현 주상은 선왕의 소생이 아니다. 그러므로 적통공주인 진성 공주가 보위를 물려받아야 한다. 이 사실이 담긴 선왕의 첫 번째 유지는 제안대군에게 내린 상자 속에 있었다. 그렇다면 두 번째 월산대군에게 내린 상자 속의 밀지에는……

"두 개라고 하나, 남은 밀지의 내용은 그리 중요한 것이 아닐 것이다."

"예?"

"보통 즉위와 관련된 유지의 경우, 첫 번째는 보위를 물려받을 자에 대한 내용이, 두 번째 유지에는 나라의 안정과 번영을 기원하는 내용이 들어 있다. 아마 진성 공주를 즉위시킨 뒤, 그녀의 치세를 축하하는 내용이 담겨 있을 것이다. 무엇보다……."

잠시 뜸을 들이던 박씨부인이 말했다.

"어차피 두 번째 밀지는 이미 이 세상에서 사라진 지 오래다."

"사라지다니요?"

놀란 윤임의 얼굴을 보며 박씨부인이 입가에 미소를 지었다.

"월산대군은 죽기 전 선왕이 자신에게 내린 밀지를 함께 묻어달라 유언을 남겼다. 네 큰 이모인 월산대군부인이 월산대군의 유언대로 함께 묻었으니, 이미 땅속에서 썩어 없어진 지 오래일 것이 아니냐."

"그렇군요."

어느 정도 의문이 풀린 듯 고개를 끄덕이던 윤임이 다시 박씨부인을 보며 물었다.

"외척인 신수근 대감과 숙부님의 사이가 어떤지요?"

"어찌 그것을 묻느냐?"

"조금 전 숙부님께서 신수근 대감에 대해 이야기할 때, 그를 비난하신 것 같이 들렸습니다."

"그 말이 맞다. 두 사람은 앙숙이지."

"어찌하여 앙숙이 되셨답니까?"

"두 사람 모두 선왕의 충신이 되어 부귀영화를 누리고자 하였다. 하나, 신수근의 누이가 세자빈이 되면서 오라버니는 신수근의 권세를 영원히 따라갈 수 없을 것이라 여겼지. 하나, 이 밀지가 발견되었으니 이제 오라버니에게도 기회가 온 것이 아니겠느냐?"

"하나……."

"응?"

"설사 지금의 주상이 선왕의 소생이 아닌 것이 밝혀져 진성 공주가 즉위한다 한들, 부마 역시 신수근 대감의 아들이 아닙니까?"

"그렇지. 신수근도 이를 알고 일부러 자신의 아들을 공주의 부마가 되도록 밀어붙였을 것이다. 만약을 대비하였겠지."

박씨부인이 홍연을 떠올리며 말끝을 흐렸다.

"부마의 성품은 제 아비를 닮은 것 같지 않은 듯했지만."

"제 말은 만약 진성 공주가 즉위하더라도 부마가 신수근 대감의

아들인 이상, 그의 권세는 숙부님을 능가하지 않겠습니까?"

"네가 아직 젊어 한 가지는 알고, 두 가지는 모르는구나."

"예?"

박씨부인의 얼굴에 다시 미소가 지어졌다.

"진성 공주가 신수근의 아들과 혼인한 일은 지금의 주상이 내린 어명이었다. 다시 말해, 주상이 선왕의 소생이 아님이 밝혀져 왕위를 유지할 수 없다면 과거 주상이 한 일은 모두 없었던 일이 된다."

"그 말은……."

"진성 공주와 거창위 신홍연의 혼인은 애초에 이 세상에 없었던 일이 되는 것이다. 알겠느냐?"

※　※　※

몇 번의 입맞춤이 있었다. 나는 그를 밀어내지도 않았고 거부하지도 않았다. 홍연이 숨을 고르며 금방이라도 서로의 입술이 다시 닿을 거리에서 나를 내려다본다. 그리고 나는 그를 올려다본다.

조금 전 격한 입맞춤이 무색하게 내 두 눈에서는 어떠한 흔들림도 없다. 이런 상황에서 아내는 남편에게 무슨 말을 해야 할까?

"대감을 좋아합니다."

사실이다. 동굴을 통해 먼 미래의 대한민국으로 가기 전. 나, 이수련은 부마인 신홍연을 좋아했다.

피식.

순간 내 입에서 짧은 웃음이 터졌다. 이런 나를 바라보는 홍연의 눈동자가 의문을 품은 채 커진다. 이를 본 나는 당황해 그를 밀어 내며 허리를 일으켜 세웠다.

"미안해요."

진지한 상황에서 웃음을 터트리니 홍연의 얼굴을 똑바로 쳐다 볼 수가 없다.

"미안하다?"

"그러니까……."

오늘 밤을 위해 출궁했고 오늘 밤을 위해 준비했다. 난 공주였다. 그리고 신홍연의 아내였다. 당연히 그를 기쁘게 하는 말들을 하려고 했다. 하고 싶었다. 정작 말을 하고 나니 나 자신이 우스워져 웃음이 나고 말았지만 말이다.

이건 내 모습이 아니었다. 내 본 모습이 아니었다. 그래서 웃음이 났다. 어쩌면 내 안에는 또 다른 내가 있는지도 모른다. 얼마 전까지, 기억을 잃기 전까지, 그 또 다른 나는 진짜 나였다.

이유나. 그녀가 내 진짜 본 모습이었다. 하지만 난 지금 이수련이다.

"대감을 좋아합니다."

"오늘 밤 내내 그 말만 그리 반복한 것이오?"

홍연의 지적에 난 그의 얼굴을 돌아보았다. 감정을 알 수 없는

그의 두 눈이 내 얼굴을 응시하고 있었다.

"대감이 원하신다면요."

"하하."

이번에는 홍연이 황당하다는 듯 웃는다.

"싫으십니까?"

그러자 그의 입가에 슬픈 미소가 지어졌다.

"아니오, 좋소. 다만……."

"다만?"

그의 한 손이 내 뺨에 닿았다.

"그대가 내 눈을 보고 하는 모든 말들이 어찌나 사랑스러운지. 아니지, 그대가 내 곁에서 하는 모든 말과 행동이 좋소."

그의 목소리가 갑자기 무거워진다.

"하나 그대의 이 모든 행동과 말들이 내가 부마이기 때문에 하는 것이오?"

물음이다.

"그대가 잃었던 기억을 되찾은 뒤로는 마치 공주의 탈을 쓰고 있는 것만 같소."

"무슨……."

"그대는 그대가 기억을 잃었을 때의 일들을 모두 기억하고 있지 않소? 한데 기억을 잃었던 그대의 모습을 조금도 찾아볼 수가 없소."

그의 지적은 정확했다. 그는 내가 숨기고 있는 이유나의 모습에 대해 물은 것이다.

"무슨 말씀을 하시는지 전혀 모르겠습니다."

난 알면서도 모른다고밖에 말할 수가 없었다. 내 안에 존재하는 또 다른 이수련인 이유나의 모습을 인정한다는 것은……

"윤임."

홍연의 입에서 나온 윤임의 이름에 나는 깜짝 놀랐다.

"그와 있었던 일들은 모두 마음 깊숙이 묻은 것이오? 아니면 버렸소?"

홍연이 내게 묻는다.

여전히 윤임을 사랑하는지. 아니면 윤임을 잊은 것인지.

이 물음에 대한 대답을 이수련은 알고 있다.

이유나는 모를지라도……

"소첩은 대감의 아내입니다. 그전에 이 조선의 공주이고요. 그런 소첩에게 어찌 그런 말씀을 하십니까?"

"내겐 기억을 잃고 윤임을 은애했던 이 소저도 그대이기 때문이오."

신홍연은 이유나를 사랑한다.

신홍연은 이수련을 사랑한다.

"나는 두 여인 모두를 사랑할 준비가 되어 있소. 한데 그대는 내게 한쪽만 택하라고 강요하는 것 같군."

"윤임은……."

홍연을 바라보며 윤임의 이름을 말하는 순간, 내 한쪽 눈에서 눈물이 흘러내렸다.

"윤임은……."

알고 있었다. 그의 이름을 말하는 것만으로도 난 언제든지 이유나로 돌아갈 수 있다는 걸. 그래서 그를 홍연의 앞에서 언급할 때, 여진과 함께 '윤씨 남매'라고 불렀다. 그러면 그의 이름을 직접적으로 말할 필요가 없었으니까. 또한 이수련에게 윤임은 중요한 사람이 아니라고 에둘러 표현하는 것일 테니까.

"유…… 윤임은……."

그의 이름을 말하는 것만으로도 눈물은 내 의지와 상관없이 흘러내린다. 난 재빨리 옷깃으로 눈물을 훔쳤다. 하지만 한 번 터진 눈물은 쉴 새 없이 흘러내렸다. 닦아도 닦아내도 그치지 않는 눈물에 결국 난 닦는 것을 포기했다.

"만나지 말아야 할 사람이었습니다."

윤임의 얼굴이 내 앞에서 아른거린다. 나를 바라보던 그의 미소가 내 얼굴을 떠나지 않는다. 나를 끌어안고 내가 자신의 세상이라고 고백하던 그가 내 마음 안에 커다란 멍을 만든다.

"공주."

"소첩이 기억을 잃었을 때 소첩은 부모의 얼굴도 형제의 얼굴도 심지어 대감의 얼굴도 모두 잊었습니다. 이유나는 그런 여인이었

습니다."

이 세상에 하나뿐인 지아비 앞에서 다른 사내에 대해 이야기를 하며 우는 아내라니.

이런 내가 공주라서 싫다. 이런 내가 이수련이라서 싫다.

홍연도 이런 내가 싫겠지. 싫을 것이다.

"그러니 그런 여인이 누구를 마음에 품었든……."

바로 그때였다! 홍연이 예고도 없이 나를 와락 끌어안았다. 나를 힘주어 끌어안은 홍연이 부드러운 목소리로 귓가에 속삭였다.

"내가 말하지 않았소? 그대는 내 사람이오. 내 여인이오. 이수련 그대는 나 신홍연의 여인이오."

"대감."

그가 나와 눈을 맞춘다.

"그것만 기억하시오."

어찌 이런 사내를 잊었을까.

어찌 이런 사내를 두고 다른 사내를 사랑한 것일까.

"네."

나는 그의 품 안에서 고개를 끄덕였다. 홍연이 이런 나를 다시 끌어안았다.

밤이 깊어가는 가운데 공주는 잠들어 있었다. 그녀의 한 손은 어릴 적처럼 홍연의 손을 잡고 있었다. 그러나 홍연은 잠들지 못했다. 대신 한없이 따뜻한 눈길로 잠든 공주의 얼굴을 응시했다.

"난 그대가 좋소. 그대의 모든 것이 좋소."

잠든 공주를 보며 홍연이 되뇌고 되뇌이는 말.

"대감! 대감!"

밖에서 장 상궁의 다급한 목소리가 들려왔다.

"무슨 일인가?"

홍연은 혹시라도 공주가 깰까, 낮은 목소리로 되물었다. 장 상궁이 대답했다.

"큰일 났사옵니다!"

홍연의 말 없는 시선이 닫힌 문 쪽을 향했다.

❀ ❀ ❀

조선의 왕 이융은 말위에 올라탄 채, 금위군의 호위를 받고 있었다. 한밤중 갑작스러운 왕의 방문에 홍연의 집 하인들이 모두 마당으로 모여들었다. 왕은 홍연이 사랑채가 아닌 안채 쪽에서 나오는 것을 보며 눈썹을 찌푸렸다.

"전하. 오셨사옵니까."

"공주가 이곳에 있다지?"

왕의 방문 목적은 처음부터 공주였다. 홍연은 짐짓 예상했다는 듯 담담하게 답했다.

"예. 그러하옵니다."

이런 홍연의 모습은 왕의 화를 부채질했다.

"공주의 출궁은 과인이 허락한 적이 없는 바! 공주를 출궁하도록 꼬여낸 것이 거창위, 네놈 짓이더냐?"

홍연이 침묵으로 맞서자 왕이 호통쳤다.

"공주를 당장 데려와라! 당장 공주를 데리고 궐로 돌아갈 것이다!"

홍연이 입을 열었다.

"그것은 불가하옵니다."

"불가? 불가하다?"

"공주께서는 깊은 잠에 드셨사옵니다. 하오니 내일 아침에 입궐토록 하여 주시옵소서, 전하."

정중하게 청하는 말이었지만 지금 왕의 귀에는 곱게 들리지 않았다.

"네놈이 감히……."

왕의 얼굴에 드러난 분노에 장 상궁은 겁에 질렸다. 반대로 홍연에게서는 그 어떠한 흔들림도 찾아볼 수가 없었다.

"전하. 진성 공주는 이 조선의 금지옥엽이시기 전에, 신의 아내 이옵니다."

"뭐라?"

"전하의 누이라 하여도 혼인한 공주는 출가외인. 신은 오늘 밤 신의 아내인 공주의 환궁을 허락하지 않을 것이옵니다."

왕의 눈꼬리가 날카롭게 올라섰다.

"네놈이 정녕 겁을 상실하였구나!"

"이만 돌아가 주시옵소서, 전하."

"신홍연!"

왕이 홍연의 이름을 부르며 말 위에서 뛰어내렸다. 동시에 왕은 허리에 차고 있던 검을 빼들었다.

"아악!"

검을 들고 홍연에게 달려드는 왕을 본 장 상궁이 비명을 내질렀다. 왕은 검으로 홍연의 목을 찌를 듯 깊게 뻗었다.

"네, 네놈!"

왕의 검 끝은 홍연의 살갗에 닿은 채로 멈췄다. 홍연의 살갗에 검 끝을 바짝 밀어내며 왕이 위협했다.

"이 자리에서 죽고 싶으냐?"

"신은 공주를 위해서라면 그 어떤 것도 두렵지 않사옵니다."

겉으로 보기에 승자는 흥분한 채 검을 들고 있는 왕이었다. 이 자리에 있는 모두가 왕을 두려워했다.

단 한 사람. 홍연을 제외하고는. 왕은 홍연을 오랫동안 노려보았다. 홍연은 흔들림 없는 눈으로 왕을 정면으로 응시했다.

"네 아비인 신수근과 중전이 널 지켜줄 수 있으리라 생각하느냐?"

팽팽한 기 싸움이 이어졌다.

잠시 후 왕이 검을 거둬들이며 돌아섰다. 왕은 말위에 올라타더니 아무 말 없이 홍연의 사저를 떠났다. 왕이 떠난 후 홍연에게 다가온 장 상궁이 소스라치게 놀랐다.

"피, 피가!"

홍연이 한 손을 왕의 검 끝이 닿았던 곳에 가져다 댔다. 살짝 베인 상처 아래로 피가 흘러내리고 있었다.

"지혈할 것을 가져오겠사옵니다!"

"아닐세. 이 정도는……."

"하오나 대감!"

"그보다."

홍연이 안채를 응시하며 말했다.

"오늘 밤의 일은 차후에라도 공주께는 말씀드리지 말게."

"예?"

"전하께서 오신 일도. 공주께서 아신다면 크게 걱정하실 테니."

"예에."

장 상궁을 안심시킨 후 홍연은 다시 안채로 돌아왔다. 다행히 공

주는 조금 전과 마찬가지로 깊은 잠에 빠져 있었다. 평온하게 잠든 공주의 옆에 다시 누운 홍연이 그녀의 손을 잡았다.

'내 곁에서 잠든 당신의 꿈이 평안하기를.'

❋ ❋ ❋

경복궁.

밤늦도록 잠들지 못하는 사람이 한 사람 더 있었다. 바로 도희였다.

"못났다, 못났어!"

어찌 인생이 꼬여도 이리 꼬일까. 오랫동안 사모해 온 윤임에게 파혼당하고 찾아온 두 번째 기회. 왕의 후궁은 아무나 될 수 있는 것이 아니었다. 그의 부친인 이보가 왕의 총애를 받는 신하여서 가능했던 일이었다. 혼기가 지나 파혼당한 처자가 왕의 후궁이 된다는 것은 거의 꿈만 같은 일이었으니까. 도희는 이 기회를 단단히 붙잡아야 했다. 이부자리 위에 앉아 손톱만 잘근잘근 물어뜯던 도희가 혼잣말처럼 중얼거렸다.

"제조상궁도 혼례 일을 다시 잡을 것이라 말이 없었는데……."

왕은 내일로 간택을 미루겠다고 했다. 하지만 제조상궁은 내일 일은 내일이 되어야 알 수 있다는 식으로 말했다. 설마 이러다가 다시 궁궐 밖으로 내쫓긴다면? 윤임과의 파혼으로 고소해하던 동

무들이 떠오르자 도희의 마음이 초조해졌다. 도희는 자리를 박차고 일어섰다.

처소를 나온 도희는 어둠을 틈타 움직였다. 하지만 곧 넓은 궁궐 안에서 길을 잃고 말았다. 자신의 처소로 돌아가는 길조차 잃어버린 도희의 가까이로 사람의 발소리가 들려왔다.

"뭐지?"

혹시 자신이 처소를 몰래 나온 것을 알아차린 제조상궁이 사람을 푼 것일까? 걱정하며 뒷걸음치던 도희의 앞에 누군가 등불을 들이댔다.

"누구냐, 너는?"

대전 내관 김자원이었다.

"저, 저는……."

당황한 도희가 말을 더듬던 그때였다.

"무슨 일이냐?"

홍연의 사저에 들렀다 환궁하던 길의 왕이 나타났다.

"전하!"

왕을 본 도희가 깜짝 놀라며 고개를 숙였다.

"과인을 아느냐?"

"예에."

"고개를 들어라, 어서."

내관의 말에 도희가 천천히 고개를 들어 올렸다. 왕이 도희의 얼

굴을 알아보며 중얼거렸다.

"이 시각에 여긴 어인 일이냐?"

"그게 길을 잃어……"

"길을 잃었다?"

대충 둘러댄 말이라는 걸 알아챈 왕이 코웃음쳤다.

"꼭 잃어버린 지아비를 찾아 나선 계집 같구나."

왕의 놀림 섞인 말에 도희가 눈을 들어 올리며 왕을 향해 말했다.

"그렇다면 바로 찾은 것이 아니겠사옵니까."

왕이 도희의 대답에 조금 놀란 듯 되물었다.

"찾았다라…… 허면? 이제 어찌하겠느냐?"

돌아오는 왕의 태도가 조금은 부드럽다고 느꼈는지 도희의 목소리가 당당해졌다.

"지아비의 처분만 기다릴 수밖에요."

"하하하!"

도희의 대답에 왕이 웃음을 터트렸다. 왕의 옆에서 내관 김자원은 불안한 시선으로 왕과 도희를 번갈아 쳐다보았다.

어디선가 들려오는 새소리에 난 눈을 떴다. 제일 먼저 보이는 것

은 방의 천장. 궁궐이 아니다.

또르르. 물이 그릇 안으로 떨어져 내리는 소리에 고개를 돌렸다. 그곳에는 홍연이 바르게 앉아 찻잔에 물을 따르고 있었다.

"일어났소?"

웃으며 말을 거는 홍연을 보자 난 얼굴을 붉히며 서둘러 이불에서 일어났다.

"여긴?"

"공주의 처소요."

홍연은 단정하게 옷을 입고 있었지만 잠옷이다. 마찬가지로 내가 입고 있는 것도 잠옷이다. 그렇다면 지난밤……

"여기서 주무셨어요?"

홍연이 입가에 미소를 띤 채 말한다.

"차가 식겠소. 어서 드시오."

난 순순히 그에게로 가까이 다가가 앉았다. 그가 차를 따른 잔을 내 앞에 내려놓았다. 난 두 손으로 그것을 받아들고는 조심히 한 모금 마셨다. 따뜻한 차가 목구멍을 타고 넘어가자 개운함과 함께 아침의 향기가 진하게 다가왔다.

"어떻소?"

"차를 잘 끓이시네요."

"공주의 입맛에 맞다니 나행이군."

내 시선에 얇은 붕대를 감고 있는 홍연의 목이 보였다. 분명 어

제까지는 보지 못했던 것이었다.

"목이……."

"목? 아……."

잠시 당황한 홍연이 웃는다.

"지난밤 공주께서 잠결에 생채기를 낸 것이오."

"제가요?"

깜짝 놀라는 나를 보며 홍연이 이번에는 소리 내어 웃는다. 그래서 그의 말이 사실인지 아닌지 헷갈렸다. 다만 최근 들어 그가 장난도 꽤나 잘 치는 사내라는 걸 깨달았다.

"농이시죠?"

"농이오."

순순히 장난임을 인정한 그가 다시 웃는다. 난 괜히 얼굴이 화끈거려 고개를 제대로 들 수 없었다. 그사이 홍연이 해명했다.

"아침에 새들에게 모이를 주다가 그만 부리에 다치지 않았겠소. 아마 새들이 내가 어미새인 줄 알고 입술을……."

그의 말이 '입술'에서 멈춘다. 동시에 지난밤 일이 떠오른 나는 얼굴이 타는 듯 뜨거워져 고개를 더욱 푹 숙였다.

잠시의 침묵 후 홍연이 크게 웃었다.

"공주와 함께하는 아침이 처음이라 내가 실수가 많소."

"네. 그러신 것 같아요."

어색한 것투성이지만 이상하게 싫진 않은 아침이다. 이렇게 그

와 함께하는 아침이 점점 익숙해지는 것일까?

❀ ❀ ❀

아침 단장을 모두 마친 나는 궁궐로 돌아가기 위해 안채를 나섰다. 안채 앞에는 이미 나를 궁궐까지 데리고 갈 가마가 기다리고 있었다. 가마 앞에서 서성이며 나를 기다리고 있던 사람은 홍연과 장 상궁.

"대감."

장 상궁이 홍연을 부르자 그제야 홍연은 내가 안채에서 나온 것을 알고는 돌아섰다. 나와 눈이 마주친 그가 다시 웃는다.

"공주."

안채 마루를 내려오자 홍연이 다가와 무언가를 내밀었다. 보자기에 싼 그것은 얼핏 막대기처럼 보였다.

"이게 뭐죠?"

"풀어보시오."

묻는 내게 홍연은 풀어볼 것을 권했다. 내가 보자기를 풀어헤치자 그 안에서 짝을 잃은 당혜 한 짝이 나왔다.

"이건……."

난 그 신발 한 짝이 무엇인지 바로 알아차렸다. 바로 윤임이 내게 선물했던 신발 중 한 짝이었다.

"그대를 한강수에서 구해내던 날, 그대가 발에 신고 있던 신이었소. 덕풍군께 전해 듣기로는 다른 한 짝은 윤 도령이 가지고 있다 더군."

나도 모르게 입술이 떨려왔다. 금방이라도 다시 터질 것 같은 눈물을 참아내려 입술을 살짝 깨물었다.

"아마도 윤 도령이 그대에게 선물해준 것이겠지."

"맞아요. 한데 이걸 어찌 제게 돌려주시나요?"

"버리려고도 했소. 아니면 윤 도령에게 거짓으로 주웠다며 돌려줄 수도 있었겠지. 하지만 그러고 싶지 않았소."

"왜죠?"

"부인."

홍연이 내 두 손을 맞잡았다.

"그대가 내게로 돌아왔으니 내게 중요한 것은 그대 외에는 아무것도 없소. 그대에게도 그랬으면 좋겠소."

"이 신이요?"

이 물음에는 그는 대답하지 않는다. 대신 그는 다른 말을 꺼냈다.

"그대의 마음이 어디로 향하든지 난 늘 이 집에서 머물 것이오. 이곳에서 그대를 기다릴 것이오. 그대가 내게로 돌아올 때까지."

"공주마마. 이만 가셔야 하옵니다."

가마 옆에 선 장 상궁이 조심스럽게 내게 말했다. 다시 이별이었

다. 가마 쪽으로 돌아서자마자 눈물이 터졌다.

어쩌다 우린 이렇게 되어버렸을까?

부부의 인연으로 맺어졌는데도 불구하고 말이다. 난 터진 눈물을 닦아내려다가 홍연에게로 돌아섰다. 홍연은 같은 자리에 서서 나를 바라보고 있었다. 난 홍연에게 다가가 두 팔로 그의 등을 끌어안았다.

"대감께 미안한 일이 많습니다."

솔직한 내 마음이었다.

"미안해하시오."

난 그의 품 안에서 고개를 들었다. 홍연은 내가 흘린 눈물을 닦아주며 미소를 짓는다.

"그러다 더는 미안할 것이 없으면 그땐 나를 은애해주시오."

그의 진심 어린 마음이 내 가슴을 시리도록 아프게 만들었다.

아침. 도희는 왕의 침전에서 깨어났다.

그녀는 아직 잠에 빠진 왕의 얼굴을 돌아보며 묘한 미소를 지었다. 어젯밤만 하더라도 그녀는 정식 간택도 치르기 전에 궐 밖으로 쫓겨날 것을 염려했나. 하지만 이젠 달라졌다. 그녀는 지난밤 왕의 승은을 입었다. 이제 궐 밖으로 쫓겨날 일은 없을 것이다.

"전하. 소인 김자원이옵니다."

밖에서 내관 김자원이 왕을 찾는 목소리가 들려왔다. 도희는 인상을 썼다. 이대로 왕이 깨어난다면 자신은 처소로 돌아가야 했기 때문이었다.

"전하. 급한 일이옵니다."

다시 김자원의 목소리가 들려오자 도희가 낮은 목소리로 대답했다.

"전하께서는 주무시오."

짜증 섞인 도희의 목소리를 듣고서도 김자원은 못 들은 척 다시 입을 열었다.

"전하. 급하게 아뢸 일이 있사옵니다."

"내 분명 전하께서 주무신다……."

"쉿."

왕이 쉿 소리를 내자 도희가 깜짝 놀라 왕의 얼굴을 돌아보았다.

"전하?"

왕은 눈을 감고 있었다. 하지만 왕은 잠에서 깨어난 듯 보였다. 눈을 감은 채로 누워 있는 왕이 문 밖을 향해 물었다.

"무슨 일이냐. 거기서 말하라."

왕의 말에 김자원이 문 밖에서 답했다.

"윤여필의 자제 윤임이 조금 전 진독청에 첫 등청(출근)을 하였다 하옵니다."

내관의 말을 듣던 왕이 눈을 번쩍 떴다. 그 옆에 누워 있던 도희도 깜짝 놀랐다. 왕은 그대로 허리를 일으켜 세워 앉았다. 도희도 왕을 따라 몸을 일으켜 세웠다.

"이상한 일이지. 과인이 듣기로는 병을 핑계로 등청을 끝내 거부할 듯 보이더니. 그가 갑자기 변심한 이유가 무엇일까?"

혼잣말처럼 한 말이었지만, 이 자리에는 도희도 있었다.

"소, 소녀가 어찌 알겠사옵니까."

기대도 하지 않은 도희에게서 답이 돌아오자 왕이 도희를 돌아보았다.

"넌 윤임에게 파혼 당한 일로 그에게 분을 품고 있지 않느냐?"

"이미 소녀에게는 지난 일이옵니다."

혹시라도 윤임과 엮여 왕의 분노를 살까, 도희가 재빨리 부정했다. 왕이 이러한 도희의 태도가 재미있다는 듯 웃으며 물었다.

"허면?"

"예?"

"과인이 그 지난 일에 대한 분을 풀 기회를 주더라도 거절함 셈이냐?"

"전하."

왕의 속뜻을 완전히 알지 못한 도희가 당황한 채 말끝을 흐렸다. 왕이 자리를 박차고 일이섰다.

"재미있을 것이다. 아주 재미있을 것이야."

자미당.

어제 나와 함께 출궁하지 않고 궐에 남아 있던 벼랑이가 놀랄 소식을 전해주었다.

"참말이냐?"

"그렇사옵니다! 그 규수가 제조상궁 마마님께 경대를 내던지는 것을 전하께서 보셨다 하옵니다!"

"그래서?"

"그런데 전하께서는 크게 꾸짖는 대신에 제조상궁 마마님께 사죄하라 하셨사옵니다."

이도희. 제조상궁에게 경대까지 내던지다니. 아직 정식 간택도 올리지 않고 입궐한 규수 신분으로 말이다.

"그 후에는?"

"간택은 오늘로 미뤄졌으나, 다들 전하께 밉보이고 제조상궁 마마님께 밉보여 곧 궐 밖으로 내쫓길 것이라 믿었사옵니다. 오늘 아침에 그 일이 일어나기 전까지는 말이옵니다."

"그 일이라니?"

"지난밤 전하께서 이 규수를 침전으로 불러 승은을 내리셨다 하옵니다."

이것은 조금 놀라운 일이다.

"간택도 전에?"

"예에. 그렇사옵니다! 그래서 지금 궐이 발칵 뒤집어졌사옵니다! 이런 전례는 지금껏 없지 않았사옵니까?"

"허면 예정된 간택은 어찌 된다더냐?"

"없던 것이 되는 것이지요. 대신 이 규수를 간택 후궁이 아닌 승은 후궁으로 들이신다 하옵니다. 주시겠다던 숙원의 자리도 그대로 주시고요. 그 규수만 신난 것이 아니옵니까?"

도희는 내 얼굴을 안다.

그녀가 나를 알아본다면 일이 복잡해질 수 있었다. 당분간 그녀와 마주치지 않기 위해서라도 후궁들의 처소는 얼씬도 하지 말아야 할 것 같다.

"그 밖에 다른 일은 없었느냐?"

"참, 이 규수 일로 잊고 있었사온데 공주마마께서 출궁하신 사실을 전하께서도 아셨사옵니다."

"전하께서 내가 출궁한 사실을 아셨다고?"

그때였다. 밖에서 장 상궁이 급히 안으로 들어오더니 말했다.

"벼랑이 너는 잠시 나가 있거라."

"아, 예에. 마마님."

벼랑이가 나가자마자 난 장 상궁에게 말했다.

"장 상궁. 전하께서 내가 출궁한 사실을 아셨다고."

"공주마마. 그보다 먼저 드릴 말씀이 있사옵니다."

"무슨 일인가?"

근심 어린 얼굴의 장 상궁이 말했다.

"조금 전 윤 교리께서 진독청에 첫 등청을 하셨다 하옵니다."

"윤 교리라니? 그가 누구⋯⋯."

뒤늦게 윤 교리가 누구를 가리키는 말인지 알아차린 내 눈이 크게 떠졌다.

"윤임?"

윤임이 등청했다. 분명 병을 핑계로 등청을 거부하고 있다고 들었는데.

"공주마마?"

깊은 생각에 빠진 듯한 나를 장 상궁이 부른다. 난 아무렇지도 않은 듯 장 상궁을 돌아보며 생긋 웃었다.

"그래서? 그게 나와 무슨 상관인가?"

"그게⋯⋯."

나의 태연한 척 연기에도 장 상궁은 이미 알고 있다. 내가 '이유나'라고 불리던 시절에 윤임과 있었던 일들을. 홍연도 안다. 윤임 때문에 내 얼굴에 감정이 드러나면 장 상궁뿐만 아니라 홍연도 알게 될 것이다.

난 그것을 바라지 않는다.

"그자는 나와는 아무런 상관이 없는 자네."

분명하게 해둘 필요가 있다. 하지만 마음은 그렇지 않았지만.

진독청.

"첫 등청 날부터 많은 일감을 주는 게 관례이기는 한데……."

진독청 부제학이 난감한 표정을 지으며 윤임에게 다가왔다. 그는 윤임의 매형인 덕풍군과도 친분이 있는 자였다.

"사흘 안에 이것을 전부 필사하라는 대제학 영감의 명일세."

윤임이 앉아 있는 책상 앞에는 승정원일기 수십 권이 쌓여 있었다.

"신입에게는 보통 필사부터 가르치지. 물론 내 재량에 따라서 대충대충 넘어가는 경우도 있는데, 이번에는 대제학 영감께서 직접 일을 내려주신 것이라…… 혹시 자네, 당상관들 중에 뭐, 잘못 보인 분이라도 있는가?"

윤임도 섣불리 대답하지 못했다. 아직 안면도 없는 대제학보다도 왕의 얼굴이 제일 먼저 떠올랐기 때문이었다.

유나가 죽던 날 이후 왕은 그에게 진독청 교리직을 제수했다. 그것은 어디까지나 그가 덕풍군의 처남이기 때문일 것이다. 하지만 그날 그의 태도가 왕의 심기를 건드렸을지도 모른다.

"실은 나도 선정전에서의 일은 들었네. 자네가 여인과 누이 중에서 섣불리 신뢰를 하지 못했다고도. 자네는 모르겠지만 전하께서는 진성 공주의 일로 '누이'라는 말과 관련된 모든 것에 예민하

시지."

부제학도 어쩌면 윤임이 왕에게 찍힌 것이 아닐까 넌지시 짚고 있었다.

어쨌든 윤임에게 주어진 것은 사흘.

"만약 사흘 안에 필사를 다 끝맺지 못하면 어떻게 됩니까?"

"보통은 곤장형이네. 게으르다는 것이 그 이유이지."

윤임은 말없이 고개를 끄덕인 후 붓에 먹물을 묻혀 가다듬었다. 바로 필사에 들어가려는 윤임을 보며 부제학이 한숨을 내쉬었다.

"자네의 필사가 길어져 퇴궐이 늦어질 것 같으면, 이름이 적힌 패를 진독청 정실淨室 벽에 걸어두게나. 퇴궐을 알리는 파루가 울릴 때 그리해야 하네. 당직 별감들이 궐내각사를 돌며 확인하거든."

"예."

"물론 그리되었을 때는 다음 날 아침까지는 궐을 떠날 수가 없네. 이것을 잘 알고 있겠지?"

"알고 있습니다."

"그럼, 수고하게."

부제학이 떠나고 윤임은 홀로 진독청에 남았다. 그가 필사에 몰두하는 사이 어느새 날이 점점 어두워지고 있었다.

해가 저무는 것도 모르고 필사에 매진하던 윤임의 귀에 파루의 북소리가 들려왔다. 궐 내에 머무는 관리들의 퇴궐 시간을 알리는

것이었다. 붓을 잠시 내려놓고 고개를 든 윤임은 깜깜해진 주변을 보며 등잔에 불을 붙였다. 그는 부제학이 시킨 대로 자신의 이름패를 걸기 위해 진독청 정실淨室로 나왔다. 그런데 이미 정실 벽에 자신의 패가 걸려 있었다.

윤임尹任

아마도 그가 오늘 안에 퇴궐을 못할 것이라 여겼는지, 누군가 미리 패를 걸어둔 것이었다. 벽으로 다가가 자신의 이름패를 물끄러미 쳐다보던 윤임은 유나가 지니던 옥이 떠올랐다.

"차라리……."

긴 침묵 끝에 내뱉은 한마디에 목이 메어 그는 더는 말을 이을 수가 없었다.

'차라리 잘 되었다고.'

이리 많은 일들에 치여 바쁘게 살다 보면, 아주 잠시라도 유나의 그림자에서 벗어날지도 모른다.

유나를 떠올리면 찾아오는 고통. 그 고통을 잠시나마 잊을 수 있을지도 모른다고 생각했다. 하지만 드문드문 찾아오는 고요함 속에 늘 유나의 존재가 그를 감싸고 있었다.

"유나야. 내 목소리가 들리느냐?"

저도 모르게 튀어나온 이름에 윤임의 눈시울이 뜨거워졌다.

　　　　❀　❀　❀

"유나야. 내 목소리가 들리느냐?"

"!"

진독청 정실의 벽 하나를 사이에 두고 서 있던 나는 흠칫 놀라 벽에서 떨어졌다.

가슴이 남몰래 큰 잘못을 한 것처럼 쿵쾅거렸다.

알고 있었다. 윤임이 진독청에 남아 있다는 사실을 알고 있었다. 조용히 산책을 하고 싶다는 핑계로 나인들을 따돌리고 향한 곳은 진독청이었다. 그곳에서 윤임의 이름패가 걸린 것도 보았다.

윤임이 필사에 매진하고 있는 모습도.

"흑."

난 터져 나오려는 울음을 삼키려 두 손으로 입을 틀어막았다.

그는 나를 잊지 않았어.

분명 내가 죽은 줄 알고 있을 윤임은 나를 부른다. 혼백이 되어 자신의 곁을 떠돌고 있을 것이라고 믿으면서. 그는 나를 잊지 않았다. 의지와 상관없이 저절로 흘러내리는 눈물을 훔치며 난 서둘러 자미당으로 돌아가기 위해 발을 돌렸다.

❀ ❀ ❀

자미당으로 돌아가는 공주의 모습을 본 이가 있었다. 바로 신수근이었다. 왕의 부름을 받고 입궐하던 그는 공주가 혼자서 자유롭게 궐 안을 돌아다니는 모습을 보며 크게 놀랐다.

공주가 살아서 돌아온 사실은 이미 알고 있었다. 대비도 알고 있었기에 왕이 함부로 공주를 죽이지 못하고 있다고만 생각했다. 그래서 공주가 살아 돌아온 사실도 공표하지 않은 채, 구중궁궐에 꽁꽁 가둬둔 줄만 알았다.

"이럴 수가."

신수근은 분에 찬 얼굴로 왕의 침전에 들었다.

"신수근."

입궐한 신수근을 보며 왕은 평소보다 밝은 표정으로 그를 맞았다.

"무슨 일로 부르셨사옵니까, 전하."

"날도 따뜻해지고 지금이야말로 사냥을 나갈 적기가 아닌가?"

"사냥……. 예, 그렇지요."

이 시기 왕의 잦은 사냥은 매년 있던 일이었다. 다만 올해는 일이 있었다. 바로 진성 공주가 살아서 돌아온 것.

이 때문인지 사냥 시기가 찾아왔음에도 왕은 사냥을 가자는 말을 하지 않고 있었다.

"과인의 처남들이 모두 무예에 출중하니, 사냥을 함께하는데 큰 즐거움이 아닐 수 없네. 하여 이번 사냥에도 동석했으면 싶은데."

신수근의 아들은 총 다섯 명. 막내아들은 다름 아닌 홍연이었다.

"거창위도 부르시옵니까?"

머릿속이 조금 전 본 진성 공주의 모습으로 가득 차 있던 신수근의 실수였다. 왕은 홍연이 진성 공주와 혼인한 뒤로 그를 멀리했었다. 순간 왕의 얼굴에서 웃음이 사라졌다.

"거창위?"

뒤늦게 실수를 깨달은 신수근이 머리를 조아렸다. 왕은 어젯밤 홍연의 사저에서 있었던 일을 떠올리며 인상을 썼다.

"무예에 출중하다 하여도 그 재주를 쓰지 않으면 있으니만 못한 것이네. 거창위가 바로 그러한 자지. 그러한 자는 사냥에 동석할 필요가 없지 않겠는가?"

"예에. 하오나."

신수근은 지금이야말로 진성 공주의 일을 꺼내는 적기라고 여겼다.

"공주의 환궁 사실을 공표하지 않으시는 전하의 뜻을 여쭈어도 되는지요?"

"무슨 말인가?"

신수근이 공주를 언급하자 왕의 표정이 딱딱하게 굳어갔다.

"어찌하여 살아 돌아온 공주를 계속 살려두시는지 묻는 것이

옵니다. 대비마마 때문이라면, 신이 공주를 처리할 방도가 있사
오니…….”

“주제넘군.”

왕의 분노 섞인 목소리에 신수근이 다시 머리를 조아렸다.

“공주를 살리든 죽이든 과인이 결정할 일이네.”

“아, 아옵니다. 다만 신은 공주가 어찌 이 세상에 살아 있어서는
안 되는지 그 연유를 주상전하께서 그 누구보다도 잘 아시리라 사
료되기에…….”

신수근의 말을 가만히 듣던 왕의 시선이 살짝 흐트러졌다.

잊고 있던 것은 아니었다.

“알고 있지. 잘 알고 있네.”

“하오면 언제쯤 공주를…….”

“과인은 공주를 죽일 생각이 없네.”

“예?”

놀란 신수근이 고개를 들어 왕을 쳐다보았다. 왕은 묘한 미소를
지은 채 어떤 생각에 잠겨 있었다.

“대비께서도 공주가 살아 돌아온 사실을 알고 계시지. 이 상황에
서 공주를 해한다면 대비마마께서 얼마나 괴로워하시겠는가?”

“그게…….”

“공주가 돌아온 이후, 공주의 얼굴을 본 나인들이 늘었지. 그러
니 적당한 시기를 보아 공주를 닮은 나인이 나타났다고 소문을 낸

후에 공주를 출궁시키고 나인으로 다시 입궐시켜……."

"출궁시킨 후 다시 입궐시키시다니요?"

"과인의 후궁으로 삼을 생각이네."

신수근의 눈이 크게 떠졌다.

"!"

미쳤다. 왕은 분명 미쳤다. 신수근은 그렇게 생각했다.

"어찌 그리 놀라는가? 경이 과인에게 알려준 진실에 따르면, 진성 공주는 과인과 피 한 방울 섞이지 않은 남일세."

"신의 생각으로는 전하의 뜻이 공주를 살리고자 성은을 베풀고자 하신 뜻이온데."

"6년 전에도 그럴 생각이었네."

"예?"

"6년 전에 진성 공주를 죽은 것으로 하고 궐로 불러들여 과인의 여인으로 만들려 하였지."

이것은 신수근도 전혀 몰랐던 사실이었다.

"하오나 전하! 애초에 그리하실 생각이셨다면 어찌 거창위와의 혼인을 윤허하셨사옵니까?"

"그때는."

과거를 떠올리는 왕의 표정이 다시 어두워졌다.

"대왕대비마마의 뜻이 너무나도 완강하여…… 아니지, 경도."

왕의 묘한 시선이 신수근의 얼굴을 향했다.

"경도 진실을 알고는 일부러 어린 아들을 입궐시켜 공주와의 만남을 주선한 것이 아니었던가? 혹여 과인이 임금의 자리를 지키지 못한다면 경도 더는 외척이 될 수 없겠지만, 공주의 부마가 자네의 아들의 것이라면 지금 누리는 그 부귀영화는 지킬 수 있을 테니."

"소, 소신은 절대 그런 마음을! 아니, 그런 생각을 추호도 한 적이 없사옵니다!"

"그럼 더는 공주의 일을 입에 담지 말게."

왕이 자리를 박차고 일어섰다.

"공주의 일은 오로지 과인에게 맡기고."

말을 마친 왕이 신수근을 남겨두고 침전을 떠났다. 남겨진 신수근은 생각했다. 공주가 계속 살아 있다면 멀지 않은 미래에 세자에게 화근이 될 수도 있었다.

신수근의 머릿속에는 오직 어린 세자의 모습만이 아른거렸다. 그에게는 이 조선의 보위가 누구의 것이 되든 상관없었다. 왕의 뒤를 이어 세자가 즉위하는 것이 자신의 부귀영화와 직결되는 것이라 믿었다.

'공주를 없애야 해! 왕은 공주에게 빠져 세자를 위험에 빠트리려 하고 있어!'

※ ※ ※

해질 무렵 홍연은 본가를 찾았다.

"홍연아."

"어머니. 몸은 어떠십니까?"

"나야 늘 똑같지. 너는 어떠냐? 장 상궁이 잘 챙겨주고 있느냐?"

"장 상궁은……."

공주가 사라진 이후 6년간 홍연의 사저 살림을 도맡았던 장 상궁이었다. 신수근의 부인 한씨는 당연히 장 상궁의 안부도 챙겼다.

"요즘 궐에서 대비마마를 모시고 있습니다."

"그래? 근래에 대비마마께서 많이 편찮다 하시니 그리되었나 보구나."

"예에."

아직 공주가 돌아온 사실은 비밀. 당연히 홍연의 모친인 한씨도 알지 못했다. 홍연은 공주가 돌아온 사실을 숨기는 것이 못내 어머니께 죄송스러운 마음이었다.

"너는? 너는 어찌 지내느냐?"

안채로 자리를 옮긴 모자의 대화가 이어졌다.

"예?"

"네 다른 형제들이야 나와 한 집에서 기거하니 챙기기 쉽다지만, 너만 떨어져서 지내고 있지 않느냐."

6년 전 공주가 실종된 이후 홍연은 매일같이 사라진 공주를 찾아 헤맸다. 이런 모습을 어머니가 걱정하시는 것을 알고는 일부러 사저를 얻어 분가했던 것이다.

"전하께서도 재혼하라 명을 내리셨는데 언제까지 고집을 피울 참이냐?"

"소자는······."

"처음에는 네가 부마라는 신분을 이용하여 조정에서 승승장구하고 싶은 마음이라도 있는 것이라 여겼다. 하나 그것도 아니지 않느냐? 대체 언제까지 이름뿐인 부마로 살아 네 어미의 마음을 아프게 할 것이냐?"

"어머니."

"안살림을 계속 장 상궁에게만도 맡길 수는 없다. 보거라, 장 상궁이 대비마마의 일에 너를 팽개치고 입궐했다 했지. 네게도 부인이 필요해. 그러니 지금이라도······."

그때, 밖에서 하인의 목소리가 들려왔다.

"마님. 대감마님께서 돌아오셨습니다."

"아버지께서 어디 출타하셨습니까?"

"퇴궐은 진작하시었지. 그런데 전하께서 부르시어 다시 입궐하셨었단다. 너도 어서 나가 아버지를 맞자꾸나."

"예, 어머니."

홍연이 자리에서 일어나 어머니와 함께 바깥채로 나갔다. 마침

말에서 내리던 신수근이 부인과 함께 나타난 홍연을 보고는 놀란 기색이었다.

"넌 어인 일이냐?"

"어인이라니요, 대감. 따로 떨어져 사는 자식이 부모의 안부를 물으러 찾아오는 것이 어찌 어인 일입니까?"

"그래? 알았다. 늦었으니 그만 돌아가 보거라."

그러면서 신수근은 마찬가지로 마중을 나왔던 다른 아들들을 돌아보았다.

"너희들은 사랑채로 들어오너라."

"예, 아버지."

홍연의 형들이 모두 신수근을 따라 사랑채로 들어가 버렸다. 괜히 자신만 배제된 느낌에 홍연이 멋쩍은 표정을 짓자 그의 어머니가 미안해했다.

"무슨 급한 일이 있어서겠지. 너야 분가하여 따로 너의 일이 있어 괜히 신경 쓸까 부르시지 않으신 것일 테니, 너무 섭섭해 말거라."

"아닙니다, 어머니."

"그나저나 어릴 때는 형제 중에 네가 가장 영특하다며 어여뻐하시더니…… 늦기 전에 돌아가 보거라."

"예."

어머니가 안채로 들어가는 모습을 본 홍연은 하인을 시켜 자신

의 말을 가져오게 했다. 그때 홍연의 눈에 들어오는 것이 있었다.

"응?"

바닥에 떨어진 신수근의 궁궐 출입 패였다. 아마 말에서 내리면서 떨어뜨렸다고 여긴 홍연이 패를 주워들더니 사랑채로 향했다. 사랑채 섬돌 위에 조용히 신을 벗고 마루에 오른 홍연의 귀에 신수근이 홍연의 형제들과 주고받는 이야기가 들렸다.

"예? 진성 공주 마마께서 살아 계시단 말씀이십니까?"

넷째 형은 홍우의 목소리였다.

"허면 홍연이도 이 사실을 알고 있습니까?"

장남 홍보의 목소리도 들렸다.

"그렇다. 이번 사냥에서 진성 공주를 반드시 죽여야 한다."

신수근의 입에서 나온 말에 홍연은 깜짝 놀라 걸음을 멈췄다.

"공주마마를 죽이다니요? 아버지! 어찌 그런 대역죄를!"

둘째 홍필의 목소리였다.

"자세한 것은 알 것 없다. 분명한 사실은 공주를 죽이는 일이 너희들의 누이를 지키고 훗날 세자 저하의 즉위를 위한 일이라는 것이다."

"하오나 아버지. 전하께서 공주마마를 사냥에 데려가시오면, 다들 공주마마께서 살아 돌아오신 사실을 알게 될 터인데 이를 그 누구보다도 잘 아시는 전하께서 사냥에 데려가시겠습니까?"

"공주를 사냥에 데려가시도록 만들어야겠지."

장남 홍조가 물었다.

"홍연이도 압니까?"

"무엇을 말이냐?"

"6년 전처럼 공주마마를 해하시려는 아버지의 뜻을 말입니다."

이를 밖에서 가만히 듣고 있던 홍연의 눈동자가 거세게 흔들렸다. 잠시 후 신수근이 대답했다.

"6년 전처럼 홍연이는 알 필요가 없다. 애초에 그 아이를 부마로 만든 것도 공주를 살리기 위해서가 아니라, 공주를 우리 집안에 들여야 쉽게 죽일 수 있기 때문이었으니."

6년 전, 자신만 모르던 진실과 마주한 홍연의 심장이 터질듯이 뛰었다.

"그럼 사냥터에서……."

"한적한 곳으로 공주를 유인해 죽인다. 알겠느냐?"

"예. 아버지."

이 모든 것을 엿들은 홍연은 뒷걸음쳐 황급히 자리를 떠났다.

아침.

"으응…… 부인! 부인! 미안, 미안하오."

영산군이 엎드려 하는 잠꼬대에 필사하던 나는 고개를 들었다.

사흘째. 윤임을 도와야 한다는 이유로 영산군을 궐로 불러 거의 매일을 밤새워 필사하게 했다. 덕분에 영산군은 집에 돌아가면 여진에게 잔소리를 엄청 듣는다고 한다. 핑계야 대비마마의 간병을 이유로 들었지만 이들은 신혼이니까.

"으으…… 부, 부인! 가지 마시오!"

무슨 꿈을 꾸는지 계속 사과만 하던 영산군이 고개를 번쩍 든다. 그리고 앞에 앉아 있는 나를 보더니 안도의 한숨을 길게 내쉰다.

"누이군."

"무슨 꿈을 꾼 것이냐?"

"윤 소저. 아니, 부인이……."

영산군의 입에서 무의식적으로 튀어나온 '윤 소저'라는 말에 난 피식 웃었다.

"아직도 윤 소저라 부르느냐?"

"가끔 실수하오. 그런데 부인이 엄청 싫어하지."

"나라도 싫어하겠다."

"홍연도 그렇게 부르오? 이 소저라고? 아님 공주마마?"

아무 생각 없이 말을 내뱉었던 영산군은 뒤늦게 윤임을 도와주기 위한 필사 자리라는 걸 깨닫고는 머쓱한 표정을 지었다.

"그냥 궁금해서."

"거창위는 날 '공주'라 부르지."

"부인이라고 안 하고?"

"난 공주인 걸."

"하나 거창위의 부인이지. 사내들은 '부인'이라고 호칭하는 걸 좋아하거든."

"그래?"

처음 듣는 이야기다.

"그러니 기회가 되면 거창위에게도 부인이라고……."

영산군이 일장연설을 늘어놓으려 했다. 난 영산군의 팔 아래에 깔려 있던 승정원일기 필사본을 잡아당겨 꺼냈다. 내가 필사한 승정원일기와 합해서 상당한 분량의 필사본을 영산군에게 내밀었다.

"가서 그에게 전해줘."

"윤임에게?"

"아니, 네 처남."

단호하게 말하는 나를 보며 영산군이 말끝을 흐린다.

"처남이라…… 뭐, 윤임이 내 처남은 처남이지."

"그리고 네가 했다고 하고."

"그거야 당연하지. 이 소저는 이미 죽은 사람이니."

"난 공주라니까."

"아, 예에."

바로 그때였다.

"주상전하 납시오!"

내관의 목소리에 영산군이 화들짝 놀라며 자리에서 이어서다가 내가 준 승정원일기 필사본을 바닥에 떨어뜨렸다.

"앗!"

상당한 분량의 필사본은 바닥에 흩어져 엉망이 되어버렸다. 이를 본 나도 크게 놀라 서둘러 필사본을 주우려는 사이, 문이 열리며 왕이 안으로 들어왔다.

왕은 이미 바닥에 흩어진 엄청난 분량의 필사본을 보더니 걸음을 멈췄다. 필사본을 서둘러 주우려는 나와 영산군을 지긋이 내려다보다가, 자신의 앞에 떨어진 필사본 하나를 주워들었다.

"선왕 때 승정원일기군."

"저, 전하!"

"요즘 며칠 밤낮 동안 영산군이 자미당에 머문다더니 이를 공주와 필사라도 한 것이냐?"

"그게 그러니까……."

겁에 질려 제대로 말을 잊지 못하는 영산군을 뒤로하고 내가 나섰다.

"예. 제가 함께 필사하자고 영산군을 자미당으로 불렀어요."

"어찌하여?"

왕이 흥미롭다는 듯 내 얼굴을 보며 묻는다.

"전하 오라버니께서도 아시다시피 영산군이 근래에 혼인하여 학문에 소홀한 듯하여, 승정원일기를 필사라도 하여 공부를 돕고

자 한 것입니다."

"역시 누이로구나."

왕이 웃으며 주워들은 승정원일기 필사본을 영산군에게 건네며 내 앞에 앉았다.

"과인에게는 경연에 빠지지 말라며 괴롭히더니, 신혼의 단꿈에 젖은 아우는 불러 필사로 공부를 가르치다니."

"황공하옵니다."

난 눈치 빠르게 필사본을 영산군에게 건넸다. 영산군은 필사본을 끌어안고 왕에게 인사를 올리며 물러갔다. 왕은 나가는 영산군에게는 눈길조차 주지 않은 채 내 얼굴만 뚫어져라 쳐다보았다. 다행인 것은 왕이 웃고 있다는 것뿐.

"전하 오라버니?"

"응?"

"어찌 소녀를 그리 보시나요?"

"문득 궁금해졌다."

"무엇이요?"

"과인이 만약 임금이 아닌 평범한 사내였다면 네 지아비로 삼겠느냐?"

예상치 못한 왕의 질문은 나를 당혹시켰다. 왕은 웃으며 내 대답을 기다렸다. 잠시 고민하던 나는 어색한 웃음을 지으며 입을 열었다.

"불가하옵니다."

"불가하다?"

"예. 우선 전하 오라버니께서 다시 태어나지 않는 이상, 평범한 사내가 된다는 것은 소녀는 상상할 수가 없사옵니다. 두 번째로 어찌 여인이 사내를 선택할 수 있단 말입니까?"

"네 말이 옳다."

왕은 내 대답이 옳다고 하면서도 만족하지는 못했는지 씁쓸한 입맛을 다셨다.

"허면, 과인이 다시 태어나 평범한 사내로 네 앞에 서기 전까지는 영원히 답을 알 수 없는 물음이 되겠구나. 그렇지?"

"그럼 이번에는 소녀가 묻겠사옵니다."

"묻거라."

"여인에게 필요한 덕목은 무엇이라 생각하시옵니까?"

왕이 매끈한 턱선을 쓸며 답했다.

"사내를 기쁘게 하는 것이겠지."

"지아비가 있는 여인이라면요?"

"사내가 바깥일을 잘할 수 있도록 훌륭한 내조를 하는 것이겠지."

"허면 거창위가 소녀의 내조를 받을 수 있도록 입궐을 허락해 주시옵소서."

왕의 얼굴에서 웃음이 사라졌다.

"전하."

"알고 있었느냐?"

"거창위가 소녀를 만나러 오지 않는데, 모르는 것이 더 이상하지요."

왕이 각오한 듯 말했다.

"수련아. 난 거창위가 싫다."

"어째서요?"

"당시 너희 둘의 혼인도 과인이 내린 어명이었지만, 과인은 싫었다. 대왕대비마마께서 과인을 압박하여 밀어붙이신 것이지."

"혼인은 어른이 정하시는 것이옵니다."

"수련아!"

왕이 답답하다는 듯 말한다.

"소문으로 듣자 하니 네가 사라진 6년간 거창위가 다른 여인을 가까이하지 않았다는 것은 다 거짓이란다. 놀아난 기생이 한둘이 아니라더라. 아니지, 그중에는 부녀자도 있다더라."

"호호."

난 믿을 수가 없어 한참을 웃었다.

"수련아, 이 오라버니 말을 믿지 않는 게냐?"

"전하 오라버니. 민가에서 오라버니가 누이를 지켜주고자 가까이 오는 사내를 전부 투기한다는 말은 들었어도 이미 혼인한 누이의 배필을 투기한다는 말은 듣지 못하였사옵니다."

"그게 아니라!"

무언가 답답한 해명만 늘어놓으려는 왕을 보며 난 방긋 웃음 지었다.

"소녀가 지금은 전하 오라버니의 곁에 있지만, 언젠가는 부마의 곁으로 돌아가야 하옵니다."

"그럴 일은 없을 것이다."

단호하게 부정하는 왕을 보며 난 이해할 수가 없었다.

"오라버니!"

"너는!"

무언가 다시 말을 하려다가 끝을 맺지 못하는 왕.

"이번 사냥에 동행하자꾸나."

"예?"

"안 그래도 오늘 아침에 신수근이 입궐하여 공주의 동행을 물었다. 신수근의 말을 들으며 생각해보니 네가 돌아온 사실을 공표하지 않아, 공주로서의 동행은 어렵겠지만 신수근은 네가 신분을 감추면 가능하다고 하더구나. 그래서 이번 사냥에 나인으로 변복하고 동행하거라."

"소녀 보고 나인의 옷을 입으라고요?"

"그래."

다시 웃음을 되찾은 왕의 머릿속에는 내가 모르는 어떤 꿍꿍이가 숨어 있는 것 같다.

232

"사냥에서 거창위는 절대 잡지 못할 큰 암사슴을 잡아주마."

"사슴?"

"그래 사슴. 갓 잡은 암사슴의 피는, 마시면 사내의 피를 끓어오르게 만들지."

아바마마는 분명 사슴 사냥을 금지하셨었다. 이 이야기를 여기서 꺼낸다면 아바마마의 일로 상처가 깊은 오라버니에게 다시 상처가 될지도 모른다.

"동행하겠느냐?"

"예. 그러겠사옵니다."

진독청.

"하암!"

영산군이 하품을 길게 내쉬었다. 그의 앞에는 사흘째 집에도 가지 못하고 필사에만 매달린 윤임이 앉아 있었다.

"이건……."

그리고 윤임에게 준 것은 사흘 동안 영산군과 공주가 밤새 필사한 승정원일기였다.

"내가 얼마나 힘든 줄 아나? 어서 받게. 오늘이 마지막 기한 일이 아닌가."

영산군이 내민 승정원일기를 살펴보며 윤임은 말이 없었다. 자신은 사흘간 딱 절반을 썼다. 여기에 영산군이 가져온 나머지 절반을 더한다면 필사는 완료된다.

"고맙지? 그럼 오늘 퇴근할 때 술이나……."

"이건 받을 수 없습니다."

"뭐?"

윤임이 영산군이 내민 필사본을 돌려주더니 다시 필사를 시작했다.

"왜?"

"제가 쓴 것이 아니니까요."

"그걸 모르는가? 자네 오늘 안에 필사를 마치는 것은 불가능하네. 못하면 곤장형이야! 곤장이 아픈 것보다도 그 망신은 두고두고 관직 생활하며 언급될 텐데."

"그래도 받을 순 없습니다."

"답답한 사람! 자네가 곤장을 맞으면 내 누이. 아니, 자네 누이가 얼마나 슬퍼하겠는가?"

윤임은 대답하지 않고 필사를 이어나갔다.

"처남!"

이런 윤임이 자신을 무시하고 있다고 여겼는지 영산군이 화를 냈다.

"마음만 받겠다고 그리 여진이에게 전해주십시오."

"아니, 사흘간 고생한 내 수고는?"

"죄송합니다."

"자넨 정말 고집불통이군!"

사흘간 자미당에 붙잡혀 밤낮으로 필사를 했던 기억에 영산군은 속으로 씩씩거렸다.

'내가 누이랑 얼마나 힘들었는데!'

윤임은 사흘간 필사를 모두 마치지 못했다. 그는 진독청 관원들은 물론이고 다른 궐내각사의 관원들이 모두 모인 자리에서 형틀 위에 대자로 눕혀졌다.

"어휴."

부제학이 혀를 차더니 곤장을 들고 있는 병사들에게 다가가 몰래 돈을 쥐여 주며 말했다.

"살살해주게. 살살. 저 이가 누군지 알지? 덕풍군 대감께서 나중에 또 사례하실 걸세."

"여부가 있겠습니까."

부제학에게 돈을 받은 병사들이 히죽거렸다. 어쨌든 형식적인 것이라 애초에 세게 치려는 의지 따위는 병사들에게도 없었다.

더군다나 윤임이 누구던가? 덕풍군 대감의 하나뿐인 처남이었

다. 이를 모르는 이가 없었다. 다들 눈치껏 윤임을 살살 칠 것이 확실했다.

"자, 시작합니다!"

곤장을 든 병사 두 명이서 형틀에 누운 윤임을 번갈아 내려치기 시작했다. 정말 장난질하나 싶을 정도로 살살 때리고 있어서, 구경 나온 사람들이 심심할 지경이었다.

"윤 교리가 덕풍군 대감의 처남이라더니."

"어디 덕풍군 대감의 처남이기만 하나? 영산군 대감의 처남이기도 하지."

"지난번 전하의 앞에 끌려가서도 살아남았다고 하지 않던가."

"권세가 대단하긴 대단해. 저리 맞아도 앞으로 출세가도를 달리겠지. 아니 그런가?"

열 번의 곤장형이 끝났다.

"어서, 어서 일어나게."

제일 먼저 달려온 것은 영산군이었다.

"으이그~ 이 사람!"

그때였다.

"숙원마마 납시오!"

형강에 모인 관원들이 흩어지면서 나인을 대동한 도희가 나타났다. 도희는 막 영산군의 부축을 받아 일어서는 윤임을 보더니 그를 때린 병사들에게 물었다.

236

"형이 벌써 끝났는가?"

"예에. 그러하옵니다만."

"오면서 들으니 소리가 미약하여 아무것도 들리지 않더군. 다시 때리게."

"예?"

"뭐 하는가? 숙원마마의 지엄하신 명이 들리지 않는가!"

도희를 대신해서 그녀의 나인이 호통쳤다. 그러자 병사가 영산군의 눈치를 보았다. 영산군은 어이없다는 듯 도희를 보며 말했다.

"숙원께서 어찌 궐내각사의 일까지 참견하십니까?"

"어어? 종친이신 듯한데 누구신지요?"

도희의 나인이 그녀의 귀에 대고 영산군이 누구인지 속삭이듯 알려주었다.

"아아, 영산군 대감."

"에헴."

영산군이 뒷짐지며 여유로운 미소를 내보였을 때였다. 도희가 다시 병사들을 향해 엄한 목소리로 소리쳤다.

"무엇하느냐? 다시 때리래도!"

도희의 앙칼진 외침에 병사들은 영산군과 도희의 얼굴을 번갈아가며 눈치만 살폈다. 영산군도 도희가 자신을 무시했다는 생각에 화를 냈다.

"숙원께서 궐내각사의 일에 끼어드시다니요? 전하께서도 아시

는 일입니까?"

"물론 잘 알지. 과인이 숙원을 이리 보냈으니."

왕의 등장에 주변이 소란스러워졌다.

"저, 전하다!"

"전하."

도희는 기다렸다는 듯 왕의 곁에 가서 얌전히 인사를 올렸다. 왕은 도희의 옆에 서더니 윤임을 쳐다보며 말했다.

"숙원이 여인이라 걸음이 늦어 윤 교리의 형벌을 놓친 모양이군."

"예. 그러니 다시 보고 싶사옵니다."

윤임의 말 없는 시선이 도희의 날카로운 시선과 엉켜들어갔다. 그사이 왕은 주변에 모여 있는 궐내각사의 관원들을 둘러보며 말했다.

"하나, 같은 형벌을 두 번이나 줄 수는 없는 법. 불공평하지 않겠느냐?"

"전하?"

왕이 자신의 뜻대로 해주지 않을 것이라 여긴 도희가 징징거리는 목소리로 왕을 불렀다.

왕이 대답했다.

"대신 윤 교리에게 다른 벌을 주어 니를 위로하마."

"어떤 벌이옵니까?"

왕이 윤임을 향해 말했다.

"윤 교리는 게을러 필사를 다 끝내지 못한 것이 분명하니, 선왕의 승정원일기만 필사하는 것이 아니라 태조대왕부터 선왕인 성종대왕의 승정원일기 전부를 다시 필사하라. 그때까지는 진독청의 일을 주지 말라."

"어떻게 그럴 수가……."

그 많은 승정원일기를 필사하려면 올해 안에는 절대 불가능했다.

벌 치고는 상당히 가혹한 처사였다.

"만족하느냐?"

도희가 앙탈 부리듯 고개를 가로저었다. 왕이 크게 웃으며 도희에게 말했다.

"만족 못 한다 하니 어찌할까?"

"전하."

"응?"

"내일 사냥을 가신다 들었사옵니다. 그 사냥에 신첩도 데려가 주시옵소서."

"사냥을 할 줄 아느냐?"

"모르옵니다만, 전하의 곁에 있을 줄은 아옵니다."

"하하하! 그래그래. 너를 데려가마."

왕이 도희와 함께 형장을 떠나자 일순간 궐내각사 안에는 침묵

이 돌았다. 처음에는 윤임이 형벌을 받는 것을 구경하러 왔던 관원들은 반대로 왕이 도희와 벌인 행태에 할 말을 잃은 것이다.

젊은 관원 한 명이 침묵을 깼다.

"신성한 궐내각사에 후궁을 끌어들이다니……."

영산군이 자미당으로 돌아오며 씩씩거렸다.

"무슨 일이 있었느냐?"

걱정스러워 묻는데 대뜸 화부터 낸다.

"궐이 이상하게 돌아가고 있소!"

"무엇이? 아니지. 그보다 필사본은 잘 전해주었느냐?"

윤임에게 필사본을 잘 전해주었는지 묻자 영산군이 내게 눈을 흘긴다.

"전해주기야 전해주었지! 정작 본인이 안 받겠다고 거절했지만."

"거절했다고?"

"그래서 결국 형을 받았어요."

"참말이냐?"

걱정하는 내 얼굴을 보며 영산군이 힌숨을 푹푹 내쉬었다.

"덕풍 형님이 수를 쓰셨는지 병사들이 때리는 둥 마는 둥. 그게

무슨 형벌이겠소? 하나도 안 아팠을걸."

"그래?"

다행이다 싶었지만 영산군이 보고 있어 드러내놓고 표현할 순 없었다. 영산군이 말을 이었다.

"참, 누이. 이번에 전하께서 새로 들이신 새 숙원 말이오. 아마 그 숙원이 처남의 정혼녀였던 이 부정의 여식이오?"

"그랬지. 그녀가 왜?"

"오늘 처남을 벌주는 형장에 나타났소."

"그녀가?"

"응."

내가 당황하며 되묻자 영산군이 힘껏 고개를 끄덕인다.

"그녀가 어찌?"

"나도 잘은 모르지만 이번에 처남이 벌 받게 된 게, 진독청 신입들이 거쳐 가는 통과의례가 아니라 그 숙원이 벌인 짓 같소. 아니면 전하거나."

"무슨 말이냐?"

"형이 다 끝난 다음에 숙원이 나타났소. 그런데 자신은 처남이 형을 받는 것을 보지 못했다면서, 다시 때리라지 뭐요. 그래서 내가 이를 말리고자 나섰는데 갑자기 전하께서 납신 거요!"

영산군의 말만 들어도 무언가 일이 이상하게 돌아가고 있었다. 오늘 윤임이 겪은 일은 단순 진독청 신임 교리가 겪은 신고식이 아

니었던 듯싶다. 도희가 연관되어 있다면 더더욱.

"전하께서는 숙원의 편을 드셨소."

"그럼 윤임이 재차 형을 받았느냐?"

"다행히 그러진 않았소. 대신 더 큰 형벌을 받았지!"

"더 큰 형벌?"

"태조대왕 때부터의 승정원일기를 전부! 필사하라는 어명이 내려졌소! 이 필사를 끝마치기 전까지는 진독청 일도 하지 말라 하셨고."

"그런 일이."

"도무지 전하의 속을 알지 못하겠소. 숙원이 전하의 뒤에서 농간을 부린 것이 아니라면 전하께서 어찌 내 처남에게 짓궂게 구시는지 말이오."

윤임을 괴롭히는 것이 도희 짓이든 왕의 짓이든 이것만은 확실하다. 앞으로 윤임의 궐 생활이 순탄치는 않을 것이란 걸. 그의 올곧음과 꺾이지 않는 고집이라면 더더욱 쉽지 않을 것이다.

"전아."

"응, 누이?"

"그가 등청한 이후에 겪는 고난들은 내 책임이 없다 할 수 없다."

"무슨 말이오? 허면, 이런 식으로 계속 누이가 살아 있다는 사실을 숨긴 채, 처남을 돕겠다고?"

돕겠다는 말은 아니다. 도울 수만 있다면 도와야 할까?

홍연의 앞에서 윤임을 잊은 척, 마음에 묻은 척 행동하는 것도 쉽지 않았다. 막상 그가 등청한 이후 겪는 고난은 내가 겪는 것처럼 마음이 아프기만 했다.

"이유나는 윤임의 정인이었으니까."

그가 모든 것을 포기할 만큼.

"누이!"

영산군이 두 손으로 내 팔을 붙잡으며 흔든다.

"이제 이것으로 충분하오! 그러니 이제 그만하시오!"

"난······."

무언가 변명의 말을 꺼내려던 나는 그만 울음을 터트리고 말았다. 마음이 너무 아팠다. 이래서는 안 된다는 걸 알면서도······.

"장 상궁에게는 그가 남이라 더는 누이와 상관도 없는 사람이라 했다면서? 그럼 그는 이제 누이와는, 진성 공주와는 아무런 상관이 없는 자가 아니오!"

"전아."

"이 소저는 죽었소. 처남도 방황하고 있지만 곧 정신 차리겠지. 다른 여인을 좋아하게 될 것이고 누이를 완전히 잊지는 못하더라도 결국 사내 아니오? 자고로 사내들은······."

영산군이 무언가 실수했다는 듯 말을 멈췄다. 나는 영산군의 머릿속에 든 생각을 알아차렸다.

"풋."

눈물이 흐르던 얼굴에서 짧은 웃음이 터지고 말았다. 영산군이 내 팔을 잡았던 손을 슬그머니 놓으며 머리를 긁적인다.

"알았소?"

"응."

나는 얼굴에 남은 눈물을 닦아내며 다시 웃고 말았다. 영산군도 어색한 웃음을 지으며 말한다.

"홍연이 있지."

"맞아."

"누이는 이 사실을 그 누구보다도 잘 알고?"

난 고개를 한 번 끄덕였다.

"잘 알아."

"그럼 다행이군."

잠시 내게서 고개를 돌렸던 영산군이 어렵게 말을 잇는다.

"한 가지만 기억하시오, 누이. 계속 처남과 엮이다가 혹여 처남이 누이가 살아 있다는 사실을 알게 되면 어찌될 것 같소? 그때는 이 소저가 아닌, 진성 공주 이수련으로 처남과 만나야 한다는 것을."

그렇게 되면 윤임은 내가 자신을 속였다고 오해할까?

그래서 나를 미워할까?

차라리 그가 나를 미워하는 것보다는 내가 죽었다 여기는 것이 낫다는 생각이 든다. 내가 죽었다 여기고 나를 위해 슬퍼해주는 그

가 더 낫다고.

어느 쪽이든 우리 두 사람에게는 슬픈 일이다.

"누이. 마음을 다잡아야 하오. 누이 말대로 누이는 이 조선에 하나뿐인 공주마마니까."

난 눈을 천천히 감았다 뜨며 대답했다.

"알았다."

경기도 고양군.

왕의 깃발이 펄럭이는 가운데 수백 명의 인력들이 동원된 대대적인 사냥이 시작되었다. 하지만 난 그 사람들 속에 함께할 수는 없었다. 나인의 옷을 입고 말에 올라탄 내 뒤를 한수 혼자서만 말을 타고 쫓았다. 왕은 나인으로 변복을 했으니, 사냥단에 함께해도 된다고 했었다. 그러나 그곳에 도희가 있다. 그리고 왕은 아직 도희와 나의 관계를 모른다. 난 한수와 동행하는 조건으로 사냥단에 뒤늦게 합류하기로 했다.

"바람이 좋아."

말 위에서 눈을 감은 채 바람을 즐기는 나를 한수가 걱정스럽게 쳐다본다.

"사냥단과 너무 멀리 떨어지시면 아니 되옵니다."

왕이 따로 명을 내린 것인지, 한수는 계속 사냥단과 멀어지는 것을 경계했다. 난 감았던 눈을 뜨며 한수를 향해 활짝 웃었다.

"걱정 마라."

"전하께서 말씀하시기를 공주마마께서는 말을 잘 타지 못하신다고……."

"달리지만 못할 뿐이지 여기까지도 나 스스로 오지 않았더냐?"

"하오나……."

"걱정 말래도. 아직 날이 이렇게나 환한데."

"공주마마. 아무래도 이만 사냥단에 합류하시는 것이 좋을 듯하옵니다."

한수의 고집도 오라버니의 고집만큼 만만찮은가 보다. 난 속으로 한숨을 내쉬고는 고개를 끄덕였다. 그러면서 조건을 하나 덧붙였다.

"사냥을 방해하고 싶진 않으니, 사냥단 뒤로 가겠다."

"예. 알겠사옵니다."

이건 한수가 쉽게 동의했다. 난 말의 고삐를 잡고 사냥단이 있는 평지로 내려가는 숲길로 향했다. 그 뒤를 말을 탄 한수가 따랐다. 인적 하나 없는 한적한 숲길을 느리게 내려가는데 갑자기 뒤에 있던 한수가 다급한 목소리로 나를 불러 세웠다.

"공주마마!"

"응?"

"잠깐만. 잠깐만 그 자리에 계시옵소서."

"무슨 일……."

무슨 일이냐며 묻는 내 말이 다 끝나기도 전이었다. 하늘에 닿을 만큼 높게 솟은 나무 위에서부터 줄을 탄 검은 복면인들이 검을 들고 비처럼 땅으로 쏟아져 내려왔다. 그 수는 어림잡아도 수십 명. 복면인들에 놀란 말이 흥분하며 울부짖었다. 난 서둘러 말고삐를 세게 움켜잡았다. 그 틈에 복면인들이 검을 들고 내가 있는 곳으로 빠르게 달려왔다.

"한수!"

"공주마마! 꽉 잡으십시오!"

한수가 허리춤에 찬 검을 빼들며 동시에 말채찍으로 내가 탄 말의 뒤를 세게 내리쳤다.

내가 탄 말이 빠른 속도로 복면인들을 뚫고 숲속으로 내달리기 시작했다. 난 말에서 떨어질까 바짝 몸을 숙이며 비명을 내질렀다.

"꺄악!"

말이 정신없이 앞으로 내달리며 한수와 멀어져 갔다. 다행인 것은 복면인들은 말을 탄 이들이 없어서 나를 뒤쫓아 오지 못하고 있다는 사실이었다. 흥분한 채 한참을 내달리던 말이 어느 순간 조금씩 속력을 낮추며 잠잠해졌다. 바짝 숙인 허리를 세우며 난 말의 고삐를 잡아당겼다.

말이 걸음을 완전히 멈추고 나서야 나는 주변을 둘러볼 수 있는

여유가 생겼다.

"여긴 어디지?"

원래 내려가려던 방향과는 전혀 다른 방향. 더 깊은 숲속으로 들어와 있는 상태였다. 말이 속도를 줄인 것 역시 나무숲이 너무 울창해서 계속 달릴 수가 없어서였다. 말은 말머리를 휘저으며 한 자리만 맴돌았다.

"안되겠다."

난 말을 두고 땅으로 내려왔다. 아무도 없는 것을 확인하자 겁이 나기 시작했다.

울창한 숲속에서 잔뜩 겁에 질린 나는 숲을 벗어나는 방향을 찾기 위해 주변을 두리번거렸다.

"여긴 도대체 어디지?"

무거운 침을 삼키며 앞으로 한 발 한 발 내딛던 그때였다.

- 휙! 휙!

어딘가 바람을 가르는 듯한 빠른 발자국 소리가 들리더니 검은 복면인 셋이 눈앞에 나타났다. 눈을 제외한 얼굴을 전부 검은 복면으로 가린 그들은 아무 말 없이 내게로 점점 가깝게 다가왔다. 그들의 손에는 모두 검이 들려 있었다. 난 직감적으로 그들이 나를 죽이러 온 것을 확신하고 소리쳤다.

"누구냐?! 누가 보냈느냐?"

그들은 입을 열지 않았다.

"내가 누군지 아느냐? 내가 누군지는 알고!"

내 말이 끝나기도 전에 셋 중 한 명이 검을 들어 올렸다.

"죽어라!"

그 한마디를 듣는 순간 나는 빠르게 돌아서 정신없이 내달리기 시작했다. 그러나 긴 치맛자락 때문에 오래 뛰는 것은 불가능에 가까웠다.

"죽여! 공주를 죽여라!"

그들이 외치는 소리가 똑똑히 내 귓가에 들려왔다.

내가 공주인 걸 알아?

나인의 옷차림을 하고 있음에도 그들인 내가 누구인지 알았다. 그렇다면 그들의 목적은 분명했다. 분명 나를 죽이러 온 것이다.

"아얏!"

땅을 뚫고 튀어나온 나무뿌리에 발이 걸리며 난 그대로 앞으로 고꾸라졌다.

"아야……."

동시에 발목을 삐긋했는지 더는 걸어갈 수가 없었다. 기어서라도 도망치기 위해 두 손으로 땅을 짚은 그때였다.

- 푹!

손을 뻗은 내 앞에 정확히 복면인들이 들었던 검 하나가 땅을 뚫으며 박혀 들어갔다. 놀란 내가 고개를 들어 올리자 네 명 중 한 명이 바로 내 앞에 서서 나를 내려다보고 있었다.

"죽어라, 진성 공주."

그가 땅에 꽂았던 검을 다시 뽑아들더니 엎어진 내 몸 위로 정확히 내리꽂았다.

"아!"

나의 짧은 비명. 그것이 마지막이라고 생각했다.

- 챙!

나를 향했던 검은 다른 검으로 인해 튕겨져 나갔다. 뒤에서 누군가 내 팔을 잡아당기더니 부축해 일으켜 세웠다.

"하아……."

감았던 눈을 뜨자 또 다른 복면인이 내 옆에 있었다. 그런데 나를 죽이려는 네 명의 복면인들과 다른 점이 있었다. 그 누구보다도 나와 가까운 곳에 있는, 그 복면인이 드러낸 유일한 눈동자. 그것은 내게 익숙한 눈동자였다.

새로 나타난 복면인을 본 네 명 중 한 명이 물었다.

"넌 누구냐?"

그 복면인은 대답하지 않는다. 그저 나를 보호하듯이 자신의 뒤로 세웠을 뿐이었다. 내 앞으로 나선 그가 검 끝을 네 명의 복면인을 향해 겨눴을 때였다.

"길게 시간을 끌 것 없다."

"저 자도 죽어라!"

그들이 우리가 있는 곳으로 검을 들고 달려들었다. 그때였다. 나

를 보호하며 선 그 복면인이 자신이 쓰고 있던 얼굴의 복면을 벗었다.

우리를 향해 달려들던 네 명의 복면인들이 멈칫하며 자리에 멈춰 섰다.

"넌?"

네 명의 복면인들이 당황하더니 서로의 얼굴을 쳐다보며 눈빛을 교환했다.

그는 바로 신홍연.

나의 부군이자 나의 남편.

나의 지아비였다.

"대감……."

내 입에서 홍연을 부르는 목소리가 흘러나왔다. 홍연이 한 손을 뻗어 뒤에 있는 내 손을 꽉 잡는다.

"오늘 공주마마를 해치려 한다면 나도 살려두지 마시오."

홍연의 선언과 같은 말에 검을 든 복면인들이 주저한다. 나는 주저하는 복면인들의 행동을 보고 이상한 생각이 들었다. 공주인 나도 죽이려는 것을 주저하지 않는 이들이었다.

그들이 단지 부마인 홍연을 죽이는 것을 주저한다? 이것은 말이 되지 않았다. 그렇다면 저 네 사람은 홍연과 안면이 있다는 뜻이다.

"가자."

네 명 중 한 명이 검을 내리며 돌아섰다. 나머지 세 명도 당황하더니 그대로 함께 돌아서서 자리를 떠났다. 홍연은 그들의 모습이 시야에서 완전히 사라질 때까지 내 손을 꼭 붙잡고 있었다.

❋ ❋ ❋

복면인들이 모두 사라지고 나서도 홍연은 한동안 얼이 빠진 듯한 얼굴이었다. 그에게 다가가 말을 붙이려 몸을 움직인 순간,

"아얏."

바로 발목에서 전해지는 통증에 신음 소리가 났다.

"공주?"

홍연이 놀란 얼굴로 나를 돌아보았다.

"대감."

"걸을 수 있겠소?"

난 힘없이 고개를 가로저었다.

"그럼, 자. 내게 업히시오."

"네."

홍연이 자신의 등을 내주었고 난 조용히 그의 등에 업혔다. 나를 업은 그는 조심스럽게 앞으로 걷기 시작했다. 말은 없었다. 오히려 이런 상황에서 만났으니, 서로는 서로에게 할 말이 많아야 했다.

어찌 공주가 나인의 옷을 입고 있는지부터…….

나를 해치려고 달려든 이들은 무엇 때문이며…….

그들이 왜 홍연의 얼굴을 보자 순순히 물러갔는지…….

우리는 이 많은 질문들을 공유해야 할 이유가 있는 관계였다. 무슨 말을 해야 할지 모르겠다.

"사냥단이 있는 곳까지는 이곳에서 조금 거리가 되오."

홍연이 먼저 입을 열었다.

"많이 멀어요?"

"말을 타면 반나절 거리인데……."

"조금 전까지는 사냥단과 그리 거리가 멀지 않았는데……."

"전하께서 김포평야 쪽으로 이동하시는 것을 보았소."

"아……."

"아무래도 사냥단이 있는 곳보다는 궁궐로 돌아가는 것이 더 가까울 것이오."

"그럼 궐로……."

궐로 가겠다는 말을 하려고 입을 연 순간이었다.

– 후드득.

나무 위에서 물방울이 떨어진다고 생각했는데 순식간에 폭우 같은 소나기가 쏟아져 내렸다. 한 치 앞도 내다볼 수가 없을 정도로 많은 비에 곧이어 천둥까지 치기 시작했다.

"소, 소나기인가 봐요."

비를 피할 곳이 없는 상황에서 나는 계속 이마를 타고 흐르는

눈물 같은 비를 닦아냈다.

"저쪽에 빈집이 하나 있소."

"빈집이오?"

"이쪽으로 오다가 보았소. 아마 겨울 사냥꾼의 거처인 듯한데."

"어서 그리로 가요. 비부터 피해야죠."

"그리하리다."

홍연이 최대한 빠르게 걸었지만 결국 우리 두 사람이 빈집에 도
착했을 때는 온몸이 흠뻑 젖어버린 뒤였다. 물에 빠진 생쥐와도 같
은 몰골로 빈집에 들어서자, 방은 불을 때지 않은 지 오래된 듯 냉
기만 돌았다.

막상 방 안에 들어오자 우리 두 사람은 거리를 둔 채 돌아앉아
말이 없었다. 어색한 침묵만이 감도는 가운데 소나기가 불러온 구
름떼로 인해 방안은 짙은 회색 그림자 속에 갇혀버렸다. 시간이 갈
수록 서로의 그림자만 겨우 보이는 상황.

"콜록콜록."

내 기침소리를 들은 홍연이 뒤늦게 자리에서 벌떡 일어섰다.

"불을 때리다."

홍연은 그대로 방을 나갔다. 그가 나간 후 방 안은 더욱 차갑게
만 느껴졌다. 으슬으슬 몰려오는 추위에 난 두 팔로 어깨를 감싸
안았다. 이미 옷이 전부 젖어버린 상황이있다. 이대로 옷을 갈아입
지 못한다면 감기에 걸릴지도 몰랐다.

한참의 시간이 지난 후 문 밖에서 홍연의 목소리가 들려왔다.

"따뜻하오?"

문 밖에서 홍연의 목소리가 들려왔다. 난 바닥에 손바닥을 가져다 대었다. 열기가 전혀 느껴지지 않았다. 아니면 젖은 옷을 입고 있어 느끼는 추위에 방 온도를 알 수 없는지도 몰랐다.

"아, 아직요."

내 대답에 홍연이 문을 열고 안으로 들어온다. 그도 방바닥에 손을 갖다 대더니 걱정스러운 목소리로 말한다.

"구들장이 오래되어 무너졌나 보군."

"아궁이에 불을 땠나요?"

홍연이 고개를 끄덕였다.

"그렇소."

"그럼 여기보다는 아궁이 옆이 더 낫겠어요."

"그게 나을 수도 있겠군."

홍연이 일어서려는 나를 부축했다. 내 손과 팔에 그가 부축한 손의 열기가 전해져 왔다. 그 열기에 내 몸에 남아 있던 모든 열기가 끌려간 듯 몸이 덜덜 떨려오기 시작했다.

"추워요."

저절로 나오는 말에 홍연이 어찌할 줄 몰랐다.

"비가 쉬이 그칠 것 같지 않은데……."

그의 부축을 받아 아궁이 옆으로 자리를 옮기자 그나마 그곳은

따뜻했다. 그러나 손에 닿는 열기만 따뜻할 뿐 몸은 추웠다. 이런 나를 걱정스럽게 쳐다보던 홍연이 말했다.

"이대로 밤을 지새우다가는 병이 들지도 모르니, 내가 가서 사람을 데려오겠소."

밤새 비가 그치지 않는다면 정말 그 방법밖에 없는 것 같았다.

- 우르르 쾅쾅!

비와 함께 다시 한번 천둥 번개가 치며 아궁이 주변까지 번개 빛이 새어 들어왔다.

"어마마마!"

나도 모르게 어마마마를 부르며 눈을 질끈 감고 말았다. 이런 나를 보며 홍연은 혼자 떠나는 것을 망설이고 있었다. 그렇다고 뾰족한 수가 있는 것도 아니었다. 망설이는 홍연의 눈빛을 본 내가 울먹이며 말했다.

"가지 마요."

"공주……"

"혼자 있기 싫어."

혼자 남게 되는 것이 무서워서라는 말보다도 그저 혼자 있기 싫다는 말이 먼저 나왔다.

홍연이 말했다.

"공주가 가지 말라면 가지 않겠소. 나민……."

그가 두 팔로 어깨를 감싸 안은 채 오들오들 떨고 있는 나를 보

더니 한 손을 내 이마에 가져다 댄다. 그 순간 다시 이마를 통해 느껴지는 열기. 그런데 그의 손에서 전해지는 열기보다도 내 이마에서 나오는 열기가 더 뜨거웠다.

"열이 높군."

난 눈을 감았다 떴다. 사실 알고 있었다. 몸은 추웠지만 머리는 계속 뜨겁고 무거웠다. 이것이 지속되자 심한 통증까지 느껴지고 있었다.

"일단 젖은 옷은 벗어두어야 할 것 같소."

문제는 이곳에는 갈아입을 옷이 없었다.

"겉옷만 벗고 젖지 않은 짚을 덮고 있으면……."

"네."

난 고개를 끄덕이며 저고리 고름에 손을 가져다 대었다. 이를 본 홍연이 내게서 돌아앉았다. 저고리를 벗자 흰 속저고리가 드러났다. 난 속저고리도 벗었다. 이어 치마를 벗었지만 속치마는 벗지 않았다. 맨 어깨가 드러난 상황에서 속치마 한 장만 걸친 나는 아궁이 주변에 깔려 있던 짚으로 몸을 덮었다.

"이제 됐어요."

추위는 쉽게 가시지 않는다. 여전히 젖은 속저고리와 속치마에서 얼음 같은 한기가 계속 올라오고 있었던 것이다.

"대감도 겉옷만이라도 벗으세요."

"그러리다."

홍연이 상체에 입은 옷을 탈의하자 무예로 다져진 듯 보이는 단단하고 탄력 있는 맨 가슴이 드러났다. 나도 모르게 눈길을 주다가 그만 홍연과 눈이 마주치고 말았다.

우리 두 사람은 동시에 당황하며 얼굴을 붉혔다. 무엇을 크게 잘못한 것처럼 한동안 고개조차 들지 못한 채 애꿎은 아궁이 속만 쳐다보고 있었다. 난 어깨를 덮은 짚을 더욱 끌어당기며 작은 목소리로 속삭이듯 말했다.

"우린 부부인데 이런 모습이 왜 이렇게 어색할까요."

홍연이 멋쩍게 웃는다.

"그러게 말이오."

갑자기 기침이 터졌다.

"콜록! 콜록…… 콜록."

"괜찮소?"

"괜찮…… 콜록콜록!"

전혀 괜찮지 않았다. 그런데도 괜찮다는 말을 하려는데 한 번 터진 기침이 쉽게 그치려 하지 않았다.

"공주?"

"콜록콜록……."

숨을 제대로 쉴 수조차 없을 정도로 계속 기침이 이어지던 그때였다. 홍연이 팔을 뻗어 나를 자신의 맨가슴 안으로 끌어당겨 안는다. 거짓말처럼 기침이 멈춰버렸다. 그의 몸에서 전해지는 따뜻

258

한 열기가 내 몸에 전해지며 한결 숨을 쉬는 것이 편안해졌다.

이 모든 게 정말 거짓말 같은 일이었다.

"이럴 때 사람의 체온이 도움이 된다는 말을 들었소."

나는 부끄러워서 시선을 어디다 두어야 할지 몰랐다. 머리에서 나는 열로 인해 계속 아파오던 통증도 느껴지지 않았다. 그런데 이런 모습으로 나를 끌어안은 홍연의 목소리는 태연스럽게만 들렸다.

"그, 그렇군요……."

부끄러워할 일이 아니야. 홍연과 나는 이미 부부라고.

"우린 남이 아니니 부끄러워할 일은 아니오."

그런데도 계속 거짓말 같은 일들만 이어진다. 분명 조금 전까지는 뼛속까지 몸이 얼어버린 것처럼 추웠는데 지금은 언제 그랬냐는 듯 온몸이 뜨겁다. 게다가 가슴이 터질듯이 쿵쾅거려서 미칠 것만 같다. 나도 모르게 그의 얼굴로 향한 시선. 그러나 그는 추위로 인해 얼굴이 조금 붉게 상기되어 있을 뿐. 그 외에는 평상시와 크게 달라 보이지 않는다.

나만 이런 것일까?

나만 가슴이 뛰는 것일까?

그는 정말 아무렇지도 않은 걸까?

아궁이 쪽을 바라보며 누운 나. 나를 뒤에서 끌어안고 누워 있는 홍연. 이미 서로의 몸은 충분히 따뜻해졌고 옷은 모두 말랐다. 그런데도 우린 계속 그렇게 누워 있었다.

만약 누가 하나라도 자리를 털고 일어선다면 아무렇지도 않게 비켜줄 텐데도 그러지 않는다. 이대로 따뜻한 온기를 품은 채로, 우리는 서로가 잠들지 않은 것을 알면서도 잠든 척 행동하고 있었다.

"오늘……."

홍연의 입이 열렸다.

"공주에게 일어난 일들. 그 일들에 대해서 할 말이 있소."

서로가 서로의 체온을 나누고 있는 상황에서라면 그 어떤 대화도 가능할 것 같다. 난 각오한 듯 입을 열었다.

"말씀하세요."

"오늘 그대를 해하려고 했던 자들은……."

"대감의 형제분들이지요. 그러니 절 죽이려고 한 것은 대감의 부친이신 신수근 대감의 짓이었을 거고요."

넘겨짚은 것이 아니다. 확신이다.

내 앞에 나타났던 네 명의 복면인. 그들이 훈연의 얼굴을 보고 물러난 순간 깨달았다. 이미 6년 전 날 죽이려고 동굴까지 쫓아온

이들 중 홍연의 아버지인 신수근도 있었으니까.

"그럴 것 같았어요."

– 쏴아아아아

원한도 미움도 이 빗소리가 모두 씻어가 줬으면. 그리고 용서만
남기를.

"공주……."

난 몸을 돌려 홍연의 얼굴과 마주했다.

"어디까지 알고 있어요? 홍연."

내 입에서 나온 그의 이름. 그것은 그에게 진실을 듣고 싶은 내
마음에서 비롯된 것이었다.

오늘 그의 가족은 나를 죽이려 했다. 그만 제외한 채.

하지만 그가 이 모든 일들을 알고 있었다면 또 다른 동조자가
될 수 있었다. 어쩌면 그가 나를 이 빈집까지 업은 채 오며 아무 말
도 하지 않았던 그 긴 시간은. 이 무거운 진실을 함께 업고 있었기
때문인지도 모른다는 생각이 든다.

그래서 난 꼭 알아야 했다.

나의 어린 시절.

그날이 정확히 언제였는지는 기억나지 않는다. 평소처럼 후원

을 산책하는데 그곳에 한 소년이 있었다. 궁궐 밖의 사람들을 만나는 것도 쉽지 않은데 그날은 정말 특별했다.

내 나이 또래의 소년을 후원에서 만났다. 그 소년은 나와 마주치자 방긋 웃으며 예의 바르게 인사를 건넸다.

['공주마마이시지요?']

늘 내 곁에서 떠나지 않던 나인들이 조용히 물러서서 어디론가 가버렸다. 그리고 우리 두 사람만 남았다.

그날, 후원에서의 산책은 내 생에서 가장 특별한 하루 중 하나가 되었다.

"공주와의 혼인은 아버님의 바람이셨소. 전하의 반대가 있었다고 들었지만 대비마마께서는 윤허하신 일이오."

공주의 혼인에 왕실 웃전들의 생각과 의견이 반영되지 않을 리가 없다. 그러니 왕실의 혼인에 우연은 없다.

아이들의 순수함을 엮이는 자리에도 어른들의 논리가 있었다. 그래도 난 진심이었다.

홍연에게 호감을 느꼈던 그날은 진심이었다. 그 자리에 다른 소년들이 함께 있었다고 하더라도 그는 단번에 내 마음에 들었을 것이다.

"알고 오셨어요?"

홍연이 고개를 젓는다.

"아버님께서 그날 나를 후원에 두고 가시면서 공주마마께서 오

실 터이니 예의 바르게 행동하라는 말씀만 하셨었소."

그의 눈동자가 내 이마를 따라 천천히 미끄러져 내린다.

"태어나 처음 본 소녀가 나를 보고 짓는 웃음에 마음을 빼앗기고 말았지만."

어른들이 만든 자리이나, 그렇게 만난 두 어린아이는 순수했다.

"기억나시오? 공주는 그날 후원에서 우연히 마주친 나를 보자마자 환하게 웃었다오."

그날의 기억을 되새기는 홍연의 입가에 짧은 미소가 진다. 하지만 기억은 다시 현재로 돌아와 그의 미소를 앗아갔다.

"아버님이 품고 계신 다른 생각을 알게 된 것은 며칠 전의 일이오."

믿는다. 단지…….

"대감의 가족이에요. 대감의 아버님이고 대감의 형제분들이에요."

"그대도 내 가족이오."

그의 이 한마디에 왈칵 눈물이 쏟아졌다. 나를 향한 그의 생각이 내 마음까지 전해져 온 것이다.

"저를 선택하시면 다른 가족들을 잃으실지 몰라요."

그건 사실이다.

그가 자신의 부모와 형제와 뜻을 함께하지 않는다면…… 그는 나를 선택한 대가로 나머지 전부를 잃게 된다.

나의 이런 진심 어린 걱정을 그가 이해한 것일까? 우는 내 눈가의 눈물을 닦아주며 미소를 지어준다.

"난 그대의 지아비로서 아내인 그대를 지킬 것이오. 그대를 구하러 오는 길에 결심했소. 앞으로 내 길은 그대의 뒤를 따라가는 일이오. 그대가 안심하고 그대의 길을 갈 수 있도록."

나는 엉엉 울며 그의 품에 머리를 기댔다. 도무지 울음을 멈추려고 해도 멈춰지지가 않았다. 어른들이 만든 운명의 판 안에서 그는 나를 만났지만…….

그리고 진심으로 나를 위하는 사람이다. 그는 진심으로 나를 사랑하는 사람이다.

빗소리가 잦아들고 있었다.

나는 울음을 터트린 그 순간부터 계속 그의 가슴에 머리를 기댄 채 미동도 하지 않았다. 추위는 사라졌지만 우리는 그렇게 계속 서로를 보듬듯 끌어안고 있었다.

그도 잠들지 않았고 나도 잠들지 않았다. 아무 말을 하지 않고 있어도 이대로가 좋았다. 누군가에게 모든 것을 의지할 수 있다는 이 기분이 좋았다. 그의 가속은 나를 해치려 했는데…… 정작 난 그의 품에서 안식을 되찾는다.

문득 나를 위해 모든 것을 건 그에게 화답해야 할 필요성을 깨달았다.

"홍연."

내가 그의 이름을 부르자 맞닿은 그의 어깨가 살짝 떨리는 것이 느껴졌다. 천천히 고개를 들어 그와 눈을 맞추자 그가 다시 내게 미소를 지어준다.

이 미소…… 기억났다. 처음 그를 만난 후원에서 보았던 그 미소다. 이 미소는 달라지지 않았어.

"그대가 대감이라고 부르는 것보다 이름을 불러주는 것이 좋소. 앞으로도 이처럼 둘만 있을 때는 이름을 불러주시오."

나는 얼굴을 살짝 붉힌 채 고개를 끄덕였다.

"그럼 홍연도요."

"공주의 이름을?"

내가 고개를 한 번 끄덕이자 홍연도 따라 고개를 끄덕인다.

"수련."

이유나.

그것은 한때 내 이름이었다. 그러나 홍연이 수련이라는 이름을 부르는 순간, 나는 먼 미래에 존재하는 유나의 가족과 친구들과 모든 인연이 끝났음을 느꼈다.

어쩌면 내가 다시 조선으로 돌아오게 된 것도. 그래서 다시 홍연을 만나게 된 것도. 내가 조선에서 사라진 이후 애타게 기다려온

그의 마음 때문이 아니었을까 싶었다.

"홍연."

"수련."

나는 그를 보고 웃었고 그도 나를 보고 웃었다. 난 그의 눈동자를 가만히 올려다보며 말했다.

"이미 드렸어야 할 제 마음을 드릴게요."

"응?"

그가 영문을 모르는 표정으로 나를 쳐다보던 그때였다.

내가 어깨를 살짝 들어 그의 입술에 내 입술을 맞췄다. 조금 당황한 듯 머뭇거리던 그가 내 입술을 받아 자신의 입술을 열어주었다.

그의 단단한 팔이 내 몸을 감싸며 우리의 깊은 입맞춤으로 빠져들었다.

응당 그에게 돌려주었어야 할 마음이었다. 이리 주고받았어야 할 마음이었다. 내가 윤임의 그림자 아래에 머물며 헤매는 동안 그는 가족을 버리면서까지 나를 선택했다.

그런데도 나는 내게 익숙한 이유나라는 이름으로 만든 인연을 붙잡으려고만 했다. 놓지 않으려고만 했었다. 한쪽을 선택한다는 것은 내게 너무나도 고통스러운 일이 될 것이라고만 생각했으니까.

이유나.

이수련.

이 둘 모두를 잃어버릴 것만 같았으니까.

윤임을 사랑했던 미래에서 온 소녀 이유나는 이제 안녕. 이제 난 윤임을 잊고 신홍연의 아내로 살 것이다.

멈췄던 비가 다시 내리기 시작했다.

❀ ❀ ❀

처마에 걸린 빗방울이 떨어지는 소리에 눈을 떴다.

비도 완전히 그치고 햇살이 부엌 문틈으로 쏟아져 들어오고 있었다. 바짝 마른 겉옷을 챙겨 입고 보니 홍연은 아직 깨어나지 않은 것 같았다. 그의 겉옷으로 몸을 덮어주는데 멀지 않은 곳에서 말발굽 소리가 들려왔다. 잠든 홍연을 놔둔 채 밖으로 나갔다. 곧 산새들이 푸드득, 놀라 날아가는 소리와 함께 말을 탄 두 사람이 나타났다. 왕과 한수였다.

헝클어진 머리에 대충 말라 구겨진 옷. 공주의 행색이라고는 볼 수 없는 차림으로 서 있는 나를 보자마자 왕이 말 위에서 뛰어내린다.

"수련아!"

내게 다가온 왕이 양 팔을 붙잡고는 내 몸 상태부터 살폈다.

"괜찮으냐? 어디 다치지는 않았느냐?!"

한숨도 잠을 자지 못한 얼굴의 왕을 보자 조금 미안한 마음이 들었다.

"괜찮사옵니다."

"네가 습격을 받았다는 소식을 듣고 얼마나 걱정했는지 아느냐?"

난 아직 말 위에 있는 한수에게 눈길을 주며 말했다.

"한수가 도와주었고 거창위가 도와주었사옵니다."

"거창위?"

홍연을 언급하자 왕의 한쪽 눈썹이 올라섰다.

그때였다. 닫혀 있던 부엌의 문이 열리더니 홍연이 걸어 나왔다. 홍연을 본 왕이 나를 잡고 있던 양 팔을 놓았다.

"거창위……."

왕은 홍연이 입고 있는 옷의 행색을 살펴보며 한수에게 묻는다.

"한수야."

"예, 전하."

"어제 공주를 습격했다는 이들의 차림새가 어떠하였느냐?"

"검은 옷을 입고 검은 복면을 한 자들이었사옵니다."

"그래? 그렇단 말이지?"

난 왕이 홍연이 입고 있는 옷차림을 두고 한 말임을 알았다.

"거창위는 소녀를 구해주기 위해 온 것이옵니다."

"한데 어찌 너를 해하려 한 이들과 같은 차림을 하였더냐?"

268

왕의 지적은 예리했다.

"그건……."

내가 머뭇거리며 말을 잇지 못하는 사이, 왕이 휙 돌아서 말 위에 올라타며 말했다.

"궐로 돌아가겠다!"

"하오면 사냥은……."

"중지다."

왕은 말고삐를 한 손으로 움켜잡은 채 내게로 다가왔다.

"가자, 수련아."

왕은 당연하다는 듯이 손을 내게 뻗어왔다. 함께 말을 타고 궐로 돌아가자는 뜻 같았다. 왕은 당연히 내가 자신의 손을 거절할 수 없음을 알았다.

이 세상의 누가 감히 왕의 손을 뿌리칠 수 있을까? 그는 내 오라버니이기 전에 이 나라의 왕이었다.

"수련아, 어서."

왕이 재촉했다. 난 홍연을 돌아보았다. 그는 아무 말도 하지 않고 있었지만 그의 얼굴에 드러난 표정만으로도 난 알 수 있었다.

늘 그랬다. 난 기억을 되찾기 이전에도 그와 감정을 공유했다. 그것은 매우 특별한 경험이었다. 그리고 이제 그 이유가 무엇인지 정확하게 알고 있다. 난 다시 왕을 돌아보며 고개를 저었다.

"싫습니다."

"뭐라 하였느냐, 지금?"

"소녀는 거창위 대감과 함께 돌아갈 것이옵니다."

동시에 놀란 왕의 얼굴이 싸늘하게 굳어버렸다.

"넌 궐로 가야 한다. 과인과 궐로 돌아가야 한다!"

"예. 궐로 돌아가겠습니다. 하나 거창위 대감과 가겠습니다."

그때 한수가 나섰다.

"전하. 나인으로 변복하신 공주마마와 환궁하시는 모습을 보이는 것은 좋지 않사옵니다."

"과인도 알고 있다!"

왕이 소리치며 내게 내밀었던 손을 거둬들였다. 그리고 빠르게 말을 몰아 숲길로 가버렸다. 한수가 바로 왕을 쫓으려고 하며 내게 말했다.

"소인은 전하를 모시겠사옵니다. 공주마마. 거창위 대감."

인사를 하고 떠나려는 그를 내가 붙잡았다.

"한수."

"예, 공주마마."

"고마워요."

그는 대답 대신 말 위에서 고개를 숙이고는 재빨리 왕을 따라 숲으로 사라졌다. 왕과 한수가 모두 떠난 후 홍연이 내 뒤로 다가와 물었다.

"어찌 그에게 고맙다 한 것이오?"

"한수는 알고 있었어요."

"알고 있었다? 무엇을 말이오?"

"제가 여기 있다는 사실을요."

홍연이 뒤늦게 깨달은 듯 고개를 끄덕였다. 어제 내가 습격 받고 사라진 일을 알고도 왕이 사냥을 계속했을 리가 없다.

이 숲속의 버려진 집 하나를 병사들이 찾아내기까지 반나절도 걸리지 않았을 것이다. 또한 아침에 한수가 왕을 모시고 이곳으로 온 것. 분명 한수는 내가 홍연과 이곳에 있는 것을 알고는 아침까지 시간을 벌어준 것이다.

난 가까이 다가온 홍연의 허리를 끌어안은 채 그의 몸에 안겼다.

"제 방법이 잘못된 것일까요?"

"전하의 일말이오?"

"궐에 남기로 한 거요. 그게 모두를 위하는 방법이라 믿었어요."

"공주의 뜻이라면 그것이 무엇이든 마지막에는 반드시 옳은 답을 찾아낼 수 있을 거요."

난 홍연을 보며 방긋 미소 지었다.

경복궁.

보름을 넘게 잡고 나간 사냥이 하루도 안 되어 끝나버렸다.

결국 경복궁으로 돌아온 도희가 처소에 들어서자마자 짜증부터 냈다.

"대체 이게 어찌 된 일이라더냐?"

도희와 함께 입궐했던 향단이가 그녀의 짐을 든 채 물었다.

"글쎄요. 전하의 변덕이 죽 끓듯 하니까요."

사실 도희는 이번을 회임할 기회로 보았다.

왕은 후궁 중에서 자신만 데리고 사냥을 떠났다.

구중궁궐에 그 많은 후궁들을 전부 두고 그녀만 데려간 것이다.

사냥 기간 내내 왕을 모실 생각으로 들떠 있던 도희에게 초를 친 것은 어제 오후.

"한수라 하였더냐, 그 별감?"

"지난밤에 전하를 찾아왔다던 별감이요? 네네. 전하께서 그리 부르시는 것을 들었습니다."

급하게 왕을 찾아온 한 별감으로 인해서 사냥은 끝이 났다.

왕은 수색대를 풀었고 자신이 직접, 그것도 밤새 수색에 나섰다.

잘은 모르지만 나인 하나를 찾고 있다고 했다.

나인.

"사냥터에서 전하를 모실 여인은 나 하나뿐인 줄 알았는데……"

누굴까? 왕이 밤새 찾아 나섰던 그 나인은.

"아직 이 궐에는 내가 모르는 것이 너무 많아."

"배우고 익히셔야 할 것들도 많으시지요~"

향단이가 별생각 없이 도희의 말을 받았을 때였다.

도희가 그녀가 들고 있던 짐을 바닥으로 내동댕이치며 소리 쳤다.

"넌 그 입 빼고 내게 도움이 되는 것이 뭐니!"

"아, 아가씨! 아니, 숙원마마! 소인도 궐에 들어온 지 얼마 되지 않았는걸요."

"그럼 한가하게 짐 정리나 하지 말고 궐 안을 돌아다녀! 정보를 모으라고!"

"정보요? 어떤 정보요?"

"내게 도움이 될 그런 정보 말이야!"

"그게 뭔데요?"

"아휴! 답답해! 복장 터져!"

도희가 제 가슴을 주먹으로 치며 비명을 내질렀다.

"나가! 나가서 뭐든 알아오란 말이야! 그전까지는 국물도 없는 줄 알아!"

향단이가 한숨을 푹푹 내쉬며 도희의 처소를 나왔다. 마땅히 갈 곳이 없었다. 도희의 입궐과 동시에 향단이는 그녀를 따라 궁궐로 들어와 나인이 되었다. 그러나 정식으로 입궐해 나인이 된 이들은 향단이와 어울리지 않았다.

"이 궁궐에 아는 사람이라고는 아가씨 한 분뿐인데…… 흑. 너

무해."

훌쩍이며 사람이 없는 곳을 찾아 헤매던 그때였다.

"응?"

향단이의 눈에 익숙한 얼굴의 사내가 보였다.

그는 윤임이었다. 윤임은 빠른 걸음으로 어디론가 걸어가고 있었다.

"윤 도련님?"

윤임은 왕에게 벌을 받아 많은 책을 필사한다고 들었다. 도희의 말에 따르면 올 한 해는 꼼짝없이 궐내각사 밖으로 나오지 못할 것이라고 했다. 그런 윤임이 궐내각사를 나와 어디론가 가고 있었던 것이다. 이를 수상하다고 여긴 향단이가 몰래 윤임의 뒤를 쫓았다.

윤임은 사람이 거의 지나다니지 않는 곳에 이르러 걸음을 멈췄다. 이곳은 사용되지 않는 빈 행랑들이 늘어선 곳으로 궐에서도 외진 곳이었다. 윤임은 아무도 지나다니지 않는 것을 확인하고 속으로 긴 한숨을 내쉬었다.

"임아."

그때 그의 뒤로 누군가 나타났다. 윤임의 외숙부인 박원종이

었다.

"오셨습니까."

윤임이 깍듯하게 인사하자 박원종이 주변을 살피며 다가왔다.

"전하께서 사냥을 중단하고 돌아오신 소식은 들었느냐?"

"예."

"너는 어찌 전하께서 그리하셨는지 아느냐?"

"모릅니다만."

"이번 사냥에 공주가 동석했던 모양이다."

"공주라면 진성 공주마마 말입니까?"

"그렇다."

행랑 뒤에 숨어서 이를 엿듣던 향단이의 눈이 비상하게 빛났다.

향단이가 알기로 궁궐에 '공주'는 없었다. 공주라고 불렸던 유일한 선왕의 적통공주는 오래전에 실종되었다고만 들어 알고 있었다.

무엇보다 도성에서 유명한 그 거창위가 사라진 공주의 남편이 아니었던가? 향단이는 좀 더 자세히 듣기 위해 행랑에 귀를 바짝 가져다 대었다.

"급히 저를 부르신 이유가 공주와 관련된 것입니까?"

"그래. 사냥에 동석했던 공주가 습격을 받았다더구나."

"습격? 누가 공주마마를 습격했단 말입니까?"

"난 짐작만 하고 있을 뿐이다만 분명 이 공주가 이 세상에서 사

라지길 바라는 사람이겠지."

원종은 신수근을 떠올리면서도 그의 이름을 바로 입에 올리진 않았다. 신수근이 아니라면 왕일 수도 있다. 그들은 6년 전 공주를 죽이려고 시도하지 않았던가?

"공주마마께서 다치셨답니까?"

"그것까지는 확인하진 못했다. 다만 오는 길에 내의원을 들리니 조용하더구나. 크게 다친 사람은 없다는 뜻이겠지."

다시 한번 주변을 살핀 원종이 조심스럽게 입을 열었다.

"이대로 공주가 계속 왕의 곁에 있다가는 또다시 위험해질 것이다. 이는 우리의 계획에도 차질이 생길지도 모른다는 뜻이지. 그러니 '거사'를 앞당겨야겠다."

윤임이 숨을 죽인 채 원종의 말을 듣던 그때였다. 숨어서 이를 엿듣던 향단이의 발이 꼬이면서 그만 손으로 닫혀 있던 행랑의 문을 열고 말았다.

– 탁!

"누구냐?!"

소리에 놀란 박원종이 소리를 쳤을 때였다. 놀란 향단이가 재빨리 자리에서 도망쳤다.

※ ※ ※

"그래서?"

도희가 눈을 가늘게 뜨며 향단이의 보고를 듣고 있었다.

"'거사'를 앞당겨야겠다는 말까지는 들었는데요."

"그러니까 그게 무슨 '거사'인데?"

"그것까지는 못 듣고……."

"쓸모없는 것!"

도희가 보료 위에 놓인 베개를 향단이에게 내던졌다.

"아이구야!"

그대로 베개를 맞은 향단이가 뒤로 넘어졌다.

"고작 그걸 들어가지고 와서 내게 무슨 도움이 된다고?"

"뭔가 나쁜 일을 꾸미는 건 분명하니 전하께 아뢰시면……."

"내게 큰 상이라도 내리시겠다?"

"그럴지도요?"

"으이그! 이 무식아! 퍽이나 전하께서 네가 들은 말을 믿어주시
겠다."

　게다가 이미 다들 죽었다고 알고 있는 공주가 살아 있다니?

　살아서 사냥까지 함께 동석했다고 한다. 그러나 도희는 공주는
커녕 공주로 보이는 여인도 사냥터에서 본 일이 없었다.

　"향단아. 너는 당분간 윤 도령을 따라다니거라."

"윤 도련님을요?"

"그래. 오늘처럼 몰래 따라다니면서 수상한 행동을 보이면 바로 내게 보고하거라. 알겠느냐?"

"그리 하겠습니다요, 숙원마마."

향단이가 울먹거리며 밖으로 나가자 도희가 미간을 찌푸렸다.

"분명 뭔가가 있어⋯⋯."

사냥터에서 왕이 밤새도록 병사를 풀어 찾아 헤맨 나인.

그 나인이 실은 나인이 아니라 공주라면?

고작 사라진 나인 하나를 찾겠다고 왕까지 나서서 수색을 벌인다는 것은 말도 안 되는 일이었다.

"공주가 사냥터에 있었다⋯⋯ 공주가 궐에 있다⋯⋯ 공주가⋯⋯."

도희는 궐에서 공주의 존재를 느낀 적이 단 한 번도 없었다.

왕도 공주라는 단어를 자신의 앞에서 꺼낸 적도 언급한 적도 없었다.

"진성 공주⋯⋯ 도대체 어디에 숨어 있을까?"

숲을 벗어나 장터가 가까워지자 사람들의 시선이 신경 쓰였다. 홍연도 이를 느꼈는지 나를 포목점으로 데려갔다. 하지만 포목점

은 옷감을 파는 곳이고 옷을 만들어달라고 주문해도 시일이 걸렸다.

"여긴 옷이 없을 텐데요?"

걱정스레 묻는 나를 보며 홍연은 방긋 웃을 뿐이었다. 포목점에 들어선 홍연은 상인에게 말했다.

"지난번에 주문했던 옷은 완성이 되었는가?"

"물론입죠! 안 그래도 언제 찾으러 오시나 오매불망 기다렸습니다."

상인이 신나서 안으로 들어가더니 납작한 나무패를 들고 나왔다. 패의 뚜껑을 열자 곱게 접힌 사내의 두루마기가 보였다.

"그나저나 대감의 옷차림이……."

"사냥에 다녀오는 길이었네."

"그럼 아주 잘 오셨습니다. 이쪽으로 들어오셔서 새 옷으로 갈아입으시지요."

홍연이 나를 슬쩍 돌아보더니 상인에게 말했다.

"주문한 옷이 한 벌이 더 있었을 텐데."

이제 상인의 시선은 홍연의 뒤에 서 있던 나인 차림의 나를 향했다. 그가 부마이니 사저에 나인을 여럿 둔다는 것은 짐작할 수 있을 것이다. 그런데 상인은 잠시 당황하는 듯싶더니 눈치 빠르게 자신의 아내를 불렀다.

"이 아가씨께서 옷을 갈아입는 것을 좀 도와드리게."

"예."

상인의 아내가 나를 홍연과 반대쪽에 있는 방으로 안내했다. 그곳에 들어서자 상인의 아내는 능숙하게 궤를 가져와 그 안에 든 저고리와 치마를 꺼냈다. 그녀는 능숙한 손길로 나를 새 옷으로 갈아입혔다. 봄에 피어나는 꽃들의 색을 속 빼닮은 새 옷은 화사하면서도 단아한 멋이 있었다.

"어쩜! 주인이 여기에 계셨네."

상인의 아내가 만족스러운 듯 말했지만 나는 조금 움직이는 것이 불편했다.

"옷이 좀 작은 것 같아요."

"전혀요."

"좀…… 붙는데요?"

"그게 요즘 유행이죠! 품을 크게 해서 입는 건 궐 안 마마님들이나 그러시는 거고. 요즘 도성의 아씨들은 다 그렇게 입는답니다. 그나저나 머리를 어떻게 만져드릴까?"

"제가 할게요."

"그럴래요? 안 그래도 내가 좀 바빠서……."

상인의 아내는 내 앞에 경대를 하나 놓아주고는 바로 나가려는 듯했다. 그녀가 갑자기 무슨 생각이 들었는지 도로 내게로 돌아왔다.

"한데 말입니다."

"네?"

"거창위 대감과는 무슨 사이예요?"

"에?"

"그러니까 궁금해서 말이죠. 안 그래도 얼마 전 거창위 대감께서 직접 포목점에 들르셔서 이 옷을 고르시지 않았겠습니까? 여인의 옷이라니! 안 그래도 다들 궁금해하고 있어요."

내가 사라진 6년간 홍연에게 일어난 일들은 얼추 알고 있다. 그는 늘 소문 속에 있었다. 부족함 없는 외모와 성품이 그 소문을 더욱 널리 오랫동안 퍼지는 데 일조했겠지만.

"저는……."

"혹 새로 들이신 첩인가요? 아까 보니 항아님 옷을 입고 있던데…… 혹 전하께서 대감께 내리셨습니까?"

무슨 말을 해야 할지 몰랐다. 여기서 내가 공주라고 말한들 믿어줄지나 의문이었으니까. 게다가 믿어도 또 문제였다. 포목점에 찾아온 궁녀 옷차림의 공주라…… 어떤 소문이 도성에 날지 상상만으로도 끔찍했다.

지금으로서는 공주라는 사실을 밝히는 것보다는 숨겨진 거창위의 여인 행세가 더 나을 것 같다.

"흠흠."

문 밖에서 홍연의 헛기침 소리가 들려왔다. 상인의 아내는 깜짝 놀라며 서둘러 문을 열었다. 문 밖에는 홍연이 서 있었다.

"다 갈아입으셨습니다."

상인의 아내가 재빨리 방을 나가버리자 홍연이 안으로 들어왔다.

난 얼굴을 붉힌 채 홍연에게 물었다.

"혹시 들었어요?"

"물론이오."

그가 웃는 얼굴로 답한다.

"그래서 도와준 거예요?"

"아니면 내 아내라고 말할까?"

그는 농담반 진담반으로 건넨 말 같은데 난 고개를 끄덕인다.

"홍연의 마음대로 해요."

그 대답이 그를 기쁘게 한 것 같았다. 그의 얼굴을 가득 채운 웃음이 더욱 번져나갔다.

"잘 어울리오."

그가 내가 입은 옷을 보며 말한다.

"직접 고르셨다면서요."

"그렇소."

"궐에도 제 옷은 많은데……."

"그중에 내가 사준 옷은 한 벌도 없지 않소."

"그게 섭섭하셨어요?"

장난스럽게 반문하자 홍연이 잠시 당황한다. 난 그의 모습을 보

는 게 싫지 않았다. 오히려 더 놀리고 싶어졌다.

"저도 제 취향이라는 게 있는데 제게 묻지도 않고 옷을 고르시면……."

"혹 그 색감이 마음에 들지 않는 것이오?"

"아주 마음에 들어요!"

난 그의 앞에서 활짝 웃으며 반 바퀴를 돌아보았다. 그도 안심하고 나를 보고 웃는다.

"대신."

하지만 긴장의 끈을 쉽게 놓아주려 하지 않는 나.

"봄에만 입을 수 있는 색상이니 앞으로 계절이 바뀔 때마다 새 옷을 사주세요."

"그러리다."

난 다시 경대 앞에 앉았다. 그리고 나인의 옷을 입었을 때 머리를 묶었던 댕기를 꺼냈다. 경대 속 내 얼굴을 보며 댕기를 매려고 하는데 뒤에서 홍연이 무언가를 내민다.

비녀였다.

고개를 돌려 홍연을 쳐다보자 그가 멋쩍은 표정을 짓는다.

"방물점에서 사왔소."

난 그의 손에 들린 비녀를 받아들었다. 어릴 적 그와 막 혼례를 치렀을 때 했던 비녀는 아주 작고 가벼웠다. 그러나 지금 홍연의 손을 거쳐 내 손 위에 놓인 비녀는 아주 묵직하다.

그 무게가 전해주는 느낌은 무언가 특별했다. 오로지 혼인한 여인만이 할 수 있는 비녀.

"……싫소?"

걱정스레 묻는 홍연을 보며 나는 그를 살짝 노려보았다.

"당연한 걸 싫다고 할 수가 있나요?"

입궐 후 댕기머리를 했던 것은 왕의 요청이었다. 어린 시절의 나를 추억하는 마음이라 여기고 그리 따랐지만 말이다. 난 다시 경대를 돌아보며 머리를 올린 후 꽂으려고 했다. 그러나 어색해서인지 비녀는 쉽게 꽂히려 하지 않고 자꾸만 치마폭으로 굴러 떨어졌다.

비녀 하나에 힘들어하는 나를 보던 홍연이 내 뒤에 앉는다. 그리고는 내 치마폭에 미끄러진 비녀를 대신 주어들며 말한다.

"내가 해주리다."

얼떨결에 그에게 비녀 꽂는 일을 맡겨버렸다. 그는 가느다랗고 긴 손가락으로 올린 내 머리 사이로 비녀를 천천히 꽂아 넣었다. 그 찰나의 순간, 올린 머리로 인해 드러난 내 목을 그의 숨이 간지럽힌다.

찌릿한 느낌이 목에서부터 전해져 뺨을 뜨겁게 물들였다. 오로지 비녀 꽂는 일에만 집중하는 줄 알았던 그가 경대에 비치는 내 붉어진 뺨을 보며 묻는다.

"부끄러우시오?"

"뭐, 뭐가요?"

"부인의 도리를 논하던 밤에는 지금보다도 더 당당했던 것 같은데."

이제 내 얼굴은 붉어질 수 있는 모든 곳이 다 빨갛게 물들어버렸다.

"그, 그땐 밤이었잖아요."

"수련."

"네?"

그의 부름에 내가 고개를 돌려 그를 바라보았다.

"내가 그대에게 바라는 부인의 도리란 다른 것이 아니오. 이처럼 그대의 비녀를 꽂아주는 아주 사소한 일을 허락해주는 것."

"홍연."

"매일 아침마다 내가 그대의 비녀를 꽂아주는 일을 할 수만 있다면."

'매일 아침'이라는 단어를 듣자마자 난 더는 고개를 들고 그를 바라볼 수가 없었다. 난 고개를 푹 숙인 채 그의 시선을 피했다.

"고개를 못 들겠어요."

"어째서?"

반문하는 그가 얄미워진다.

나는 두 팔로 그를 내게서 밀어내며 겨우 고개를 들었다.

"부끄러우니까요! 그러니 먼저 나가주세요!"

잠시 얼빠진 표정이 되었던 홍연은 짧은 웃음을 남긴 채 먼저 방

밖으로 나갔다. 난 그가 나가고 나서야 참았던 숨을 몰아 내쉬듯 급하게 숨을 내뱉었다.

그가 저런 말을 아무렇지도 않게 하는 사내였나? 어릴 때는 내가 먼저 잡는 손에도 얼굴 붉히며 어쩔 줄을 몰라 하더니!

"사내는 사내지. 아휴!"

난 괜히 뜨거운 뺨을 식히려 두 손으로 열심히 볼을 문질러댔다.

❀　❀　❀

방 밖으로 나오자 홍연이 상인 부부와 서 있는 것이 보였다. 내가 그들에게로 다가가자 상인의 아내가 검은 너울을 내밀었다. 사대부가의 여인이라면 외출 시에 당연히 써야 하는 것. 하지만 난 그들이 내민 너울을 보며 받지 않겠다는 듯 고개를 가로저었다.

"가요."

난 앞장서서 포목점 밖으로 나왔다. 내가 입은 고운 새 옷 때문인지 아니면 홍연의 얼굴을 아는 이들이 많아서인지, 걸어갈 때마다 사람들의 시선이 우리에게로 모아지는 것이 느껴졌다.

"괜찮으시오?"

오히려 이런 나를 걱정하는 것은 홍연이다.

"뭐기요?"

"그리 눈에 띄는 차림을 하는 건……"

홍연의 눈에는 나를 쳐다보는 사내들만 보이나 보다. 반대로 내 눈에는 홍연을 알아보며 얼굴 붉히고 쳐다보는 여인들이 더 많이 보인다. 난 손을 뻗어 그의 손목을 잡았다. 이런 내 행동에 놀란 홍연의 두 눈이 커졌다.

"이제부터 대감에겐 새로운 소문이 필요해요."

"새로운 소문?"

난 그의 옆으로 다가갔다. 그리고 그의 한 팔에 내 두 팔을 휘감으며 꽉 끌어안듯 잡으며 말했다.

"거창위 대감은 더는 혼자가 아니라는 거!"

홍연은 임자가 있단 말이지! 난 그에게 눈길을 주는 모든 여인들을 경계하듯 쳐다보며 말을 이었다.

"대감은 제 것이에요. 저 이수련의 것."

홍연이 피식 웃고는 내가 잡고 매달린 팔에 힘을 풀었다. 난 장터를 벗어날 때까지 그의 잡은 팔을 놓지 않았다.

❀ ❀ ❀

궐 안에서 만난 봄은 후원에서 본 봄이 유일했다. 그러나 궐 밖에서 만난 봄은 다르다. 빈 땅 곳곳마다 노오란 유채꽃이 한가득 피어 있었다. 어른들은 이 예쁜 꽃들을 보고도 그냥 한 번 획 쳐다보고 지나갈 뿐이다. 그러나 아이들은 아니었다. 몇몇 아이들이 꽃

밭 위를 뛰놀며 웃음을 흩뿌렸다. 그 웃음소리가 나와 홍연의 걸음을 붙잡았다.

"후원에서 본 꽃보다도 더 예뻐요."

내가 마냥 즐거운 표정을 짓고 있어서인지 홍연도 기분 좋게 말했다.

"안채에도 유채꽃을 심어놓을까? 올해 봄은 놓치더라도 다음 해 봄에는 그대가 유채꽃을 볼 수 있도록 말이오."

그 말을 이해하지 못한 내가 고개를 갸웃거리며 그를 돌아보았다.

뒤늦게 그의 말을 이해한 나는 새침한 표정으로 유채꽃들 사이에 자리를 잡고 앉았다.

"내년 봄에도 궐에서 지내면 어쩌시려고요?"

"그럴 것이오?"

반문하는 그는 웃고 있다.

이미 내 마음속의 대답을 알고 있다는 듯이. 은근 자신만만한 그의 태도가 싫지 않으면서도 그대로 인정하긴 싫었다.

난 애꿎은 유채꽃을 꼬집듯 만지작거리며 중얼거렸나.

"경복궁 자미당도 제 집이고 대감의 사저 안채도 제 집이지만 여인이 사내도 아니고 두 집 살림을 할 순 없는 것이지요."

"그대가 못 한다면 내가 하리다."

"뭘요?"

288

난 유채꽃에서 손을 떼고 그를 돌아보았다. 그가 내 옆자리에 자리를 잡고 앉으며 말한다.

"그 두 집 살림이라는 것 말이오."

"대감이요?"

"그렇소. 그대가 지금처럼 계속 궐에서 지내겠다면 자미당에 내가 머물 작은방 한 칸 내어주는 것이 그리 어렵진 않겠지."

"그렇게도 제가 좋으세요?"

"응?"

"대감이 고작 작은방 한 칸이나 달라고 하실 정도로요……"

"난 그대의 곁에 머물기를 원하니 체면을 차릴 이유는 없지 않겠소?"

이 순간, 난 내 마음 한구석을 무겁게 짓누르고 있던 게 무언인지 깨달았다. 난 궐로 돌아가고 싶지 않은 거다.

홍연과 함께 있고 싶었다.

궐에 남아야겠다고 결심했던 건 왕을 위해서였다. 그리고 어마마마를 위해서이기도 했다. 그것은 그들이 내 가족이라는 확실한 신념이 있기 때문이었다.

잃어버린 6년에 대한 보상.

왕의 누이이자 대비의 딸인 공주 이수련의 선택이었다. 그러나 난 중요한 한 가지 사실을 잊고 있었다.

내 또 다른 가족. 나의 지아비, 신홍연.

이제는 홍연과 떨어지고 싶지 않은 마음뿐이다. 이 마음을 어떻게 그에게 표현할 수 있을까?

"잠시만."

"네?"

"잠시만 눈을 감아보시오."

나를 보고 활짝 웃는 그의 눈을 빤히 바라보다가 천천히 눈을 감았다.

잠시 후 향긋한 유채꽃 향이 코끝을 간지럽혔다. 자연스럽게 두 눈을 뜨자 커다란 유채꽃 한뭉큼이 내 앞에 있었다.

바로 홍연이 만든 유채꽃 다발이었다.

"받아 주시오."

"꽃……."

마치 수줍은 소년 같은 미소를 짓고서 홍연이 내게 꽃다발을 내민다. 얼떨결에 꽃다발을 받아들고 보니 웃음보다도 울컥하는 마음만 든다.

"수련?"

내 눈가가 촉촉해지는 것을 본 홍연이 조금 당황한 듯 내 이름을 불렀을 때였다. 난 금방이라도 흘러내릴 것 같은 눈물을 간신히 참아내고서는 홍연에게 말했다. 내 마음을.

"궐에 돌아가면 전하 오라버니께 말씀드리고 궐을 나올 것입니다. 어마마마께도 말씀드리고 궐을 나올 것입니다."

"수련……."

"궐에 남는 선택이 옳았다고 여긴 적이 있었다면……."

잠시 말끝을 흐리는데 뺨을 타고 뜨거운 눈물이 흘러내렸다.

"이제는 대감의 곁으로 돌아가는 것이 옳다는 걸 깨달았으니까요. 저는…… 수련이는 대감과 함께할 것입니다. 앞으로…… 계속."

난 울며 마음을 고백하는데 이런 나를 보는 홍연의 입가에는 미소가 번져나갔다.

"그게 울면서 할 말이오?"

"그러게요."

민망함에 스스로 눈물을 닦으려는 내 손을 홍연이 붙잡는다. 그가 부드러운 손길로 우는 내 뺨의 눈물을 천천히 닦아준다. 그뿐인 줄 알았다.

그뿐인 줄 알고 순순히 내 뺨을 닦아주는 그의 손길에 모든 것을 내맡긴 그때였다. 그가 고개를 숙여오더니 내 입술에 자신의 입술을 가져다 대었다. 아주 살짝, 내 입술에 닿았다 떨어진 그의 입술이 벌어지며 말한다.

"수련. 앞으로 그대가 어떠한 선택을 하든지 나는 늘 지금처럼 그대의 곁에 머물 것이오."

한결같이 변함없는 그의 고백이 가슴이 벅차올랐다. 무슨 말로도 그의 마음에 버금가는 대답을 줄 수는 없을 것 같았다.

"사랑해요, 홍연."

사랑한다는 말은 누군가를 생각한다는 말.

사랑한다는 말은 누군가를 그린다는 말.

그래서 그 누군가를 마음에 담고 오직 그 사람만을 은애한다는 말. 면 미래에는 한 여인이 한 사내에게만 할 수 있는 말.

"수련. 나도 그대를 사랑하오."

그가 내 이름을 부르자 난 두 팔 가득 홍연의 목을 끌어안았다. 다시 내게 입을 맞추며 그가 나를 끌어안고 꽃밭 사이를 몸으로 가른다. 유채 갈대가 우리 두 사람으로 인해 부러지며 뭉그러진다.

숨어 있던 듯 꽃들 사이사이에 앉아 있던 나비들이 일제히 날아올랐다. 우리의 입맞춤은 환한 봄볕 아래에서도 좀처럼 끝나지 않았다.

❋ ❋ ❋

월산대군이 죽은 후 그의 부인 박씨는 불교에 심취했다. 그녀는 여승이 되길 원했다.

일반적으로 왕이 승하하면 후궁들은 정업원에 들어가 여승이 된다. 그러나 그것은 어디까지나 후궁들에게만 국한된 것이었다. 왕의 유모이자 대군의 정실부인이었던 그녀의 바람은 이뤄지지 못했다.

대신 그녀는 생전에 월산대군의 별장이었던 풍월정을 불당으로 꾸몄다. 그리고 대부분의 시간을 이곳에서 예불을 드리며 지내고 있었다.

"나무아미타불……."

정갈한 자세로 예불을 드리던 그녀의 뒤로 바람 없는 날에 풍경 소리가 요란했다. 누군가의 걸음이 향했다는 것을 깨달은 월산대군부인 박씨가 고개를 돌렸다.

"전하……."

그곳에 서 있는 사람은…….

"오랜만입니다."

연산군. 이 조선의 국왕이었다.

사냥에서 돌아온 며칠 후. 왕은 암행으로 월산대군 부인을 찾아왔다. 예불을 드리던 박씨가 왕과 함께 풍월당 마당 앞을 거닐었다.

마당 한가운데에는 탑이 놓여 있었다. 왕의 걸음이 탑 앞에서 멈추었다.

"지난번에는 보지 못했던 탑이었는데."

"마음에 들지 않으십니까?"

"글쎄요. 월산대군과 선왕께서 살아계셨다면 진노하실 일이지만."

왕이 눈썹을 치켜올리며 웃었다.

"백모님이 원하신다면 이 풍월정을 '풍월사'로 만들어 드릴 수도 있습니다."

"아닙니다, 전하. 저는 그저 대군마마의 명복을 빌고자……."

"알고 있습니다."

왕은 호쾌하게 박씨의 말을 받았다.

"한데 어인 일로 이곳까지 걸음하셨습니까?"

"백모님께 묻고 싶은 것이 있습니다."

"말씀하시지요."

왕이 눈가에만 옅은 웃음을 남긴 채 박씨에게 물었다.

"선왕의 유지가 담긴 상자. 정녕 월산대군과 함께 묻은 것이 맞습니까?"

"저, 전하!"

박씨가 당황한 듯 말을 잊지 못했다. 그러나 이번에 왕은 웃지 않았다.

"제안대군이 가지고 있던 상자는 오래전 사라져 행방을 알 수 없게 되었지요. 하나 과인은 우의정을 통해 제안대군이 가지고 있던 상자 속 밀지의 내용을 알고 있습니다."

"그 내용을 정녕 아신단 말입니까?"

왕의 눈동자가 잠시 흔들렸다.

"예……."

순간 박씨는 왕의 시선에서 오래전 궁녀들의 마음을 설레게 만들던 한 사내의 얼굴을 떠올렸다. 알지만 감히 입 밖으로 함부로 말할 수 없는 진실. 그녀는 마음속으로 합장하며 왕을 불렀다.

"전하……."

왕의 시선이 박씨에게로 돌아섰다.

"이 나라의 왕은 바로 전하이십니다. 그 무엇도 그 사실을 바꾸진 못할 것입니다."

"그래서요?"

되돌아오는 왕의 말투가 날카로웠다.

"예?"

"어릴 적 과인에게 왕이 되면 모든 것을 다 가질 수 있다고 알려주셨지요?"

"저, 전하!"

"왕이 되면 모두 다, 다 가질 수 있을 것이라고!"

세자 시절의 왕은 궐에만 가면 상처를 받고 돌아오던 아이였다. 궐에서 세자인 왕을 반기는 이는 아무도 없었다. 매일 울며 월산대군의 사저로 돌아오는 어린 세자를 품에 안고 다독인 건 박씨였다.

"다 가지시지 않으셨습니까? 폐비를 모후로 추숭하셨고 모후를

죽음으로 몰고 간 이들도 모두 벌하셨습니다. 이미 전하께서 하실 수 있는 효는 다 이루셨습니다."

"진성 공주."

왕의 입에서 공주가 언급되는 순간 박씨의 가슴이 철렁 내려앉았다. 박씨는 6년 전 밤에 있었던 일을 알고 있는 몇 안 되는 사람이었다. 왕은 진성 공주의 존재를 이 세상에서 없애려고 했다.

그러나 공주는 사라졌다. 그 후 왕은 몇 년간 끔찍한 일들을 궐 안에서 벌여왔다. 그리고 유모였던 박씨를 찾아와 어린아이처럼 울었던 적도 있었다.

"공주마마께서는 6년 전에……."

"돌아왔습니다."

"예?"

"얼마 전 돌아와 지금 궐에 머물고 있습니다."

박씨가 믿지 못한다는 듯 두 눈을 깜빡였다.

"공주마마께서 살아 돌아오셨단 말입니까? 한데 어찌 이 사실을 공표하지 않으셨습니까?"

불안한 생각이 박씨의 머리를 스쳤다.

"전하. 아니시지요?"

6년 전 사라진 공주. 자신을 찾아와 아이처럼 통곡하듯 울음을 쏟아냈던 왕. 길이 어찌 되었든 그것은 잘못된 연정이었다.

"전하. 아니라고 말씀해 주십시오."

왕은 대답하지 않았다.

"전하!"

박씨가 왕의 옷깃을 붙들며 매달렸다.

"공주마마는 전하의 누이이십니다."

그 순간 왕의 눈이 번뜩였다. 왕은 자신에게 매달린 박씨를 바닥으로 밀치며 소리쳤다.

"진실을 알고 있는 백모께서 하실 말씀은 아니시지요!"

"전하!"

바닥에 쓰러진 박씨가 왕을 올려다보며 울음을 터뜨렸다.

오래전, 신수근을 통해 자신이 한건의 아들임을 알게 된 왕은 믿을 수가 없었다. 신수근의 말만으로 받아들이기에는 엄청난 진실이었기 때문이었다. 왕은 박씨를 찾아갔다. 박씨는 자신을 찾아온 왕에게 침묵을 지켰다. 진실도 거짓도 대답해주지 못했다. 그 침묵은 바로 진실을 드러내는 것과 마찬가지였다.

"이번 경신 연회가 끝나면 공주를 인덕궁으로 데려가 과인의 여인으로 삼을 것입니다."

왕의 선언에 박씨는 소스라치게 놀랐다.

"전하! 전하께서는 두 명의 모후가 계시지 않습니까? 대비마마마께서는 아무것도 모르시옵니다! 공주를 전하의 여인으로 삼으면 대비마마께서 받으실 충격은 어찌 감당하시려 하십니까?"

마지막 애원과도 같은 박씨의 말에 왕은 차가운 한마디로 응수

했다.

"내 어미가 죽어갈 때 대비께선 무엇을 했습니까?"

"!"

"아무것도 하지 않았다면 이 역시 죄입니다. 그 죄를 짓고도 오늘날까지 살려둔 것은 과인의 은덕이고요. 그 은덕에 감읍한다면 공주를 과인에게 내놓는 것을 아까워하지 않을 것입니다."

말을 마친 왕이 풍월정을 떠났다.

"아아!"

탑 앞에 홀로 남겨진 박씨는 절규했다. 이 얼마나 짓궂은 운명이란 말인가? 오랫동안 왕의 마음속 깊은 곳에 자리한 상처와 외로움을 박씨는 알고 있었다. 궐에 파란을 일으켰던 폐비 윤씨를 왕후로 추존하는 일에도 침묵했다. 왕은 무소불위의 권력을 휘둘렀고 대신들은 왕의 앞에서 몸을 사렸다. 그런데도 왕의 공허함은 채워지지 못했다.

왕의 마음속 공허함을 채울 수 있는 사람은 처음부터 정해져 있었다.

진성 공주 이수련.

왕은 자신의 마음속을 채워 넣을 여인을 스스로 선택했다. 박씨는 한건을 떠올렸다.

"이런 전하를 말리지 않고 궐에서 무얼 하고 계십니까?"

298

"전하께서 없으시다?"

"예. 그러하옵니다."

침전. 이른 아침 시각임에도 왕이 없었다. 이미 앞서 대전을 지나온 터라 당연히 대전에 없는 왕이 침전에 있는 줄만 알았다.

"대전에도 아니 계신다던데. 허면 어디에 계신단 말이냐?"

"소인들도 모르옵니다."

모른다고 말하지만 표정은 아는 눈치다. 계속 캐물어야 할지 의문이다. 사냥터에서 돌아온 지 사흘째. 왕은 사흘째 나를 피하고 있었다. 처음에는 단순히 삐친 것이라고만 생각했다. 함께 궐로 돌아가자는 왕의 손을 뿌리치고 홍연과 돌아왔으니 말이다. 하지만 이제 난 왕을 만나 말해야 했다.

"공주마마."

내 뒤에 있던 장 상궁이 나섰다.

"아무래도 출궁하신 듯하옵니다."

"출궁?"

"예. 새벽부터 전하께서 암행으로 출궁하시는 것을 보았다는 나인들의 말을 흘려들었사온데. 아무래도 출궁하신 것이 맞는 듯하옵니다."

"그래."

결국 오늘도 왕을 만나지 못하는 것일까?

"공주마마."

침전에서 물러 나오는 내게로 대비전 상궁이 찾아왔다.

"여기에 계셨사옵니까? 급히 찾았사옵니다."

난 아침 문후에서 평소와 똑같아 보이시던 어마마마의 모습을 떠올리고는 의아한 표정을 지었다.

"혹 대비전에 무슨 일이라도 있는가?"

"예. 있지요. 있사옵니다."

대비전 상궁의 표정이 이상하게 밝았다.

"어서 서두르시옵소서."

"알았다."

대비전.

"공주마마께서 드셨사옵니다."

"호호호."

문 밖에까지 어마마마의 웃음소리가 들려온다. 다행히 건강에 무슨 문제가 생기신 것은 아닌 것 같아 안심이었다. 문이 열리고 대비전 안으로 들어서던 나는 어마마마의 바로 앞에 앉아 있는 관복을 입은 사내를 보았다. 뒷모습만으로도 난 그가 누구인지 단번

에 알아차렸다.

"홍연?"

내 목소리를 들었는지 앉아 있던 사내가 고개를 돌린다. 정말로 그는 홍연이었다. 나를 본 홍연의 얼굴에 미소가 번졌다. 그것은 나도 마찬가지였다.

"공주."

"홍연!"

사냥터에서 돌아온 후 처음 만나는 그였다. 난 반가움에 다가가 그의 곁에 앉으려다가 실수한 것을 깨닫고 어마마마의 눈치를 보았다.

"대감. 오셨사옵니까."

어마마마가 계신 자리. 여기에 장 상궁을 비롯한 다른 나인들이 내 뒤로 쭉 서 있기까지 하다.

"흠흠."

장 상궁이 이를 놓치지 않고 헛기침 소리를 해주니 괜히 얼굴이 달아올랐다. 홍연은 뭐가 좋은지 이런 나를 보며 계속 웃음을 흘린다.

이윽고 일어선 그가 나와 함께 나란히 앉았다.

"후훗."

이유는 모르겠지만 자꾸 웃음이 터진다. 어마마마의 얼굴을 봐야 하는데 자꾸만 옆에 앉은 홍연에게로 눈길이 간다. 홍연도 나

와 마찬가지인 것 같다. 그도 나를 흘깃 쳐다보았고 서로의 눈길이 마주친 순간 우리는 활짝 웃었다.

어마마마가 웃는 얼굴로 짧은 한숨을 내쉬었다.

"수련아. 이 어미는 보이기는 한 게냐?"

난 얼굴을 붉히며 어마마마를 돌아보았다.

"어마마마."

"거창위를 궐에 들인 일을 아주 잘한 듯싶구나. 네가 이리도 기뻐하니."

"대감을 뵈온 게 며칠 만이라……."

"주상이 거창위의 입궐을 막았다는 사실을 알고 있다. 요행히 새벽부터 주상이 출궁하였다는 소식을 듣자마자 거창위를 불러들였다."

"어마마마께서요?"

"내가 아니라면 누가 감히 주상의 명을 어기고 거창위를 궐로 불러들이겠느냐?"

난 고개를 숙여 인사를 올렸다.

"망극하옵니다."

"그리 좋으냐?"

난 대답 대신 얼굴을 붉힌 채 고개를 끄덕였다. 어마마마가 자리에서 일어섰다.

"나는 후원에서 산책이나 하려 하니 거창위는 공주와 좀 더 머

302

물다 퇴궐하라."

"예, 대비마마."

홍연과 나는 다시 자리에서 일어서서 후원으로 가는 어마마마를 배웅했다. 어마마마가 밖으로 나가자 장 상궁을 비롯한 나인들도 눈치껏 대비전을 나갔다.

이제 우리 두 사람만 대비전에 남게 되었다. 우리는 마주 앉은 채 한참을 말없이 웃기만 했다. 무언가 말을 하긴 해야 하는데 서로의 얼굴을 본 것이 좋아 웃음만 나오는 것이다.

잠시 후 홍연이 내게 두 손을 내밀었다. 나는 기다렸다는 듯 냉큼 홍연이 내미는 손을 잡았다. 맞잡은 두 손이 서로의 온기를 나누어가지자 웃음도 잦아들었다.

"대비마마께서 부르신다는 말을 듣고 그대를 만나지 않을까 생각했소."

"역시 어마마마밖에 없으시죠?"

"공주가 부탁한 것이 아니었소?"

"전혀요."

난 고개를 저었다.

"허면 온전히 대비마마의 뜻이라는 것인데……."

홍연이 갑자기 날 잡은 손을 놓더니 매끈한 턱을 손으로 쓸어댄다.

"그대는 나를 보고 싶지 않았던 것이오?"

난 손을 먼저 놓아버린 그를 얄밉게 쳐다보며 말했다.

"지난 사흘간 제가 어떻게 지냈는지는 모르시죠?"

"어찌 지냈소?"

"전하를 뵙기 위해 계속 바빴지요."

"전하를? 어찌?"

난 빙그레 미소를 지으며 말했다.

"이제 출궁하고자 하옵니다─ 라는 말씀을 드리려고요."

이 말에는 홍연도 조금 놀란 표정이었다.

"하나 전하께서 며칠째 만나 주지도 않으시고. 또 오늘은 새벽부터 출궁하셨다니. 언제쯤 전하를 뵙고 출궁 허락을 맡게 될지는 모르지만!"

"수련!"

홍연이 갑자기 나를 끌어당겨 안았다.

난 그의 품에 끌려들어가듯 안기며 놀란 눈을 크게 떴다.

"여긴 궐이라고요!"

"아무도 보는 이가 없지 않소?"

"눈보다 더 무서운 귀를 가진 상궁과 나인들이 잔뜩 있어요."

"그럼 싫소?"

나를 꼭 끌어안은 채로 홍연이 자신의 손과 내 손을 깍지 껴잡는다. 뭔가 끌어안은 것 이상으로 그와 연결된 느낌이었다. 떨어지고 싶지 않았다.

"놀리시는군요."

"난 공주를 놀릴 줄 모르오."

"이게 놀리는 거예요."

"부끄러워하는 거요?"

"홍연은 안 부끄러워요?"

"여기에 한 가지를 더 하면 부끄러워질 것 같소."

"뭘요?"

그가 갑자기 고개를 숙여온다. 입을 맞추려는 것을 알아차린 순간, 나도 모르게 그에게 잡히지 않은 한 손으로 그의 가슴을 밀어냈다. 홍연이 조금 당황한 듯 나를 내려다보았다. 난 화르르 뜨거워진 얼굴을 겨우 든 채 시선을 이리저리 굴리며 어색한 목소리로 말했다.

"아침이라고요."

"거절할 이유가 그것뿐이오?"

나는 더는 아무 말도 대답할 수 없었다. 이런 나를 바라보며 홍연은 입가에 부드러운 미소를 짓더니 그대로 내게 입을 맞춰왔다. 난 대비전 안으로 쏟아지는 햇살을 피해 그의 얼굴 아래로 내 얼굴을 감췄다.

"하고 싶은 게 있어요."

해는 중천이다. 그런데도 나는 홍연의 가슴에 머리를 기댄 채 꼼짝도 하지 않고 있었다.

"하고 싶은 것?"

"출궁하면요. 사가로 가면요."

"무엇이오, 하고 싶은 것이?"

"지난번에 가보니까 안채 마당이 휑하더라고요. 꽃을 키우고 싶어요."

"꽃?"

"나무도 심고. 계절이 바뀔 때마다 색이 바뀌는 나무들로요."

"미리 가서 심어놓아야겠군. 그대가 출궁하기 전까지."

그가 깍지 낀 내 손을 힘주어 잡았다, 놓았다를 반복한다. 난 그의 가슴 안에서 고개를 들어 올렸다.

"그건 싫어요."

"어째서?"

"같이 심어요. 이제 뭐든지 같이해요, 우리."

"그러리다."

홍연이 웃으며 고개를 끄덕인다. 나도 그를 따라 웃던 바로 그때였다.

– 꼬르륵

이 소리는 분명……

– 꼬륵

나는 민망함에 재빨리 내 배 위에 손을 가져다 대었다. 홍연이
어색하게 웃으며 말한다.

"나요."

"홍연이라고요?"

"그렇소."

그러고 보니 한낮. 점심때이기는 한데……

"혹시 아침 수라는요?"

홍연이 얼굴을 붉힌다.

"급히 입궐하느라 그만 잊었소."

난 눈을 크게 떴다.

"그럼 오늘은 아직 한 끼도……."

홍연이 괜찮다는 듯 말한다.

"그대를 보았으니 이미 먹은 것과 진배없소."

"아니죠! 그건 안 돼요."

난 그를 잡은 손을 놓으며 말했다.

"기다려 봐요."

난 밖에 있는 장 상궁을 불렀다.

"혹 당장 들일 약과라도 없는가?"

"마침 생과방에서 가래떡을 올렸사온데 조청과 함께 올리겠사옵니다."

"그러게."

떡이 있다는 말에 바로 그렇게 하라고 대답했던 나는 나가려는 장 상궁을 불러 세웠다.

"잠깐만."

"예?"

"떡이 있다고 했지?"

대비전 남쪽의 소주방.

장 상궁은 불안한 눈빛으로 소주방 나인들을 모두 내보내며 말했다.

"공주마마께서는 불을 다루신 적이 없지 않사옵니까? 명만 내리시옵소서, 소인이 다 하겠사옵니다."

"그건 싫네. 대감이 드시는 것이니 응당 내가 직접 해야 하지 않겠는가?"

"공주마마……."

"그리고 내가 불을 다룬 적이 없다니? 난 예전부터 불로 이것저것을 다 만들어 먹었었네."

308

"예? 참말이시옵니까?"

"그렇다니까. 그때……."

장 상궁을 안심시키려 설명하려는데 머릿속이 백지장이 된 것처럼 하얗기만 하다.

아무것도 떠오르지 않았다.

분명 나는 불앞에 있었다.

아궁이에서 보는 불과는 조금 다른 불이었지만…… 난 그 앞에서 이것저것 많은 요리를 했던 기억이 있었다.

하지만 그것을 무엇이라고 부르는지…… 혹은 그것을 만든 장소가 정확히 어디였는지는 생각해내려고 할수록 떠오르지가 않는다.

머릿속에서 강제로 지워지는 느낌이었다.

"공주마마?"

"어…… 그러니까……."

뭐였더라?

난 그때 어디에 있었던 거지? 기억을 되짚어보면 어릴 적에 있었던 일들은 분명하게 기억이 난다.

궁궐에서의 어린 시절.

홍연과 만났던 날들. 그리고 혼인과 출궁…… 동굴 속으로 도망친 것까지. 그 이후에 기억이 잘 나지 않는다.

궐 밖에서 윤임 남매와 지낼 때만 하더라도 또렷하게 기억했었

던 것 같은데도 말이다.

"괜찮으시옵니까?"

이런 나를 보고 걱정하는 장 상궁을 보며 난 미소를 지었다.

"아무것도 아닐세."

그리고는 팔을 걷어붙였다.

"내가 지금부터 만들려고 하는 것은…… 떡……."

"떡?"

"떡……."

만들었던 모습은 생각나지만 그 이름이 생각나지 않는다.

난 결국 이름을 떠올리는 것을 포기했다.

"떡으로 만드는 것이네!"

"아…… 예……."

난 번철 위에 기름을 붓고 얇게 썬 떡을 볶았다.

여기에 간장을 부어주고 파와 잘게 썬 석이버섯을 넣어 두 번 볶았다. 마지막에는 삶은 쇠고기 등심 조각과 잣을 뿌려 마무리를 했다. 겉모습은 그럴듯한 달짝지근한 떡 요리가 완성된 것이다.

"오래 안 걸렸지?"

기다리고 있을 홍연을 생각하며 난 만들어진 떡 요리를 가지고 대비전으로 돌아왔다.

마침 후원에 나갔던 어마마마도 돌아와 계셨다.

"정녕 공주인 네가 이것을 만들었다고?"

"예. 어마마마."

자랑스럽게 맛깔스러운 떡 요리를 내밀었다.

어마마마는 매우 신기해하면서 상궁이 덜어준 떡을 한 조각 입에 넣었다. 홍연도 어마마마가 먼저 드시는 것을 본 다음에야 떡을 그릇에 덜어 한 입 먹었다.

곧 이들이 맛있게 먹는 표정을 상상하며 활짝 웃고 있는 나와 달리, 시간이 지나가도 별다른 반응이 나오지 않았다.

어마마마는 떡을 반만 씹고 더는 드시지 않았다.

홍연은 떡 하나를 다 먹고는 내 눈치를 한 번 보더니 한 조각 더 먹는다.

그러나 두 사람 모두 말이 없다. 다들 너무 맛있어서 할 말을 잃었나?

"맛이…… 어때요?"

조심스럽게 물어보는 나를 보며 어마마마가 어색하게 웃는다.

"맛있구나. 한데 이 어미는 산책을 하고 온 뒤라 많이 피곤하여 배가 고프지 않다."

"아…… 네."

이번에는 홍연을 돌아보았다.

"맛있어요?"

웃고 있기는 한데…… 뭐랄까, 저런 표정?

"어때요? 맛있어요?"

"음—"

나와 어마마마는 물론이고 대비전 안의 상궁과 나인들의 시선까지 전부 홍연을 향했다.

그의 한마디에 이 떡 요리의 맛을 모두가 알게 될 테니까.

"맛없어요?"

"음……."

홍연은 고개를 가로저으려다가 멈칫한다.

참다못한 내가 떡을 하나 집어 입에 넣었다.

"아! 짜!"

겉으로는 멀쩡했는데 간장맛이 너무 강했다.

먹던 떡을 뱉어내자 바로 물을 가져다주는 장 상궁. 그 물을 다 마시고서도 혀끝에 짠맛이 오래도록 남았다. 나는 시무룩한 표정으로 한숨을 내쉬었다.

"죄송해요."

사과. 어마마마는 그저 웃는다. 하지만 홍연은……

"그렇다고 그걸 두 개나 먹어요?"

아무 말도 안 했는데 오히려 나한테 혼이 나고 말았다.

화를 낸 건 아니었는데…… 화를 낸 것처럼 들렸을까?

홍연의 어색한 웃음에 난 오히려 미안해졌다.

"거짓말 못하는 성격이죠?"

대답 대신 배시시 웃기만 하는 홍연.

알미울 법도 한데 오히려 이런 그가 사랑스럽게 느껴진다.

내가 도대체 이 사내에게 무슨 콩깍지가 씐 걸까?

❋ ❋ ❋

"흐음……."

여진은 마당에 세워놓은 얇은 나무 막대기만을 뚫어져라 쳐다
보고 있었다. 정말 '시간'이란…… 기다리는 사람에게는 느리게만
흘러간다.

한참 만에 아슬아슬 그녀가 원하는 장소에 그늘이 졌다.

"지금이다!"

여진은 기다렸다는 듯이 사랑채로 뛰어 들어갔다.

그곳에는 잠옷 차림으로 이불 위에 누워 무료한 시간을 책을 보
며 보내던 영산군이 있었다.

"대감!"

여진의 외침을 들은 영산군이 깜짝 놀라며 자리에서 벌떡 일어
나 앉았다.

"시간이 됐어요! 시간이 됐다고요!"

"지금…… 이요?"

"네! 지금이에요!"

금은보화를 손에 넣기 직전의 상단의 객주의 표정이 저러할까.

여진의 들뜬 행동과 모습에 영산군은 진땀만 뺐다.

"어서요! 어서요!"

여진이 다짜고짜 자신이 입고 있던 저고리와 치마를 벗었다.

이를 지켜보는 영산군이 달래듯 여진에게 말했다.

"너무 조급해 할 필요는 없지 않소. 우리가 혼인한 지 이제 겨우 석 달……."

"조급해야 해요. 이건 조급해야 할 매우 중요한 문제라고요!"

"어어……."

여진이 강하게 나오자 영산군은 할 말을 잃어버렸다.

지금이 바로 여진이 기다리던 길한 날이고 길한 시였다

어느새 잠옷 차림이 된 여진을 보며 영산군은 최후의 발언을 했다.

"원래 아이는 밤에 갖는 것이라……."

"그런 건 보수적인 사내들이나 하는 소리죠! 대감은 달라야죠!"

"달라? 어, 어떻게 말이오?"

"대감은 이 조선의 왕자님이시잖아요!"

"왕자? 아…… 왕자지. 이 조선의 왕자는 왕자인데……."

"아~ 대감을 닮은 사내아이는 얼마나 잘생겼을까? 응? 안 그래요? 상상해 보시라니까요!"

이제 여진은 한 팔로 영산군의 목을 끌어안으며 그의 품에 냅다 안겼다. 사랑스러운 아내를 밀어낼 수도 그렇다고 마냥 끌어안을

수도 없는 영산군이 한숨을 삼켰다.

"아이는 때가 되면 자연히 생기지 않겠소?"

여진이 눈을 부릅떴다.

"뭐라고요?"

"그, 그러니까…… 그대는 너무 조급해 하는 것 같소. 아직 우리 둘 다 스물도 넘지 않았고…….'

"아니라고요!"

"뭐, 뭐가 말이오?"

"다들 혼인하면 달포 안에는 아이가 들어선다고요! 더군다나 저희처럼 매일~매일~ 동침하는 부부들은 빠르면 보름…… 읍!"

영산군이 여진의 입을 틀어막았다.

"부, 부인…… 궐은 아니나, 이곳에도 귀가 있소."

"읍…… <u>으으읍</u>……? (제가 부끄러워요?)"

"아니오, 전혀!"

영산군이 고개를 세차게 가로저으며 막았던 여진의 입을 풀어주었다. 길시가 되었음에도 영산군이 쉽사리 넘어오지 않을 것이라 여긴 여진이 조급해졌다. 여진은 일부러 영산군의 가슴을 손으로 툭툭 치며 살랑거리는 목소리로 말했다.

"아이는 부부가 노력을 해야 하는 거라고요. 노력…… 안 하실 거예요?"

끝 목소리가 울먹거리고 있었다.

영산군은 더는 아무 말도 못했다. 그가 완전히 넘어왔다고 판단한 여진이 바닥에 놓인 이불을 들춰 올렸다.

영산군의 손에 아슬아슬하게 들려 있던 책이 툭, 하고 떨어졌다.

✽ ✽ ✽

"아이, 개운해! 오늘도 성공했어!"

뿌듯하게 사랑채에서 걸어 나오는 여진을 보며 유모는 한숨부터 내쉬었다.

"매일 그러시다가 지아비 잡아먹는 계집이란 소문 돌아요!"

"돌면 어때? 아이만 생기면 되지."

"아이만 있고, 서방은 아니 두시게요?"

여진이 허리에 손을 올려대며 유모를 흘겨보았다.

"유모, 이제 보니 말을 너무한다. 용한 의원들 다 찾아다니다가~ 관상감에서 퇴직한 의원까지 찾아내서 길시를 받아온 건 유모잖아."

"그거야 아가씨 아니, 마님께서 원하시니까……."

궁시렁대며 목소리가 작아지던 유모가 갑자기 성을 냈다.

"그리고! 그게 어디 길시래요? 그 의원 말로는 그저 낮이고 밤이고 부부가 마음을 합해야! 아이가 빨리 들어선다고 했지."

"그래서 낮이고 밤이고 열심히 하고 있잖아!"

"휴우…… 마님."

유모가 고개를 내저으며 말했다.

"그 마님의 아기씨 욕심 때문에 영산군 대감은 벌써 열흘이 넘도록 속적삼 차림으로 하루 종일~ 외출도 못 하시고 사랑채에 누워 계시지 않습니까?"

"그거야……!"

"사내란 자고로 바깥을 돌아다녀야 합니다. 집에만 가둬두면 몸만 붙잡아두는 것이지, 마음이 떠나갈 수도 있어요."

"마, 마음이 떠난다고? 흑."

여진이 금방이라도 흐느낄 듯 울먹이자 유모가 당황하며 말했다.

"아, 울지 마세요! 소, 소인이 말실수를 한 것이니까요!"

"그럼 그렇지."

여진이 씩 웃으며 손을 탁탁 털었다.

"방금 우시려고 하지 않으셨어요?"

"내가? 내가 왜 울어? 배 속 아이에게 안 좋아."

"아이가 들어선 다음에나 그런 소리를 하세요."

"이미 들어섰을지도 모르지."

"예에. 마음대로 생각하세요~ 그나저나 그 거짓으로 울려고 하신 표정은 어디서 배우셨대요?"

"어디서 배우긴? 다 유.모.에.게. 배운 거지!"

"나쁜 것만 배우셔서는……."

"꼭 나쁜 것만은 아닌 것 같아."

여진이 두 손을 불끈 지으며 말했다.

"뭐랄까. 영산군 대감에게는 아주아주 잘 통해! 내가 조금만 울려고만 해도 쩔쩔매신다니까. 사내 마음을 이리도 움직이기 쉬운 것인지 정말 몰랐어! 큰언니는 왜 이런 걸 안 가르쳐줬나 몰라~"

"어휴……."

유모가 긴 한숨을 보란 듯이 내쉬자 여진이 다시 유모를 쳐다보았다.

"어째 그 한숨. 나를 꾸짖고 싶은데 못 꾸짖는 것처럼 들린다?"

"소인이 어찌 귀하신 마님을 꾸짖겠습니까? 이제 옛날에 소인이 모시던 아가씨가 아니라, 영산군 대감의 정부인이신걸요."

"후훗."

여진이 천진난만한 웃음을 지으며 말했다.

"참, 오라버니에게 가야겠다. 오라버니가 오늘 쉬는 날이랬지?"

"도련님께요?"

"응. 안 간 지 오래됐잖아. 오라버니 너무 걱정된단 말이야. 유모도 오라버니 보고 싶지?"

"소인이야……."

"응? 응? 가고 싶지? 응? 유모오~"

여진이 유모의 팔을 잡고 애교를 부리자 결국 유모도 포기한 듯 고개를 끄덕였다.

"어째 혼인하시더니 점점 여우가 돼가서."

"난 여우가 아니라 사람이거든요!"

"예예~ 알겠습니다. 마님!"

여진이 만족스러운 듯 활짝 웃었다.

❀ ❀ ❀

윤임이 벽장 속에 소중히 보관 중이던 장검을 꺼내들었다. 그의 집안 대대로 내려오는 이 장검은 무인의 꿈을 품었던 그에게 아버지가 준 것이었다. 무과 급제를 기다리며 소중히 보관해 오던 검이기도 했다.

윤임은 오랫만에 검을 검집에서 뽑아들었다. 오랫동안 검집에 들어 있던 검은 마치 대장장이가 막 완성한 검처럼 날이 시퍼렇게 서 있었다.

['이 거사에 동참하겠다면 마지막에 왕의 목은 네가 벨 수 있도록 해주마. 어떠냐?']

왕을 죽인다면 그의 잠을 오랫동안 괴롭혀온 악몽에서 벗어날 수 있는 것일까? 잊으려고 할 때마다 그의 가슴을 괴롭도록 짓눌리던 유나의 죽음에서 그는 자유로워질까?

불가능하다는 것을 알고 있었다. 그럼에도 윤임은 반드시 자신이 왕의 목을 베어야 한다는 결심을 했다. 그것은 선왕이 남긴 밀

지에서 본 내용대로 지금의 왕이 한 지평의 소생이기 때문이 아니었다.

왕은 그의 세상을 무너뜨렸다. 그가 이 세상에 살아가는 존재의 이유를 없애버렸다. 그러므로 왕은 대가를 치러야 했다.

"오라버니!"

마당에서 여진의 밝은 목소리가 들려왔다. 검을 살피던 윤임이 조심스럽게 검집에 검을 집어넣었다. 검을 다시 벽장 속에 넣으려는데 여진이 사랑채의 문을 열고 안으로 들어섰다.

"오라버니! 안에 있었는데도 대답을 안 하네? 나 안 보고 싶었어? 응? 그거 아버지가 주신 검 아니야?"

윤임이 벽장 속에 검을 집어넣으며 문을 닫아버렸다.

"홍문관 교리가 되면서 무관의 길은 포기한 줄 알았는데, 아니었어?"

"혼인을 한 처자의 행동이 경망스럽구나."

긴 침묵 끝에 나온 윤임의 말은 차갑기만 했다. 그가 자리에 앉는 것을 보며 여진이 맞은편에 앉았다.

"치, 여긴 우리 집이고 또 오라버니와 나만 있는데 무슨 상관? 누이가 예전처럼 누이 노릇을 하겠다는데 꾸짖으려고? 미리 말하지만 이제 나를 꾸짖을 수 있는 사람은 영산군 대감뿐이야. 알아들어?"

"영산군 대감께서 과연 너를 꾸짖으실 수나 있을지 의문이

320

구나."

"절대 못 하지! 차라리 내가 꾸짖었으면 꾸짖을걸?"

윤임은 여진에게 더는 관심이 없다는 듯 앉은 자리에서 책을 펼쳤다.

"오라버니는 내 안부가 안 궁금했어? 난 오라버니가 걱정 많이 했단 말이야. 유나 언니가 그리되고……."

책장을 넘기던 윤임의 손길이 잠시 멈칫하더니 그가 넘기려던 책장은 스스로의 힘으로 넘어갔다.

"미안. 하지만 나도 오라버니만큼 유나 언니가 많이 보고 싶어."

여진이 가슴에 차고 있던 유나의 옥 노리개를 꺼내들었다.

"이 옥 말이야. 난 이 옥을 때마다 언니가 아직 살아 있는 것 같아…… 언니의 것이라서가 아니라, 꼭 어딘가에 죽지 않고 살아서……."

"그만하거라!"

"오라버니."

윤임의 얼굴에 그가 억누르고 있던 괴로움이 드러났다.

"그만 돌아가. 어서."

자신의 이런 모습을 여진에게 보이고 싶지 않아서일까? 윤임은 여진에게 돌아갈 것을 종용했다. 여진은 침울한 표정으로 자리에서 일어섰다.

"또 올게."

짧은 인사를 남긴 여진은 힘없이 돌아 나왔다. 여진이 나가고 혼자 남겨진 윤임이 펼친 책의 가장 마지막 장을 펼쳤다. 그곳에는 원종이 보낸 서신이 놓여 있었다. 윤임이 그 서신을 열어서 펼치자 짤막한 단어 하나만이 적혀 있었다.

[경신연庚申宴]

날은 정해졌다.

사냥터에서 돌아온 이후로 왕은 도희를 단 한 번도 찾지 않았다.

왕의 머릿속에서는 도희의 존재는 완전히 지워진 것만 같았다. 왕이 불러주기만을 기다리던 도희는 사흘 만에 스스로 처소를 나섰다.

"정말 전하가 계신 침전으로 가시게요?"

"부르지 않으시면 내가 직접 갈 수밖에."

"그러다가 전하의 진노라도 사면……."

걱정스럽게 말하는 향단이의 말에도 도희는 비웃기만 할 뿐이었다.

"네가 하나만 알고 둘은 모르는구나. 전하께서 나와 단둘이 계실 때는 얼마나 다정하신 분인데."

"그렇게 다정하게 챙겨주시는 후궁이 어디 숙원마마 한 분만 있

을까요. 후궁이 몇이신데."

"뭬야?"

"아, 아닙니다."

향단이는 그녀의 뒤를 따라 왕의 침전으로 향했다. 침전 앞에는 많은 병사들과 나인들이 서 있었다. 사냥터로 가기 전만 하더라도 도희는 거의 매일 밤 이곳에 불려갔었다. 그녀에게 왕의 침전까지 오는 길은 매우 쉬운 일이었다.

"이 숙원?"

도희의 등장에 대전상궁이 다가왔다.

"숙원마마 아니시옵니까."

"자네가 수고가 많네."

"하온데 무슨 일로 이곳까지 오셨사옵니까?"

"그보다 전하께선 안에 계시는가?"

도희가 상궁을 밀치며 침전 쪽으로 걸음을 옮기려고 할 때였다. 내관들이 다가와 도희의 앞길을 막아섰다. 도희가 인상을 찌푸리며 대전상궁을 향해 말했다.

"전하께서 안에 계시는가 물었네."

"예. 계시옵니다만."

"다른 후궁이 들었는가?"

"아니옵니다. 오늘 밤은 홀로 침수드신다 하셨사옵니다."

"그래? 그렇단 말이지? 허면 자네가 가서 내가 왔다고 좀 알려주

시게."

"그럴 수는 없사옵니다."

대전상궁이 단호하게 거절했다.

"어째서?"

"후궁은 전하의 부름이 있기 전까지는 침전까지 나와서는 안 되는 것이 궐의 법도이옵니다."

"전하께서 언제 법도를 따지시는 분이셨던가? 특히 근래에는 나를 가장 총애하시네. 내가 왔다면 반가이 맞아주실 것이야."

웃음을 흘리면서 당당하게 말하는 도희를 보는 대전상궁의 표정이 굳어졌다.

"돌아가시지요, 숙원마마."

"뭬야?"

"돌아가시는 길은 이 아이가 안내해드릴 것이옵니다."

대전상궁이 어린 나인을 손짓으로 불렀다. 보통 왕과 밤을 보낸 후에도 후궁은 대전상궁의 안내를 받아 처소로 돌아간다. 어린 나인을 불러 길잡이를 시키겠다는 것은 도희를 모욕 주겠다는 것과 다름없었다.

"당장 전하께 내가 왔음을 알리게!"

"그리는 못 하옵니다."

"정녕!"

도희가 이를 갈며 대전상궁을 쳐다보았을 때였다. 마침 도착한

장 상궁이 도희를 슬쩍 쳐다보더니 대전상궁에게 다가가 말했다.

"전하께서 안에 계시는가?"

"계시오."

"내가 모시는 상전의 전언이네. 전하를 뵙게 해주시게."

"드시오."

대전상궁이 쉽게 장 상궁에게 길을 내주었다. 장 상궁이 침전 안으로 들어가자 도희가 대전상궁에게 성을 냈다.

"숙원인 내가 한낱 상궁보다도 못하는가?"

"한낱 상궁이 아님을 아셔야지요. 입궐하신 지 오래임에도 아직 궐의 법도를 제대로 모르시니…… 쯧쯧쯧. 숙원마마 돌아가신다!"

대전상궁이 혀를 차며 돌아서서 가버렸다. 도희가 분을 삭이려 씩씩거리며 돌아서자 대전상궁이 보낸 어린 나인이 그녀의 눈치를 보며 뒤를 따랐다.

어린 나인의 길잡이도 무시한 채 가장 앞에서 걸어가던 도희가 무슨 생각인지 걸음을 멈추고 돌아섰다.

"히익!"

갑작스러운 도희의 행동에 어린 나인이 겁을 먹고 신음소리를 냈다. 도희는 무섭게 눈을 치켜뜨며 고개를 숙여 어린 나인과 눈을 맞췄다.

"아까 그 상궁. 누군지 너는 알지?"

"예. 아옵니다."

"누구냐?"

"소, 소인이 알기로는 자미당 상궁이옵니다."

"자미당? 처음 듣는데. 어느 후궁이냐?"

"후궁이 아니온데……."

"후궁이 아니라니?"

도희가 치켜뜬 눈꼬리를 반쯤 내리며 다시 물었다.

"후궁이 아니면 자미당의 주인이 누구냐?"

어린 나인이 눈을 깜빡이며 대답했다.

"공주마마이시옵니다."

"공주?"

"예."

"진성 공주?"

"예에."

"하나 내가 알기로 그 공주는 오래전에 죽었다 하던데?"

어린 나인이 생긋 웃으며 고개를 가로저었다.

"공주마마께서는 지금 궐에 계시옵니다. 자미당에 거처하시는
건 나인들이라면 다들 알고 있는 사실이온데…… 아차!"

뒤늦게 실수한 듯 어린 나인이 제 입을 스스로 가렸다. 도희가
나인의 손을 강제로 입에서 떼어내며 물었다.

"사실이온데?"

"그, 그게 전하의 어명으로 공주마마께서 궐에 계신 사실을 다들

쉬쉬하고 있긴 하옵니다."

"그래?"

여기까지 들은 도희가 잡고 있던 어린 나인의 손을 쳐내며 말했다.

"넌 그만 돌아가도 좋다."

어린 나인이 사라지자 도희가 아랫입술을 빨아 물었다.

"공주가 자미당에 숨어 있었어?"

"흑. 흐흑."

집으로 돌아오는 가마 안에서부터 여진은 눈물을 흘렸다. 한 번 터진 눈물은 시간이 흐를수록 점점 커져만 갔다.

"마님?"

가마를 뒤따르던 유모가 걱정스러운지 여진을 불렀지만 여진은 대꾸하지 않고 울기만 했다. 마침내 집에 도착하고 가마가 멈추자 여진은 유모의 손도 뿌리친 채 안채로 들어가 엉엉 소리 내어 통곡했다.

"우는 소리가 들리던데?"

여진이 돌아왔다는 소식에 사랑채에서 나왔던 영산군도 여진이 보이지 않자 유모를 쳐다보았다.

"부인은?"

"곧장 안채로 우시면서……."

유모의 말에 영산군도 서둘러 안채로 향했다. 이미 안채 밖에까지 들릴 정도로 여진의 울음소리는 컸다. 걱정된 영산군이 안채의 문을 열고 들어가자 여진은 바닥에 앉은 채 울고 있었다.

"부인!"

영산군이 다가가자 여진은 그에게 안기며 더 크게 울었다.

"엉엉……."

"처남 집에 간다더니 무슨 일로 이리 울고 있소?"

"흐흑. 오라버니가! 오라버니가!"

"말해보시오. 내가 다 들어주리다."

자상한 영산군의 목소리에 힘을 얻었는지 여진이 간신히 울음을 참으며 말했다.

"오라버니가 울지 않아요. 흐흑."

"처남이 울지 않는다니?"

"오라버니가 울지 않으니까 흑……. 제가 우는 거예요. 흐흑!"

"그게 도대체 무슨 소리요?"

여진이 울며 말했다.

"오라버니가 유나 언니를 잊지 못해서 괴로워한다고요!"

"유나?"

영산군은 자신의 누이인 진성 공주를 떠올렸다.

"네에. 오라버니는 아직도 아파요. 마음이 아프다고요."

"처남이 그리 말했소? 아직 그녀를 잊지 못했다고?"

"아니요! 하지만 전 알아요. 오라버니의 얼굴만 봐도 다 안다고요! 오라버니는 변했어요! 유나 언니가 죽은 후로 변했다고요! 엉엉!"

유나의 죽음에 윤임이 힘들어한다는 여진의 말이었다. 그러나 여진도 유나의 죽음을 매우 슬퍼하고 힘들어하고 있었다. 특유의 밝은 모습으로 그것을 감추고 있었지만 이제 영산군도 알았다. 그래서 유나가 아직 살아 있다는 사실을 여진에게만큼은 알려주고 싶은 영산군이다.

"오라버니가 힘들면 저도 힘들어요. 우리는 유나 언니에 대한 기억을 공유하는걸요. 그러니까…… 흑."

"부인. 실은……."

여진의 눈물에 마음이 약해진 영산군이 유나가 살아 있다는 사실을 말하려고 하던 그때였다.

"자결이라도 하면 어쩌지요?"

"자결?"

자결이라는 단어에 영산군은 자신이 하려던 말을 잊어버렸다.

"네. 오늘 오라버니가 아버지가 주신 장검을 들고 있는 걸 봤어요."

"처남이 혹 무예 수련 중이었소?"

여진이 고개를 세차게 흔들었다.

"아니요! 방 안에서요! 방 안에 홀로 우두커니 앉아서는 장검을 꺼내 매만지고 있었어요! 무슨 사단이라도 날 것 같아서 무서웠어요."

"설마……."

믿을 수 없다는 영산군의 말에 여진이 확고한 어조로 말했다.

"아니요! 오라버니는 유나 언니를 잃은 슬픔이 매우 커서 그 뒤를 따르려고 할지도 몰라요! 그러면 안 돼요! 그러니까 우리 이사 가요."

"이사?"

"제 친정으로요. 오라버니가 있는 곳이요! 우리 그곳에서 살아요. 네?"

"그, 그러니까……."

영산군은 딱히 뭐라고 말해야 할지 몰랐다. 여진으로서는 막상 떠오르는 방법이 그것밖에 없으니 하는 소리였지만 그는 이 조선의 왕자였다. 지금 그가 사는 집은 조정으로부터 받은 것이니 함부로 이동하고 자유롭게 돌아다니며 살 수는 없었다. 왕족은 그것도 왕자는 평생 왕의 허락이 없이는 도성을 떠나서도 살 수 없는 처지인데…….

"왜요? 싫어요?"

눈물을 머금은 여진의 사슴 같은 눈망울이 영산군의 시선에 콕

콕 박혀온다. 망설이던 영산군이 여진의 손을 잡아주며 말했다.

"부인의 말처럼 당장 이사는 불가하오. 하나 처남이 이 소저의
죽음에 아직까지도 슬퍼하고 있다 하니 부인이 오늘처럼 친정을
자주 왕래하여 처남을 보살펴 주시오. 나도 틈나는 대로 처남을
살피러 들릴 터이니."

이 대답은 여진을 충분히 만족시키지는 못했다. 하지만 혼인 후
약간의 철이 든 여진은 영산군이 자신의 소원을 바로바로 들어주
지 못할 때는 응당 그러한 이유가 있음도 알았다. 받아들이기 어려
운 대답이었지만 여진은 힘없이 고개를 한 번 끄덕이며 말했다.

"그렇게 하겠어요."

"고맙소."

영산군은 아직 눈가가 촉촉하게 젖은 여진을 자신의 품으로 더
욱 끌어안으며 속으로 긴 한숨을 내쉬었다.

자미당. 난 왕의 침전에서 돌아온 장 상궁의 보고를 받고 있
었다.

"그래서?"

"알았다고만……."

"그 말 외에는?"

"다른 말씀은 없으셨사옵니다."

답답하다.

평소의 왕이라면 내가 만나자는 청에 바로 나를 불렀거나 아니면 직접 찾아왔을 것이다. 그런데 사냥터에서의 일 이후로 계속 나를 피하고 있다는 생각이 드는 것일까?

"알겠네. 자네는 그만 가서 쉬게."

"예, 공주마마."

장 상궁이 물러간 뒤에도 난 쉽게 잠을 이루지 못했다.

다음 날. 왕은 평소와 다름없이 아침 문후를 건너뛰었다. 핑계는 중전이 아파 함께 어마마마께 문후를 올릴 수 없다는 것이 그 이유였다. 하지만 나와 시간을 보낸다고 일부러 가지 않던 경연은 참석했다는 소식이 들려왔다.

난 왕의 아침 경연이 끝날 시간에 맞추어 침전으로 향했다.

아침 경연이 끝나면 왕은 점심 수라를 마칠 때까지는 계속 침전에서만 머문다. 내가 침진에 도착했을 때 왕은 그곳에 있었다.

"공주마마 드시었사옵니다."

내관이 내가 왔음을 알렸음에도 안에서는 들어오라는 말 한마디도 없었다. 왕의 이러한 태도에 나보다도 더 당황한 것은 내관이었다.

"전하. 공주마마 드시었사옵니다."

두 번째에도 돌아오는 답이 없자 내관은 내 눈치를 보았다. 난 잠시 고민하다가 내관에게 말했다.

"물러서게."

"하, 하오나 공주마마!"

내관은 내가 무리하게 안으로 들어갈 것임을 알아차리고는 어찌할 줄을 몰랐다.

"물러서게. 내가 다 책임을 질 것이니."

이 말을 마치자마자 난 닫혀 있던 침전의 문을 스스로 열고 안으로 들어섰다. 왕은 침전에 있었다. 아침부터 술상을 놓고 그 누구의 시중도 없이 혼자서 술잔을 기울이고 있었다. 내 등장에 흘깃 쳐다본 왕은 손에 들고 있던 술잔을 깔끔하게 비워냈다.

"전하."

왜 '오라버니'라는 말 대신에 '전하'라는 말이 나왔을까? 차라리 이런 상황에서는 더 친근감 있게 왕을 대하는 것이 나을 텐데도. 왕은 이제 내게 눈길조차 주지 않은 채 술을 마셨다. 난 도무지 그의 속을 알 수가 없었다.

"전하께 아뢸 말씀이 있어서 감히 이곳까지 걸음하였습니다."

"와서 앉거라."

왕의 허락이 떨어졌다. 난 왕의 곁에 다가가 앉으며 말했다.

"전하. 소녀 이제 출궁하여……."

"거창위가 다녀갔다지."

왕의 입에서 튀어나온 말에 순간 난 꿀 먹은 벙어리가 되고 말았다.

"거창위가 과인이 없는 사이에 내전을 드나들었다-"

혼잣말처럼 왕이 중얼거렸다.

"그것은 어마마마께서……."

"그것도 알고 있다."

난 목구멍으로 무거운 침을 삼키며 말했다.

"거창위가 입궐한 것은 실은 소녀를 만나기 위함이었습니다."

너무 솔직하게 털어놓아서인지 이번에 왕은 아무런 대꾸도 하지 않았다.

"처음에 소녀가 거창위의 곁이 아닌 궐에 남은 것은 어마마마와 전하를 위한 것이었는데 이제는 거창위의 곁으로 돌아가고 싶사옵니다."

"두 사람의 혼인, 과인은 윤허한 적이 없다."

"전하!"

돌아오는 왕의 말이 사나워졌다.

"전하? 달면 삼키고 쓰면 뱉는다더니, 이제 출궁할 것이라고 과인과 정이라도 떼려 하느냐? 분명히 듣거라! 과인은 두 사람의 혼인을 윤허한 적이 없다. 웃전들의 뜻이 완강하니 어쩔 수 없이 받아들인 것이고 너는!"

[소녀, 혼인하고 싶은 분이 생겼사옵니다.]

"너는……."

무슨 생각이 떠올라서인지 왕이 말끝을 흐렸다. 그러나 그것도 잠시였다.

"너와 거창위의 혼인을 없던 일로 만들어버릴 것이다! 그리고 네가 죽을 때까지 거창위를 만나지 못한 채 궐에서만 살도록 할 것이다!"

난 이런 왕의 태도를 도무지 이해할 수가 없었다.

"어째서입니까? 어찌하여 그리 거창위를 미워하시고 소녀를 미워하십니까?"

"네 눈에는!"

왕이 한 손으로 술상을 옆으로 내던졌다.

"과인이 너를 미워하기에 그리하려는 것이라 보았느냐?!"

"전하!"

"그래! 과인은 네 오라비이기 전에 이 나라의 임금이기도 하지!"

왕이 갑자기 나를 밀쳐 넘어뜨리더니 그 위에서 나를 노려보았다.

"그렇게! 단 한 번이라도 과인을 네 오라비가 아닌 군왕이자 한 사내로 본 적이 없었더냐?!"

"분명히 그리 들었더냐?"

"예! 분명히 그리 들었습니다!"

향단이의 말을 듣자마자 도희는 자리에서 벌떡 일어섰다.

"어디 가십니까?"

"어디 가기는? 당장 침전으로 갈 것이다."

"예에? 전하의 부름이 없으셨는데도요? 분명 그 못된 대전상궁이 길을 막을 텐데요."

"그러면 전하가 아닐 공주마마를 뵈러 왔다 하면 되지 않겠느냐?"

"지금 공주마마를 뵈러 침전으로 가시겠다, 이 말이십니까?"

"그래."

도희의 입가에 재미있는 미소가 번졌다.

"전하의 얼굴도 뵙고 그 자미당에서만 숨어 지낸다는 진성 공주의 얼굴도 보고. 이것이야말로 일거양득이 아니겠느냐? 이참에 공주에게도 잘 보이련다. 전하의 하나뿐인 귀한 누이라 하시니 잘 보여 나쁠 것도 없지 않겠느냐?"

"그야 그렇겠죠?"

향단이가 머리를 이리저리 굴려보았지만, 도희의 말이 옳은지 그른지는 알 수가 없었다.

"가자. 침전으로."

침전으로 향하는 도희의 뒤를 향단이가 따라나섰다.

✵ ✵ ✵

너무 놀라 입술이 파르르 떨려오고 심장이 쿵쾅거렸다. 나를 향한 왕의 분노가 내 가슴을 후려치며 강제로 오라를 묶는 기분이었다. 그럼에도 두려움은 아니었다. 잠시 놀랐을 뿐이었다.

난 침착함을 되찾고 나를 내려다보는 왕의 두 눈을 가만히 바라보았다. 이런 나의 모습에 왕이 어처구니가 없다는 듯 말했다.

"과인을 경계를 하지 않는구나."

"오라버니시까요. 누이가 어찌 오라버니를 경계하고 두려워하겠습니까."

"궐의 모든 이들이 과인을 두려워한다. 지난해 과인이 많은 이들을 능지처참하고 선왕의 두 후궁을 때려죽인 것을 보았기 때문이지. 너는 보지 못하였으나, 그를 보았으면 과인이 보이는 분노에 두려워 벌벌 떨었을 것이다."

"보았다 해도 소녀는 그러지 않았을 것이옵니다."

"어째서?"

"오라버니가 그리하시기까지 얼마나 괴로워하셨을지 알기에요."

그 누가 모든 것을 다 가진 왕이 괴롭다고 말할 수 있을까? 왕에게 목숨을 잃은 사람들조차도 저승에서 비웃을 만한 말들이었다. 그럼에도 내 눈에는 왕은 왕이 아니다. 어릴 적 내 손을 다정하게 잡아주던 오라버니의 모습을 지니고 있었다.

나는 다시 왕을 바로 보았다. 이런 상황에 처하고 나서야 평소의 왕이 꼭꼭 마음속에 숨겨둔 본 모습을 보았다. 왕은 상처 입었다. 그리고 그 상처를 알아주는 이는 아무도 없었다. 그러나 나는 그것이 이제 내 몫이 아님을 안다.

내가 있어야 할 곳은 이곳이 아니야.

"그런데도 과인을 떠나겠다고?"

툭 치면 눈물이 터져 나올 듯 왕의 눈가가 붉어졌다. 나는 차마 이 물음에는 바로 답을 할 수가 없어 망설이고 있었다. 왕이 내게 묻는다.

"과인이 네 오라비가 아닌 그저 사내였다면 거창위가 아닌 과인을 택했겠느냐?"

오랜만에 홍연의 사저를 찾은 영산군은 그가 있어야 할 사랑채가 아닌 안채로 안내받았다. 그곳에 이르자 제일 먼저 영산군의 시선을 빼앗는 나무가 있었다. 바로 오얏나무. 봄이 다 지나가고 있

338

는데도 그 나무만큼은 아직 초봄인 듯 가지마다 흰 꽃을 가득 품고 있었다.

"이야-"

감탄하는 영산군의 목소리에 나무를 살피던 홍연이 고개를 든다.

"오셨습니까."

활짝 웃는 홍연의 얼굴을 보니 영산군의 얼굴도 덩달아 밝아졌다.

"아직 꽃이 지지 않은 나무를 어찌 구했는가?"

홍연이 살짝 얼굴을 붉혔다.

"아주 우연히."

"우연히?"

"길을 걷다 우연히 홀로 늦게 핀 이 꽃나무를 발견했습니다. 그래서……."

"바로 뽑아왔군."

"예."

"한데 그걸 사랑채가 아닌 안채에 심어?"

영산군의 시선이 홍연의 얼굴을 살핀다. 서로 말을 하지 않아도 속뜻을 충분히 공유한 두 사람이다.

"누이가 좋아할 걸세."

"하인들이 고생했지요."

"자네는 혹여 옮기다가 꽃이 다 떨어질까 마음고생을 했을 테고?"

홍연이 짧게 웃으며 나무를 다시 돌아보았다. 비만 오지 않는다면 열흘 정도는 이 꽃을 볼 수 있을 것이다.

열흘. 그 안에 공주는 약속대로 출궁해서 그의 곁으로 돌아올까?

"한데 어찌 하나만? 지금 피기 시작한 꽃들도 곁다리로 심지 그랬나."

"공주께서 출궁하면 같이 꾸미자 하셨습니다. 그러니 다른 것은 공주께서 출궁하시면 그때 함께하려 합니다."

"그렇군…… 그래."

영산군이 고개를 끄덕이더니 막 수줍게 핀 꽃가지를 살며시 쓰다듬었다.

"누이가 보면 아주 좋아하겠어."

홍연이 영산군에게 말했다.

"안으로 드시지요."

홍연이 가리킨 곳은 사랑채가 아니 안채였다. 아직 주인이 돌아오지 않은 안채는 새 단장을 모두 마친 뒤였다.

지난 6년간 황량하고 쓸쓸하기만 했던 안채에도 늦은 봄바람이 가득 찼다. 봄 향기 가득 머금은 안채를 둘러보며 영산군은 혀를 내둘렀다.

"안채 마당은 누이와 함께 꾸민다면서 정작 안채 안은 이미 주인 맞을 준비를 마쳤구만. 설마 이걸 보여주려고 날 안채로 들어오라 한 것은 아니겠지?"

신혼의 달콤함을 자랑하는 것은 여인들의 역할이라고 했다. 그런데 이 집은 달라도 뭔가 다르다.

바뀌어도 남녀가 제대로 바뀐 듯싶다. 영산군은 그리 생각하며 자리에 앉았다.

"오늘 마마를 이곳으로 모신 것은 바로 이것을 드리기 위함입니다."

홍연이 옷 주머니 속에서 무언가를 꺼내 영산군에게 내밀었다. 그것을 본 영산군의 눈이 동그랗게 커졌다.

"이것은!"

그것은 용이 새겨진 반달 모양의 옥. 홍연과 공주가 함께 나눠가진 바로 그 옥의 반쪽이었다. 지금 봉황이 새겨진 옥은 여진이에게 있다. 나머지 반은 여전히 홍연이 지니고 있었다.

"공주께 허락을 받았습니다. 이제 이것을 영산군 마마께 드리고자 하니, 받아주십시오."

"이 귀한 걸……."

"어차피 왕실의 것이었습니다. 영산군 마마께서는 응당 이 옥을 받으실 자격이 되십니다."

"자네와 누이를 다시 알아보게 한 소중한 옥이 아닌가? 한데도

내게 주려는가?"

"이제 그 반쪽이 영산군부인께 있지 않습니까? 그러니 그 반쪽은 마마의 것이 되어야지요."

영산군이 수줍어하면서도 그 옥을 받았다. 그의 얼굴에 기쁨이 가득했다.

"안 그래도 부인이 그러더군. 자신이 지닌 봉황의 옥을 아들이 태어나면 주겠다고. 그 아들이 마음에 드는 여인에게 주라고 하겠다나? 그런데 이제 옥이 두 개가 되었으니……."

영산군이 방긋 미소를 짓는다.

"아들 부부이든 딸 부부이든 먼저 부부의 연을 맺는 아이들에게 물려줄 생각이네."

홍연이 눈을 크게 떴다.

"설마 벌써 좋은 소식이 있습니까?"

"아, 아닐세!"

영산군이 당황하며 두 손을 내저었다.

"부인 말대로 노력은 하고 있지만 아이라는 게 하늘이 점지해주는 것이 아니던가? 때가 되면 아들이든 딸이든 생기겠지. 그럴 것이네. 안 그래도 요즘 부인이 많이 우울해 있어. 이 옥을 자네에게 받아온 것을 보면 아주 기뻐할 걸세."

"우울하시니?"

"식욕도 잃고 또 자주 울고. 다 처남 때문이지."

"처남이라면 윤 교리가 아닙니까?"

홍연이 윤임을 떠올리며 되물었다.

"부인이 친정에 갔는데 장검을 꺼내들고 있었다나 봐. 아마도 이 소저를 잃은 충격에서 아직 벗어나지 못하고 있는 것 같았네."

이 소저가 공주라는 사실을 알기에 홍연은 시선을 땅으로 늘어뜨렸다.

이런 그의 모습에 영산군은 괜히 말을 꺼냈나 싶어 서둘러 말을 돌렸다.

"처남은 사내이니 나중에라도 아리따운 여인을 만나면 이 소저를 잊겠지. 하나 부인은 여인인지라 언제까지 부인에게 누이의 존재를 숨길 수는 없지 않겠는가. 누이가 원치 않으니 아직은 말을 않고 있지만……."

영산군이 공주의 정체를 여진에게만큼은 밝히고 싶다는 뜻을 내비쳤다.

"이제 그녀는 내 사람인데……."

이 말에는 홍연도 동의하는지 고개를 끄덕였다.

"이 문제는 공주께 여쭤보고 결정하도록 하겠습니다. 조금만 더 기다려주시지요."

"알겠네."

말을 마친 두 사내 간에 알 수 없는 침묵이 흘렀다. 앞으로 좋은 날만 있기를 바라면서도 동시에 운명적으로 찾아오는 어두운 그

림자를 염려하고 있었다.

이 침묵을 먼저 깨려고 마음을 먹었는지 영산군이 활짝 열린 창문 밖을 내다보았다. 안채에서는 마당에 심어진 오얏나무가 아주 잘 보였다.

"저 꽃이 지기 전까지 누이가 이곳으로 돌아와야 할 텐데."

영산군의 시선을 따라 창문 밖 오얏나무를 쳐다보는 홍연의 마음이 무거워졌다.

❋ ❋ ❋

"과인이 오라비가 아닌 그저 사내였다면 거창위가 아닌 과인을 택했겠느냐?"

옳고 그름을 떠난 질문이었다. 대답을 할 수가 없었다.

"말하라."

"어떻게……."

답이 없는 질문에 할 말을 잃었다고만 생각했다. 그런데 나도 모르는 사이에 뺨을 타고 눈물이 흘러내리고 있었다. 나보다도 먼저 이 눈물을 본 왕의 눈동자가 흔들렸다.

왕이 허리를 일으켜 세웠다. 이유는 모르지만 더는 답이 없는 질문을 내게 던지려는 생각은 없어 보였다. 난 뺨을 타고 흐르는 눈물을 닦으며 왕의 앞에 앉았다.

"출궁하겠습니다."

홍연이 너무나도 보고 싶었다. 그를 만난다면 지금 왕이 내게 던진 물음을 절대 말하진 않을 것이다. 그런데도 그가 보고 싶었다.

그의 곁에 가고 싶어.

왕은 내게서 돌아앉아 있었다. 자리에서 일어날 듯 말 듯 몇 번을 주저하는가 싶더니 내 얼굴을 보지도 않은 채 말한다.

"경신연 이후에 출궁을 허락하겠다."

경신 연회. 60일마다 궁중에서 열리는 연회다. 경신 연회까지는 앞으로 사흘.

사흘 뒤면 홍연에게 갈 수 있다!

왕의 허락에 기쁨과 안도가 뒤섞인 미소가 지어졌다. 이런 내 모습을 왕의 알 수 없는 시선이 머무르던 그때였다.

"전하. 이 숙원마마 드시었사옵니다."

"이 숙원?"

"전하."

나는 왕을 돌아보았다. 그 순간 왕은 나를 쳐다보며 묻는다.

"이 숙원과 왕래가 있었느냐?"

"아니요. 소녀는!"

그때 문 밖에서 도희의 카랑카랑한 목소리가 들려왔다.

"전하. 신첩, 공주마마께 인사 올리러 왔사옵니다."

분명히 내가 아는 도희의 목소리가 맞았다. 왕은 도희의 방문 목

적이 자신이 아닌 내게 있음을 알고는 별생각 없이 밖을 향해 말했다.

"숙원을 들라 하라."

"예이~"

왕의 윤허가 떨어지기가 무섭게 문이 열리더니 도희가 안으로 걸어들어왔다. 그녀는 먼저 침전 안을 한번 훑어보더니 왕을 쳐다보았다. 그다음은 왕의 바로 앞에 앉아 있던 나였다.

"전하. 그리고 공주마……."

왕과 내게 차례로 인사를 하려던 도희의 말이 멈췄다. 그녀의 시선은 정확히 내 얼굴에 꽂혀 있었다. 나를 가만히 쳐다보던 그녀가 곧 무언가에 홀린 듯 눈을 부릅떴다.

"너! 너…… 너는……!"

궐은 작은 곳이 아니었다. 서로가 원치 않으면 평생 마주치지 않고도 살 수 있는 그런 곳. 평소에 내가 조심만 하면 도희를 피하고도 충분히 지낼 수 있다고 믿어왔던 터라 나도 놀라지 않을 순 없었다.

나는 시선을 바닥으로 향한 채 아무 말도 하지 못했다. 그때 왕이 도희에게 물었다.

"숙원은 어찌 공주가 이곳에 있는 것을 알고 왔느냐?"

왕이 쉬쉬하여도 어차피 자미낭이나, 도희의 처소는 내명부 안이다. 내명부 안에서만큼은 내가 살아 돌아온 사실이 알려질 수 있

다고 여긴 왕의 물음이었다. 도희는 왕의 질문을 듣자마자 내게서 시선을 어렵게 떼고는 왕을 돌아보았다.

"이 여인이 고, 공주! 진성 공주마마란 말이옵니까?"

"그렇다."

어쩌면 내가 해야 할 대답이 왕의 입에서 나왔다.

"진성 공주는 분명 죽었다고……."

그녀가 여기서 말하는 '죽었다는 사람'은 진성 공주가 아니다. 한강에 빠져 죽었다던 바로 이유나일 것이다. 하지만 왕은 다르게 들었고 귀찮다는 듯 도희에게 말했다.

"숙원은 공주를 만나러 온 것이 아니냐? 허면 어찌 예를 갖추지 않느냐?"

"공주…… 공주……."

도희가 같은 말을 반복하다가 왕의 앞에 엎드리며 말했다.

"정녕 이 여인이 공주마마가 맞사옵니까? 무언가 잘못된 것이 아니옵니까? 그럴 리가 없사옵니다! 그럴 리가!"

도희의 태도가 왕의 화를 불러왔다.

"무엄하구나!"

"저, 전하! 신첩은 그저!"

도희가 고개를 강하게 내저으며 왕에게 아뢰었다.

"이 여인은 공주마마가 아니시옵니다! 분명 무언가 잘못되었사옵니다! 분명 이 여인은!"

이대로라면 선정전에서 있었던 일이 왕에게도 탄로 날 수 있었다. 난 고개를 들어 숨을 고른 후 도희를 향해 말했다.

"무례하군요, 숙원. 저를 언제 보았다고 초면에서 그리 무례한 언사를 전하의 앞에서 하시는 겁니까?"

"너…… 넌!"

이 자리에 왕이 있지 않았다면 도희는 아마 고래고래 소리라도 질렀을지 모른다. 그러나 그녀는 잘 참고 있었다. 양손에 손톱이 박히도록 주먹을 쥔 채 나를 노려보는 도희는 여전히 나를 향한 원망을 지니고 있었다.

"넌! 공주가 아니야! 넌 죽었어! 분명 한강수에 빠져 죽었다고!"

잠깐이지만 포대에 담겨 한강수에 빠지던 그 순간이 떠올랐다. 살이 에일 듯한 차가운 물속. 그 물속에 빠지기 직전까지 내가 느꼈던 죽음의 공포. 명령을 내린 것은 왕이었지만 왕이 이를 이행하도록 일을 크게 만든 것은 도희 부녀의 짓이었다.

일이 이쯤 되자 왕도 의문을 품은 채 내게 묻는다.

"숙원을 알고 있었느냐?"

그날, 선정전에서 왕은 나를 죽이라고 직접 명을 내렸다. 이 사실을 왕이 알게 된다면 윤임이 나와 엮이게 된다. 공주와 사통한 죄도 죽을죄인데 난 그때 기억을 잃었다고 하더라도 혼인한 몸이었다. 왕은 이번에 진짜로 윤임을 죽이려고 할지도 모른다. 난 자리에서 일어서며 말했다.

"모릅니다. 궐에 후궁이 한둘이 아닐진대 소녀가 어찌 다 그 수를 헤아리겠습니까."

"아니야! 넌! 넌 공주일 수가 없어! 진성 공주일 리가 없다고!"

우리의 대화를 지켜보는 왕의 시선이 묘하게 바뀐다.

이를 알아챈 나는 최대한 태연스러운 표정을 지으며 밖에 있는 장 상궁을 불렀다.

"장 상궁 밖에 있는가."

"예, 공주마마."

"숙원께서 몸이 좋지 않으신 듯하니 처소까지 모셔드리게."

"예, 공주마마."

장 상궁이 곧 나인들과 들어오더니 도희의 양 팔을 잡아 억지로 일으켜 세웠다.

"아니야! 넌 죽었다고! 내가 분명 네 시체도 떠오르지 않았다는 말을 똑똑히 들었단 말이야!"

끌려 나가면서도 도희는 미친 사람처럼 소리를 질러댔다. 왕은 어이가 없다는 듯 끌려 나가는 도희를 쳐다보며 자리에서 일어서 내 옆으로 다가왔다.

"정녕 숙원을 안 일이 없느냐?"

"네?"

"숙원의 성정은 좋지 못하나 그렇다고 저리 없던 말을 지어낼 위인도 못 된다."

내 표정에서 진실을 찾아내려는 왕의 시선을 피해 고개를 돌렸다.

"전하께서는 이 누이보다도 한낱 후궁의 말을 더 믿으시나 보군요."

왕이 내게 손을 뻗더니 턱을 잡아 자신을 보도록 억지로 돌려세웠다.

"과인은 그 누구보다도 널 믿는다. 그러니 너도 과인을 믿어다오."

자신을 믿어달라는 왕의 말에 난 눈을 들어 왕의 얼굴을 쳐다보았다. 왕은 드디어 마주친 내 시선을 보고서야 잡았던 턱을 놓아주었다. 난 다시 왕에게서 고개를 돌렸다.

왕이 내게 말했다.

"경신 연회가 끝나면 네게 할 말이 있다."

"중요한 말씀이 아니시라면 지금 하시지요."

들어준다고 말하면서 이제 내 시선은 왕을 피하고 있다.

왕은 속으로 한숨을 내쉬더니 말했다.

"네 출궁은 그다음이다."

침전에서 나온 왕이 기다리던 옥교에 올라탔다.

"대전으로 간다."

왕이 손을 들어 내관 김자원을 가까이 불러들였다.

"조금 전 숙원이 끌려 나가는 것을 보았겠지."

"예. 전하."

"숙원이 입궐 전 이미 공주를 알고 있었다는 듯 말하였다."

"그렇사옵니까?"

왕이 눈동자를 천천히 굴리며 손등으로 자신의 매끈한 턱을 쓸었다. 그의 기억에 조금 전 공주의 턱을 잡았을 때가 떠올랐다. 자신에게 붙잡혀서도 공주는 계속 그와 눈을 마주치려 하지 않았다.

출궁을 결심한 공주. 홍연의 곁으로 돌아가기로 결심한 공주. 공주는 더 이상 왕의 얼굴을 보려 하지도 웃으려 하지도 않았다.

"이 점이 수상하구나."

"하오면 소인이 사람을 풀어 알아보도록 하겠사옵니다."

왕의 침묵 속에 옥교가 다시 출발했다.

자신의 처소로 끌려서 돌아온 도희는 안절부절못하였다.

"진성 공주일 리가 없어. 그랬다면 그 계집이 나를 가만두었을 리가……."

처음부터 왕의 후궁에 들이지 못하도록 했을 수도 있다.

"사라진 공주…… 돌아온 공주…… 죽은 그 계집……."

불안해하는 도희를 향해 향단이가 말했다.

"같은 사람일 수가 없지요."

"뭐?"

"숙원마마의 말씀대로 그 공주마마께서 한강수에 빠진 그 계집이라면 어디 마마를 가만두었겠습니까요?"

게다가 공주도 자신을 보고 모른다고 하지 않았던가?

"정말 그 계집이었다면 전하께 시시콜콜 다 불어서 나를 살려두려 하지 않았겠지."

"그렇지요!"

향단이가 맞장구를 치자 도희가 안도의 한숨을 길게 내쉬며 자리에 앉았다.

"죽은 계집이 살아 돌아와 공주 행세를 할 리가 없지. 괜히 전하 앞에서 추태를 부려 진노케 한 것이 아닌가 걱정이구나."

"하루라도 빨리 전하께 사죄를 올리셔야 합니다."

"맞아."

"공주마마께도요."

"그 공주?"

공주의 얼굴을 떠올리면 죽은 유나가 생각난다.

"그나저나 공주는 혼인허어 출가한 것으로 아는데 어찌 궐에서 지내는지 의문이구나."

"그 공주마마께도 사죄를 올리실 것이지요?"

도희가 공주에게 사죄하는 건 마음에 들지 않는다는 듯 향단이를 흘겨보았다.

※ ※ ※

경신 연회 하루 전.

박원종이 입궐해 연회에서 조카인 윤임의 검무를 왕에게 청했다. 왕이 받아들이면서 이 소문은 궐에 쫙 퍼졌다.

"윤 교리가 검무를 춘다고?"

"예. 그렇다 하옵니다."

장 상궁이 가져온 소식에 나는 의문을 품었다.

"그가 무예에 뛰어난 것은 나도 아는 일이지만. 검무까지 할 줄은 몰랐네."

"그보다 이를 두고 말이 많습니다."

"말이 많다니?"

"안 그래도 윤 교리가 전하는 물론이고 이 숙원의 눈밖에 났다는 사실은 다들 알지 않습니까?"

"그렇지."

난 과거 도희가 윤임을 벌하는 자리에 직접 나타났던 일을 떠올리며 고개를 끄덕였다.

"그런데 검무라니요. 윤 교리가 외숙부인 박원종 대감을 등에 업고 전하께 잘 보이려 수를 쓰는 것이라며……."

"그는 그럴 사람이 아니네."

"아, 송구하옵니다."

장 상궁은 단지 소문을 옮겨온 것뿐이다.

그런데 나도 모르게 윤임의 편을 들고 말았다.

장 상궁이 오히려 당황하자 난 미안해졌다.

"그러니까 내 말은……."

해명하려던 나는 이 상황이 무언가 맞지 않는다고 여겼다.

윤임에 대한 생각은 모두 접었다고 여겼다. 그런데도 윤임에 대한 안 좋은 말을 듣자 발끈하고 마는 자신의 모습을 본 것이다.

"아닐세. 아무것도."

그는 이제 나와는 아무런 상관이 없는 사람이었다.

경신 연회 날.

해가 지고 나서 시작되는 경신 연회의 특성상 영산군은 늦은 오후에 입궐 준비를 하고 있었다.

관복을 입고 관모를 쓰는데 문을 열고 여진이 안으로 들어왔다.

"지금 입궐하시면 너무 빠르신 거 아니에요?"

"종친이 게을러 보이지 않으려면 누구보다도 먼저 가서 자리를 잡아야 하지 않겠소?"

영산군의 바른 말에 여진의 입이 뾰로통해졌다.

"가서 술을 조금이라도 마셨다간……."

"어허."

영산군이 튀어나온 여진의 입술을 손가락으로 툭툭 건드리며 말을 막는다. 영산군의 행동에 여진이 눈을 크게 떴다. 이런 여진이 귀여운지 영산군이 자신의 입술을 여진의 입술에 한참을 비비대며 말한다.

"여기 부인의 입도장이 찍혀 있으니 오늘 내 입으로는 술이 단 한 잔도 들어가지 않을 것이오."

오히려 이런 영산군의 행동에 부끄러워하는 것은 여진이다. 양 볼이 발갛게 달아올라서는 눈웃음만 실실 쪼갠다.

"어디서 감히요?"

"내 여인의 입술이니 내 마음대로 할 수 있는 것이 아니겠소?"

"내 여인?"

영산군이 바로 여진의 허리를 양 팔로 감싸 안으며 끌어당겨 안았다. 여진은 자연스럽게 두 팔로 영산군의 목을 휘감았다.

"내 부인이라고 할까?"

"내 여인이라는 말이 더 좋아요."

"그럼 내 여인에게 한 번 더."

영산군이 입술을 삐쭉 내밀자 여진이 까르륵 웃더니 말한다.

"싫어요. 부끄러워요."

"혹 유모가 또 밖에 있소?"

"아뇨. 유모는 지금 집에 없어요."

"없다니? 어디 갔소?"

"요즘 제 입이 심심하여 입맛도 통 없던 통에 갑자기 시전에서 파는 파전이 너무 먹고 싶은 거예요. 그래서 유모를 보냈죠. 문 닫기 전에 얼른 다녀오라고."

"집에서 만들면 될 것을."

"그 시전 집에서 만드는 파전이 제일 맛있어요."

"그렇소? 허면 앞으로 자주자주 사다 주리다."

"오늘처럼 매번 먹고 싶은 건 아닌걸요."

여전히 서로의 몸을 끌어안은 채로 놓지 않고 서 있기만 하는 두 사람. 여진도 걱정이 되는지 슬그머니 입을 열었다.

"이러다 늦으세요."

"늦다니? 어딜?"

"어디긴, 연회죠. 일찍 가시려고 이리 채비하신 것이 아니에요?"

"그렇긴 하지만 입이 심심하오."

입을 맞춰달라는 영산군의 재치 있는 구애에 여진은 일부러 줄 듯 밀 듯 모른 척 뜸만 들이다.

"어허! 자꾸 이러시기요, 부인?"

고민하던 여진이 고개를 끄덕인다.

"좋아요. 술 안 마신다고 약조하셨으니까."

쪽, 하고 한 번 부딪혔던 입술이 두 번, 세 번, 네 번. 계속 붙었다 떨어졌다를 반복했다. 어느 순간 영산군은 마치 낚시를 하듯이 마지막에 부딪힌 입술을 붙들고는 놓아줄지를 몰랐다.

"이러면 읍…… 안 되는…… 으음."

저도 싫지 않은지 여진은 더욱 적극적으로 영산군의 입술을 받다가 겨우 그의 가슴을 밀어냈다.

"이러다 정말 늦어요!"

"그렇겠지?"

아쉬운 듯 입맛을 삼키며 영산군은 입을 맞추다가 삐뚤어진 관모를 다시 매만졌다. 그러다 문득 무언가 생각난 듯 여진에게 말했다.

"맞다. 오늘 처남이 검무도 춘다던데."

"검무? 오라버니가요?"

"몰랐소? 어제인가 부인의 외숙부인 박원종 대감이 전하께 직접 청했다 하오. 오늘 연회에서 아주 좋은 구경이 되겠지만."

밝게 말하는 영산군과 달리 여진의 표정은 그렇지 못했다. 지난번 친정에 갔을 때 윤임이 보인 태도 때문이었다. 그때 그의 손에 들려 있던 검이 떠올라서였다.

"부인?"

"안 돼요……. 검무는."

"무슨 말이오?"

여진이 영산군의 팔을 붙잡으며 말했다.

"오라버니가 연회에서 검무를 추게 해선 안 돼요."

"이미 결정된 거고 전하께서 윤허하신 일이오."

"그래도 안 돼요!"

"왜?"

"오라버니는! 오라버니는!"

여진이 생각하는 윤임은 아직 유나를 잃은 상처에서 벗어나지 못했다. 그리고 그 누구도 책임을 묻지 않았지만 유나의 죽음은 왕의 명령으로 인한 것이었다. 이 때문에 방에서 두문불출하며 왕명까지 거부하고 교리직을 받아들이지 않았던 윤임이었다.

"검무를 막아주세요! 오라버니는 오늘 검무를 추면 안 돼요!"

"부인."

"제발요!"

여진이 울 것 같은 눈으로 사정하자 영산군도 고개를 끄덕였다.

"바로 입궐하여 처남이 검무를 추지 않도록 설득해보리다."

"고마워요!"

영산군이 고개를 끄덕이며 밖으로 나갔다. 그가 입궐하는 것을 배웅하던 여진은 하늘을 쳐다보았다.

아직 해가 지지 않았다. 어쩌면 윤임은 입궐 전일 수도 있었다.

여기까지 생각이 미치자 여진은 친정에 직접 가 봐야겠다는 생각을 했다.

"가마를 준비하거라."

만약 집에 있다면 오라버니를 막아야 한다.

❋　❋　❋

윤임이 자신의 처소에서 검을 꺼내들었다. 그는 부드러운 천으로 검의 날을 조심스럽게 닦기 시작했다. 같은 시각 마당에서는 박원종이 불러 모은 사병들에게 명을 내리고 있었다.

"내가 따로 명을 전달할 때까지 이 별감과 내관의 옷을 입고 자미당을 보호하고 있어야 한다."

"예!"

자미당은 진성 공주가 머무르고 있는 처소. 윤임이 왕을 살해하는 것을 성공한다면 다음은 공주가 필요했다.

"숙부님."

안에서 윤임이 걸어 나왔다. 원종이 윤임에게 다가가며 말했다.

"준비는 되었느냐?"

"예."

망설이거나 흔들리는 기색은 없었다. 다만 윤임의 목적은 박원종과 달랐다. 왕을 살해하는 것은 윤임에게 있어서 자신이 끌어안

고 있는 크나큰 상처와 상실감에서 벗어날 수 있는 유일한 방법이
었다.

"임아."

원종이 윤임의 어깨를 두드렸다.

"예, 숙부님."

"네가 하려는 일은 이 조선을 위한 일이다."

"알고 있습니다."

바로 그때였다.

"이게 뭐야?"

안채가 있는 곳에서 걸어 나온 사람은 다름 아닌 여진이었다.

"여진아."

대문이 닫혀 있는 것을 확인한 여진이 가마꾼들을 내려버려두
고 홀로 안채의 뒷문을 통해서 집으로 들어왔던 것이다. 여진은 마
당을 가득 메운 사병들이 별감과 내관의 옷으로 갈아입은 것을 두
눈으로 확인하고는 큰 충격을 받았다.

"이게 도대체 무슨 일이냐고!"

여진의 외침에 원종이 앞으로 나섰다.

"네가 여긴 웬일이냐?"

"외숙부님! 오라버니! 도대체 무슨 일들을 꾸미는 거야?"

여진의 눈가가 촉촉해지기 시작했다. 누가 보더라도 이건······.

"여진아. 돌아가라."

윤임이 여진에게 돌아가라며 말했을 때였다. 원종이 윤임의 앞길을 막더니 여진에게 다가갔다.

"그래, 보았지. 이제 어찌할 것이냐?"

"그만두세요!"

"무엇을?"

"지금 하려는 거요! 설마 전하의 앞에서 오라버니가 검무를 추는 것도 다 외숙부님이 꾸민 짓이에요?"

"여진아!"

윤임이 여진이 하려는 말을 막으려 했다. 그러나 원종은 태연스럽게 여진을 향해 되물었다.

"그렇다면?"

"그만두세요! 제발!"

"이 일이 성공하면 네게도 득이 될 것이다."

"그런 거 원하지 않아요!"

여진이 울며 소리쳤다.

"실패한다 한들 네가 모른 척하면 너는 살 것이다."

"이건 잘못된 거야! 하면 안 된다고요! 영산군 대감께, 대감께 알려서!"

뒤늦게 영산군을 떠올린 여진이 돌아서서 이 집을 나가려고 했다. 원종이 사병들에게 지시해서 여진의 앞길을 막아섰다.

"대체 왜 이러세요!"

여진이 외침에 원종이 대답했다.

"이 일이 끝날 때까지 넌 이곳에 있어야겠다."

원종이 사병들을 향해 지시했다.

"이 아이를 창고에 가둬라."

"예!"

원종의 지시에 사병들이 여진에게 다가와 그녀의 팔을 잡고 강제로 창고로 끌고 가기 시작했다.

"싫어! 오라버니!"

여진이 외치는 소리에 윤임이 나서려 했지만 원종이 막아섰다.

"저 아이가 철없이 나섰다가는 이 일이 실행되기도 전에 우리 모두 죽는다. 그 말, 무슨 뜻인지 알지 않느냐?"

윤임이 힘없이 고개를 떨궜다.

연회장으로 가야 할 영산군이 자미당을 찾아왔다.

"여진이가 윤임의 검무를 막아야 한다고 했다고?"

"그렇소."

난 한숨과 함께 고민에 빠졌다. 예상치 못했던 일이었다.

"그래서, 윤임은 만났느냐?"

영산군이 고개를 저었다.

"처남은 아직 입궐 전이라 하오."

"그렇단 말이지……."

"난 솔직히 부인이 걱정하는 것을 다 이해하진 못하겠소. 아무리 그래도 처남이 다른 마음을 먹을 리가 없지 않소."

"나도 그를 다 안다고 할 순 없지만 그럴 사람은 아니다. 여진의 걱정은 기우일 뿐이야."

"그렇겠지?"

"그래. 그러니 너도 지나친 걱정을 말고 어서 연회장에 가보렴. 종친이 늦는 것은 좋지 않아."

"나도 그리 생각하오, 누이."

영산군이 어색한 웃음을 지으며 자리에서 일어섰다.

"참, 두 사람 사이는 아주 좋아 보이는데."

"나쁘진 않소."

여진을 떠올린 영산군이 웃음을 흘리자 나도 따라 웃고 말았다.

"아직 아이 소식은 없느냐?"

"안 그래도 그것 때문에 아주 피곤하오. 피곤해."

"어찌하여?"

"부인이 이토록 아이를 간절히 원하는 줄 몰랐소. 아이란 자고로 때가 되면 다 생기는 것이 아니오?"

"그건 사내들 생각이고."

"그런가? 그보다 난 내 아이가 생긴다는 걸 상상해 본 적이 없

소. 그저 지금 부인과 단둘이 있는 것도 좋은데 굳이 벌써부터 아이가."

"생기면 또 그 마음이 달라질지도 모르지."

"누이도 그럴 것이오?"

"나?"

예상치 못한 영산군의 물음에 난 당황하고 말았다.

"누이도 홍연의 아이를 낳고 싶소?"

난 얼굴을 붉힌 채 고개를 저었다.

"우리 남매는 생각도 같은가 보다. 나도 네가 그 말을 하기 전까지 아이 생각은 전혀 못 했다."

"그렇소? 남매는 남매인가 보네."

영산군이 웃으며 자미당을 떠난 후 난 그가 남긴 물음을 되새겼다.

"아이라······."

홍연을 닮은 아이라면 참으로 착하고 순할 텐데. 부끄럽지만 홍연을 만나면 이 이야기에 대해서도 나누고 싶어졌다.

그때 장 상궁이 밖에서 급히 들어와 말했다.

"공주마마. 박원종 대감이 찾아왔사옵니다."

"박원종 대감?"

"전 함경도 병마절도사이신······."

"윤 교리의 외숙부이기도 하지. 알고 있네."

"예, 그렇사옵니다."

"그가 나를 찾아왔다고?"

"지금 자미당 밖에서 기다리고 있사옵니다."

난 믿을 수가 없었다.

내가 궐에 있다는 사실은 소문으로 퍼져 있었지만, 한 번도 공표된 적이 없었다. 만약 내가 이 자미당에 있다는 사실을 알더라도 일부러 찾아오는 것은 불가능했다. 이 일을 후에 왕이 안다면 분명 일이 커질 테니까.

"그가 왜?"

"그보다 공주마마. 우선 밖으로 나가보셔야 할 듯하옵니다."

장 상궁을 뒤로한 채 나는 자리에서 일어섰다. 자미당 밖으로 나서자 월대 아래에 서 있는 박원종의 뒷모습이 보였다. 그보다도 그의 주변을 보호하듯 에워싸듯 서 있는 별감들이 더 눈에 띄었다.

자미당에 소속된 별감은 기껏해야 두 명뿐. 지금 박원종의 주변에 선 별감들은 대충 보아도 스무 명이 넘었다. 평소 대전에 있는 별감들의 수보다도 많았다. 게다가 이 별감들은 하나같이 칼집을 허리에 차고 있는 것이 아니라 손에 들고 있었다. 그것은 언제라도 칼을 뽑을 상태에 있다는 것을 의미했다. 난 이들이 평범한 별감들이 아니라는 것을 눈치챘다.

"공주마마이시옵니다."

장 상궁의 말에 박원종이 내 쪽으로 돌아섰다.

"공주마마."

그는 나를 발견하자마자 아주 환하게 웃으며 예를 올렸다. 나는 무거운 침을 삼킨 채 마루 위에 서서 박원종을 쳐다보았다. 그것이 나 진성 공주 이수련과 그의 첫 만남이었다.

※　※　※

해가 뉘엿뉘엿 지고 있었다. 곧 연회가 열리는 연회장으로 가야 할 시각. 왕은 침전에 앉아 있었다. 연회장으로 갈 준비는 모두 마친 상황이었다.

"전하."

그 앞에 앉은 내관 김자원은 그저 몸을 엎드린 채 두려움에 말을 잇지 못했다. 조금 전 왕은 김자원이 알아온 사실을 소상히 보고받았다. 그중에는 왕이 몰랐던 사실들이 있었다. 그 사실들은 왕을 크게 놀래켰고 충격에 빠트리기도 했다.

왕의 얼굴에서는 그 속을 전혀 알 수 없는 표정만이 있었다.

"한강수에 빠진 공주를 구해낸 것이 거창위였다, 이 말이냐?"

"예. 전하."

"그 후에 공주는 윤 교리를 만난 적이 있느냐?"

"윤 교리는 공주께서 아니, 그 소저가 죽은 줄로만 알고 있다 하옵니다."

"그래. 그렇겠지. 그랬으니 과인이 내린 교리직도 받아들이지 않으려 한 것일 테다."

의문이 일어야 했다. 사라진 공주가 윤임을 정인으로 삼았으니 말이다. 하지만 왕은 지금 의문이 일지 않았다. 분노만이 일었다.

"정인…… 정인이라."

왕의 입술이 분노로 일그러지고 있었다.

⁂ ⁂ ⁂

박원종은 자미당 안으로 들어와서는 모두 물러줄 것을 청했다. 하지만 공주인 내가 그와 단둘이 남아 있을 수는 없었다. 장 상궁이 남았고 박원종은 이를 받아들였다.

"선왕께서 승하 직전에 두 개의 밀지를 각각 월산대군과 제안대군에게 내리셨습니다. 이를 알고 계십니까?"

박원종의 말에 난 고개를 가로저었다.

"모릅니다."

"이것이 그 밀지를 담은 두 개의 상자 중 첫 번째 상자입니다."

박원종이 작은 상자를 내 앞으로 내밀었다.

그러나 그 상자는 열려 있었고 그 안에는 아무것도 들어 있지 않았다.

"열쇠로만 열 수 있는 상자이지요. 대대로 왕실에서만 내려지

는 태조대왕의 두 개의 옥패가 각각 상자를 열 수 있는 열쇠이옵니다."

"그 옥패는 압니다. 그중 하나를 제가 지녔었지요."

"혹 그 옥패가 봉황 문양이 새겨진 것이었습니까?"

"예."

그 말에 박원종이 환하게 웃으며 말했다.

"상자의 자물쇠 부분을 살펴보시지요. 봉황 무늬가 새겨져 있을 것입니다."

난 박원종을 경계하고 있었기에 그가 하는 말 그대로 상자를 살펴보진 않았다.

"용건이 있으시면 그것만 말씀하시지요."

내가 상자에 별다른 관심을 보이지 않자 박원종은 이를 포기하고 말을 이었다.

"얼마 전 우연히 신의 조카가 그 옥을 지니고 있을 것을 알게 되었습니다."

"조카?"

"영산군부인 윤여진."

난 여진에게 준 옥을 떠올리고는 깜짝 놀랐다. 박원종이 하려는 말이 가벼운 말이 아니라는 걸 깨달았다.

"그 옥으로 이 상자를 열 수 있었지요."

"상자 안에서 밀지가 나왔습니까?"

"보시지요."

박원종이 옷 속에서 밀지가 담긴 봉투를 내게 내밀었다. 장 상궁이 그것을 받아 내게 건넸고 난 봉투 안에 든 밀지를 펼쳤다.

[이것은 과인이 제안과 월산. 두 대군에게 내리는 밀지 중 첫 번째이다. 세자 이융은 과인의 소생이 아니며, 한건이 폐비 윤씨와 사통하여 낳은 자이다. 따라서 세자 이융을 폐하고 과인의 적장녀인 진성 공주 이수련을 즉위시켜라.]

"이럴 수가!"

선왕의 인장이 찍힌 밀지.

보고도 믿을 수 없는 내용이 담겨 있었다. 놀란 나와 다르게 박원종은 활짝 웃었다.

"아시겠지만 선왕의 뜻입니다. 그보다도 지금 주상은 선왕의 소생이 아닙니다. 당연히 적통공주이신 진성 공주마마께서 보위를 이으셔야 합니다."

난 서신을 도로 내려놓으며 박원종을 노려보았다.

"선왕의 인장이 찍혀 있다면 다 믿어야 하는 것입니까? 나는 이 밀지가 선왕의 것임을 믿지 못하겠습니다."

"선왕의 필체입니다. 아는 신하들이 살아 있고 공주께서도 선왕의 필체를 가져와 대조하면 바로 알아보실 것입니다."

박원종의 말은 내게 이 밀지를 믿고 받아들이라고 강요하는 것 같았다.

"그래서요? 지금 전하께서 아바마마의 소생이 아니라는 말을 나 보고 믿으라는 것입니까?"

"믿으셔야지요."

우리들의 대화를 듣고 있던 장 상궁이 크게 놀란 듯 나를 쳐다보았다.

"공주마마!"

난 놀란 장 상궁을 뒤로하고 박원종을 향해 호통쳤다.

"이건 역모입니다!"

박원종은 태연스럽게 말했다.

"지금의 주상이 어떤 임금인지는 공주마마께서도 잘 아시지 않습니까? 주상은 이미 민심을 잃었고 신하들의 마음을 잃은 지도 오래입니다."

"그것은 대감과 같은 간악한 무리들의 생각일 뿐이겠지요. 또한 임금이 그릇된 길을 가면 바른 길로 가도록 이끌어주는 것이 신하된 도리가 아닙니까!"

"이 조선의 임금이 선왕의 소생이 아닌 데도요?"

그가 내민 밀지가 정말로 아바마마께서 쓰신 것이라면! 난 박원종의 말에 항거할 말을 찾지 못했다. 난 어릴 적 왕과 함께 했던 추억들을 떠올렸다. 아바마마는 단지 세자인 오라버니에게 유독 엄하셨을 뿐이다. 만약 밀지의 내용이 사실이라면 애초에 세자로 삼으셨을 리가 없다.

"선왕의 뜻이 공주마마께 있었으니 공주마마께서는 그 운명을 이제 받아들이셔야 합니다."

"이 종이 한 장을 가지고 어디 감히 신하가 왕을 결정한단 말입니까? 지금 여인인 나를 겁박하여 계집을 왕위에 올리는 황당무계한 일을 벌이고 그 뒤에서 조정을 휘어잡으려 함을 모르리라 여기십니까?"

"계집이라니요? 공주마마께서는 이 조선에 유일한 적통공주마마이십니다. 어찌 6년 전 주상이 공주마마를 해하려 했겠습니까? 이 밀지의 내용을 알고 있었기 때문이 아니겠습니까? 아니더라도 자신이 선왕의 소생이 아님은 알았겠지요."

"그만하시오!"

"주상은 내일의 해를 보지 못할 것입니다."

"전하를 해하려고?"

"곧 연회가 시작되지 않습니까?"

순간 내 머릿속에 윤임이 떠올랐다.

"윤 교리의 검무가 그대의 짓이었소?"

"벌써 공주마마께서 아십니까? 그렇습니다. 신의 조카인 윤임은 오늘 주상의 목을 벨 중요한 임무를 맡았습니다."

윤임이 왕을 죽이려 한다!

내 손이 덜덜 떨려왔다.

"그가 정녕 받아들였단 말입니까?"

"공주마마께서는 윤임을 아십니까?"

박원종의 질문에 난 대답할 말을 잃어버렸다. 그는 잠시 내 대답을 기다리다가 자리에서 일어서며 말했다.

"공주마마께서는 내일 이 조선의 국왕으로 즉위하시는 겁니다."

"그럴 일은 결단코 없을 겁니다! 내가 막을 것이니!"

내가 자리에서 일어서려 하자 박원종이 일부러 큰 소리로 문 밖에 자신이 데려온 별감들에게 명을 내렸다.

"내일 아침까지 그 누구도 이곳 자미당 밖으로 나가지 못하도록 하라!"

"예!"

장 상궁이 내게 다가오더니 두 팔로 나를 보호하듯 끌어안았다.

"공주마마!"

이를 본 박원종이 장 상궁의 팔을 잡아 내게서 거칠게 떼어냈다.

"공주마마!"

"뭐 하는 짓입니까?!"

박원종이 장 상궁의 팔을 잡더니 그대로 자미당에서 끌고 나가기 시작했다. 난 그의 뒤를 쫓아가며 소리쳤다.

"상궁을 놓아 주시오!"

박원종은 장 상궁을 끌고 마루까지 나갔다. 그곳에서 그는 장 상궁을 마루 밑에 있는 별감들을 향해 내던지며 소리쳤다.

"공주마마께서 오늘 밤 자미당을 떠나려 하시면 이 상궁의 목부

터 베거라."

"예!"

별감들이 장 상궁을 에워쌌다.

"장 상궁!"

상궁에게 가려는 나를 돌아보며 박원종이 말했다.

"거기서 한 발자국이라도 더 움직이신다면 저 상궁의 목이 베일 것입니다."

난 터져 나오려는 울음을 참으려 입술을 깨물었다. 박원종은 내가 더는 움직이려 하지 않자 별감들을 향해 소리쳤다.

"가자!"

그는 몇 명의 별감들만 남겨둔 채 자미당을 떠났다.

※　※　※

"전하아!"

도희였다.

해가 지고 연회장으로 가기 위해 침전에서 나오는 왕의 옥교를 향해 뛰어든 것이다. 왕은 도희에게 눈길조차 주지 않은 채 옥교에 앉아 있었다. 내관들이 뛰어들어 도희를 옥교에서 강제로 떼어내려고 시도했다.

"전하! 신첩의 죄를 용서하여주시옵소서!"

도희가 애절하게 외치는데도 왕은 대답이 없었다. 뒤에서 이보가 달려 나왔다.

"전하!"

이보가 도희를 끌어내리려는 내관들 옆에 엎드리더니 사정했다.

"숙원마마의 잘못을 용서하여주시옵소서!"

이보는 왕이 공개적인 자리에서 여러 번 언급한 충신이었다. 도희가 왕에게 잘못할 만한 짓을 하더라도 이보는 그런 행동을 한 적이 단 한 번도 없었다. 처음부터 도희를 후궁으로 들인 것도 왕이 이보를 생각하는 마음을 표현한 것이었다.

"일어나시오."

왕의 명이 떨어지자 이보가 자리에서 일어섰다. 동시에 도희를 끌어내리려던 내관들도 도희를 놓고 뒤로 물러섰다.

"전하아!"

도희가 바로 옥교에 앉은 왕에게 달려가 그의 옷자락을 붙들고 사정했다.

"신첩이 죽을죄를 지었사옵니다! 공주마마께 큰 무례를 끼친 것도 모자라 전하의 얼굴에 먹칠을 하였으니 한 번만 철없는 신첩의 죄를 용서하여 주시옵소서! 전하!"

왕은 짧은 한숨을 내쉬더니 옥교에서 내렸다. 그리고 이보를 쳐다보며 친히 도희의 손을 잡아 일으켜 세웠다.

"일어나거라."

"전하아─"

도희가 감동한 듯 눈물을 글썽였다. 왕은 도희의 얼굴에 흐르는 눈물을 친히 닦아주면서 자상한 목소리로 말했다.

"이리 어여쁜 얼굴에 눈물이라니, 흉이구나."

"신첩이 모자라 전하를 진노케 하였으니…… 흑."

"그만 울거라. 과인과 연회장으로 가야 하니."

"예?"

왕이 도희의 손을 잡으며 말했다.

"오늘 연회에서 네가 과인의 곁에서 술을 따르거라. 그리하겠느냐?"

"예에! 그리하겠사옵니다! 신첩이 그리하겠사옵니다!"

도희가 제 눈물을 스스로 훔치자 왕이 웃었다.

"그래, 그래."

왕은 다시 이보를 돌아보며 말했다.

"이제 되었소?"

"송구하옵니다."

"경도 어서 연회장으로 가시오."

"아, 소인은 오늘 군기시에 일이 있어 관청으로 돌아가야 봐야 하옵니다."

"역시 충신이군. 허면 더는 청하지 않으리라. 경신 연회야 육십 일마다 돌아오는 것이니."

"황공하옵니다, 전하."

이보가 물러서고 왕은 도희의 손을 잡은 채 연회장으로 향했다.

"주상전하 납시오!"

연회장 입구에 선 별감의 외침에 미리 와 있던 영산군을 비롯한 종친들과 신하들이 전부 자리에서 일어섰다. 왕은 붉은 천이 깔아진 연회장 안으로 도희의 손을 잡은 채 안으로 들어섰다.

순간 도희는 연회장을 밝히는 모든 등불이 오직 자신을 위해 비추는 것 같은 착각에 빠져들었다.

'아버지께 도움을 청한 것이 잘한 일이지, 뭐야.'

왕이 그녀를 혹 미워하게 되더라도 이보는 미워하지 않았다. 도희는 왕이 인정한 충신의 딸이었다.

도희는 꽃처럼 만개한 미소를 지은 채 왕의 곁에 자리를 잡고 앉았다. 왕이 술잔을 들어 올렸고 도희가 눈치 빠르게 그 술잔을 채웠다.

"계속하라."

왕이 명을 내렸다.

연회장의 육중한 문이 소리 내어 닫히고 악공들이 연주를 시작했다. 무희들이 사뿐거리며 줄줄이 걸어 나와 춤을 추기 시작했다.

그렇게 경신일 연회의 막이 올랐다.

❋ ❋ ❋

　"흐흐흑."

　겁에 질린 자미당 나인들의 흐느끼는 소리 외에는 오직 침묵만
이 흐르는 자미당. 난 이 소리를 들으며 감았던 눈을 떴다. 불도
켜지 않은 캄캄한 자미당 안. 연회는 이미 무르익어가고 있을 것
이다.

　박원종은 어디로 갔을까? 분명 윤임에게 왕을 해치는 일을 맡겼
다고 했다. 이 사실을 어떻게든 왕에게 알려야 했다.

　그렇다면 윤임은? 윤임은 죽는 걸까? 그가 왜 왕을 해치는 일에
나섰는지는 몰라도 박원종이 꾸민 짓일 수도 있고⋯⋯.

　나 때문일까?

　그는 이유나가 살아 있다는 사실을 아직 모른다. 그에게 나는 이
미 죽은 사람이다. 그것도 왕의 명으로 한강수에 던져져 죽은 것으
로 되어 있다.

　만약 박원종이 꾸미는 거사가 실패한다면 오늘 밤 윤임은 죽는
다. 성공한다고 하더라도 윤임은 죽는다. 그리고 왕도 죽는다. 왕
이 죽으면 조정은 물론이고 나라가 혼란스러워진다.

　나는 선택의 여지도 없이 박원종의 뜻대로 보위에 올라야 할 것
이다. 그러기에 그는 이렇게나 내 앞에서 당당할 수 있는 것이다.
아무것도 모르는 여자인 나를 왕위에 앉혀서 뒤에서 권력을 휘두

르려는 속셈이겠지. 난 그에게 이처럼 휘둘릴 수밖에 없는 걸까?

"안 돼."

이대로 가만히 앉아서 내일의 해를 기다릴 수가 없다. 난 자리에서 일어서 밖으로 나왔다. 내가 안에서 나오는 소리에 박원종이 두고 간 별감들이 모두 나를 쳐다보았다. 그들에게 둘러싸여 있던 장 상궁과 자미당 나인들도 나를 쳐다보았다.

"공주마마?"

난 겁에 질린 나인들을 쳐다보다가 전각 아래로 내려왔다. 별감들이 칼집으로 내 앞을 막아서며 말했다.

"공주마마께서는 오늘 밤 이곳을 벗어나실 수 없으십니다."

위협적인 경고였다. 난 품에 숨겨서 가져온 은장도를 꺼내들었다. 검 날을 내 목 가까이에 가져다 대며 말했다.

"내가 이 자리에서 죽는다면 박원종 대감이 그 책임을 누구에게 물을 것 같으냐?"

"공주마마!"

장 상궁이 놀라 비명을 질러댔다. 그녀를 따라 나인들도 울며불며 나를 불렀다.

"아니 되옵니다, 공주마마!"

"공주마마!"

나인들이 울부짖자 박원종이 두고 간 별감들이 당황하며 서로의 눈치를 살폈다. 난 검 날을 더욱 바짝 내 목에 가져다 대었다. 너

378

무 가까이 댄 탓에 살짝 베었는지 날이 닿은 곳에서 피가 흘러내렸다. 이상하게 피가 흐르는데도 아픔은 전혀 느껴지지 않았다. 나는 이곳을 빠져나가야 한다는 생각 외에는 다른 생각을 전혀 할 수가 없는 상태였다.

왕을 살려야 한다. 윤임도 살려야 한다.

"길을 열어라!"

"그, 그게……."

"어서!"

나의 외침이 자미당을 울렸다.

도교에서는 말한다.

육십 일마다 사람의 몸에 기생하는 삼시충이 사람이 잠들면 기어 나와 옥황상제에게 그 사람의 죄를 낱낱이 고한다고. 이에 옥황상제는 그 사람의 수명을 단축시켜버리는 형벌을 내린다. 이를 기념하기 위해 왕실에서는 육십일마다 돌아오는 이 날을 '경신일'로 정하고 이 날만큼은 잠들지 않기 위해 밤새 술을 마시며 보냈다.

연회가 시작된 이후로 왕은 단 한 번도 웃지 않았다. 이를 알아차린 이는 없었다. 왕의 시선은 계속 닿을 수 없는 먼 곳, 어딘가를 향해 있었다.

연회가 길어지며 분위기가 무르익어갔다. 그사이 검무를 출 준비를 한 윤임이 연회장 뒤로 들어왔다. 왕은 눈동자를 굴려 윤임의 움직임을 계속 쫓았다. 한 곡이 끝나고 원종이 윤임과 함께 앞으로 나섰다.

"전하."

정중히 두 손을 모아 예를 올린 원종이 윤임을 돌아보며 말했다.

"지금부터 윤 교리가 준비한 검무를 올리겠사옵니다."

왕이 두 사람을 물끄러미 바라보다가 손을 들었다. 허락한다는 의미였다.

한순간에 연회장 안을 무겁게 가라앉히는 북소리가 들려오고 윤임이 검을 뽑아들었다. 원종이 조용히 뒤로 물러나자 이에 맞추어 내관들이 윤임이 선 무대 한가운데로 원을 그리며 등을 놓고 사라졌다.

연회에 참석한 모두가 검을 들고 있는 윤임에게로 자연스레 시선이 모아진 가운데 윤임이 천천히 검을 휘두르기 시작했다. 절제된 동작 안에서 그의 검은 서늘한 기운을 내뿜었다. 가까운 곳에서 보는 이들로 하여금 오금을 저리게 만들 만큼 섬뜩했다.

아무런 감정을 드러내지 않고 있는 윤임의 얼굴 표정도 이런 분위기를 더하는 것만큼은 틀림없었다. 검무가 진행되는 동안 왕은 날카로운 시선으로 윤임의 동작 하나하나를 놓치지 않고 응시했다. 반대로 모두의 시선이 윤임에게 모아진 것을 불만스레 생각하

는 이도 있었다. 바로 도희였다.

도희는 왕의 술잔이 언제 비워질까 그것만을 쳐다보다가 문득 연회장 입구 쪽에서 헐레벌떡 뛰어오는 한 사람을 발견하고는 눈을 크게 떴다.

"아버지?"

그는 이보였다. 이보는 자신의 앞길을 막아선 병사들을 밀치며 연회장 안으로 뛰어들며 소리쳤다.

"전하! 모반이옵니다! 역모이옵니다! 전하!"

이보의 외침에 연회장이 술렁거렸다. 검무를 추던 윤임의 동작도 그대로 얼음이 된 듯 멈춰버렸을 때였다. 이보가 윤임의 바로 옆에 넘어지듯 엎드리더니 왕을 향해 소리쳤다.

"모반이옵니다! 어서 피하시옵소서, 전하!"

처절함에 가까울 정도인 이보의 외침에도 왕은 자리에 앉은 채 말이 없었다. 오히려 갑자기 등장한 그로 인해 검무가 멈춘 것이 불만인 듯한 표정을 짓고 있었다.

"전하?"

모반이라는 엄청난 소식을 들고 왔음에도 불구하고 왕에게서 별다른 반응이 돌아오지 않아 이보가 당황한 듯 말끝을 흐렸다.

그때 왕이 들고 있던 술잔을 도희에게 건네며 자리에서 천천히 일어섰다. 왕은 옆에 서 있던 운검의 검을 빼앗아 들더니 단을 내려오며 낮은 목소리로 말했다.

"모반?"

왕은 비릿한 미소를 짓더니 윤임의 가까이로 다가왔다. 이윽고 연회장 한가운데로 올라선 왕이 검을 들어 그 끝으로 윤임을 가리켰다. 윤임이 놀란 눈을 크게 뜬 순간 왕이 입을 열었다.

"모반이라 하였느냐?"

이보가 아뢰었다.

"지금 각 전각은 물론이고 이곳 연회장으로 오는 길목마다 소위 별감과 내관이라는 자들이 칼을 차고 왕래하는 나인들의 길을 막고 위협하고 있었사옵니다! 이는 필시 오늘 밤 전하께서 이곳 연회장에 계신 것을 알고 있는 사특한 놈들의 모반임이 틀림없사옵니다. 어서 피하시옵소서, 전하! 소신이 목숨을 걸고 길을 열겠사옵니다!"

"과인이 그리 허술한 줄 알았더냐!"

왕의 쩌렁쩌렁한 목소리가 연회장을 울린 그때였다. 연회장을 둘러싼 건물의 지붕 위로 활을 든 수십 명의 궁수들이 나타났다. 그들은 연회장 안과 밖을 경계하며 활시위를 당긴 채 왕의 명을 기다렸다.

"저, 저들은!"

놀란 이보를 보며 왕이 말했다.

"그들이 오늘 밤 궐 안에 들어온 이상 살아서는 나가지 못할 것이다."

"아셨사옵니까?"

왕이 코웃음 쳤다.

"이런 많은 사병들을 입궐시킬 수 있었던 자가 누구인지 알아내기 위해 덫을 놓았을 뿐이다."

"역시!"

감탄하는 이보를 뒤로한 채 왕이 윤임에게로 눈을 돌렸다.

"검무라…… 네 정인을 죽이라 명한 것이 과인인데. 과인 앞에서 검무를 추겠다라. 검무보다는 검을 겨루는 것이 낫지 않겠느냐!"

왕이 윤임에게 검을 내리쳤다. 윤임이 재빠르게 검을 막아내자 왕은 몰아치는 광풍처럼 사정없이 윤임에게 검을 휘둘렀다. 윤임은 왕의 검을 막아만 낼 뿐, 공격하지도 못한 채 계속 뒤로 밀리기 시작했다.

"어찌 공격하지 않는 것이냐! 지금이야말로 네 죽은 정인에 대한 복수를 할 수 있는 자리가 아니더냐?!"

"윽!"

계속 뒤로 밀리던 윤임이 두 발로 버티어서며 왕이 내리치는 검을 막았다. 왕은 재미있다는 듯 깔깔 웃었다.

"과인이 기회를 주겠다 말하지 않느냐. 네 정인이 저승에서 통곡하며 쳐다보고 있을 것이다!"

일순간 윤임의 눈이 분노로 번뜩였다. 왕은 이를 놓치지 않았다.

"그래! 그 혈기라면 능히 과인을 해칠 수 있을 것이다!"

윤임이 있는 힘껏 자신의 검을 누르고 있는 왕의 검을 밀어냈다. 왕이 잠시 기우뚱하며 뒤로 밀린 그 순간이었다. 윤임은 이때를 놓치지 않고 자신의 검을 들어올렸다.

그 순간이었다.

"진성 공주마마 납시오!"

고요하던 연회장 안으로 장 상궁의 목소리가 들려온 것이다. 왕과 윤임이 동시에 닫힌 연회장 문 쪽을 돌아보았다. 정작 소리가 들려온 문은 쉽게 열리려 하지 않고 있었다. 연회장 안의 모든 이들이 술렁거렸다.

왕이 말했다.

"공주가 어디에 있단 말이냐! 공주는 없다! 아무도 들이지 말라!"

왕은 연회장 문 쪽을 돌아보고 있던 윤임의 틈을 노려 검을 휘둘렀다. 뒤늦게 왕의 공격을 알아차린 윤임이 자신의 검으로 막으려 할 때는 이미 늦어 있었다. 윤임은 검을 떨어뜨리며 뒤로 넘어졌고 왕의 칼이 정확히 윤임의 어깨를 찔렀다.

"으윽!"

윤임이 깊게 파인 듯한 신음을 내질렀다. 장 상궁의 목소리가 다시 들려온 것은 이때였다.

"진성 공주마마 납시오!"

두 번째 소리가 들린 순간 연회장의 문이 열리더니 한 여인이 안

으로 걸어 들어왔다. 그녀를 본 왕이 윤임의 어깨를 찌른 검을 뽑아들었다.

"아악!"

윤임이 다시 신음을 내지르며 옆으로 쓰러졌고 왕은 분노에 찬 눈으로 그녀를 바라보았다.

바로 자신의 누이, 진성 공주 이수련을 말이다.

연회장까지 가는 길은 쉽지 않았다. 칼을 찬 별감들이 나를 에워쌌다. 나는 은장도를 쥔 손을 내려놓을 수가 없었다. 긴박함 속에서 도착한 연회장 밖에도 이미 나를 에워싼 이들과 같은 편인 듯 보이는 별감과 내관들이 잔뜩 모여 있었다.

"어서 문을 열어라!"

"그럴 수는 없습니다. 그만 자미당으로 돌아가시지요!"

난 자미당에서부터 나를 뒤따라온 장 상궁에게 말했다.

"어서 내가 왔음을 알리게!"

"공주마마!"

장 상궁도 이런 나를 걱정하고 있었다. 하지만 한시가 급했다.

"어서!"

내 단호한 의지에 장 상궁도 결심한 듯 연회장 안을 향해 소리

쳤다.

"진성 공주마마 납시오!"

문은 열리지 않았다. 대신 왕의 쩌렁쩌렁한 목소리가 연회장 밖까지 들려왔다.

"공주가 어디에 있단 말이냐! 공주는 없다! 아무도 들이지 말라!"

왕은 나의 존재를 부정했다. 그렇다고 여기서 물러선다면 왕도, 윤임도 모두 구할 수가 없다.

"문을 열어라."

난 문을 막고 있는 별감들에게 말했다. 그들은 아무도 내 명을 따르려 하지 않았다. 난 그들을 향해 말했다.

"내가 누구더냐? 선왕의 유일한 적장녀인 진성 공주다. 오늘 내가 이 자리에서 죽는다면, 아니 죽는다 해도 박원종 대감이 꾸민 모반은 결코 성공치 못할 것이다."

별감들이 우왕좌왕하는 사이 난 장 상궁에게 눈짓을 보냈다. 장 상궁이 재빨리 연회장의 문으로 다가가더니 연회장의 문을 열며 소리쳤다.

"진성 공주마마 납시오!"

이번에는 문을 막고 있던 자들도 나와 장 상궁을 막지 못했다. 문이 열리자 난 손에 들고 있던 은장도를 내던진 채 연회장 안으로 들어섰다.

가장 먼저 보이는 것은 검을 들고 있는 왕과 그 아래에 쓰러져 고통스러운 신음을 내지르고 있는 윤임이었다.

"진성 공주?"

"공주가 살아 있었단 말인가?"

"궐에 있다는 소문은 들은 적이 있지만, 그 소문이 사실일 줄이야."

연회장 안으로 들어서는 나를 보는 대신들이 수군거렸다. 그들은 두 눈으로 나를 보고도 믿지 않는다는 표정들이었다. 그것은 왕도 마찬가지였다. 왕은 아주 무서운 눈으로 검을 든 채 나를 바라보고 서 있었다.

난 왕을 향해 천천히 다가갔다. 내 걸음이 멈춘 곳은 바로 쓰러져 있는 윤임의 옆이었다.

"네가 어찌 이곳에 왔느냐?"

"전……."

내가 입을 연, 바로 그 순간이었다.

쓰러져 있던 윤임이 떨어뜨린 검을 집어 들더니 일어서 왕을 향해 공격하며 소리쳤다.

"죽어라, 이융."

"안 돼요!"

난 돌아서 두 팔을 벌리고 왕에게 향하는 윤임의 검을 막아섰다. 나를 본 윤임의 검이 멈춘 것은 그때였다.

"유······ 유나?"

숨을 머금은 그의 목소리가 떨려오고 있었다. 나는 두 팔을 벌려 왕을 보호하고 선 채로 윤임을 바라보았다.

"안 돼요. 안 돼요."

내 얼굴을 보고 내 목소리를 들은 윤임은 그 자리에서 들고 있던 검을 땅으로 떨어뜨렸다.

"네가 어떻게······."

차마 말을 잇지 못하던 윤임의 눈시울이 빠르게 붉어졌다. 그를 보는 내 마음도 아파왔다.

"분명 너는······."

윤임은 마치 꿈속에서 나를 만난 듯, 보고도 믿기지 않는지 내 얼굴로 손을 뻗어왔다. 그 순간 왕이 자신을 막고 있던 나의 팔을 잡아 자신의 옆으로 끌어당겼다. 그리고는 내게로 다가오려는 윤임을 검으로 가리켰다.

"너를 절대 살려두지 않을 것이다!"

"오라버니!"

난 다시 왕과 윤임의 가운데에 섰다. 왕의 검 끝이 윤임이 아닌 나를 향하게 만든 것이다.

"그 검! 내려놓으세요!"

왕이 나를 노려보았다.

"과인이 어찌 그래야 하느냐?"

"모두가 두려워하고 있사옵니다."

나는 울며 주변을 둘러보았다. 겁에 질린 신하들과 나인들의 모습이 보였다. 어쩌면 내가 말로만 듣던 왕의 다른 모습이 이것이었는지도 모른다.

내가 돌아오기 전. 내가 입궐하기 전에 궐에서 일어났다던 일들. 말로만 듣고도 믿을 수 없었던 왕의 패악질이 바로 이런 것이었는지도 모른다.

"백성이 임금을 두려워하는 것은 당연한 일이다."

"소녀도 두렵사옵니다."

내가 울며 말하자 왕의 눈이 잠시 흔들렸다. 그러나 잠시뿐이었다. 왕이 화를 내며 내게 소리쳤다.

"네 정인을 구하고자 이곳까지 온 것임을 과인이 모를 줄 아느냐?!"

왕이 말하는 '정인'이 윤임임을 깨닫는 순간 나는 눈을 크게 떴다.

"공주가 지아비를 두고 정인을 만든 죄. 넌 공주의 자격도 없다!"

윤임이 내 등 뒤에서 물었다.

"공주? 유나 네가 진성 공주였단 말이냐?"

난 윤임을 돌아보며 말했다.

"임지 오라버니…… 미안해요."

이런 상황이 두려웠다. 언제 찾아올지 모르는 바로 이 순간을.

그래서 이 순간이 오지 않길 바라왔었다.

"미안해요. 말 못 해서."

내가 울며 말하는데 이 상황을 지켜보고 있던 도희가 갑자기 소리를 지르며 뛰어왔다.

"전하!"

도희는 왕의 발치에 엎드려 울먹였다.

"시, 신첩의 죄를 용서해주시옵소서! 시, 신첩은 공주마마를 몰라 뵙고, 죄…… 죄를 저질렀사옵니다!"

"죄는 맞다. 하나 몰랐겠지. 모르는 것은 죄가 아니다."

모르는 것은 죄가 아니라는 말에 도희의 표정이 조금 밝아졌을 때였다. 왕의 얼굴이 차갑게 굳었다.

"하나 공주의 신분을 몰랐다고 하더라도 독을 써서 공주를 해하려 한 죄. 공주를 납치한 죄. 그로 인해 공주가 물에 빠져 사경을 헤맨 것까지. 이중 하나만 저질러도 몰라도 죽을죄인데 너는 세 가지나 저질렀다."

"저, 전하!"

왕이 도희에게 하는 말을 들으며 난 깜짝 놀랐다. 왕은 도대체 언제부터 이 모든 사실을 알고 있었던 것일까?

그때 이보가 도희 옆으로 다가와 엎드렸다.

"전하! 모르고 한 죄이나 대죄임을 잘 아옵니다! 하나 여식의 죄는 그 아비가 잘못 가르친 죄가 아니겠사옵니까? 하오니 소신을

대신 벌하여 주시옵소서!"

이보로 말할 것 같으면 왕이 조정에서 누차 말해온 충신 중의 충신이었다. 도희가 죽을죄라도 이보의 충심이라면 그 죄를 덮고도 남을지도 몰랐다. 그만큼 왕이 이보를 아낀다는 것을 모르는 이는 조정에 아무도 없었으니까.

"경의 말이 옳소. 여식의 죄는 아비의 죄지."

왕은 말을 끝내자마자 들고 있던 검으로 이보의 목을 힘껏 찔렀다.

"윽……!"

이보는 외마디 짧은 비명을 남긴 채 그대로 옆으로 쓰러졌다.

"꺄아아아악! 꺄아아악!"

이보의 숨이 끊어지는 것을 본 도희가 스스로의 머리를 쥐어뜯으며 비명을 질렀다. 왕이 고개를 한 바퀴 돌리며 짜증 섞인 목소리로 말했다.

"시끄럽군."

왕은 이보를 찌른 그 검으로 도희의 목을 내리쳤다.

"악……!"

순식간에 두 사람의 목숨이 내 눈앞에서 끊어졌다. 난 비명이 새어 나오지 않도록 두 손으로 입을 틀어막았다. 상상조차 해본 적이 없었던 왕의 모습에 난 큰 충격을 받지 않을 수가 없었다.

이보와 도희의 피가 튄 얼굴로 왕이 나를 돌아보았다.

"정인 따위나 두는 공주가 무슨 공주더냐! 서인으로 강등시킬 것이다!"

"어찌 그리 변하셨습니까?"

"변해? 과인은 단 한 번도 변한 적이 없다. 네가 변했을 뿐."

난 도무지 왕을 이해할 수가 없었다. 마치 왕은 내가 큰 잘못을 한 것처럼 몰아세우고 있었다. 그 죄에 대한 화풀이를 이보와 도희에게 한 것 같았다. 왕에게는 단순 화풀이였겠지만, 이것은 명백한 살인이었다. 왕은 두 사람의 죽음으로 쥐 죽은 듯 고요해진 연회장 안을 둘러보며 말했다.

"풍악을 울려라! 이제야 연회가 재미있어지겠구나. 하하하하."

다시 악공들이 연주를 시작하자 내관들이 재빨리 이보와 도희의 시신을 연회장에서 끌어냈다. 그때까지 뒤에 가만히 앉아 있던 원종이 재빨리 튀어나와 윤임을 뒤에서 잡아끌었다.

"어서, 어서 가자! 지금이다. 지금 가야 한다!"

윤임은 나를 멍하니 바라보며 원종의 손에 이끌려 연회장 밖을 빠져나갔다.

자리로 돌아온 왕이 은밀히 내관 김자원을 불러 지시했다.

"공주를 인덕궁으로 데려가라. 그리고 그곳에서 한 발짝도 나오

지 못하게 하라."

"예."

김자원은 원종과 함께 재빨리 연회장을 떠나는 윤임을 보고는 왕에게 물었다.

"윤 교리는 어찌할까요?"

"죽여라."

왕의 대답은 가차 없었다.

"또한 오늘 연회장 밖에서 소란을 일으킨 모든 자를 잡아들여 참수하고 그 목을 사대문 앞에 걸어 효수하라."

"분부 받잡겠사옵니다."

더 이상 연회에서 술을 마시는 신하는 아무도 없었다. 그들은 왕이 가장 아끼던 신하와 그 여식도 직접 베어버린 왕을 크게 두려워하며 서로의 눈치만 살피고 있었다. 오직 음악만으로 채운 연회장에서 지루함을 느낀 왕이 자리에서 일어섰다.

"재미가 없구나."

원종과 궐을 떠나려던 윤임을 왕의 병사들이 쫓았다. 함께 도망치던 별감과 내관으로 위장한 사병들이 보호했지만 시간이 흐를수록 병사들의 수는 늘어만 갔다.

"이쪽이다!"

이런 경우를 대비했던 듯 원종은 미리 준비해둔 비밀통로를 통해서 윤임을 데리고 궐을 빠져나갔다. 그들이 피신한 곳은 바로 극락사에 있는 박씨부인의 암자였다.

"내 이런 일을 염려했습니다!"

박씨부인이 다친 윤임을 보며 탄식했다. 원종은 왕을 죽이지 못한 것을 크게 아쉬워했다.

"어차피 이리도 쉽게 일이 풀리게 되지 않을 수도 있다는 건 예상했던 바다."

"오라버니! 임이가 다쳤습니다!"

박씨부인의 몸종이 들어와 임이의 다친 상처에 약초를 올리고 붕대를 감아주었다. 윤임은 상처의 통증도 전혀 못 느끼는 듯한 표정이었다. 윤임의 상태를 아는지 모르는지 원종이 박씨부인에게 말했다.

"그보다 공주가 선왕의 밀지를 순순히 받아들이려 하지 않더구나."

원종의 입에서 나온 '공주'라는 단어에 윤임의 눈동자가 미세하게 흔들렸다.

"공주가 왕의 사이가 퍽 가깝다는 말도 들었습니다. 그렇다면 더욱 받아들이기 어렵겠지요."

"오늘 실패한 것보다 공주가 우리 편이 되지 못하는 것이 더 큰

실패다. 반드시 공주를 우리 편으로 만들어야 해. 그보다……."

원종이 박씨부인의 눈치를 살피며 윤임을 돌아보았다.

"공주와 아는 사이였느냐?"

"그게 무슨 말입니까, 오라버니? 임이가 공주를 알다니요?"

원종의 말을 이해하지 못한 듯 박씨부인이 윤임과 원종을 번갈아 처다보았다.

"내가 보기에 왕이 너를 보는 눈빛은 사내였다. 공주를 두고 너를 질투하고 있었지. 네가 공주의 정인이라는 말도 하더구나. 이게 도대체 무슨 말이냐?"

"공주가 임이의 정인이라니요? 임이의 정인이던 그 여인은 죽었습니다."

"그래서 지금 내가 임이에게 묻고 있지 않겠느냐?"

원종과 박씨부인이 윤임을 처다보았다. 윤임의 머릿속에는 연회장에서 본 공주의 모습만이 떠오르고 있었다. 두 눈으로 보고도 믿을 수가 없었다. 하지만 그녀는 분명 유나였다. 자신이 지켜주지 못해서 잃었던 소중한 연인이었다.

"임아?"

박씨부인이 윤임을 걱정스레 불렀을 때였다. 윤임이 다친 어깨를 부여잡고는 자리에서 일어섰다.

"다녀올 곳이 있습니다."

"그 몸으로 어딜 간다는 게냐?"

걱정하는 박씨부인의 말에 원종이 윤임의 길을 막아섰다.

"지금 하산은 안 된다. 산 아래에서 왕의 병사들을 만나기라도 하면 어쩌려고 그러느냐?"

"가야 합니다."

공주, 아니 유나를 만나야 했다. 윤임은 그녀에게서 묻고 싶은 말이 많았다. 그보다도 그녀의 목소리를 듣고 싶었다. 꿈에서도 들을 수 없었던 그녀의 목소리를 간절히 듣길 원했다.

"죄송합니다."

"임아!"

윤임은 원종을 뿌리친 채 암자를 나섰다.

"너무 늦어. 너무 늦는다."

유모가 불안한 듯 계속 마당 앞을 서성였다. 그녀가 여진의 부탁으로 시전에 다녀온 사이에 여진이 사라졌다. 하인의 말에 따르면 영산군은 경신 연회에 갔고 여진은 친정에 갔다고 했다. 금방 돌아올 것이라 여기며 유모는 여진이 부탁한 파전을 식지 않도록 살피고 있었다.

해가 지고 밖이 깜깜해졌는데도 여진은 돌아오지 않았다. 혹시라도 너무 늦어 친정에서 하룻밤 자고 온다고 하더라도 여진은 분

명 기별을 주었을 것이다. 왠지 모를 불안감에 마당만 서성이던 유모는 집을 나섰다.

유모가 여진의 친정인 본가에 도착했을 때 그곳의 문은 굳게 닫혀 있었다.

"이보시오! 안에 아무도 없으시오?"

분명 이 집에는 문지기도 있고 일하는 하인도 있다. 그런데 사람의 인기척은커녕 담 너머에서 들여다본 집 안에는 불이 켜진 방이 한 곳도 없었다.

유모는 더욱 불안해졌다. 혹시나 해서 안채에 딸린 뒷문으로 가보았지만 그곳도 굳게 닫혀 있었다. 발만 동동 구르며 인기척 없는 집 담벼락 주변만 헤매던 그녀는 이곳에서 살던 시절 기억을 되짚었다. 어릴 적 윤임과 여진이 툭하면 안채 담벼락에 자란 작은 나무를 올라타서 이를 발판 삼아 집을 넘나들며 장난을 치던 것을 떠올린 것이다. 어린아이들이 타고 넘을 정도의 나무라면 어른인 유모도 가능했다.

그녀는 안채 담벼락에 있는 나무를 통해 가까스로 집 안으로 들어갈 수 있었다.

"마님! 마님!"

제일 먼저 불 꺼진 안채의 문을 열어젖힌 유모는 온기조차 없는 안을 살펴보고는 겁이 나기 시작했다. 다음은 여진이 시집가기 전까지 지내던 처소였다. 그곳에도 여진의 흔적은 없었다. 안채 곳곳

을 샅샅이 살피던 유모가 바깥채 쪽으로 나왔을 때였다.

"으으…… 으으……."

미약하지만 작은 신음소리가 어디선가 들려오고 있었다.

"마님?"

유모는 그 소리를 쫓아 창고로 다가갔다.

"마님? 마님 이곳에 계십니까?"

"으으…… 유모오……."

"마님!"

여진의 목소리임을 확인한 유모가 밖에서 잠겨 있는 자물쇠를 확인하고는 도끼를 가져와 그것을 내리쳐 부셨다.

자물쇠가 바닥으로 떨어지자마자 유모는 서둘러 창고의 문을 열고 안으로 들어갔다. 여진이 창고의 입구 앞에 축 늘어진 채 쓰러져 신음만 간간이 흘리고 있었다.

"마님! 마님! 정신을 차려보세요!"

"유모오……."

"이게 도대체 어찌 된 일입니까? 예?"

"아파……."

"예?"

"배가 아파…… 아파……."

이 말을 끝으로 여진은 유모의 품에서 정신을 잃고 말았다.

"마님! 마님!"

유모가 여진을 깨워보려 어깨를 흔들었지만 여진은 깨어나지 못했다.

❀ ❀ ❀

한밤중 궐에서 일어난 소식은 뒤늦게 홍연에게도 전해졌다. 홍연이 궐로 달려갔을 때 궐문은 폐쇄되어 있었다. 수문장들은 홍연이 아니라 그 누구의 출입도 허락하지 않았다. 오직 공주가 무사히 있는지만 확인하려는 홍연에게 은밀히 대비전 별감이 다가와 공주의 소식을 전해주었다.

"공주마마께서는 전하의 명으로 인덕궁으로 옮겨지셨습니다."

공주가 경복궁이 아닌 인덕궁으로 옮겨졌다는 소식에 홍연은 다시 인덕궁으로 향했지만, 그곳에서도 경복궁과 마찬가지로 출입을 제지당했다. 들킬 각오로 담을 넘기로 결심한 홍연이 그나마 낮은 담을 통해 넘으려고 시도하던 그때였다.

담 위에서 누군가 홍연에게 한 손을 뻗어왔다. 홍연이 그 손을 잡고 담 위에 올라선 순간, 마주한 사람은 다름 아닌 윤임이었다. 예상치 못한 곳에서 윤임과 마주한 홍연이 눈을 크게 떴다.

"윤 교리?"

윤임은 홍연에게 허리를 낮추라는 수신호를 보내더니 주변을 살폈다. 다행히 주변에 지나다니는 병사가 보이지 않자 윤임이 속

삭이듯 홍연에게 말했다.

"조금 전 왕이 인덕궁으로 들어갔습니다."

그 말에 홍연이 발끈했다.

"왕이라니? 어찌 주상전하를 그리 말하는가?"

윤임은 그 말엔 대답하지 않았다. 홍연은 윤임을 쳐다보며 말했다.

"연회장에서 벌어진 소동에 대해서는 전해 들었네. 어찌 그리하였는가?"

"무엇을 말입니까?"

"어찌 전하를 해하려 하였나?"

"그러는 대감께서는 어찌 이곳에 오신 것입니까?"

"나는……."

공주 때문에 왔다고 말하려던 홍연이 주저했다. 홍연은 연회에서 공주가 윤임을 보호하기 위해 나선 일도 전해 들었다. 그렇다는 말은 두 사람이 서로의 얼굴을 보았다는 것이 된다.

"알고 계셨습니까?"

"무엇을 말인가."

"진성 공주마마가 이유나라는 사실을."

홍연의 놀란 눈이 답을 대신했다. 윤임의 시선이 흐트러졌다.

"알고 계셨군요……."

"공주의 뜻이었네."

"공주의 뜻······."

"공주께서는 잠시 기억을 잃으셨던 것이네. 그때 자네를 만났던 것이지. 이후에 기억이 돌아오시자 자네를 만나지 않기로 마음먹으셨던 것이네."

"그 말. 사실입니까?"

윤임이 믿을 수 없다는 표정을 지었다. 그의 뇌리에는 유나였던 공주와 함께했던 시절들이 또렷이 남아 있었다. 만약 공주도 자신과 같은 기억을 공유한다면 절대 자신을 만나려 하지 않았을 리가 없다고 생각한 것이다.

"사실이 아니라면? 달라지는 것이 무엇이 있겠는가?"

그랬다. 윤임은 지금 자신의 눈앞에 있는 사람이 다른 누구도 아닌 진성 공주의 남편인 거창위 신홍연이라는 사실을 되새겼다.

공주는 이미 혼인한 몸이었다. 남편이 있었던 것이다.

"저는 아직도 믿을 수가 없습니다."

"무엇이?"

"공주가 아닙니다. 유나는 진성 공주일 리가 없습니다."

"그것을 확인코자 이곳에 온 것인가?"

이 말에도 윤임은 대답할 수가 없었다. 만약 자신이 확인하려는 사실이 진실로 판명 난다면 그다음은 어찌해야 할지 몰랐다.

유나는 자신의 첫정이었다. 그의 목숨을 걸었을 만큼 사랑했던 여인도 유나가 유일했다. 그의 전부였던 여인이었다. 그의 세상이

었던 여인이었다.

"도와주게."

홍연의 이 한마디에 윤임이 고개를 들었다.

"공주가 어찌 이곳으로 옮겨진 것인지는 알 수 없네만 공주를 이곳에서 구해내야 하는 것은 확실하네. 윤 교리 자네, 나를 도와줄 수 있겠는가?"

잠시 고민하던 윤임이 고개를 끄덕였다.

태종대왕에게 왕위를 물려준 정종대왕이 지내던 궁. 그곳이 바로 인덕궁이었다. 이 인덕궁은 경복궁보다 먼저 한양에 생긴 첫 번째 궁궐이기도 했다. 그러나 정종대왕이 승하한 후 아주 오랫동안 이 궁궐은 비워져 있었다. 별궁처럼 사용되었지만 실제 이 궁궐을 방문하는 이는 아무도 없었다.

난 이곳 내전으로 끌려온 후 전각 밖 출입을 제지당했다. 장 상궁도 없이 홀로 이곳까지 끌려온 것이다.

"어마마마……."

가장 걱정되는 사람은 아직도 경복궁에 계실 어마마마였다. 분명 연회장에서 일어난 소식을 듣고 얼마나 걱정하고 계실지!

그다음은 홍연. 그에게도 연회장에서의 소식이 전해졌을까? 그

렇다면 그는 나를 걱정하며 경복궁으로 달려왔을 텐데. 내가 경복궁이 아닌 인덕궁으로 끌려왔다는 사실을 알까?

인덕궁은 사직단 근처에 위치한 인덕궁은 모두에게서 잊혀진 궁궐이나 다름없었다.

오랫동안 사용되지 않아서이기도 했지만 화재로 전각 몇 채가 소실되기도 했다. 남아 있는 전각은 궁궐로서의 기능을 하기엔 턱없이 모자랐고 그저 멀리서 보면 담장이 매우 높은 저택이나 다름없는 곳이었다.

"전하!"

한수의 목소리였다. 나는 귀를 쫑긋 세웠다.

"비키라 하지 않았느냐!"

뒤이어 왕의 목소리가 들려왔다. 잠시 두 사람 사이에 실랑이가 벌어지는가 싶더니 문이 확, 소리를 내며 거칠게 열렸다. 용포의 앞섶이 흐트러져 단정치 못한 상태로 취기까지 오른 듯한 왕이 내 앞에 나타났다.

"전하……."

당황한 내가 자리에서 일어서려던 그때였다. 왕이 내게 물었다.

"박원종이 네게 선왕의 밀지를 보여주었다고? 그게 사실이냐?"

그 밀지를 본 자리에는 장 상궁만 함께 있었다.

장 상궁이 이야기한 것일까?

난 왕의 뒤로 나타난 한수를 응시했다. 왕이 내 시선을 따라 고

개를 돌리더니 한수를 발견하고는 그대로 문을 닫아버렸다.

문이 닫히자 방 안에는 왕과 나, 이렇게 단둘만 남게 되었다.

"그 밀지를 보았느냐 물었다."

왕의 목소리가 나를 두렵게 만들며 내 귓가를 울렸다.

"부인!"

안채 마당을 서성이던 덕풍군이 여진을 부르며 뛰어 들어오는 영산군을 발견하고는 다가갔다.

"자네, 무사했는가?"

"예! 그보다 제 부인은 어디에 있습니까?"

"안에 있네. 어서 들어가 보게."

"예!"

영산군이 안채 안으로 뛰어 들어가자 막 자리에서 일어선 의관과 의녀가 그에게 고개 숙여 인사했다. 여진은 방에 누워 있었고 그 옆에는 해진과 유모가 곁을 지키고 있었다.

"부인!"

영산군이 여진을 부르자 누워 있던 여진이 살포시 두 눈을 뜬다. 아직 식은땀 가득한 얼굴로 여진은 힘없이 눈동자를 이리저리 굴리다 영산군을 발견하고는 입가에 희미한 미소를 지었다.

"대감⋯⋯."

영산군이 자신을 부르는 여진의 곁으로 다가가 앉았다. 여진이 이불 속에 감춰져 있던 자신의 한 손을 꺼내들자 영산군이 그 손을 잡았다.

"괜찮소?"

조심스럽게 묻는 영산군을 보며 여진이 방긋 웃었다. 조금 아파 보이는 모습만 제외한다면 평소와 같은 모습이었다.

"어찌 이리 늦으셨어요."

"궐문이 폐쇄되어⋯⋯."

"오라버니는요?"

"응?"

"오라버니도 무사하신 거죠?"

"아⋯⋯ 처남은."

영산군은 옆에 앉은 해진과 말없이 시선을 교환하더니 여진을 보며 고개를 끄덕였다.

"무사하오."

"다행이다. 다행이야⋯⋯."

여진이 안도의 한숨을 내쉬며 천천히 눈을 감았다 떴다.

"미안하오. 내 늦어서⋯⋯."

영산군은 차마 말을 잊지 못했다. 이런 부부를 보며 유모가 옷자락으로 얼굴을 가린 채 흐느꼈다. 여진의 눈동자가 유모를 향

했다.

"유모오. 울지 마."

"소인은…… 흑. 소인은 그저……."

"치- 그래서 내가 그랬잖아. 이미 배 속에 아이가 있을지도 모른다고."

여진은 웃으며 말했지만 유모는 이 말에 더 크게 흐느꼈다.

"휴우-"

해진은 깊은 한숨을 내쉬며 여진에게서 고개를 돌려버렸다.

"흐흑…… 마님."

"유모가 이렇게 눈물이 많은지 몰랐네."

생긋 웃으며 여진이 눈동자를 천장으로 돌린다.

"대감도 무사히 돌아오셨고 오라버니도 무사하다면 다 괜찮아요. 그러니까……."

여진이 고개를 돌려 다시 영산군의 얼굴을 바라보았다.

"대감도 제 걱정 너무 하지 마세요."

웃으면서 말하는 여진의 표정 때문이었을까?

"부인!"

영산군이 누워 있는 여진을 두 팔로 꼭 끌어안았다. 그대로 힘없이 영산군의 어깨에 머리를 기댄 여진이 마음으로 흐느끼는 영산군의 등을 부드럽게 쓸어내리며 속삭였다.

"우리 아이는…… 또 찾아올 거예요. 반드시요."

❀ ❀ ❀

"그 밀지를 보았느냐 물었다."

무언가 이상했다. 왕은 단지 내게 밀지를 보았는지 묻고 있을 뿐이다. 하지만 평소와 다름없는 가까운 거리에서 마주한 왕은 내가 아는 사람이 아니었다.

그가 이보와 도희를 단칼에 죽이는 장면을 두 눈으로 목격했기 때문일까? 난 뚫어져라 내 얼굴을 응시하는 왕의 시선을 피해 고개를 돌리며 대답했다.

"소녀는 그 밀지, 안 믿어요."

바로 그때였다.

"믿어라."

난 다시 왕을 돌아보았다.

"전하!"

"그래. 난 임금이다. 이 조선의 왕. 그러나 우린 남매가 아니다."

눈이 커질 대로 커진 나는 놀란 얼굴로 왕을 쳐다보았다. 이런 말을 하는 왕의 의중을 알고 싶었다. 그는 내 오라버니였다. 친 오라버니. 이 사실은 하늘이 두 쪽이 나더라도 달라질 수가 없는 사실이었고 진실이었다.

"말도 안 되는…… 역적들이 한 소리는!"

왕이 내 손목을 낚아채어 잡더니 아프도록 움켜잡으며 내 말이

끊겨버렸다.

"그래! 그들은 역적이다. 과인에겐 역적이지. 하나, 이 조선에는 충신이 되겠지."

"오라버니!"

"과인은 네 오라버니가 아니다! 너와 내 몸속에 흐르는 피가 같은 피가 아니라는 것을 알게 된 그날부터! 넌 내 누이가 아니었다."

"무, 무슨……!"

"여인이었다. 수련아."

왕에게 잡힌 내 손목이 미세하게 떨려오기 시작한다. 반대로 그 손목과 이어진 내 팔, 내 몸은 감당할 수 없을 정도로 후들거리고 있었다.

"과인에게 넌 이 세상에 하나뿐인 보물 같은 존재였지. 넌 처음부터 과인에게 특별했다. 누이가 아니라는 사실을 알기 전부터도. 과인만이 소유하고 싶은 그러한 보물 중의 보물이었지. 하나, 과인이 너와 누이가 아니라는 사실을 알아채자 할마마마께서 너를 과인과 떼어놓으려 하셨다."

"그만하세요!"

"그 시기 신수근이 제 막내아들을 궐에 들여 너를 마주치게 하였지. 네가 거창위를 보고 마음에 들어 혼인하겠다고 과인에게 말했던 날을 똑똑히 기억한다. 그때 과인은 아무것도 할 수가 없었다. 너를 지키고자 한다면 과인은 선왕의 소생이 아님을 드러내야 하

니 피 끓는 가슴을 억누른 채 너를 거창위와 혼인시켜야만 했지."

"듣기 싫어! 그만!"

난 왕에게 잡혀 있지 않은 한 손으로 겨우 한쪽 귀를 틀어막았다. 왕이 나를 금침 위로 내던지듯 던져버렸다. 뒤로 넘어지며 바로 일어서려는 내 어깨를 왕의 힘이 실린 손으로 누른다. 왕은 바로 내 위에 있었다.

"이제 과인의 여인이 되는 것이다, 수련아."

왕이 급하게 내게 입을 맞춰왔다. 그의 힘에 눌려 강제로 입술을 내어준 나는 벗어나기 위해 몸부림쳤다. 그러나 무자비하게 밀고 들어오는 왕의 힘은 내가 거부한다고 거부할 수 있는 것이 아니었다.

난 울음을 터트리며 왕에게 소리쳤다.

"오라버니……! 제발요!"

"과인은 네 오라버니가 아니다!"

왕이 짐승처럼 포효하며 두 손으로 내 목을 조르기 시작했다.

"윽…… 으윽……!"

숨을 쉴 수가 없다. 괴롭다. 이 순간 느껴지는 것은 숨 막히는 고통과 뺨을 타고 흘러내리는 뜨거운 눈물뿐이었다.

"한데 정인? 정인이라고? 거창위의 아내가 되고도 다른 사내를 정인으로 두고는 얌전한 계집 행사를 하려 하였더냐?"

"수, 숨을!"

"네 정인인 윤임은 과인이 죽이라 명했다. 오늘 밤이 지나면 거창위도 죽이라 명할 것이다."

왕이 내 목을 조르던 손을 한순간에 놓아버렸다.

"하아! 하아!"

숨을 자유롭게 쉴 수 있게 되었음에도 내 몸의 모든 체력은 몸부림치며 바닥이 나 버렸다. 숨만 겨우 내쉬며 누워 있는 나를 내려다보며 왕이 자신의 얼굴을 바짝 들이댄다.

"살고 싶으냐, 수련아?"

난 차마 말을 잇지 못한 채 우는 얼굴로 고개만 가로저었다. 이것은 살고 죽는 문제가 아니었다. 그보다도 더 한 문제였다.

왕이 친 오라버니가 아니라는 것. 선왕의 아들이 아니라는 것. 낮에만 하더라도 모반을 일으킨 줄 알았던 박원종의 말이 사실이라는 것. 내 머릿속은 그야말로 뒤죽박죽이었다.

이 와중에 왕은 내게 강요한다.

"이제라도 과인의 여인이 되거라. 과인의 품에서 과인의 손길로 보듬어주마."

내가 알던 세상이 전부 무너져 내린다. 무너져 내리는 그 세상의 한가운데에서 난 아무것도 할 수가 없었다. 이것은 내게 큰 충격이자 고통으로 다가왔다.

"이건 아니에요."

오라버니는 오라버니다. 설사 오라버니가 아니더라도 오라버니

로 남아줄 수는 없는 것일까? 무엇이 잘못된 것일까? 내게 오라버니는 이 세상에 단 한 사람뿐이었다. 그 오라버니는 내가 누이가 아니었다고 말한다.

난 이 모든 현실을 감당할 만큼 강하지 않았다.

"이건 아니라고요."

차라리 왕 스스로 박원종이 보여준 선왕의 밀지가 가짜라고 믿지 말라고 말한다면? 난 그 말을 믿었을 것이다. 그러나 왕 스스로가 그 밀지의 내용이 사실이라고 인정해버렸다. 그 순간 난 갈 곳을 잃어버린 어린아이가 되어버린 것 같았다.

힘없이 고개를 가로저으며 우는 나를 향해 왕이 몸을 굽혀왔다. 눈앞의 세상이 팽글팽글 돌았다. 밀려오는 어지럼증에 눈을 감아버리자 난 그대로 정신을 잃어버리고 말았다.

마치 울다 잠이 든 모습처럼 공주는 정신을 잃어버렸다. 이런 공주를 내려다보는 왕은 이미 이성을 잃어버렸다. 정신을 잃은 공주의 옷깃으로 왕이 천천히 손을 뻗었을 때였다.

"불이야! 불이야!"

밖에서 나인들이 지르는 소리에 왕이 공주에게 뻗은 손길을 멈추고 고개를 돌렸다. 바로 문 밖에서 내관의 목소리가 들려왔다.

"전하! 궐에 불이 났사옵니다!"

"불?"

"서둘러 피하셔야 하옵니다! 불길이 점점 이쪽 전각까지 번져오고 있사옵니다!"

왕의 인상이 일그러졌다.

"전하! 서두르시옵소서!"

이어지는 내관의 재촉에 왕이 쓰러진 공주를 두 팔로 번쩍 안아 들며 일어섰다.

"한수는 어디에 있느냐!"

왕이 한수를 찾으며 문을 열었을 때였다. 불쑥 나타난 검 끝이 왕의 얼굴을 가리켰다. 놀란 왕이 공주를 안은 채로 다시 방 쪽으로 뒷걸음쳤다.

"신홍연!"

왕에게 검을 겨눈 이는 다름 아닌 홍연이었다. 홍연은 왕의 품에 축 늘어진 채 안긴 공주의 얼굴을 보더니 왕에게 소리쳤다.

"공주를 내려놓으십시오!"

왕은 자신에게 명령하는 홍연에게 화를 냈다.

"임금에게 칼을 겨누는 것이 역모라는 것을 알고 있느냐?"

그러나 지금 홍연의 눈에는 마치 죽은 듯 늘어진 공주의 모습만 보일 뿐이었다.

"내려놓으십시오!"

"신홍연!"

왕의 입에서 홍연의 이름이 갈기갈기 찢기듯이 터져 나왔다. 바로 그 순간 또 다른 검 끝이 왕과 홍연의 사이에 놓였다. 한수였다. 한수는 검으로 홍연을 가리키며 말했다.

"물러서십시오!"

한수가 나타나자 왕의 표정이 밝아졌다. 왕은 낄낄거리며 웃더니 한수의 등장에 잔뜩 긴장한 홍연을 비웃었다.

"한수의 검술 실력이야 조선 최고임을 너도 모르진 않겠지."

왕이 한수에게 명령했다.

"거창위가 과인에게 칼을 겨눈 것을 한수 너도 보았을 터. 거창위를 죽여라. 명령이다!"

이 명령에 한수가 잠시 망설이는 듯 보이자 왕이 엄한 목소리로 말했다.

"명령이라 하지 않았느냐!"

왕의 성화에 한수가 홍연을 향해 검을 내리쳤다.

홍연이 검을 막아냈지만, 한수의 공격은 재빨리 이어졌다. 좁은 전각 안에서 마치 날쌘 동물처럼 정확히 급소만 파고드는 한수의 검술에 홍연은 계속 뒤로 밀리기만 했다. 그사이 내관들이 왕을 에워쌌다.

"이리로 피하시옵소서!"

불길이 서서히 왕이 머무는 전각에도 옮겨 붙는 상황이었다. 왕

은 공주를 안은 채로 내관들의 호위를 받으며 전각을 빠져나갔다.

한수의 검에 계속 밀리기만 하던 홍연이 발을 헛디디며 뒤로 넘어져 버렸다. 한수는 그 틈을 놓치지 않았다. 홍연의 검을 쳐서 멀찍이 날려버린 한수가 쓰러진 홍연의 목을 겨눴다.

이제 홍연의 목을 베는 일은 시간문제였다.

"대감. 오늘 일로 전하께서는 반드시 대감을 죽이실 것이니 전하의 손에 고통스럽게 죽을 바에 소인의 손에 편안히 죽는 것이 덜 고통스러울 것입니다."

이 자리에서 홍연을 죽이기로 결심한 한수가 검을 높게 들었을 때였다.

전각을 뒤덮은 불길로 인해 멀지 않은 곳에서 대들보가 떨어지는 소리가 들렸다. 이 소리에 놀란 한수가 잠시 뒤를 돌아본 순간 홍연이 발을 걸었다. 한수는 들고 있던 검을 떨어뜨리며 바닥으로 넘어졌다. 그 틈에 홍연이 한수가 떨어뜨린 검을 집어 들려고 하자 한수도 자신이 떨어뜨린 검으로 손을 뻗었다.

그 순간이었다.

와르르르! 쓰러진 두 사람의 머리 위의 천장이 불길에 내려앉았다.

※ ※ ※

전각 밖으로 피신한 왕이 자신을 호위하는 내관들에게 소리
쳤다.

"말을 가져오너라!"

"예! 전하!"

내관이 서둘러 왕이 탈 말을 대령했다. 왕은 그 위에 정신을 잃
은 공주를 올리고는 뒤이어 자신도 말 위에 올라타려고 했다.

바로 그때였다.

와르르르!

조금 전까지 자신이 머물던 전각이 무너지는 소리를 들은 왕이
말을 타려다 말고 고개를 돌렸다. 전각이 흔적도 없이 불길 속으
로 사라지는 것을 본 왕이 눈을 크게 떴다.

"한수는?! 한수는 빠져나왔더냐?!"

"그것이 소인들도 잘⋯⋯."

"가서 확인해 보거라! 어서!"

왕의 명을 받은 내관이 무너진 전각 쪽으로 다가가려다 멈칫했
다. 바로 앞에서 누군가 걸어오는 것을 보았기 때문이었다. 그를
본 왕의 눈이 커졌다. 그는 한 손에 횃불을 든 윤임이었다.

"너⋯⋯!"

윤임은 말 위에 얹히듯 눕혀진 공주를 발견하고는 표정이 싸늘

하게 변했다.

"궐에 불을 지른 것이 네놈이었느냐?"

"그렇다."

차갑게 응수한 윤임이 들고 있던 횃불을 멀리 던져버리고는 대신 검을 뽑아들었다.

"저, 저놈을 당장 잡아라!"

왕의 명에 내관들이 달려들었지만 윤임은 아주 손쉽게 자신에게 달려드는 내관들을 차례로 베어냈다.

"악!"

"아악!"

비명을 지르며 쓰러지는 내관들에겐 눈길조차 주지 않은 채 윤임은 오로지 왕을 보며 다가오고 있었다. 이제 주변에 아무도 없다는 것을 깨달은 왕이 겁에 질린 눈으로 윤임을 바라보았다. 윤임이 걸음을 멈추며 왕에게 말했다.

"그녀를 두고 떠나라. 허면 이번만은 너를 살려줄 것이다."

"감히 과인에게!"

왕이 쉽게 공주를 내놓고 물러서려 하시 않자 윤임이 검을 잡은 손에 힘을 주었다. 이를 본 왕이 멈칫하더니 윤임에게 말했다.

"과인을 공주와 함께 보내준다면 오늘 밤 연회에서 있었던 일을 용서해주마. 어떠냐? 과인도 사내이니 한 입을 가지고 두말하지는 않을 것이다!"

윤임의 표정에서는 조금의 동요도 찾아볼 수가 없었다.

곧 윤임의 검이 자신을 벨 것이라고 판단한 왕이 공주를 태운 말을 놔둔 채 옆으로 도망치듯 떠났다.

윤임은 왕을 쫓지 않았다. 대신 불길에 놀란 말이 움직이며 공주를 떨어뜨리려고 하자 재빨리 검을 버리고 달려가 공주를 안아들었다. 정신을 잃은 공주의 뺨은 촉촉이 젖어 있었다. 의식을 확인하려 손가락을 그녀의 코에 가져다 대었던 윤임은 그녀가 숨을 쉬는 것을 확인하고 나서야 안도의 숨을 내쉬었다. 윤임이 그녀의 젖은 뺨을 조심히 쓸어주며 입을 열었다.

"유나야……."

삼각산을 등지고 해가 떠오르고 있었다. 박씨부인의 암자에서 조금 더 올라간 곳에 버려진 듯 자리한 작은 초가. 정신을 잃은 공주는 그곳에 있었다.

"휴우."

공주의 머리 위에 방금 짜낸 수건을 곱게 올려놓으며 박씨부인이 긴 한숨을 내다.

"충격이 컸을 테지. 많이 놀랐을 것이다."

그 옆에 앉아 있는 윤임은 말이 없었다. 그에게도 어젯밤은 매우

충격적인 날이었다. 죽은 줄로만 알았던 유나가 살아서 그의 앞에 나타난 것도 모자라 실은 진성 공주였음이 밝혀졌으니 말이다.

"깨어나려면 시간이 걸릴 것이다. 다행히 이곳은 나무숲에 가려져 문을 닫으면 대낮에도 빛 한 점 들어오지 않는 곳이니 공주께서 이곳에서 푹 쉬실 수 있도록 하거라."

박씨부인이 자리에서 일어서자 윤임이 그제야 그녀에게로 고개를 돌렸다.

"숙부님께서는……."

"비밀리에 연통을 보내온 이들이 있어, 그들을 만나러 하산하셨다. 왕이 가장 총애한다고 알려진 이보가 대신들 앞에서 그리 무참히 죽지 않았더냐? 아마 이에 겁에 질린 관리들이 여럿 뭉친 듯하다. 오라버니께서도 재기를 노리시는 것이겠지. 넌? 쉬지 않을 것이냐?"

"이곳에 있겠습니다."

박씨부인이 윤임과 누워 있는 공주를 번갈아 바라보더니 천천히 고개를 끄덕였다.

"그래. 그러든지."

박씨부인이 나가자 윤임은 공주의 곁으로 바짝 다가가 공주의 얼굴을 들여다보았다. 아무리 들여다보고 또 들여다보아도 믿을 수가 없었다.

유나가 살아 있다는 사실이.

그녀가 공주라는 사실이.

또 그녀가 지금 자신의 곁에 있다는 사실이. 윤임은 이 모든 것이 그저 신기하고 신기할 따름이었다.

가만히 공주의 얼굴을 살피던 윤임이 그녀의 목 부근에 난 상처 자국을 발견했다. 살짝 베인 듯한, 대충 엉겨 붙은 피딱지가 금방이라도 터질 듯 아슬아슬해 보였다. 그의 손가락 끝이 그 상처에 살짝 닿았다. 윤임은 약초라도 가져와 붙여줄 생각으로 자리에서 일어서 초가를 나섰다.

❀ ❀ ❀

언제 정신이 들었는지 정확히 기억나진 않는다. 가만 생각해보면 머리에 찬 수건이 올려진 느낌이 전해졌을 때 같다. 그러나 눈을 뜰 수가 없었다. 눈을 뜰 만큼의 힘도 여력도 전혀 없었으니까.

"충격이 컸을 테지. 많이 놀랐을 것이다."

그런데 익숙한 여인의 목소리가 들렸다.

"깨어났으면 시간이 걸릴 것이다. 다행히 이곳은 나무숲에 가려져 문을 닫으면 대낮에도 빛 한 점 들어오지 않는 곳이니 공주께서 이곳에서 푹 쉬실 수 있도록 하거라."

그녀가 누구였더라?

['혹시 남는 물동이 없으세요?']

['물동이? 의외로 바라는 것이 소박하구나.']

누군지 기억났다.

"숙부님께서는……."

"비밀리에 연통을 보내온 이들이 있어, 그들을 만나러 하산하셨다. 왕이 가장 총애한다고 알려진 이보가 대신들 앞에서 그리 무참히 죽지 않았더냐? 아마 이에 겁에 질린 관리들이 여럿 뭉친 듯하다. 오라버니께서도 재기를 노리시는 것이겠지. 넌? 쉬지 않을 것이냐?"

"이곳에 있겠습니다."

윤임.

그의 목소리다.

윤임의 목소리까지 판별해 냈는데도 눈은 쉽게 떠지지 않는다.

무언가 약에 취한 듯 몸을 마음대로 움직일 수도 그렇다고 내 의지대로 생각을 할 수도 없었다. 뭐랄까. 당장 들리는 소리에 따라 관련된 기억만 어렴풋이 떠오를 뿐이다.

다음으로 내가 어떤 행동을 해야 할지 무슨 말을 해야 할지 아무것도…… 아무것도 모르겠다.

"그래. 그러든지."

박씨부인이 문을 열고 어디론가 나가는 소리가 들린다. 그런데 여기가 어디인지 궁금증이 일지 않는다. 그저 이렇게 눈을 감은 채로 영원히 잠들어버리고만 싶다. 그다음에 생각해야 할 것을 생각

한다면 난 그대로 무너져 내릴 것만 같다.

무엇이 무너져 내릴지도 모르지만.

– 와르르르!

순간 불길 속에서 전각이 무너져 내리는 소리가 귓가를 울렸다.

거짓말처럼 두 눈이 동시에 떠졌다. 떠진 눈으로 응시하는 것은 천장. 깔끔하지만 오래되어 보이는 초가의 낡은 천장이 보인다. 여기가 어디인지는 여전히 궁금하지도 알고 싶지도 않다. 내가 누구인지조차 깨닫는 것도 하고 싶지 않다.

그저 모든 게……

윤임이 나가면서 닫혔던 문이 다시 열리는 소리가 났다. 난 다시 눈을 감고 싶었지만 이번에도 눈을 떴을 때처럼 감는 것도 내 마음대로 되지 않았다. 이뿐만 아니라 시선을 천장에 고정한 채로 다른 곳으로 돌리는 것도 불가능했다.

"유나야?"

내가 눈을 뜬 것을 보았는지 윤임이 급히 달려왔다.

"유나야? 정신이 들었느냐?"

윤임의 얼굴이 내 눈앞에 나타났다 뒤로 사라졌다 다시 나타났다를 반복한다. 이윽고 그가 나를 강제로 일으켜 세워 자리에 앉혔다. 나는 마치 돌로 만들어진 인형처럼 그가 고정시켜놓은 앉은 자세로 한 곳만을 멍하니 바라보고 있었다.

"유나야?"

그런 내 앞에 윤임이 있다. 그럼에도 여전히 한 곳에만 고정되어 있는 내 시선. 그 외에 감정은 아무것도 느낄 수가 없었다.

"정신이 들었느냐?"

이런 나를 보는 윤임도 걱정스레 재차 묻는다. 그러나 무슨 대답을 해야 할지도 대답을 할 힘도 아무것도 없었다. 윤임은 이런 나를 보며 깊은 한숨을 내쉰다. 그가 무언가를 내 목에 가져다 댄다. 진한 쑥향이 나는 약초다.

그는 아주 정성스럽게 내 목에 그것을 갖다 붙이고는 붕대 같은 길고 얇은 천으로 내 목을 소중히 감아준다. 천을 감아주며 윤임이 내게 말한다.

"네가 죽은 줄로만 알았다. 그래서 그날 이후로 나도 죽었다 여겼다."

그가 오랫동안 묵힌 듯 토해내는 감정이 목소리에 실려 있다. 그러나 돌처럼 굳어버린 내 안까지는 그 마음이 전혀 전해지지 않고 있었다.

"어찌 진성 공주임을 숨겼더냐? 난 네가 누구이든 상관없었을 터인데."

천을 다 감아준 윤임의 얼굴이 내 눈앞에 나타났다.

"너는 내가 그립지 않았더냐?"

그리움. 그리움이 무엇이든 간에 그 그리움은 더는 윤임을 향하지 않나 보다. 아무런 반응이 돌아오지 않는 나를 물끄러미 져나

422

보던 그가 두 손으로 내 얼굴을 감싸 쥔다. 그리고 서서히 다가오는 그의 입술. 나는 마치 돌로 만들어진 인형처럼 차가운 입술로 슬픔의 열기가 밴 그의 입술을 받았다. 아주 짧은 입맞춤이었다.

난 여전히 한 곳에 시선이 매여 있었고 그의 눈동자는 내 시선을 받기 위해 움직이고 있었다.

"내가 보이지 않느냐?"

보인다. 다만 나는…….

"유나야."

내 몸이 서서히 이불 위로 눕혀지는가 싶더니 윤임이 다시 입술을 맞춰온다. 그러나 여전히 내 시선은 천장에 머물러 있었다.

눈을 감는 것조차도 내 의지대로 할 수가 없는 상황이었다. 무엇이 잘못되었는지도 모른 채 난 그리움을 품은 윤임의 입술을 일방적으로 받아들였다.

그럼에도 돌아오는 작은 미동조차 없는 내게 분노라도 인 것일까? 윤임이 조금 격앙된 목소리로 내게 말했다.

"널 지금 안을 것이다."

그가 한 말 뜻을 알면서도 나는 그를 받아들이지도 거부하지도 못한 채 가만히 누워 있었다. 다시 내게 입을 맞추려고 하던 윤임이 멈칫한다.

"어찌하여……."

그의 눈에서 뜨거운 눈물이 내 얼굴 위로 떨어졌다.

"나를 보고 미동조차 하지 않느냐? 나와 함께하겠다고 나와 혼인하겠다고 말하던 그 입술을 그대로 지닌 채 어찌 말이 없어?"

그가 바란 것은 무엇이었을까?

그를 보고 반가워하고 기뻐하며 끌어안는 것?

보고 싶었다고. 그리웠다고. 하지만 공주였기에 나설 수 없었다고 고백하는 말?

난 그가 무엇을 원하는지 정확히 알 수 없었다. 설사 안다 해도 해줄 수 없었다. 나는 돌처럼 굳어버린 내 육체 안에 갇힌 의지를 잃어버린 영혼이었으니까. 그의 눈물이 내 피부에 닿았음에도 내게 걸린 마법은 풀리지 않았으니까.

홍연은 삼각산을 오르고 있었다.

지난밤 불길이 붙어 엉망이 된 옷과 손 곳곳에는 자잘한 화상을 입은 자국이 선명했다. 어쩌면 치료가 먼저여야 하는 순간에 그는 공주를 찾아 삼각산으로 향했다. 윤임이 공주를 구했다면 반드시 이곳으로 데려왔을 것이라는 확신이 있어서였다. 그러나 낙락사와 극락사는 폐쇄되었고 문은 굳게 닫혀 있었다.

– 쾅쾅쾅쾅! 쾅쾅쾅쾅!

"이보시오? 안에 아무도 없소?"

홍연이 화상을 입은 손으로 열심히 문을 두드려댔다. 이를 안쪽에서 고스란히 듣고 있는 박씨부인의 곁으로 몸종이 다가왔다.

"어찌할까요? 저대로 놔두면 돌아가겠지요?"

고민하던 박씨부인이 몸종에게 고갯짓을 보냈다. 몸종이 재빨리 대문으로 다가가 문을 열자 그 안으로 홍연이 급하게 몸종을 밀며 극락사 안으로 들어왔다. 그는 박씨부인을 발견하자 그녀에게 다가가 물었다.

"윤 교리가 이곳에 있습니까? 그가 공주를 데려왔습니까?"

다급히 자신의 아내를 찾는 홍연을 보면서도 박씨부인은 쉽게 입을 열지 못했다. 하산하기 전 원종의 모습을 떠올려서였다.

그는 진심으로 기뻐하고 있었다. 진성 공주가 윤임과 정인 사이였다는 사실을 알게 되었기 때문이었다. 여기에 연회에서 왕이 이보를 죽인 일로 충격을 받아 그의 편에 합류하려고 연락 오는 자들이 있었다. 원종에게는 다시금 찾아온 기회였다.

'공주가 여왕으로 등극한다면……'

홍연은 원종이 그토록 증오하는 신수근의 아들이었다.

세자빈의 조카였다.

"윤임은 이곳에 있습니다. 하나 공주마마는……."

말끝을 흐리는 박씨부인을 향해 홍연이 단호한 목소리로 말했다.

"그때도 공주는 이곳에 윤 교리와 함께 있었습니다. 그런데 부인

께서는 없다고 하셨지요."

"그때는 공주마마이신 것을 몰랐습니다."

솔직한 박씨부인의 고백이었다.

홍연이 말했다.

"윤 교리가 얼마나 공주를 사모했는지 알고 있습니다. 그러나 그때의 공주는 자신이 공주였다는 사실조차 기억하지 못하던 때의 공주입니다. 지금의 그녀는 다릅니다. 그녀는 제 아내이고 저는 아내를 찾으러 왔습니다."

여기에 박씨부인은 할 말이 없었다.

홍연은 아직 모든 진실을 모르고 있었다. 곧 그리고 언젠간 그가 알게 될 진실은 잔혹한 현실일지도 모른다.

"세상이 바뀌고 있습니다. 공주께서 다시 세상에 나가시는 날…… 천지가 개벽할 만한 일이 벌어질지도 모릅니다."

"무슨 뜻입니까?"

홍연의 진지한 물음에 박씨부인도 진지한 어투로 답했다.

"더 이상 공주마마는 거창위 대감의 아내가 아니게 되실 수도 있다는 말씀입니다."

잠시 눈을 깜빡이며 박씨부인의 말을 듣던 홍연이 말했다.

"저는 부마입니다. 부마로 간택된 순간부터 오로지 공주의 뜻을 따르며 살기로 결심했습니다. 공주가 원하는 것이 바로 제가 원하는 것입니다."

박씨부인은 생각했다.

홍연이 진성 공주의 부마가 된 것은 신수근의 모략이었을 수도, 아니면 대왕대비의 뜻이었을 수도 있다. 그러나 그는 부마가 된 순간부터 타고난 부마의 길을 올바르게 걷고 있었다. 홍연은 부마이자 이수련의 지아비로서의 자신의 역할을 그 누구보다도 잘 알고 있었다. 그러니 여인으로서의 진성 공주에게 꼭 맞는 사내는 부마 신홍연일 것이다. 다만 그것은 진성 공주가 '공주'일 때에만 국한되는 것이다. 정말 선왕의 유지대로 진성 공주가 보위에 오른다면? 홍연은 여왕이 될 진성 공주의 국서(國壻, 여왕의 남편)로서도 어울리는 사내일까?

"극락사 뒤편으로 올라가시면 암자가 하나 있습니다. 암자 옆에 난 작은 길로 조금만 더 올라가시면 초가가 있지요. 공주께서는 그곳에 계십니다."

그 선택을 박씨부인은 곧 다가올 미래에 맡겼다.

"고맙습니다."

홍연이 처음 박씨부인을 만났을 때처럼 깍듯이 인사한 채 암자가 있는 산으로 향했다. 박씨부인은 멀어지는 홍연의 뒷모습을 바라보며 안타깝다는 듯 중얼거렸다.

"신수근의 아들만 아니었더라면……."

※ ※ ※

윤임이 다시 나를 일으켜 세워 앉혔다. 그는 살짝 풀어진 내 목의 천을 매만져주더니 다시금 나와 눈을 맞추려 한다. 그러나 내 눈은 내 의지로 움직일 수 있는 상태가 아니었다.

"하아……."

이런 나를 바라보는 윤임의 입에서 바짝 마른 한숨이 새어 나왔을 때였다. 그가 무슨 기척을 느낀 듯 고개를 문 쪽으로 살짝 돌리더니 나를 두고 자리에서 일어섰다. 그는 문을 열고 밖으로 나가기 전, 나를 한 번 더 응시하는 듯했다. 그가 나가고 조용한 침묵이 찾아왔다. 인형처럼 눈만 뜬 채 정면을 바라보던 내 기억 속에 지난밤의 기억 하나가 떠오른다.

['이제라도 과인의 여인이 되거라. 과인의 품에서 과인의 손길로 보듬어주마.']

왕의 목소리. 어제 일이 아닌 마치 지금 내 옆에서 들려오는 것처럼 생생하기만 했다.

등골이 오싹해지며 식은땀이 이마에 맺혔다. 그런데도 나는 전혀 몸을 움직이지 못하고 있었다.

다시 닫혔던 문이 열리는 소리가 들려왔다.

난 윤임이 돌아왔다고 생각했다.

그러나 그는 윤임이 아니었다.

"공주?"

홍연이었다.

그는 앉아 있는 나를 보자 급히 내 곁으로 다가와 앉았다. 그리고 내 안색을 살폈다.

"괜찮소?"

말을 해야 하는데…….

눈동자조차 내 마음대로 움직이지 못하는 내가 입을 열어 말을 할 수 있을 리가 없다.

"목을 다쳤소?"

윤임이 내 목에 감아놓은 천을 본 홍연이 묻는다. 그러나 이번에도 내게서는 그 어떤 작은 소리조차도 돌아오지 않는다.

그가 이런 내 모습에 걱정스러운 듯 내 손에 자신의 손을 얹으며 말한다.

"수련."

아주 잠깐이지만 내 눈썹이 살짝 흔들리는 것 같은 느낌이 났다. 하지만 홍연은 이를 보지 못한 것 같았다. 그는 초가 안을 둘러보더니 내게 말했다.

"마실 것이 없으니 물을 가져오리다. 잠시만 기다리시오."

그가 물을 구해오려는 듯 자리에서 일어서려고 했다.

내 손을 포갰던 그의 손이 나를 떠나는 그 순간. 그의 손이 포개졌던 내 손이 그의 옷깃을 붙잡았다.

"수련?"

이를 알아챈 홍연이 다시 나를 돌아보았을 때였다. 여전히 시선은 한 곳에 붙잡힌 채로 내 뺨을 타고 뜨거운 눈물이 흘러내렸다.

"수련."

굳게 닫혀 있던 내 입이 조금씩 벌어지기 시작했다.

"가…… 가지…… 가지 마요……."

이 '가지 말라'는 한마디에 거짓말처럼 내 몸을 억죄고 있던 마법이 서서히 풀리기 시작했다.

난 홍연의 옷깃을 붙잡은 방향으로 어렵게 고개를 돌렸다. 그곳에 홍연의 얼굴이 있었다. 그가 나를 바라보고 있었다.

"가…… 가지 마요……."

생각보다 몸이 먼저 반응하며 나오는 말.

"수련……."

"가지 말아요…… 나…… 날…… 혼자 두고……."

가지 말라는 말을 읊는 동안에도 내 머릿속에는 지난밤 왕의 모습이 계속해서 떠오르며 지배하고 있었다.

그 순간 느낀 충격과 공포. 그 순간 느꼈던 두려움들.

"제발."

어렵게 그와 눈을 맞추며 사정했을 때였다.

홍연이 두 팔로 나를 끌어안았다. 동시에 인형처럼 굳어 있던 내 몸이 전부 풀어지며 난 가슴속 응어리진 두려움을 눈물로 쏟이

냈다.

"가지 않겠소. 그대의 곁에 있겠소. 그러니 울지 마시오."

"홍연! 흐흑!"

홍연의 품에 안기고 나서야 깨달았다. 내가 두려워하는 모든 것들은 그의 품 안에서는 전혀 느낄 수가 없다는 사실을. 그래서 나는 나를 끌어안은 홍연을 더욱 세게 끌어안았다.

내가 잊고 싶은 어젯밤의 기억으로부터 도망치기 위해서.

"홍연! 흐흑!"

공주가 홍연의 품에 안겨서 엉엉 울음을 쏟아냈다. 문틈으로 초가 안을 들여다보던 윤임이 이를 보고는 말없이 문을 닫고 돌아섰다.

그는 참담한 심정을 홀로 안고 있었다. 자신이 사랑하는 여인이 죽은 줄로만 알았을 때, 그녀를 지키지 못했다는 자책감에 사로잡힌 그는 하늘이 무너지는 심정을 맛보았다. 그리고 지금 공주가 거창위의 품에 안겨 그를 의지하며 울음을 터트리는 것을 보자, 또 한 번 하늘이 무너지는 심정을 맛보았다.

어디서부터 잘못 엮이기 시작한 것일까?

그가 이 세상에 태어나 처음으로 바라보았던 여인은 이 나라의

공주였다. 그리고 그 공주에게는 이미 지아비가 있었다. 애초에 그는 공주와 엮여서도 안 되었고 엮일 수도 없는 사내였다.

윤임은 무거운 발걸음으로 초가를 떠났다.

❀　❀　❀

홍연의 가슴 안에서 두려움을 내쫓자 안도감이 찾아왔다. 그 안도감이 불러온 묘한 상황 속에서 난 홍연과 가만히 눈을 맞췄다. 우리는 서로를 바라보고 아무 말도 하지 않았다.

이 침묵 가운데 난 오롯이 그의 모습만 눈에 담았다. 이상한 기분이었다.

"얼굴이 붓겠소."

홍연이 눈물에 젖은 내 얼굴을 쓸어주며 자상하게 말했다. 뒤늦게 부끄러운 듯 난 얼굴을 붉히며 고개를 숙였다. 그 순간 홍연이 자연스럽게 내 입술에 입을 맞춰왔다. 가볍게 시작한 입맞춤에 가슴이 세차게 뛰었다. 무엇 때문인지는 몰라도 난 이 입맞춤을 짧게 끝내고 싶지 않은 마음이 들었다.

그를 끌어안고 있던 팔로 난 그의 목을 휘감듯이 다시 끌어안았다. 홍연이 내게 입을 맞추며 이불 위에 나를 눕힌다. 더욱 가까워진 거리에서 그의 가슴이 뛰는 소리가 맞대고 있는 살을 통해 전해져 온다.

"수련."

그가 내 입술과 뺨에 간지러울 정도로 짧은 입맞춤을 연달아 하며 묻는다.

"괜찮겠소?"

그의 물음이 의미하는 바를 깨달은 나는 시선을 내린 채 조심히 고개를 끄덕였다. 내가 고개를 끄덕이는 것을 본 홍연은 더 이상 주저하지 않았다.

그가 내가 입고 있는 옷고름을 풀기 시작했고 난 다시 그의 입술에 입을 맞췄다.

❋ ❋ ❋

얼마의 시간이 흘렀는지 모르겠다.

아직 낮인지 밤인지도 알 수 없었다.

이 초가는 빽빽한 숲에 가려진 은밀한 장소에 지어져 있었으니까.

난 등 뒤에서 나를 끌어안고 있는 홍연의 단단한 팔을 쓸어내리며 숨을 천천히 내쉬었다.

이제 어제의 기억은 나를 두려움 속에 몰아넣지도 지배하지도 않는다. 홍연에게 안겨 있는 동안은 나의 고민과 걱정은 모두 내것이 아니었다.

"수련."

그때 홍연이 나를 불렀다. 난 고개를 뒤로 돌렸고 홍연이 한 손으로 풀어진 내 머리카락을 쓸어주었다.

"잠든 줄 알았는데⋯⋯."

"전혀요."

"아직도 불안하오?"

"아니요."

이 부분은 확실하게 말할 수 있다.

"홍연은 불안해요?"

이어진 내 질문에 그가 내 어깨를 잡아 돌려세운다.

돌아누운 나는 홍연의 얼굴을 쳐다보았다. 희미하게 들어오는 빛줄기는 정확히 그의 눈을 비췄다. 난 나를 향해 한 치의 흔들림도 없이 응시하는 사내의 눈동자를 똑똑히 볼 수 있었다.

"그대가 이처럼 내 곁에 있을 때는 두려운 것이 없소."

"그건 저도 같아요."

"참이오?"

"그럼 거짓이게요?"

"후훗."

진지하게 되묻는 내 말에 홍연이 짧게 웃음을 터트리더니 내 이마에 자신의 이마를 맞댄다.

그렇게 내 시선을 피한 채 그가 무거운 말투로 내게 말했다.

"주상전하께서 선왕의 소생이 아니라고 말하는 이들이 있더군."

난 그와 맞댄 이마를 떼고 다시 그의 얼굴을 쳐다보았다.

"알고 있었어요?"

"윤임에게 들었소."

윤임을 떠올리자 그가 이곳에 머물렀을 때의 기억도 떠올랐다. 그를 향한 미안한 마음이 가슴에 새겨진다.

"만약 그 말이 사실이라면……."

"선왕의 적장녀인 제가 왕이 되어야겠지요."

"조선의 국법이 그러하니."

"하지만 여인이 왕이 된 적은 단 한 번도 없었어요."

"그대가 최초가 될 것이오."

생각해 본적도 없다. 생각한다면 또 다른 두려움을 내게 몰고 오는 일.

"지난밤 연회에서 모반을 일으킨 자들도 그대를 왕으로 세우려는 이들이었소."

"알아요."

"수련. 왕이 되고 싶소?"

홍연의 물음은 내가 먼저 나, 스스로에게 던졌어야 하는 것이었다. 그러나 나는 외면했고 결국 홍연의 입을 통해 가장 먼저 듣게 되었다.

"그대는 선왕의 유일한 적장녀요. 또한 그대가 보위에 오르는 것

이 선왕의 뜻이었다면……."

여왕. 내가 이 조선의 여왕이 된다.

난 눈을 천천히 감았다. 다시 눈을 뜨자, 홍연이 내가 눈을 감기 전과 마찬가지로 나만을 바라보고 있었다.

"다시 물으리다. 왕이 되고 싶소?"

이 물음에 대해 내게 주어진 답이 몇 가지인지는 모른다. 그러나 지금 내가 가지고 있는 답은 단 한 가지였다. 난 홍연의 눈을 똑바로 응시하며 입을 열었다.

"아니요. 여인이 되고 싶어요. 이젠 당신의 아내로 살고 싶어요."

이 대답이 잠시 멍한 듯 나를 응시하던 홍연이 활짝 웃는다. 그는 내 손과 자신의 손을 깍지 끼더니 내게 입을 맞춰왔다. 난 그와 입을 맞추며 눈을 감았다.

❋ ❋ ❋

또 하룻밤이 지났다.

공주가 초가로 옮겨진 지 이틀째 되는 날 새벽이있다. 일찍 일어난 새들이 지저귀는 소리가 삼각산을 울리는 가운데 조용하던 초가의 문이 열렸다.

그 안에서 나온 이들은 바로 홍연과 공주였다. 그들은 나올 때부터 서로의 손을 꼭 붙잡은 채였다. 앞장섰던 홍연이 잠시 주변

을 둘러보는가 싶더니 공주의 손을 잡은 채로 초가를 나섰다. 그들은 산 아래로 내려가는 길로 재빠르게 움직였다. 이런 그들을 멀지 않은 바위 위에서 내려다보고 있는 두 사람이 있었다. 바로 윤임과 박씨부인이었다.

윤임은 힘없이 눈을 깜빡이며 숲속으로 사라지는 홍연과 공주를 가만히 지켜보기만 했다. 박씨부인은 이런 윤임의 표정을 살피며 물었다.

"임아. 막지 않을 것이냐?"

윤임은 대답하지 않았다. 그는 자신의 눈앞에서 자신의 세상이 떠나는 것을 지켜만 봐야 했다. 그 심정을 어렴풋이나마 짐작하는 박씨부인은 그를 대신해 긴 한숨을 내쉬었다.

"공주가 떠난 것을 안다면 오라버니가 가만있지 않을 것이다. 이건 너와 공주의 문제만이 아니다. 지금 공주는 우리에게 꼭 필요한 존재야. 없어서도 사라져서도 안 되는."

"그녀는 제가 알던 여인이 아닙니다."

"임아?"

"그녀는……."

윤임은 자신을 바라보며 활짝 웃던 소녀를 떠올렸다. 유모가 건넨 남루하지만 깨끗한 옷을 입고도 전혀 기죽지 않고 그를 보며 활짝 웃던 소녀. 비천한 출신이라며 갖은 고생과 손가락질을 당할지언정 늘 당당하기만 했던 소녀.

그가 사랑했던 소녀는 구중궁궐에서 귀하게 자라다 혼인하여 출궁한 공주가 아니었다.

"그녀는 죽었습니다."

차라리 살아 있다는 사실을 영영 몰랐더라면 이런 슬픔을 느끼진 않았을 것이다. 자신과 사랑했던 사람이 다른 사람을 사랑하는 것을 지켜보는 고통은 그가 처음 겪는 고통이었다.

"그러니 공주가 어디로 떠나든 저와는 상관이 없는 일입니다."

"임아……."

"그만하십시오."

윤임이 더는 박씨부인의 말을 듣기 싫다는 듯 자리를 떠났다.

이런 윤임을 지켜보며 깊은 한숨을 내쉬던 박씨부인이 자신의 몸종을 곁으로 불렀다.

"공주가 부마와 산을 떠났다. 어서 사람을 붙여 어디로 가는지 뒤쫓도록 해라."

"예. 알겠습니다."

몸종이 물러서자 박씨부인은 혀를 차며 고개를 저었다.

왕은 무사히 경복궁으로 돌아왔지만 공주를 윤임에게 내주어야 했다. 공주를 두고 돌아서던 기억을 떠올리며 왕은 세 분을 이

기지 못해 강녕전의 물건을 닥치는 대로 내던지고 발로 걷어찼다. 이에도 성이 안 차는지 칼을 빼들어 가구를 산산조각 낼 듯 내려쳤다.

왕이 휘두른 칼에 부서진 가구의 조각이 튀어 용안을 할퀴고 피를 냈다. 그런데도 왕의 칼질은 멈출 기미가 보이지 않았다. 이를 본 궐 나인들이 전부 겁을 집어먹고 아무도 강녕전 안으로 들어가지 않으려고 했다.

"헉! 헉!"

밤새도록 강녕전을 난장판을 만들고 나서야 왕은 새벽녘에 이르러 지친 듯 바닥에 주저앉았다. 여전히 분이 풀리지 않은 왕이 밖을 향해 소리쳤다.

"승지를 불러 오거라!"

설마하는 마음으로 밤새 승정원에서 당직을 서며 덜덜 떨고 있던 도승지 강혼이 달려왔다.

그는 칼을 한 손에 든 채로 얼굴이 나뭇조각에 찢겨 피가 묻은 왕과 마주하자 몸을 납작 엎드리며 두려움에 떨었다.

"부, 부르셨사옵니까…… 전하."

"승지는 들으라."

"예에…… 저, 전하!"

"진독청 교리 윤임이 공주를 납치하였다. 이 죄는 죽을죄이니 윤임을 잡는 즉시 사사하라 명을 내리고 더불어 윤임의 일가를 모조

리 의금부로 잡아들여라!"

윤임의 일가라면 덕풍군과 영산군은 등 종친들과 엮여 있었다. 이를 모르지 않는 도승지는 벌벌 떨며 겨우 입을 열었다.

"윤 교리의 누이들은 각각 종친의 정실이니 종친부에서 잡아들여야 하지 않겠사옵니까?"

왕이 눈을 매섭게 치켜떴다.

"만약 덕풍군과 영산군이 제 처를 내어주지 않겠다 하거든 윤임이 공주를 납치한 사실에 그들이 동조했다는 것으로 치부하여 그들을 대신 잡아 과인이 직접 친국할 것이다!"

"예에……."

승지가 밖으로 나가자마자 누군가 안으로 들어왔다.

바로 내시부 수장인 상선 김처선이었다. 김처선은 왕을 어릴 때부터 모셨고 그 공으로 상선이 되어 명예직으로서 궐 안에서 조용히 지내고 있었다.

그가 나타나자 왕이 날카롭게 쳐다보며 물었다.

"어찌 부르지도 않았는데 여기까지 온 것이냐?"

"전하."

김처선이 왕과 거리를 두고 앉으며 말했다.

"윤 교리가 공주마마를 납치한 일은 응당 윤 교리를 잡아 문초할 일이온데 어찌하여 죄가 없는 종친들께도 그 죄를 물으려 하시옵니까?"

"하찮은 환관 따위가 나설 일이 아니다. 물러가라!"

그러나 김처선은 물러서지 않았다.

지금 궐 안의 모든 이들이 겁에 질려 있었다. 대소신료들도 이런 왕의 상태를 알고도 그 누구 하나 나서려 하지 않았다.

"통촉하여주시옵소서! 지금은 무고한 종친을 친국할 때가 아니옵니다. 공주마마부터 찾아야 하옵니다!"

"네놈이 겁을 상실하였구나."

왕이 칼을 든 채로 자리에서 일어섰다.

왕의 손에 들린 칼을 본 김처선이 바닥에 머리를 대고 엎드렸다. 왕은 칼끝을 바닥에 질질 끌며 김처선이 엎드린 곳으로 천천히 걸어가기 시작했다.

"6년 전에도 그 이전에도 모두가 과인이 하려는 것을 반대하였다. 대왕대비마마도 아바마마도 대비마마도 전부……! 과인이 원한 것은 단지 공주를 과인의 곁에 두고자 하는 것뿐이었는데도!"

왕이 칼을 휘둘렀다.

"!"

김처선은 비명 한 번 내지르지 못하고 그대로 왕의 칼을 맞고 쓰러졌다. 그의 몸에서 흘러나온 피가 강녕전 바닥으로 번져나가기 시작했다.

밖에서 이 모든 상황을 나인들은 귀를 바짝 세우고 듣고 있었다.

그들은 김처선이 왕의 칼에 맞아 쓰러지는 소리를 듣자마자 놀

라서 터져 나오는 비명을 막으려 두 손으로 입을 틀어막았다.

나인들의 생각은 단 하나였다.

'왕은 미쳤다!'

자신을 오랫동안 모셔온 상선내관을 단칼에 베어버린 왕이다.

그다음은 누굴 죽일지 아무도 몰랐다.

그다음이 바로 자신이 될지도 모른다고 생각했다.

해가 중천에 떴는데도 영산군은 여진의 옆에 나란히 누워 있었다.

"자, 보시오."

영산군이 씩 웃으며 옷 주머니 속에서 무언가를 꺼내들었다. 힘없이 누워 있던 여진의 눈동자가 크게 떠진 것은 그때였다.

작게 들려오던 은은한 소리가 조금씩 커지기 시작했다. 그것은 용이 새겨진 옥이었다.

"이건……."

"맞소. 부인이 생각하는 바로 그것이오."

가만히 그 옥을 쳐다보던 여진이 머리맡으로 눈길을 주었다.

이를 눈치챈 영산군이 재빨리 여진의 머리맡 상자 속에서 봉황이 새겨진 옥을 꺼냈다.

그 옥이 상자 속에서 나오자 두 옥이 내는 소리는 더욱 커졌다.

영산군은 봉황이 새겨진 옥을 여진의 손에 쥐여 주었다. 그리고 두 사람은 동시에 두 옥을 맞췄다.

하나의 옥으로 맞춰지자 방 안을 울리던 소리는 멈춰버렸다.

"정말 그 옥이네요."

"그렇소."

"어디서 났어요?"

"거창위가 주었소. 이 옥은 원래 하나이니 서로 짝이 맞아야 한다면서 늦었지만 우리의 혼인 선물이라고 하더군."

"아……."

"좋소?"

여진이 아픈 기색이 가득한 얼굴로 힘겹게 미소를 한 번 지어 보였다.

"좋아요. 너무 좋아요."

"거창위가 내게 준 것이니 내 것이오. 한데 부인이 더 좋아하는 것 같소."

"대감의 것은 소첩의 것이고 소첩의 것은 대감의 것이니까요."

"그런 의미였소?"

"대감."

여진이 두 옥을 한 손에 쥐며 말했다.

"응?"

"나중에 우리 아들을 낳으면요. 이 옥을 두 개 다 아들에게 줘요."

"주자고?"

"네. 그리고 그 아들에게 신부가 생기면 신부와 나눠가지라고 하는 거예요. 그전까지는 우리 부부가 각각 하나씩 나눠가지고요. 어때요?"

"좋은 생각이군."

"그렇죠?"

여진이 힘없이 웃었다. 여진을 바라보는 영산군의 마음은 안쓰러움만 가득했다. 영산군이 여진의 머리를 팔로 끌어당겨 자신의 품으로 안더니 그녀의 이마에 짧게 입을 맞췄다.

그렇게 두 부부는 한동안 이불 속에서 끌어안고 누워 있었다. 여진은 영산군의 품속에서 두 개의 옥을 만지작거리며 힘없이 눈을 깜빡였다.

영산군이 입을 열었다.

"부인."

"네."

"한 가지 고백할 게 있소."

"뭔데요?"

"내 누이 말이오."

"누이? 진성 공주마마요?"

"그렇소. 실은 누이가 살아 있었소."

"네?"

여진이 고개를 들어 영산군과 시선을 맞췄다.

"최근 돌아와 궐에서 지내고 있었소. 전하께서 이 사실을 공표하지 않으셔서 그대에게도 말하지 못했소."

"공주께서는 무사하시대요? 건강하시고요?"

"그렇소만 실은 그 공주가 말이오, 그대가 아는 사람이라오."

"제가 아는 사람이요?"

그때 밖에서 하인의 다급한 목소리가 들려왔다.

"대감마님! 어서 밖으로 나와 보셔야겠습니다!"

평소와 다른 하인의 목소리에 영산군은 긴장되었지만, 아직 아이를 잃고 몸조리 중인 여진에게 내색할 순 없었다.

"별일 아닐 거요."

애써 웃으며 여진을 두고 영산군이 안채를 나섰다.

바깥채로 나오자 의금부에서 나온 의금부도사와 병사들이 영산군을 기다리고 있었다. 영산군이 그들 앞으로 나서며 물었다.

"무슨 일이냐?"

"부인께서 안에 계십니까?"

"부인? 어찌하여 부사가 내 부인을 찾는 것이냐?"

여진을 찾는 의금부도사의 말에 영산군의 신경이 날카로워졌다.

"전하의 어명입니다. 지난밤 윤 교리가 공주마마를 납치한 일로 그 집안의 식솔들의 죄를 물으라 하셨습니다. 마마의 부인께서는 윤 교리의 누이이시니 전하께서 의금부로 압송하여 친히 친국한다 이르셨습니다."

"무어라?"

여진을 잡아들이겠다는 말에 영산군의 눈에 힘이 실렸다.

"비켜주시지요."

"절대 내가 허락지 못한다."

"마마! 전하의 어명입니다!"

아직 아이를 잃은 충격에 몸이 다 낫지도 않은 여진이었다. 여진이 의금부로 끌려가 문초를 당한다고 생각하자 영산군은 피가 거꾸로 솟는 기분이었다.

"처남에 대해서는 내가 부인보다 더 잘 알고 있으니 차라리 나를 잡아가거라! 내가 전하께 가서 아는 모든 것을 이실직고할 것이다!"

"하오나."

망설이는 의금부도사를 향해 영산군이 호통졌다.

"절대 내 아내를 의금부로 데려갈 수 없다! 그녀를 데려가겠다면 내 목숨부터 끊고 데려가야 할 것이다."

단호한 영산군의 태도에 의금부도사는 할 말을 잃었다.

같은 시각, 덕풍군의 사저에도 또 다른 의금부부사와 병사들이 찾아왔다. 그들이 잡아가려는 사람은 덕풍군부인인 해진이었다.

"처남이 공주마마를 납치하였다고?"

"예. 그 일로 전하께서 덕풍군부인마님을 잡아오라 하셨습니다."

다행히 의금부도사는 덕풍군과 안면이 있던 자였다.

그는 지금 의금부에서 일어나는 상황을 전부 덕풍군에게 들려주었다.

"말도 안 돼! 어찌 이런 일이!"

덕풍군이 당황해 말을 잇지 못하는 사이, 그 옆에 앉아 있던 해진이 자리에서 일어섰다.

"의금부로 가겠습니다."

"부인!"

"어차피 전하께서 캐내려 하셔도 저 역시 임이 어디에 있는지 모릅니다. 아는 게 없으니 곧 풀려나겠지요."

"안 될 말이오!"

덕풍군이 일어선 해진의 손목을 잡았다. 해진은 덕풍군을 향해 말했다.

"모르시겠습니까? 대감께서 이러시면 소첩 하나 끌려가면 끝날 일이 더 커지게 됩니다. 그것이 바로 전하께서 원하시는 것일 테

고요."

"부인!"

"전하께서 저리 나오신 이상 도망갈 곳도 없습니다. 아이들을 잘 부탁합니다, 대감."

"부인."

덕풍군이 더는 아무 말을 하지 못하자 해진은 스스로 자신의 손 목을 잡은 덕풍군의 손을 떨어뜨렸다. 덕풍군이 자리에서 벌떡 일 어섰다.

"나도 같이 가겠소."

"대감!"

"어차피 부인이 잘못되면 나도 잘못되겠지. 우린 부부 아니오? 부부는 생사고락을 함께 해야 하오."

"아니 될 말입니다!"

단호한 해진의 태도에 덕풍군이 피식 웃더니 그녀의 손을 잡 았다.

"어떤 사내가 제 부인이 홀로 불구덩이 속에 들어가는 것을 지켜 만 볼 수 있단 말이오? 응? 안 그렇소?"

심각한 상황에서도 장난스럽게 말하며 자신을 안심시키려는 덕 풍군을 보며 해진은 웃지도 울지도 못하는 얼굴이 되어버렸다.

덕풍군과 해진이 의금부로 끌려갔다는 소식을 기다리고 있는 사람이 있었다. 바로 신수근이었다. 그는 이미 하인들 여럿을 이끌고 고양현에 와 있었다. 그곳에는 월산대군의 묘가 있었다.

"더는 망설일 게 없겠구나."

덕풍군이 잡혀갔다는 소식을 듣자마자 신수근이 하인들에게 명을 내렸다.

"어서 묘를 파라. 어서!"

"예!"

신수근의 명을 받은 하인들이 서둘러 월산대군의 묘를 파헤치기 시작했다. 뒤늦게 이 소식을 듣고 달려온 사람은 다름 아닌 월산대군 부인 박씨였다. 그는 자신의 남편의 묘가 파헤쳐 지는 것을 보고는 놀라 달려오며 소리쳤다.

"이것들! 무슨 짓이냐!"

박씨의 등장에도 신수근은 거리낌이 없었다.

"저 여인을 여기서 끌어내라! 어서!"

신수근의 명령에 하인들이 박씨를 붙잡아 산 아래로 끌어냈다.

"하늘이 무섭지도 않느냐!"

박씨의 외침이 산을 울리는데도 신수근은 뒤도 돌아보지 않았다.

여러 장정들이 사정없이 파헤치기 시작하자, 반나절도 채 되지 않아서 묘는 땅속에 숨기고 있던 관을 드러냈다.

이십 년이 흘렀음에도 관은 전혀 썩지 않은 채 원형 그대로를 유지하고 있었다. 그렇다면 함께 묻혀 있을 선왕의 유지도 그대로 남아 있을 가능성이 컸다.

기대 속에 신수근이 말했다.

"관 뚜껑을 열어라."

신수근의 명령에도 하인들은 서로 눈치만 살필 뿐 그 누가 먼저 나서서 관뚜껑을 열 생각을 하지 못했다. 신수근이 직접 땅속으로 직접 들어가 자신이 관뚜껑을 잡아 열었다. 생각보다 관뚜껑은 쉽게 열렸다.

그 안에서는 이십 년이 지났음에도 전혀 썩지 않은 온전한 상태의 월산대군이 잠들어 있었다. 마치 잠이 든 것처럼 그대로인 시신의 상태를 본 신수근은 잠시 멈칫했지만, 이후 시신 주변을 이리저리 살피기 시작했다. 이곳에도 선왕의 유지를 담은 상자는 보이지 않았다.

"필시 유언대로 함께 묻었다 들었는데……."

더는 지체할 수가 없었다. 날이 저물고 있었기 때문이었다.

"어찌할까요?"

하인의 물음에 신수근이 관뚜껑을 다시 덮으며 말했다.

"흙을 덮어라."

"예."

하인들이 재빨리 관 위에 흙을 덮기 시작했다. 왠지 찜찜한 기분을 벗을 수 없는 바로 그때였다.

– 우르르…… 쾅!

마른하늘에서 갑자기 천둥번개가 치며 비가 내리기 시작했다. 월산대군의 묘를 흙으로 덮던 하인들이 하던 일을 멈추고 하늘을 올려다보며 웅성거렸다. 신수근이 하인들을 향해 소리쳤다.

"어서 빨리하지 못해!"

"예, 예엣!"

하인들이 다시 재빨리 흙을 덮었다. 그때 박씨를 산 아래로 끌고 내려갔던 하인들 중 한 명이 신수근에게 달려오며 소리쳤다.

"대감마님! 큰일 났습니다!"

"큰일이라니?"

"그게 말입니다."

하인이 어찌할 줄 모르며 말했다.

"그 부인이 혼절하시기에 정신을 잃은 줄만 알았는데 다시 살펴보니 숨이 끊어져 있었습니다."

"뭐? 참말이냐?"

"아무래도 놀라 죽었나 봅니다."

"이런."

신수근이 주먹을 불끈 쥐며 입술을 깨물었다.

"일이 골치 아프게 되었군."

❋ ❋ ❋

월산대군의 묘를 파묘하는 일은 신수근의 독단이었다. 그러나 소문은 왕의 어명으로 인한 것이라고 났다. 이 소문은 또 다른 소문을 낳았다. 왕은 월산대군부인에게 몹쓸 짓을 하려고 했고 그 충격에 그녀가 스스로 목숨을 끊었다는 것이다.

분명한 사실은 신수근이 월산대군의 묘를 파묘했고 월산대군부인이 갑작스레 세상을 떠났다는 것이다. 이 때문에 백성들은 물론이고 일부 신하들까지도 이 소문을 믿게 되었다.

궐내에서는 왕의 광기를 두려워한 나인들이 대전을 피해 다니고 있었고, 여기에 평소 인망 높던 덕풍군과 영산군이 동시에 의금부에 붙잡혀간 사실이 알려지면서 궐 밖 여론도 왕에게 불리하게 돌아갔다.

희망적인 소문도 있었다.

"선왕의 적통 공주이신 진성 공주마마께서 살아 계시다네!"

"의로운 신하들이 공주마마를 보호하고 있대."

대부분은 박원종 일파가 낸 소문이었다.

"그거 아는가? 선왕께서 남기신 밀지가 있다네. 그 밀지에 의하면 보위는 지금의 주상전하가 아닌 진성 공주마마께 물려주라고

하셨다더구만!"

"에이~ 어찌 장자인 주상전하를 두고……."

"그게 말일세. 실은 전하가 선왕의 소생이 아니라네. 주상의 모후가 폐비되어 쫓겨난 이유도 바로 그 때문이라는 거야."

"참말인가?"

"주상을 만나야겠다."

궐이 돌아가는 상황을 전해 듣고도 대비전에서 꼼짝도 하지 않던 대비가 왕의 침전에 나타났다.

"지금은……."

"비켜라."

"대비마마. 다음에 오시옵소서."

오히려 대전내관이 대비를 만류했다. 대비를 따라온 그녀의 나인들도 마찬가지였다. 그러나 대비는 물러서지 않았다.

"열어라."

대비의 확고한 결심에 대전내관이 결국 문을 열며 옆으로 물러섰다.

성큼 안으로 들어선 대비는 한 손으로 이마를 짚은 채 눈을 감고 앉아 있는 왕과 마주했다. 왕은 발소리를 들었는지 눈을 감은

채 피곤하다는 듯 입을 열었다.

"누가 과인의 윤허도 없이 침전 안으로 들어온 것이냐."

"나요, 주상."

대비의 목소리에 왕이 이마를 짚었던 손을 내려놓으며 눈을 떴다. 반쯤 공허한 왕의 눈동자가 날을 세우며 대비의 눈으로 향했다. 대비는 왕과 시선을 마주치자마자 이곳에 온 이유를 꺼냈다.

"공주는 어디에 있소? 주상이 인덕궁으로 데려간 공주는 어디에 있소? 인덕궁을 화마가 덮쳐 잿더미가 되었다는데! 공주는 어찌하고 주상 홀로 돌아왔단 말이오!"

대비의 애끓는 모정에도 왕의 표정에서는 그 어떤 변화도 읽을 수가 없었다. 이런 왕의 태도는 대비를 더욱 분노하게 만들었다. 대비는 왕에게 다가가 울먹이며 소리쳤다.

"오래전 공주를 죽이려고 우상과 작당한 사실을 내가 몰랐는 줄 아시오? 어떻게 살아서 돌아온 공주인데! 이제 그 가여운 공주를 다시 해하려 하였소?"

대비의 뺨을 타고 눈물이 흘러내렸다. 이를 본 왕이 대비와 자신의 사이에 놓인 상을 옆으로 내던지며 소리쳤다.

"그 일은! 할마마마와 대비마마가 작당하여 거창위와 공주의 혼사를 추진하지만 않았어도 일어나지 않았을 일이었습니다!"

"수, 주싱!"

놀란 대비가 까무러치듯 주저앉았다. 왕이 대비의 멱살을 잡아

챘다.

"공주는 정인인 윤임이 데려갔으니 윤임을 불러 행방을 물어보시지요! 대비마마께서 윤임, 그자를 찾아내신다면 과인이 그자를 거열 하여 사지를 찢어 죽여 버릴 것입니다!"

그때 밖에서 한수가 뛰어 들어오더니 대비의 멱살을 잡은 왕의 손을 잡았다.

"전하! 이러시면 아니 되옵니다!"

"놓아라!"

"전하!"

한수의 만류에 왕이 분노로 움켜잡고 있던 대비의 멱살을 놓았다.

왕의 손을 떠난 대비의 몸이 축 늘어졌다. 밖에서 대비전 나인들이 뛰어 들어와 대비를 부축해 서둘러 밖으로 나갔다.

한수의 제지로 대비를 놓았던 왕의 분노가 다시 광기로 치솟았다. 왕은 한수가 허리에 차고 있는 검을 빼들더니 자리에서 일어서 한수의 목을 겨누었다.

"전하."

"과인이 무어라 하였지? 공주를 지키지 못하면 너를 죽인다고 하였다. 한데 거창위도 놓쳐! 공주도 잃어! 그러고도 인덕궁에서 살아서 돌아왔느냐?"

이 말에는 한수도 할 말이 없다는 듯 고개를 숙였다. 왕의 칼끝

이 한수의 목에 닿았다.

"과인이 너를 죽이지 못할 듯싶으냐?"

한수가 다시 고개를 들어 왕을 쳐다보았다. 하나밖에 남지 않은 눈이었음에도 왕은 자신과 똑같은 눈동자를 바라보며 손을 떨었다.

"백모님의 청이 아니었다면 너를 궐로 들이는 일도 없었을 것이고, 너 역시 죽을 때까지 혜안전을 지키며 살다 죽겠다고 약조하고 입궐하지 않았더냐?"

"전하."

"너 따위를 과인이 두려워하는 줄 아느냐?"

왕이 인정하지 않으려는 과거의 중심에 그가 있었다. 반대로 왕이 누이인 공주에게 마음을 품었던 그 중심에도 그가 있었다. 떼어낼 수도 지워버릴 수도 없는 왕의 중심에 한수가 있었다.

왕은 그를 자신의 가장 가까운 곳에 두고 감시하듯 지켜보았다. 그러면서도 그가 자신을 절대 배신하지 않으리라는 믿음도 있었다. 그가 지닌 비밀은 바로 왕의 비밀이자, 왕이 지닌 비밀이었기 때문이었다.

"전하. 이제라도 늦지 않았사옵니다. 공주마마께 양위하십시오."

선왕의 유지를 지키는 것. 그것은 어쩌면 왕이 사는 길이었지만 동시에 왕은 가장 소중한 존재를 또다시 잃어야 하는 길이기도 했다.

"그랬지. 애초에 네가 입궐한 이유가 과인을 보위에서 물러나게 만들기 위해서겠지."

왕이 살아서 궐을 나갈 수 있는 마지막 길. 한수가 왕의 곁으로 돌아온 이유였다. 왕이 손에 들고 있던 칼을 바닥에 떨어뜨렸다.

"궐 밖 백성들이 말하기를 선왕이 과인이 아닌 진성 공주에게 보위를 물려주라는 유지를 남겼다고 한다지. 맞다. 제안대군이 가지고 있던 상자에 담긴 유지의 내용이 그러했지."

"전하."

"한데 너는 아느냐? 어찌 과인이 우상이 월산대군의 묘를 파묘한 일을 묵인하였는지? 어찌 선왕의 유지가 하나가 아닌 두 개인지를."

그 말에는 한수도 대답하지 못했다.

선왕은 왜 두 개의 유지를 남겼던 것일까?

"과인은 월산대군에게 내려진 상자 속 두 번째 밀지를 본 적은 없으나, 무슨 내용이 담겨 있는지를 알고 있다. 그래서 오랫동안 우상을 시켜 그 밀지의 행방을 찾도록 지시했던 것이다."

"무슨 내용이 담겨 있사옵니까?"

한수의 물음에 왕의 눈동자가 미세하게 흔들렸다.

경신 연회의 거사는 실패였다. 그러나 그날 왕이 보인 광기로 인해 오히려 박원종을 지지하는 자들이 늘었다.

한양 모처.

원종은 처음 경신 연회 거사를 준비했던 때보다도 더 많은 이들이 모인 자리에서 선왕의 첫 번째 유지를 펼쳐 보였다.

"이것이 바로 선왕께서 지금의 주상이 선왕의 소생이 아니라는 사실과 진성 공주마마께 보위를 물려주려 하신 뜻을 담은 유지요."

원종이 내민 유지로 사람들이 모여들었다. 그들은 유지에 담긴 내용을 보며 놀라워했다.

"선왕의 인장이 분명하군!"

"허면 선왕의 유지가 존재한다는 소문이 사실이었단 말인가?"

"도대체 이것을 어찌 손에 넣으셨소?"

원종이 입가에 미소를 지었다.

"하늘의 뜻이 아니겠소."

"하늘의 뜻?"

"그렇소. 전하께서는 일찍이 두 개의 밀지를 각각 월산대군과 제안대군께 남기셨소. 다들 아시겠지만 여기 내 누이가 제안대군의 처였지."

원종이 설명하는 동안 그의 곁에 다소곳이 앉아 있던 박씨부인이 고개를 한 번 숙였다. 모인 사람들의 시선이 잠시 박씨부인을 향했다.

"내 누이가 제안대군이 가지고 있던 선왕의 밀지가 담긴 상자를 가져와 내게 보인 것이오. 만약 주상이 오늘날처럼 폭정을 일으키지만 않았다면 나 역시 밀지가 담긴 상자를 열어보려 하지 않았을 것이오."

원종의 설명이 사람들은 저마다 수염을 쓰다듬으며 고개를 끄덕였다. 그때 한 사람이 원종에게 물었다.

"그렇다면 진성 공주마마께서는 지금 어디에 계시오?"

"궐에는 계시지 않는다 들었소만."

"살아 계시다면 우리도 뵐 수 있게 해주시오!"

예상치 못한 물음에 원종이 헛기침을 했다.

"그, 그게……."

원종이 당황하며 쉽게 말을 잇지 못하자 박씨부인이 대신 나섰다.

"공주마마는 저희가 안전한 곳에 모시고 있습니다. 이 밀지가 선왕의 유지를 담은 것이 확실한 이상, 공주마마는 장차 보위를 이으실 분. 함부로 뵙고 싶다 하여 뵐 수 있는 분 또한 아니시지요."

그녀의 말이 끝나자 또 다른 누군가가 질문을 던졌다.

"참으로 여인인 공주마마를 즉위시킬 생각이시오?"

직접적인 물음에 잠시 침묵하던 원종이 대답했다.

"이것은 내 뜻이 아니오. 선왕의 뜻이오."

그의 말에 다들 할 말을 잃었다. 그때 모인 사람들 사이에서 누군가 자리에서 일어나 밖으로 나가는 모습이 박씨부인의 눈에 보였다.

그는 윤임이었다.

달밤. 윤임은 자신을 비추는 환한 달빛을 보기 싫은지 두 손으로 얼굴을 가리고 섰다. 소리 내어 울지만 못할 뿐 그는 마음으로 울고 있었다. 드러내어 한숨을 내쉬지 못할 뿐 그의 가슴속에는 울분이 만들어낸 한숨으로 가득 차 있었다. 어디에도 하소연하지 못한 채, 그는 자신의 머릿속을 맴도는 기억과 홀로 싸우고 있었다.

자신이 기억하는 유나의 모습. 그리고 홍연의 손을 잡고 삼각산을 떠나던 공주의 모습이었다.

"임아."

박씨부인이 부르는 목소리에 윤임이 얼굴을 가린 손을 내리고 돌아섰다.

"이모님."

그와 눈을 마주친 박씨부인이 천천히 다가왔다.

"듣자 하니 며칠째 한숨도 못 잤다지."

"아셨습니까."

"그래. 혹 무슨 근심이 있느냐?"

"없습니다."

단칼에 자르며 돌아오는 대답에 감추려는 진심이 담겨 있었다. 이를 알아챈 박씨부인이 짧은 한숨을 내쉬며 말했다.

"네게 부탁할 일이 있다."

"하명하시지요."

"오라버니와 상의 끝에 결정한 일이다. 이 일에 너만 한 적임자는 없으니……."

"무슨 일입니까?"

"곧 두 번째 거사가 있을 것이다. 이번 거사가 성공적으로 끝난다면 진성 공주는 왕으로 즉위할 것이다. 그래서 거사가 마무리될 때까지 네가 부마와 함께 지내고 있는 진성 공주의 호위를 맡아주었으면 한다."

"이모님."

윤임이 그럴 수 없다는 듯 강한 어조로 박씨부인을 불렀다. 그녀는 윤임을 안타까운 시선으로 바라보며 말했다.

"드러내놓고 그리하라는 것이 아니다. 비밀리에 호위라는 것이지. 공주를 우리 쪽에서 누군가는 가서 지켜야 하지 않겠느냐?"

"저는……."

"내가 보낸 자들의 말로는 한양에서 그리 멀지 않은 곳에서 숨어 지내고 있다는구나. 왕이 폐위되면 조정은 물론이고 나라에도 혼란이 찾아올 것이다. 공주는 그전에 반드시 한양으로 돌아와야 해. 그 임무를 네가 맡아주었으면 한다."

"못 합니다."

"임아."

"그건 절대 못 합니다."

부마와 지내고 있는 공주의 모습은 상상만으로도 싫은 윤임이다. 그의 바람은 단 하나였다. 자신의 눈으로는 더는 유나 아니, 진성 공주의 모습을 보지 않고 사는 것이다. 보지 않다 보면 언젠가는 그의 마음속에서 공주가 유나라는 사실은 잊혀질 것이다.

그리고 남는 것은 유나와 함께했던 기억뿐. 그는 남은 생을 그 기억에 의지해 살아갈 생각이었다.

"네게 이 일이 어려운 일이라는 것을 안다. 하지만 네가 아니라면 누굴 믿고 그 일을 맡길 수 있겠느냐?"

"제게 얼마나 잔인한 부탁이신지는 아십니까?"

박씨부인은 쉽게 대답하지 못했다. 윤임에게 부탁하면서도 한편으로는 강요할 수 없음을 알아서였다. 난처한 기색으로 자신을 바라보는 박씨부인을 보던 윤임이 억지로 고개를 한 번 끄덕였다. 윤임에게 박씨부인이 말했다.

"아무리 고통스럽고 힘든 일이라도 언젠가는 지나간단다. 네가

지금 네게 해줄 수 있는 말은 이것뿐이로구나. 미안하다.”

“아닙니다.”

힘없이 대답한 윤임이 박씨부인을 남겨둔 채 조용히 자리를 떠났다. 멀어지는 윤임의 뒷모습을 보며 박씨부인은 안타까운 한숨을 내쉬었다.

“저 아이의 미래가 어찌 될는지······.”

새벽이 가져온 이슬에 풀잎의 향은 진해진다.

이슬 먹은 풀잎 향이 이토록 달콤하다는 사실을 왜 이전에는 몰랐을까? 나는 내 옆에서 곤히 잠든 홍연의 얼굴을 물끄러미 바라보았다. 새벽의 어슴푸레한 빛에도 그의 얼굴은 말갛게 반짝인다. 바라만 보아도 좋고 함께 한 공간에 있는 것만으로도 좋은 사람. 그의 모든 것이 좋았다.

슬며시 한 손을 그의 뺨에 가져다 대었다. 거짓말처럼 잠든 줄 알았던 홍연이 눈을 뜬다. 그리고 나를 바라보며 지어지는 그의 미소.

“잘 잤소?”

매일 아침 반복되는 인사. 그의 인사에 나는 웃으며 미안한 듯 말했다.

"깨우려던 건 아니었는데……."

"허면?"

"밖에서 좋은 향기가 나요."

"좋은 향기?"

그에게 그 향기를 맞춰보라는 듯 난 뜸을 들였다. 홍연의 눈동자
가 매끄럽게 굴러 닫혀 있는 방문을 향한다.

"맡아봐요."

내가 던진 실마리에 그는 코를 킁킁댄다. 그 모습이 귀여워 나도
모르게 까르륵 웃고 말았다. 이를 본 홍연이 갑자기 이불 속에서
두 팔로 나를 끌어안더니 내 목덜미에 얼굴을 파묻는다.

"찾았소."

"찾았다고요?"

그가 내쉬는 숨이 내 살갗에 닿을 때마다 간지러워 난 계속 자
잘한 웃음을 흘렸다.

"그 좋은 향기란 그대에게서 나는 향기요."

"아니에요- 제가 말한 향기는 그 향기가 아니라고요."

"허면?"

그가 내 품에서 고개를 든다. 내게 답을 요구하며 오직 나만을
바라보고 있는 그의 눈동자가 어찌나 사랑스러운지!

이제 내가 낸 수수께끼의 정답은 더는 중요치 않았다. 난 두 손
으로 그의 얼굴을 감싸 쥐고는 깊은 입맞춤을 선냈다. 서로의 순

이 얽혀 들어가는 동안, 더는 내가 맡았던 이슬 머금은 풀잎 향이 느껴지지 않았다. 그래도 좋았다. 난 새벽의 풀잎향보다 더 좋은 향기를 맡게 되었으니까.

✵ ✵ ✵

경기도 양근군.

남한강의 물줄기가 스며드는 작은 마을. 홍연은 이곳에 지어진 작은 기와집을 사들였다. 이곳에서 우리는 한양에서 살다가 분가한 젊은 부부 행세를 했다. 새로운 시작을 위해 마련한 이 집에서 홍연과 나는 매일매일을 함께 시간을 보냈다.

처음에 우리는 한양의 사저에서 하려다 못했던 일들을 주로 했다. 내가 원하는 대로 나무를 심고 집 곳곳에 꽃을 심었다. 마치 천년만년 이 집에서 살 것처럼 방을 꾸미는 일에도 매달렸다.

새 가구를 들이거나 위치를 바꾸는 소소한 일도 내겐 매우 재미있는 일이었다. 종종 우리는 방을 꾸밀 장식품을 사러 큰 마을 장터까지 나가는 일도 있었다. 그런데 원래의 목적을 잃어버린 채 남한강에서 배를 빌려 뱃놀이를 즐기기도 했다. 하인을 두긴 했지만 내가 직접 요리를 하는 일도 늘었다. 몇 번의 실수 끝에 난 홍연이 맛있게 먹어줄 만한 요리를 만들어냈다. 이 사소하고 소소한 모든 것들이 내겐 아주 흥미 있고 즐거운 일들이었다.

그렇게 하루가 빨리 지나가버리면 우린 집 뒤편 언덕에 세워진 작은 정자에 올라 뉘엿뉘엿 지기 시작하는 해를 바라보며 하루를 마무리했다.

"춥소?"

석양을 바라보다 어깨를 쓸어 모으던 나를 향해 홍연이 묻는다.

"네. 요즘 날만 저물면 쌀쌀해지는 게 곧 가을이 오려나 봐요."

"안 그래도 벌써 낙엽이 물든 나무를 여럿 보았소."

"저는 밤나무를 봤었는데…… 아! 우리요. 가을이 되면 밤 따러 가요."

홍연이 의외라는 듯 나를 쳐다본다.

"밤을 따자고? 지체 높으신 공주마마께서 하실 말씀은 아닌 것 같은데?"

"궁궐에 사는 공주마마라면 못 할 말인 건 맞죠. 하지만 전 이제 공주가 아닌걸요."

공주가 아니라는 말이 이처럼 자유롭게 들린 적은 처음 있는 일이었다. 난 지금 공주가 아니라서 너무 행복하다. 공주라고 불리지 않아서 너무 행복하다.

"그래서, 행복하오?"

이미 나온 답에 대한 물음에 난 방긋 웃으며 그의 손에 깍지를 끼웠다. 그리고 그의 어깨에 머리를 기댄 채 석양을 응시하며 대답했다.

"행복해요."

이 순간의 나는 믿고 있었다. 내가 한양에서 멀어질수록 한양의 사람들도 내게서 멀어질 거라고. 그들의 삶과 내 삶이 분리되어 있는 이상 나는 홍연의 아내로만 살 수 있을 거라고.

그렇게 믿었다.

그해 가을 초입.

마침내 원종은 자신의 편으로 끌어들인 관리들과 사병들을 앞세워 거사를 일으켰다. 이미 한 번의 실수를 맛보았던 그의 준비는 치밀했다. 제일 먼저 그가 한 행동은 왕의 측근들을 제거하는 일이었다.

"그게 무슨 말이오?"

배신자는 있었다. 신수근은 거사 당일 밤이 되어서야 박원종이 선왕의 유지를 지닌 채 사람들을 끌어모아 거사를 일으켰다는 사실을 알았다.

"당장 입궐해 전하를 뵈어야겠다!"

서둘러 자리에서 일어선 신수근을 따라 네 아들도 동행했다.

"저희도 아버님과 함께 가겠습니다!"

장남 홍보를 비롯한 세 아들이 말을 탄 신수근의 호위를 자청했

다. 그것은 원종이 파놓은 함정이었다.

　수각교.

　급히 입궐하던 신수근과 그의 아들들을 가로막은 수십 명의 장정들이 있었다. 이들의 손에는 모두 무기가 들려 있었다.

　"누구냐?!"

　말에 탄 신수근이 소리쳤다. 그때 어둠 속에서 누군가 천천히 모습을 드러냈다.

　"참, 오랜만일세."

　박원종이었다. 원종을 발견한 신수근의 눈이 크게 떠졌다.

　"자, 자네!"

　"포은은 선지교에서 죽고 자네는 오늘 이 수각교에서 죽겠구먼."

　"기어코! 일을 이리 만들고도 주상전하께서 자네를 살려두시리라 생각하는 것은 아니겠지?"

　원종이 코웃음을 쳤다.

　"주상이 오늘 밤 살아남는다면 내 목숨을 부지하기 어렵겠지만, 아마 주상은 자네와 함께 저승의 객이 될 것이야."

　"모반이야!"

　수근이 소리치자 그의 장남인 홍보가 칼을 뽑아들었다.

　"역적! 죽어라!"

홍보가 원종에게 달려들었다. 그러자 원종의 뒤에 있던 사병들이 달려들어 그에게 칼을 휘둘렀다. 홍보는 수적으로 불리한 상황에서 칼을 맞고 수각교 아래로 떨어졌다.

"형님!"

그의 형제들이 이를 보고 칼을 뽑아들면서 순식간에 수각교 위는 아수라장으로 변해버렸다. 혈흔이 낭자한 가운데 수각교는 순식간에 붉은 핏물로 물들였다. 얼마 지나지 않아서 신수근의 네 아들은 모두 목숨을 잃었다. 원종의 사병들에 의해 강제로 말에서 끌어내려진 수근의 주변으로 사병들이 에워쌌다. 뒤로 기어가던 수근의 앞으로 원종이 바짝 다가섰다.

"나를 죽이고 주상전하를 죽이면! 진성 공주를 즉위시킬 수 있다 믿는가!"

"선왕의 뜻이네."

"선왕의 뜻? 하하!"

아들들의 피가 묻은 얼굴로 수근이 미친듯이 웃었다. 이런 그를 쳐다보는 원종은 웃지 않았다.

"여왕이라니! 여왕이라니! 계집이 왕이라면 사내들이야 다루기가 쉽겠지! 하나 선왕이 이를 모르고 그런 유지를 남겼을까?"

"뭐라?"

"선왕에게 계집이란 한낱 놀잇감에 불과했다. 자신의 자식이라도 계집이라면 한낱 천것으로 치부했을 거야. 그런 진성 공주에게

왕위를 물려주라는 밀지를 남겨? 그게 말이나 되는가?"

"선왕의 인장이 똑똑히 찍혀 있었어."

"나도 아네! 분명히 선왕이 그 유지를 남겼지. 한데 유지가 두 개라는 사실은 알고 있는가?"

이 말에 원종은 잠시 당황했다. 그도 알고 있는 사실이었지만 이미 제안대군의 손에 있던 밀지 하나만으로도 왕을 바꾸는 것은 충분했다. 그래서 중요하게 여기지 않았던 두 번째 밀지.

"월산대군에게 내려진 두 번째 유지. 손에 넣었는가? 주상은 그 유지의 내용을 알고 있다."

"주상이 안다고?"

"선왕이 그 유지를 작성할 때 독대한 사관이 있었지. 난 그 사관에게서 첫 번째 유지의 내용을 들었다. 이후에 그 사관을 당시 세자였던 주상전하께 데려가 두 번째 유지의 내용을 고하게 했지. 주상전하는 그 내용을 듣자마자 바로 사관을 베어버렸다."

"사관을 주상이 죽였다?"

"그러니 그 두 번째 밀지에 적힌 선왕의 유지는 오직 이 세상에서 주상전하만 안다. 또한 주상전하는 그 이후로 월산대군에게 내려진 밀지를 찾기 위해 혈안이 되어 있었어. 자네는 그 밀지에 적힌 선왕의 유지가 무엇이라 생각하나?"

무표정으로 가만히 수근을 내려다보던 원종이 한 손을 들었다. 그의 사병들이 수근에게로 달려들어 무차별적으로 구타를 가하

기 시작했다.

"아악!"

수근의 비명이 이어지는 가운데 경복궁 쪽으로 돌아선 원종이 중얼거렸다.

"어차피 세상에서 사라진 밀지라면 더는 중요한 것이 아니지."

잠시 후 신수근의 비명도, 숨소리도 끊겨버렸다.

❀ ❀ ❀

왕의 측근들이 제거되었다는 소문은 빠르게 퍼졌다. 새벽녘에 이르자 원종이 이끄는 병사들이 경복궁과 창덕궁을 에워쌌다. 그들의 뒤로 잠자고 있던 문무백관들이 하나씩 모여들었다. 여기에 도성 안 소란에 모여든 백성들의 수가 점점 늘어나기 시작했다. 이 소식이 궁궐 안으로 전해지자 왕을 호위해야 할 별감과 나인들이 앞다투어 도망치듯 궐을 빠져나갔다.

왕은 승지에게서 원종이 벌인 일을 전해 들었다.

"그 역도들이 궐 밖을 에워쌌다고?"

"예. 그렇다 하옵니다."

"우상과 병판은 어디에 있다더냐?"

왕이 측근인 신수근과 임사홍을 찾았다.

승지는 고개를 들지 못하며 전해들은 대로 말했다.

"모두 죽었다 하옵니다."

"무어라?"

왕이 넋이 나간 듯 말을 잇지 못했다. 왕의 사병과 다름없는 병사들을 지휘하는 것이 바로 그들이었다. 그들이 죽었다는 것은 왕에게는 역도들과 맞설 병사들이 하나도 없다는 것을 의미했다.

"전하. 그들이 옥쇄를 내놓으라 하고 있사옵니다."

역도들의 말을 대신 전하는 승지를 뒤로한 채 왕이 자리에서 일어섰다.

"전하?"

승지가 서둘러 왕의 뒤를 따라나섰다. 왕은 침전을 나와 고요한 새벽녘의 후원을 거닐었다. 그곳에는 불을 밝힌 이도 보초를 서는 병사도 모두 도망가고 남아 있지 않았다. 믿기지 않는 듯 후원가를 서성이던 왕의 귓가에 소녀의 웃음소리가 들려왔다. 깜짝 놀란 왕이 고개를 이리저리 저어보았지만 아무도 없었다.

의금부.

멀리서 닭이 우는소리가 들려오고 있었다. 옥사 벽에 기대어 깜빡 짐들었던 영산군이 눈을 번쩍 떴다.

"쉿."

언제 깨어나 있었는지 덕풍군이 영산군의 입가에 손을 가져다 대며 쉿 소리를 했다.

"응?"

"조용히 하게."

"무슨 일입니까?"

"저 소리, 들리는가?"

"소리?"

덕풍군의 말에 영산군이 귀를 세웠다. 정말 덕풍군의 말대로 많은 사람들이 움직이는 소리가 들려왔다. 새벽의 의금부는 쥐 죽은 듯 고요해야 했다. 그러니 이것은 이상한 일이었다.

"무슨 일이 벌어졌나?"

걱정스레 덕풍군이 되묻던 그때였다. 멀리서 많은 병사들이 그들이 갇혀 있는 옥사로 다가와 잠긴 문고리를 풀었다. 덕풍군과 영산군이 자리에서 벌떡 일어섰다. 먼저 문을 열고 안으로 들어온 병사가 말했다.

"대감. 나오십시오."

"이게 무슨 일인가?"

영산군이 물었다. 병사가 대답했다.

"두 분 모두 어서 궐로 가셔야 합니다."

"궐로 가다니? 주상전하의 뜻인가?"

이번에는 덕풍군이 물었다. 그러자 병사가 대답했다.

"세상이 바뀌었습니다."

＊　＊　＊

왕과 왕비 그리고 세자 부부를 동궁전에 감금한 후 원종은 대비전으로 향했다. 이미 궁궐에 벌어진 일에 대해 들은 대비는 두려움에 떨고 있었다. 원종이 스스로가 왕이 되기 위해 역모를 일으켰다고 생각했기 때문이었다.

원종은 제일 먼저 대비를 안심시켰다.

"이것을 보아주시옵소서."

그가 상궁에게 선왕의 밀지를 전달했다. 상궁이 그것을 대비에게 올렸고 그 밀지를 본 대비가 깜짝 놀랐다.

"이, 이것은!"

"그렇사옵니다. 선왕께서 남기신 유지이옵니다."

"어디에서 났소?"

"대비마마께서도 선왕께서 생전에 두 개의 유지를 각각 상자에 밀봉하여 월산대군과 제안대군에게 내리신 것을 잘 알고 계실 것이옵니다. 그중 제안대군께서 가지고 계시던 밀지이옵니다."

"한데 어찌 제안대군에게 내린 밀지를 경이 가지고 있단 말이오?"

"제 누이가 제안대군의 처 박씨이옵니다. 그녀가 시니고 있던 것

을 제가 받아 열어 보았사옵니다."

"그랬군."

어느 정도 의문이 풀렸는지 대비가 안심했다. 원종은 이런 대비
의 눈치를 보며 말을 이어나갔다.

"선왕께서는 생전에 지금의 임금이 자신의 소생이 아님을 알고
계셨사옵니다. 하나 한건은 대왕대비마마의 친족이기 전에 명나
라 황실과도 인척이니 이 사실을 밝히기가 매우 어려우셨던 듯하
옵니다."

"아마도 그리하셨겠지. 선왕께서는 그 누구보다도 효자이셨소.
아마 이 유지가 사실이라면 대왕대비마마 사후에 이 사실을 밝히
려 하셨을 것이오."

그러나 선왕은 대왕대비마마보다 먼저 승하하고 말았다.

"이제 대비마마께서도 선왕의 유지를 보셨으니 이를 따르셔야
할 것이옵니다."

"주상을 폐하라?"

"예. 그리고 선왕의 적장녀인 진성 공주마마께서 보위를 이어받
아 조선의 새 임금이 되셔야 할 것이옵니다."

대비의 표정에 근심이 어렸다.

주상을 폐위하는 것보다 대비에게는 자신의 딸인 진성 공주가
보위를 잇는다는 것이 더 큰 걱정이었다. 그저 여인으로서 사내의
애정을 받으며 평안하고 평범하게 살아가길 바랐을 뿐이었다.

"공주는 지금 실종된 상태요."

"공주마마께서는 저희가 보호하고 있사옵니다."

"그게 사실이오?"

대비가 크게 놀라자 원종이 웃으며 대답했다.

"예. 지금 안전한 곳에 부마와 함께 계시옵니다."

"허면! 허면 어서 가서 공주를 데려오시오! 공주를 보고 싶소!"

"물론 그리할 것이옵니다. 다만."

원종이 본론을 다시 짚었다.

"이 유지가 선왕의 유지임을 널리 공포할 수 있도록 윤허해주시고 진성 공주마마께서 보위를 물려받으시는 것 역시 윤허하여 주시옵소서. 왕실의 가장 큰 어른이신 대비마마만이 하실 수 있는 것이옵니다."

대비의 한숨이 깊어져갔다.

"대비마마. 이미 하늘의 뜻은 진성 공주마마에게 향해 있사옵니다!"

원종이 머리를 조아리며 강한 어조로 대비에게 아뢰었다.

"글쎄."

대비가 말끝을 흐렸다. 원종이 고개를 들어 대비를 쳐다보았다. 대비는 먼 곳을 바라보며 중얼거리듯 말했다.

"선왕께선 생전에 계집은 사내를 기쁘게 하기 위해 존재하는 것이라는 말을 달고 사시었소. 그런 선왕께는 아무리 금지옥엽 공주

476

라 하여도 한낱 계집일 뿐이었는데. 어찌 그런 공주에게 보위를 물려주라 하였는지 나는 그것이 의문이오."

❀ ❀ ❀

대비전 밖으로 나오는 원종의 곁으로 박씨부인이 다가갔다.

"오라버니!"

"그래."

"어찌 되셨습니까?"

"대비마마의 윤허는 받았다."

"그렇다면 이제……!"

"하나 주상이 선왕의 소생이 아니라는 사실을 공포하는 것은 윤허하지 않으셨다."

박씨부인의 눈썹이 일그러졌다.

"하오면 왕을 폐위할 명분이 사라지게 되는 것이 아닙니까?"

"주상이 한건의 소생이라는 사실만큼은 폐위할 가장 확실한 명분이지. 하나 이를 알리면 한족의 숙청은 피할 수 없다. 한족은 명나라 황실과는 인척 관계이니 차후에 명나라에서 이를 걸고넘어질 수도 있지."

"이제 어찌하실 것입니까?"

"대비마마께서는 주상의 그간 벌여 온 악행만으로도 폐위의 명

분은 충분하다 하셨다. 대비마마께서 산증인이시니.”

“불행 중 다행이로군요.”

안도의 한숨을 내쉬는 박씨부인에게 원종이 말했다.

“아직 끝난 것은 아니다.”

“예?”

“진성 공주를 한양으로 모시고 와야 한다.”

“진성 공주를……”

원종이 박씨부인에게 물었다.

“임이가 어디에 있다 했지?”

초가을. 낮에도 서늘한 바람이 불었다.

그 때문인지 공주는 두 발만 개울가에 담근 채 미약하게 휘젓고 있었다. 공주의 뒤로 홍연이 다가서더니 어깨를 잡고 밀어버릴 듯 살짝 힘을 주었다.

“꺄르르륵!”

무엇이 그리 좋은지 공주의 입에서 어린아이와 같은 웃음이 터졌을 때였다. 멀지 않은 수풀 속에서 이들을 지켜보는 말 없는 시선이 있었다. 그에게 지금의 공주는 모든 것이 낯설기만 했다. 그는 그 낯설음을 받아들일 수도 인정할 수도 없었다.

얼마의 시간이 더 흘러야만 받아들일 수 있게 될까? 같은 얼굴을 하고선 전혀 다른 모습을 보이는 공주를 보면서 말이다.

"놀랬잖아요!"

"하하!"

"이리 와 봐요."

공주가 손짓으로 홍연의 얼굴을 자신의 얼굴 가까이로 부른다. 홍연이 영문도 모른 채 다가가자 공주는 옷깃으로 홍연의 얼굴에 튄 물방울을 닦아주었다.

❀ ❀ ❀

잠시 후 두 남녀는 하나가 되어 진한 입맞춤을 나누기 시작했다. 차마 이를 보지 못하는 윤임이 조용히 돌아섰을 때였다. 바로 자신의 뒤에 서 있는 원종을 발견하고는 눈을 크게 떴다.

원종은 조금 전 윤임과 마찬가지로 공주와 홍연을 바라보고 있었다. 이를 알면서도 윤임은 그를 따라 다시 공주와 홍연을 돌아보지 못했다. 무슨 죄를 지은 것처럼 고개를 떨어뜨리고 돌아선 윤임에게 원종의 시선이 향했다.

"임아. 고개를 들어라."

원종의 지시대로 윤임은 순순히 고개를 들었다. 그러나 시선은 먼 곳에 두고 있었다. 원종이 윤임을 보며 혀를 찼다.

"계집을 다루는 것은 사내다. 그 계집이 설사 왕이 되더라도 말이다."

이 말에 놀란 윤임이 원종을 돌아보았다. 원종이 입가에 미소를 지으며 말했다.

"반정은 성공했다. 대비마마께선 공주를 데려오라고 하시는구나. 진성 공주는 왕이 될 것이다."

"우의정 대감은?"

윤임이 홍연의 부친인 신수근에 대해 물었다. 원종은 싸늘한 목소리로 대답했다.

"신수근은 죽었다. 그의 네 아들도. 아직 죽지 않은 아들은 바로 저기 있는 거창위뿐이지."

"거창위도 죽이실 것입니까?"

"부마를 함부로 죽일 순 없다. 부마를 죽인다면 공주의 뜻이 있어야겠지."

"공주께서는 허락지 않으실 것입니다."

"그래서 나는 부마를 바꿀 생각이다. 아, 아니지. 공주의 배필은 이제 부마가 아니라 국서다."

"국서……."

여왕의 지아비를 이르는 말.

"임아."

원종이 한층 부드러워진 목소리로 윤임을 향해 물었다.

"진성 공주를 갖고 싶으냐?"

"숙부님!"

감히 상상도 못 해본 말이 원종의 입에서 나오자 윤임은 놀라지 않을 수 없었다. 그러나 원종은 태연했다. 애초에 그는 '부마를 바꾼다'고 말했다. 부마를 바꿀 수 있는 사람은 없다. 있다고 하더라도 그것은 임금뿐이다. 원종은 도대체 무슨 꿍꿍이를 마음속에 담고 있는 것일까?

"나는 너를 도와줄 수 있다. 거창위에게서 공주를 빼앗아 네 여인으로 만들어주마. 어찌하겠느냐?"

원종의 말은 윤임을 깊은 고뇌 속으로 빠트렸다.

"호호!"

그때 공주의 앙칼진 웃음소리가 들려오자 윤임이 본능적으로 몸을 틀었다. 앉은 자세로 홍연과 입을 맞추던 공주가 뒤로 미끄러졌고 그녀를 홍연이 한 팔로 받쳐 안았다. 두 사람은 서로를 끌어안고 활짝 웃고 있었다.

"분명히 말하지만……."

원종이 말을 이었다.

"어차피 거창위는 부마의 자리에서 내려와야 할 것이다. 그는 신수근의 아들이니까. 그러니 공주는 새 배필을 맞이해야 할 것이고 그게 네가 아니더라도 다른 그 누구라도 될 수 있다."

윤임이 답을 못하는 사이 멀리서 천지를 진동할 만큼 큰 북소리

가 들려왔다.

곧 산으로 둘러싸인 이 작은 마을을 북소리가 가득 메우기 시작
했다. 뒤이어 꽹과리와 징 나팔소리가 이어졌다. 요란한 행차 소리
를 따라 사람들이 하나씩 모여들기 시작했다. 멀리서부터 이 행차
를 따라 나타난 사람들까지, 작은 마을이 시끄러워지기 시작했다.

"무슨 소리죠?"

공주도 이를 들었는지 홍연과 서로를 바라보며 어리둥절한 표
정을 지었을 때였다. 윤임도 그 소리가 나는 방향으로 눈길을 주
었다.

"가자, 임아."

원종이 윤임을 부르며 말을 이었다.

"공주를 모시러 가자꾸나."

도성에서부터 온 행차를 이끄는 많은 수행원들이 집 대문 앞에
모여 있었다. 또 이늘을 구경하러 몰려온 백성들이 집 담을 따라
늘어서서 안을 기웃거리고 있었다.

윤임과 나타난 원종은 대뜸 나를 도성으로 모시기 위해 왔다는
말부터 꺼냈다.

"왜죠?"

"곧 즉위식이 있을 것이기 때문입니다."

"즉위식?"

"예. 전하."

원종은 눈빛 하나 흔들리지 않은 채 나를 보며 '전하'라는 말을 썼다. 이 말에 놀란 것은 나 하나뿐이 아니었다. 내 곁에 앉아 있던 홍연도 마찬가지였다.

"전하라니? 어찌 대역무도한 말을 입에 담으시오?"

홍연이 원종을 추궁했다. 나를 보면서는 웃던 원종이 인상을 찌푸리며 홍연을 돌아보았다.

"거창위께서는 지금 도성에서 무슨 일이 일어났는지 전혀 모르고 계시는군요. 임아."

원종이 뒤에 앉아 있던 윤임을 불렀다.

"예."

"도성에서 일어난 일에 대하여 소상히 아뢰어라."

원종의 지시에 윤임이 머리를 조아린 채 입을 열었다.

"폐주 이융은 덕을 잃어 천명과 민심이 떠났으니 더는 종묘사직을 이어나갈 수 없으므로 이에 대비마마께서 하명하시기를 선왕의 유지에 따라 진성 공주 이수련에게 대통을 이으라 하셨사옵니다."

"어찌 그런……."

눈꺼풀이 심하게 떨려왔다. 내가 직접 듣고도 믿을 수가 없는 말이었다. 나는 홍연을 돌아보았다. 홍연이 내 손을 잡더니 윤임에게

물었다.

"전하께서는 지금 어디에 계시는가?"

"폐주 이융과 그 자녀는 동궁전에 유폐중이며 대비마마께서는 대비전에 머물며 공주마마께서 돌아오시기만을 간절히 기다리고 계시옵니다."

"난 안 가요."

윤임의 말이 끝나자마자 내가 한 말이었다. 이 말에 윤임이 고개를 들어 나를 쳐다보았다. 나는 다시 홍연과 눈을 맞추며 고개를 저었다.

"난 가지 않을 거예요. 왕이 되지도 않을 거고. 안 가요. 안 간다고요."

믿을 수 없는 일들이 연달아 일어났기 때문일까? 강하게 부정하는 나를 본 홍연이 원종에게 말했다.

"공주께는 시간이 필요한 일이오."

"하나 보위는 오랫동안 비워둘 수 없습니다."

"싫어요. 난 왕이 되지 않을 거예요. 싫어요. 홍연."

무의식에 친근하게 부른 그의 이름에 원종의 눈썹이 꿈틀거렸다.

"거창위께서도 하루속히 도성으로 돌아가셔야 할 것입니다."

"어째서요?"

"부친인 우상과 형제분들이 모두 세상을 떠나셨기 때문입니다."

"뭐라고?"

부친 신수근과 형제들이 모두 죽었다는 말에 홍연은 큰 충격을 받았다. 원종은 놀란 홍연을 쳐다보며 태연자약하게 말을 이어나갔다.

"폐주에게는 충신이었습니다. 끝까지 폐주를 지키려 하였으니 그의 죽음은 응당한 것이었습니다."

"아버지께서!"

내 손을 움켜잡은 홍연의 손이 심하게 떨리기 시작했다. 나에게 오라버니인 왕은 왕위에서 쫓겨났을지언정 죽지는 않았다. 그에 반해서 홍연은 자신의 가족들이 죽었다는 소식을 들었다.

"홀로 남으신 어머니의 안위를 위해서라도 도성으로 돌아가셔야 하지 않겠습니까?"

어머니 이야기에 홍연은 더는 아무 말도 하지 못했다. 결국 결정은 내 몫이 되었다.

"공주마마?"

원종이 나를 보며 다시금 돌아갈 것인지를 되물었다. 나는 내 손을 움켜잡은 홍연의 손 위에 다른 손을 올려놓았다. 홍연이 고개를 들어 이런 내 눈을 바라보았을 때였다.

"도성으로 가겠어요."

이렇게 말한 나는 고개를 돌려 원종을 향해 말을 이었다.

"왕이 되기 위해서 가는 것이 아니에요. 거창위의 아내로서 가는

거니까."

"좋으실 대로."

원종이 피식 웃으며 내게 머리를 조아렸다.

❀ ❀ ❀

대비전은 평상시와는 다르게 병사들이 에워싸고 있었다. 그것은 어마마마를 지키기 위한 것이 아니었다. 대비전을 출입하는 모든 이들을 검문하고 또 감시하겠다는 조치. 어쨌든 지금 조선에는 왕이 없다. 이 기간, 어마마마는 조정에서 유일한 영향력을 행사할 수 있는 왕실 최고 어른이셨다.

"어마마마!"

"수련아!"

대비전 문이 열리자마자 난 어마마마를 부르며 뛰어 들어갔다. 대낮임에도 금침 위에 앉아 있던 어마마마는 나를 보자마자 두 팔 벌려 끌어안으셨다. 난 그대로 어마마마의 품에 안기며 울먹였다.

"어디 아프신 곳은 없는 것이지요?"

"나는 괜찮다. 그보다……."

어마마마의 시선이 나를 따라 들어선 홍연을 향한다.

"거창위는 어서 가 보거라."

홍연이 나를 보며 망설이는 듯 행동하자 어마마마가 말을 이

었다.

"공주는 내게 맡기고. 어서 가 보거라."

이미 원종을 통해서 그의 부친과 형제들이 모두 죽었다는 소식을 들은 나였다. 난 어마마마의 손을 잡은 채 홍연에게 말했다.

"저는 여기에 있을 거예요. 그러니 걱정 말고 다녀오세요."

"알겠소."

홍연이 밖으로 나가자 난 다시 어마마마를 돌아보며 물었다.

"어떻게 된 일인가요?"

"선왕의 유지를 보았다. 주상이 전 지평 한건의 소생이기에 네게 보위를 물려주라 쓰여 있었다."

"그것은 소녀도 보았습니다."

"분명 선왕의 인장이었다. 하지만……."

어마마마가 긴 한숨을 내쉬었다.

"선왕이 네게 보위를 물려주라 했다니? 난 믿을 수가 없다."

"어째서요?"

"선왕은 생전 여인을 하찮게 여기고 경멸하는 일을 서슴지 않았던 분이셨다. 내가 왕비의 자리에 오르기 전에도 그리했고 왕비가 된 이후에도 그러했어. 여러 번의 유산 끝에 너를 낳았을 때도 계집아이를 낳았다며 두고두고 비난하고 모욕하시었지."

"그런 일이……."

"너를 낳고 더는 아이를 가질 수 없게 되었을 때 선왕께서는 내

게 손찌검까지 하셨단다."

"어마마마!"

나는 처음 듣는 일이었다.

"괜찮다. 이젠 괜찮아. 이런 일을 당한 선왕의 여인이 나 하나만
은 아닌 것을. 어쩌면 폐비가 한 지평과 사통한 것도 이해할 만한
일이다. 물론 주상을 낳아서는 안 되는 일이었겠지만……."

"그럼 어마마마께서는 아바마마의 유지를 믿지 않으신다는 것
인가요?"

"선왕이 주상의 생부로 지목한 한건은 한씨 집안의 장자다. 한씨
집안은 명나라 황실과도 인척이지. 그러니 주상이 생전에 세자가
한건의 소생이라는 이유로 폐위하겠다고 명나라에 고했으면 어찌
되었겠느냐?"

"그건……."

"명나라 입장에서는 이씨가 왕이 되든 한씨가 왕이 되든 마찬가
지 아니겠느냐?"

"그래도 아바마마께서 전하 오라버니가 한 지평의 소생인 사실
을 끝까지 말하지 않고 돌아가실 리는 없지 않습니까."

"그렇지. 그러니 난 분명 이 일에 대왕대비마마도 연관이 되어
있다고 생각한다."

"할마마마가요?"

"그래. 대왕대비마마에게 한건은 친조카이지. 분명 폐비와 사통

한 일도 어느 정도 알고 계셨으리라 본다. 만약 대왕대비마마 생전에 이 사실이 알려지면 한건만 죽는 것이 아니라, 대왕대비마마까지 연관되고 말지. 일이 커진다. 아마도 선왕께서는 대왕대비마마 사후에 주상을 처리하려고 하셨던 것 같다. 다만 그러지 못했지. 대왕대비마마보다도 먼저 세상을 떠나셨으니."

나는 곰곰이 생각해보다가 답했다.

"그럼 유지를 남기신 이유는 아바마마 사후에 누군가 이 사실을 밝히고 전하 오라버니를 폐위시키길 원하셨기 때문이라고요?"

"문제는 보위를 물려받을 이로 너를 지목했다는 사실이다. 그러니 주상의 생살여탈권은 바로 네 손에 있단다."

"오라버니를……."

왕을 죽이고 살리는 것.

"수련아?"

"어마마마. 그 말씀은 소녀가 왕이 되어야 한다는 뜻이 아닙니까?"

"그럼 넌, 왕이 되지 않을 것이냐?"

어마마마가 내게 반문한다. 난 대답할 말을 잃어버렸다. 홍연의 곁에서라면 이 대답은 확실하다. 난 왕이 되고 싶지 않았다.

그러나 내가 왕이 되고 안 되고에 많은 이들의 생살여탈권이 달려 있다는 것도 안다. 그 중심에는 왕이 있다. 한때는 내 친오라버니인 줄 알았던 사내가.

그때였다.

"대비마마. 박원종 대감께서 드셨사옵니다."

곧 문이 열리며 밖에서 원종이 걸어 들어왔다.

✻　✻　✻

한때 많은 이들이 드나들던 대갓집이었다. 그러나 홍연이 도착했을 때는 아무도 없었다. 활짝 열린 대문 양옆에는 상중임을 알리는 큰 등이 걸려 있었다.

"도련님!"

어릴 적 그와 형제들을 키웠던 유모만이 한적한 사랑채 마루에 멍하니 앉아 있다가 자리에서 일었다.

"어머님은?"

"안에 계십니다."

홍연이 사랑채 안으로 뛰어 들어가자 다섯 개의 관이 줄지어 놓여 있고 조촐한 음식상 하나가 보였다.

홍연의 모친 한씨가 정신을 놓은 얼굴로 그 앞에 앉아 있었다.

"어머니!"

"호, 홍연아!"

홍연을 보자 그녀는 아들에게 달려들어 마치 미친 사람처럼 통곡하기 시작했다.

490

"세상에 이럴 수는 없다! 차라리 줄초상이 낫지! 하루아침에 아비를 따라 아들이 전부 죽는 기가 막힌 일이 일어날 수 있단 말이냐! 어흐흐흑!"

"어머니."

홍연도 통곡하는 자신의 어머니를 끌어안고 함께 흐느꼈다. 눈으로 보고도 믿을 수가 없는 일이었다. 홍연의 모친은 땅을 치며 소리쳤다.

"유모만 제외하고 다른 하인들은 전부 도망갔다! 이 집 안을 샅샅이 뒤져 재물을 챙기고 노비문서를 챙겨 달아났어! 아무도 도와주지 않았다! 아무도 오지 않았어!"

"어머니!"

"살아생전 네 아비의 덕을 보고 출세한 이들 중 그 누구도 오지 않았단 말이다! 아무도 우릴 도와주지 않았어…… 흑흑!"

홍연이 입술을 깨물었다. 한 맺힌 어머니의 절절한 목소리가 그의 가슴을 아프도록 짓눌러왔다.

"이제 어찌하느냐? 응? 이제 어찌해? 장례가 끝나도 내 지아비, 내 아들을 묻어줄 이가 없어! 하늘도 무심하시지! 어찌 이런 일이 일어날 수 있단 말이냐? 아흑!"

홍연이 자신의 어머니를 다독이며 말했다.

"소자가 있지 않습니까. 소자가 어머니를 지켜드리겠습니다."

"홍연아…… 아흐흑."

두 모자가 서로를 끌어안고 눈물을 흘렸다.

※ ※ ※

"내일 아침 날이 밝는 대로 즉위식을 거행할 것입니다."

원종의 말에 난 무거운 침을 삼켰다.

"즉위식? 그렇게나 빨리?"

"예. 하루라도 빨리 이 나라의 임금이 세워져야 나라가 안정되고 백성들도 평안히 살 수 있지 않겠습니까?"

"그 말은 공주가 보위에 올라야 한다는 말인데."

"예. 그러하옵니다."

결국 올 것이 오고야 말았다. 하지만 내 결심은 변함이 없었다.

"난 왕이 되지 않겠다고 말했어요."

이 말에 원종은 말없이 눈동자를 굴린다. 즉위식을 몰아붙이는 것도 박원종 일파의 짓이었다. 왕을 동궁전에 감금한 이들은 하루라도 빨리 모든 일들이 자신들이 계획한 대로 흘러가기를 바라고 있었다.

나는 이를 모르지 않았다. 순순히 그들의 뜻에 따를 생각이 없었던 것이다. 그러나 반정까지 일으킬 정도로 노련한 원종은 내겐 결코 쉬운 상대가 아니었다.

"허면 즉위식은 미루는 것으로 하고…….."

의외로 원종이 쉽게 물러나는 태도를 보였다. 그는 어마마마를 보며 말했다.

"대비마마께서 폐주의 처단을 명하여 주십시오."

"폐주의 처단이라니?"

"처형 말이옵니다."

난 깜짝 놀랐다. 지금 원종은 어마마마에게 왕을 죽이라는 명령을 내려줄 것을 요구한 것이다.

"이리도 급히?"

어마마마가 반문하다 원종이 머리를 조아리며 강하게 나왔다.

"폐주의 처단이 길어지면 필시 명국도 이를 알게 될 터인데, 그때는 일이 어찌 흘러가게 될지 장담할 수 없습니다. 만약 명국에서 폐주의 편이라도 들게 된다면? 대비마마와 공주마마의 안위는 어찌 될지 저희 신하들도 장담할 수가 없습니다."

"그야……."

어찌할 줄 모르는 어마마마가 나를 쳐다본다. 난 어마마마를 향해 단호히 말했다.

"안 됩니다. 오라버니를 죽이시면 안 됩니다."

"공주야……."

"적어도 지금은 아닙니다. 지금 당장은 아니에요, 어마마마!"

어마마마가 내 손을 힘껏 잡았다.

"하나 내겐 자식이라고는 너 하나뿐이다. 내 안위는 중요치 않아

도 네 안위는 달라. 널 위해서라면 난 주상을 죽이라 명을 내릴 수
있다."

"어마마마!"

그건 안 된다는 듯 내가 어마마마를 불렀을 때였다. 어마마마가
눈을 크게 뜨며 내게 묻는다.

"인덕궁에서 주상과 무슨 일이 있었느냐?"

"어마마마?"

"무슨 일이 있었느냐, 공주야."

"거기에선……."

왕의 손이 내 목을 조르는 듯한 기분이 들었다.

몸이 그 순간을 기억하는 듯 어깨가 심하게 떨려오기 시작했다.

"과인이 네게 어떠한 짓을 하려고 했는지 이 어미가 모른다고 생
각하진 않겠지?"

"어마마마."

"박원종 대감에게 들었다. 널 구한 것이 윤 교리였다고? 그 화재
에서 네가 타 죽을 수도 있었다고 들었다! 사실이냐?"

"기억이…… 그때의 일은 기억이 잘 나지 않아요."

나지 않는 것이 아니다. 부정하고 싶을 뿐. 난 그 모든 것을 잊기
위해서 홍연과 도망치듯 삼각산을 떠났다. 그것이 내가 말할 수
있는 진실이었다.

"수련아."

어마마마가 떨려오는 내 양 어깨 위에 손을 올리며 말했다.

"다시는 그런 일이 네게 일어나서는 안 돼. 그러니 주상을 더는 살려둘 수 없다."

놀라서 할 말을 잃어버린 나를 뒤로한 채 어마마마가 원종을 돌아보았다.

"대감."

"예. 대비마마."

"명을 내리겠어요. 지금 즉시 주상, 아니, 폐주 이융을……."

"안 됩니다!"

난 자리에서 벌떡 일어섰다.

"내가 허락 못 합니다."

"수련아!"

"사람의 목숨은 귀한 것입니다. 그리고 전하는 제 오라버니입니다."

이 상황에서 이게 얼마나 말이 안 되는 핑계인지 잘 안다. 그러나 내가 할 수 있는 말은 이것뿐이었다. 지금의 그가 어떠한 사람이든 과거의 나에게는 소중한 오라버니였다.

그가 이렇게 변했다면 그것은 전부 그의 잘못은 아니라고 생각했다. 또한 그 잘못 때문에 그가 죽는 것은 차마 볼 수가 없었다. 하지만 어마마마의 결심은 확고했다.

"처형하세요."

"어마마마!"

"공주에게는 권한이 없으니 내 말을 따르세요. 어서요."

"어마마마! 안 됩니다! 어마마마!"

난 어마마마의 팔을 잡고 사정했다. 그러나 어마마마의 시선은 원종을 향해 있었다. 우리 두 사람을 가만히 지켜보던 원종의 입이 열렸다.

"하오면 공주마마. 신이 약조를 하나 드리지요. 그러니 공주마마께서도 신께 약조를 주십시오."

난 어마마마에게서 눈을 돌려 원종을 바라보았다.

"약조?"

"예."

원종이 입가에 미소를 띠며 말했다.

"공주마마께서 내일 이 조선의 임금으로 즉위하시겠다, 약조를 하여주신다면, 신은 공주마마의 명에 따라 폐주의 목숨을 구명하여 그의 살길을 열어주도록 돕겠습니다. 어찌하시겠습니까?"

원종의 제안에 내 두 눈이 흔들렸다.

멀리 국청 한가운데에 왕이 아니, 한때 내 친오라버니이자 이 나라의 임금이었던 이융이 꿇어앉아 있었다. 흰옷을 입고 난정치 못

한 머리는 영락없는 죄인의 모습 그 자체였다. 그가 보이자 내 걸음은 그대로 멈춰 섰다. 내 뒤를 따라온 윤임이 뒤에서 속삭이듯 말을 건넸다.

"공주마마께서 원치 않으시면 여기서 발길을 돌리셔도 되옵니다."

고민이 되었다. 여전히 내게 이용은 이 나라의 임금이기 전에 오라버니였다. 두 가지 모두 아닌 게 되어버린 현실을 받아들이는 것은 결코 내게 쉬운 일이 아니었다.

이 현실을 납득할 수 있는 때가 온다면 그때 그와 마주하고 싶은 마음이 컸다. 그러나 돌아갈 수 있는 길은 없다. 피하고 납득할 수 있는 때를 기다리는 장소도 내겐 없었다.

"아닙니다."

각오한 나는 국청 안으로 걸음을 옮겼다.

"공주마마 납시오!"

내관의 목소리에 그곳에서 기다리고 있던 원종을 비롯한 관리들이 나를 보며 고개를 숙였다. 반대로 고개를 숙이고 있다 들어 올린 이도 있었다. 이용이었다.

"여기 앉으시지요."

원종이 국청에 놓인 유일한 의자로 나를 안내했다.

오직 이 나라의 임금만이 앉을 수 있는 자리.

심호흡을 한 나는 그 자리에 가서 앉았다.

"하하."

이를 본 왕이 갑자기 웃음을 흘렸다.

반대로 왕의 웃음에 어제까지만 하더라도 그의 신하들이었던 관리들의 표정은 딱딱하게 굳어갔다.

"결국…… 하하! 수련이 네가 왕이 되겠구나? 그런 것이야? 하하하!"

이융은 웃었지만 난 웃지 못했다. 원종이 이런 나를 대신해 입을 열었다.

"공주께서 이 자리에서 명하신 대로 폐주의 향후 거취가 정해질 것입니다. 폐주 이융을 어찌 처리할까요?"

"난……."

내가 입을 열기도 전에 원종의 곁에 있던 이융의 옛 신하들이 한목소리로 외쳤다.

"폐주 이융을 처단하셔야 하옵니다!"

"처형하시옵소서!"

"폐주의 목을 베어 효수하셔야 하옵니다!"

"나는……."

이번에도 입을 열었지만 내 작은 목소리는 신하들에게 또다시 묻혔다.

"그를 절대 살려두어서는 아니 되옵니다!"

"어서 명을 내리십시오!"

"폐주의 목을 칠 살수가 준비되어 있사옵니다!"

이 상황에서 원종은 알 수 없는 미소를 짓고 있었다. 그는 대비전에서 내 뜻을 따르겠다고 했지만, 이 자리에 있는 신하들의 의견은 한결같았다.

모두 이융이 죽길 바라고 있었다. 이융이 살길 바란다는 내 목소리는 그들에게 묻혀 스스로에게도 들리지 않는 상황.

자고로 여인이라면 사내보다는 목소리가 커서는 안 된다고 배워온 내겐 이 상황이 결코 쉽지 않은 일이었다.

그때였다.

"수련아!"

이융이 내 이름을 크게 소리쳐 불렀다.

"저저저······!"

"폐주가 단단히 미쳤군!"

"죽길 바란다면야!"

내 이름을 부른 이융을 향해 매서운 비난들이 쏟아지고 있었다. 그러나 이융은 그들을 신경 쓰지 않았다.

그의 시선은 오직 의자에 홀로 앉아 있는 나만을 향해 있었다.

그와 눈을 마주하고 있는 이 순간. 세상에는 오로지 그와 나만 존재하는 것 같은 착각이 들었다. 이런 압도감을 느끼게 할 위엄이

태어나는 순간부터 왕으로 정해졌던 이용에겐 있었다.

"수련아."

두 번째 그가 내 이름을 불렀을 때는 조금 낮게 들려왔다.

"이제 조선의 왕은 너다."

의미심장한 말이 아닐 수 없었다.

그는 지금 내가 앉아 있는 자리가 어떤 자리인지를 가르치고 있었다. 죄인의 위치에서 죄인이 되었음에도 그는 이 자리에 있는 그 누구보다도 왕다웠다.

"그들의 결정이 네 결정이 되어서는 안 된다. 귀를 기울이지 말아라."

"폐주는 그 입을 다물어라!"

원종이 그에게 소리쳤지만 이용은 오직 나만을 향한 시선을 거두지 않았다.

"네가 과인을 죽이겠다면 과인은 다른 누구도 아닌 네 손에 죽겠다."

그때 원종이 병사들에게 명을 내렸다.

"죄인 이용의 뺨을 쳐라!"

"예!"

원종의 명을 받은 병사가 이용에게 다가가더니 그의 앞에 서서 사정없이 뺨을 내려치기 시작했다. 맞는 고통보다도 느끼는 모욕감이 더 큰 벌이었다. 이용은 입술을 굳게 다문 채 뺨을 맞았다. 곧 그의 입술이 터지고 피가 흘러내렸다.

이를 본 신하들도 다시 침묵 속에 빠져들던 그때였다. 난 의지에

서 벌떡 일어서며 소리쳤다.

"그만!"

침묵 속에서 울려 퍼진 내 목소리에 이용에게 형벌을 가하던 병사의 손이 멈췄다. 난 신하들을 돌아보며 말했다.

"그를 죽이지 않을 겁니다. 난 그와 다르니까."

이다음으로 무슨 말을 해야 할지 몰랐다. 살면서 난 단 한 번도 누군가에게 어떤 벌을 주라고 명령을 내린 적이 없어서였다.

"폐주의 처분은 즉위식 이후로 미룰 것입니다."

내가 다시 의자에 앉자 원종이 병사들을 향해 명령했다.

"폐주를 다시 옥에 가두어라."

"예!"

이용은 병사들에 의해 강제로 일으켜 세워졌다.

"하하하하!"

그는 옥사로 돌아가는 길에 큰 소리로 주변이 떠나갈 듯 웃어댔다. 이 소리에 원종은 인상을 찌푸렸고 다른 신하들은 몸을 떨었다.

서서히 날이 밝아오고 있었다. 지금껏 살면서 많은 새벽을 눈으로 보았지만 이 날은 분명 내게 특별한 날이었다. 난 대비전에서 어머니 무릎을 베고 새벽별이 뜨는 창가를 응시했다.

"네가 왕이 된다니······."

내 머리를 쓰다듬으며 어마마마는 이 말을 계속 반복해서 읊조렸다. 뺨을 타고 소리 없는 눈물이 흘러내렸다.

"저도 알아요."

이용을 폐위시킨 이들은 나 외에 다른 대안을 찾으려 하지 않았다. 그들은 선왕의 유지를 핑계로 조선 역사에서 단 한 번도 일어난 적이 없는 일을 일으키려 하고 있었다.

"저를 왕위에 앉혀서 마음대로 조정을 휘두르려는 것이겠죠."

"여인이란 사내에겐 이용 가치 이상으로는 필요치 않은 존재일 테니."

어마마마에게 아바마마는 그런 존재였을 것이다. 난 몸을 일으켜 세우며 어마마마를 보며 말했다.

"하지만 거창위는 달라요."

"다르다고?"

"그는 이 세상에서 유일한 제 편이에요. 그가 저를 도와줄 거예요."

"그는 폐주의 충신이 된 신수근의 아들이야."

"우의정은 이제 죽었어요."

"그런데 박원종은 거창위를 살려주었지? 혹 그들의 속셈이 따로 있는 것이 아닐까?"

"그래봤자 거창위는 부마예요. 제 부군이라고요. 그들은 절대 함부로 할 수 없어요."

"난 거창위보다 네 안위가 위험해질까 가장 두렵구나."

"어마마마……"

"그들은 네가 필요하니 왕으로 세우려는 것이다. 애초에 태조대왕께서 적장녀 승계를 법전에 명시한 이유가 무엇이었겠느냐? 공주에게 왕위를 물려주기 위해? 아니다. 단지 자신이 마음에 드는 왕자에게 물려줄 수 없다면 '차라리' 계집에게 주겠다는 거야. 그러니 계집에게 왕위가 돌아가지 않으려면 결국 자신이 원하는 아들이 왕이 될 수밖에 없는 것이지."

"그래도 태종께서 보위를 물려받으셨잖아요."

"그랬지. 결국 사내가 왕이 되었다. 계집이 왕이 되지 않았어. 그런데 지금 저들은 계집을 왕으로 삼으려 해. 이 어미의 말이 무슨 뜻인지 알겠느냐?"

이용거리가 될 수 있음에도 이 길 외에는 다른 방법이 없었다. 그저 난 나라가 안정될 때까지 왕위를 유지할 생각이었다. 그다음에는 가까운 종친에게 보위를 물려주고 홍연과 다시 그 집으로 돌아갈 생각이었다. 그것이 내가 생각하는 가장 좋은 결말이었다.

"전 그들에게 쉽게 이용당하지 않겠어요."

나는 마음을 강하게 다잡았다.

❋ ❋ ❋

즉위식 날 아침.

침방에서 특별히 제작한 여러 겹으로 이루어진 감색의 구장복을 입었다. 입술에 붉은 연지를 찍고 면류관을 쓰자 그 무게가 온몸을 짓누르듯 느껴졌다.

면류관은 가체보다는 가벼웠다. 하지만 함부로 고개를 움직였다가는 면류관에 달린 구슬들이 심하게 요동치며 소리를 냈다. 이 때문에 면류관을 쓴 순간부터 나는 숨을 내쉬는 것조차도 불편해졌다.

"누이…… 아, 전하."

내 뒤로 영산군의 목소리가 들려왔다. 난 팔 소매가 유독 넓고 긴 구장복을 끌어안듯이 움직이며 돌아섰다. 그곳에 붉은색 조복을 입고 금색의 양관을 쓴 영산군이 서 있었다.

"전아."

내가 그의 이름을 불러주었기 때문일까?

영산군의 얼굴에도 화색이 돌았다. 영산군은 내 곁으로 다가오더니 주변을 한 번 빙그르르 돌며 신기해했다.

"구장복을 입을 여인이라니! 고려조에도 이런 일은 없었지!"

"어울리느냐?"

영산군이 코를 찡긋하더니 고개를 가로젓는다.

"그래도 누이는 고운 당의를 입은 것이 제일 예쁘오."

난 멋쩍게 웃었다. 그러다 문득 여진이 생각났다.

"왔니?"

"누구?"

"누구긴. 네 부인이지."

"아니, 안 왔소."

"그래?"

내가 염려하는 것을 알아차렸던 것일까? 영산군이 먼저 여진의 소식을 꺼냈다.

"일부러 안 온 것은 아니오. 몸이 아직 좋지 않소. 그보다 누이에 대해서 알게 되었는데……."

"나에 대해서 알게 되었다니?"

"누이가 진성 공주인 내 누이가 실은 그 이 소저였다고."

마지막 목소리가 점점 작아진다.

"그래서? 그래서 뭐라 하드냐?"

"처음엔 놀라 못 믿더군. 하지만 처남이 하는 말을 듣고는 믿었던 것 같아."

"그리고?"

"매우 기뻐했소. 몸이 아픈 것만 아니라면 즉위식도 보고 누이도 만나고 싶어 하는 걸."

"정말이냐?"

"응. 정말이고말고."

"내가 더는 윤임과는……."

제일 걱정하던 부분을 언급하자 영산군이 활짝 웃는다.

"그건 걱정하지 마시오. 누이가 살아 있다는 사실에 제일 기뻐했으니."

"그럼 다행이구나."

"즉위식 끝나고 언제 기회가 되면 데리고 입궐해서 누이를 만나게 하리다. 알다시피 내자는 궁궐 구경을 가장 좋아하거든."

"그래. 고맙다."

그때 영산군의 뒤에서 덕풍군이 나타났다.

그가 나를 보며 고개를 숙였고 무의식에 따라 고개를 숙이려고 하자 면류관에 달린 구슬이 심하게 찰랑거렸다.

"참."

난 피식 웃고는 다시 자세를 고쳤다.

영산군이 장난스레 이를 지적했다.

"누이는 아직도 공주인 줄 아나 봐!"

"공주는 맞지. 거기에 더 큰 지위가 하나 더 생겼을 뿐."

"그런데 누이. 거창위가 보이지 않던데?"

"그는……."

홍연은 상중이었다. 어마마마도 이 때문에 홍연을 즉위식에 부를 순 없다고 했다. 홍연도 아마 오지 못할 것이라고 했고.

그래도 그는 내 즉위식 소식을 분명 들었을 것이다.

"전아."

"응?"

"난 그가 필요해."

"거창위?"

"응."

홍연이 필요하다는 말을 하자마자 옷 속에 가려져 보이지 않는 내 두 손이 떨려오기 시작한다. 곧 즉위식이 시작할 것이다.

만조백관들 앞에 당당히 나서서 즉위식을 치러야 한다.

난 도무지 그 백관들 사이를 혼자서 걸어갈 용기가 나지 않았다.

"그가 없이 이걸 해낼 수 있을지는……."

"누이."

난 눈을 들어 면류관 구슬 사이로 보이는 영산군의 해맑은 미소를 바라보았다.

"누이는 선왕의 적장녀요. 그래서 그 구장복을 입고 면류관을 쓴 것이지. 더 나아가서 오늘 즉위식을 치를 수 있게 된 거고."

"전아."

"거창위가 곁에 있더라도 즉위식을 치러야 하는 사람은 그가 아니오. 누이지. 그 사실을 잊지 마시오."

"너는 여인이 왕이 되어도 된다고 생각하니?"

"아니."

바로 나온 대답에 내가 어이없다는 표정을 지어 보였을 때였다. 영산군이 아이와 같은 천진난만한 미소를 지으며 말했다.

"하나 누이는 왕이 되어도 좋소."

"어, 어째서?"

놀라움에 웃으며 반문했는데 어느새 내 눈가에 눈물이 맺혀버렸다.

"사내가 왕이 되어 백성의 어버이 노릇을 한다면 누이는 여인이니, 백성의 어머니가 되면 될 것이 아니오."

"참 너다운 답이구나."

"헤헷."

손 떨림이 서서히 잦아들었다.

"내가 두 눈뜨고 잘 지켜볼 터이니 가서 보여주시오."

"무엇을 말이냐?"

"여인이 왕이 되니 이만한 볼거리도 없지 않소? 누이가 실수하기만을 애타게 기다리는 저 백관들을 당황시켜보시오. 완벽하게 잘 하란 말이오. 알아들었소?"

"네 이놈. 무엄하구나."

"바로 그렇게!"

"영산군."

그때 덕풍군이 영산군을 불렀다.

"누이, 나 가오."

"그래."

영산군이 덕풍군을 따라 밖으로 나갔다.

혼자 남겨진 나는 억지로나마 웃어보려 애를 썼다. 그러나 영산군이 떠난 다음부터 웃는 것이 마음처럼 되지 않았다.

즉위식의 긴장감과 함께 지금쯤 홀로 상주가 되어 빈소를 지키고 있을 홍연이 떠올랐다.

곧 만나요.

난 마음속으로 홍연을 그리며 천천히 심호흡을 했다.

신수근의 집.

윤임이 바로 그곳에 있었다.

상주로서 빈소를 홀로 지키는 홍연에게 윤임은 서신을 내밀었다.

"이것이 무엇인가?"

홍연이 묻자 윤임이 대답했다.

"제 외숙부님께서 거창위 대감께 전하라 하신 것입니다."

홍연이 그 서신을 펼쳐서 안에 적힌 내용을 읽었다.

그는 그 내용을 다 읽자마자 그 자리에서 서신을 바닥에 떨어뜨렸다.

마침 옆에 있던 어머니 한씨가 다가왔다.

"무어라 적혀 있기에 그리 놀라느냐?"

그녀가 홍연이 떨어뜨린 서신을 주워들어 그것을 읽었다.

"이게 무엇이냐?"

"변변치 않은 것이라 송구스럽다는 말씀도 함께 전하라 하셨습니다."

그것은 함경도에 있는 저택과 토지 노비의 수를 적은 문서들이었다.

"그곳에 가시면 대감이 누구인지 알아보는 이들이 없을 것이니 어머님을 모시고 사는 데는 아무런 지장이 없을 것입니다."

홍연이 떨리는 입술을 열어 말했다.

"공주와 맞바꾸는 대가요?"

이 말에 윤임은 대답하지 못했다.

"그렇다면 받을 수 없소."

홍연이 어머니의 손에 들린 서신을 빼앗아 윤임의 앞에 내밀었다.

그러나 윤임은 받지 않았다.

"대감. 대감께서도 아시겠지만 더는 공주마마가 아니십니다. 이 나라의 주상전하이십니다."

"그래서?"

윤임을 바라보는 홍연의 눈빛이 차가워졌다.

"대감은 신수근 대감의 아드님이시고 대감과 공주마마의 혼인은 폐주 때에 이루어진 일입니다. 다시 말해서 폐주가 폐위된 이상 두 분의 혼인은 '없었던 일'이 되는 것입니다."

홍연은 그 말을 외면했다. 들으려 하지 않았다.

"그녀에겐 내가 필요하오."

단 하나뿐인 이유에 윤임은 그 이유와 맞설 수 있는 또 다른 이유를 들이댔다.

"대감의 어머님도 대감의 부양이 필요하시지요."

"윤 교리!"

"대감께서 외숙부님의 제안을 받아들이시지 않는다면 연좌제에 따라 대감의 어머님을 함경도의 노비로 보내시겠다 하셨습니다."

"공주께서 그 사실을 윤허하실 것 같은가?"

"윤허하시지 않겠지요. 하나 거창위 대감. 공주께서는 막 즉위하셨습니다. 새로 즉위한 국왕에게 힘이 없다는 사실을 모르는 이가 없는데 그분께 너무나도 많은 짐을 지워드리지 마십시오."

"무슨!"

윤임이 자리에서 일어섰다. 윤임은 떠나기 전 아직 앉아 있는 홍연을 향해 말했다.

"도움이 되실 수 없다면 방해는 되지 마셔야지요."

윤임의 이 한마디에 홍연의 고개가 힘없이 숙여졌다.

"내가 그리 떠나면 혹시라도 자네가 그 자리를 대신할 수 있다

여기는가?"

홍연이 고개를 들었다.

"대답하게!"

윤임은 이 말에 쉽게 대답할 수가 없었다. 삼각산에서 공주는 그가 아닌 홍연을 택했다. 그를 거부하고 홍연의 손을 잡고 그곳을 떠났다.

그것을 두 눈으로 목격한 순간 윤임은 자신의 마음속에서 유나를 지우기로 결심했다. 그가 사랑한 유나는 한강수에 빠져 목숨을 잃었다.

공주는 유나를 닮은 또 다른 사람일 뿐 더는 그가 사랑한 유나가 아니었다. 여기까지가 지금까지 윤임이 공주에 대해 내린 마음의 정의였다. 그러나 지금 홍연이 묻는 것은 그가 외면하고 있던 마음이었다.

"말하게! 공주를 아직 포기하지 않았는가?"

그때 멀리 경복궁 쪽에서 악공이 연주하는 음악 소리가 들려오기 시작했다.

상갓집인 이곳에서 듣기에는 어울리지 않을 만큼 화려하고 웅장한 음색이었다.

그 음색에 이끌리듯 잠시 궁궐 쪽으로 고개를 돌렸던 윤임이 다시 홍연을 돌아보며 말했다.

"이 소저는 제 마음속에서 죽었습니다만 공주마마는 아직 살아

계십니다."

※ ※ ※

경복궁 근정전.

"주상전하 납시오!"

내관은 이 소리를 몇 번 더 외쳤다.

"주상전하 납시오!"

이 소리에 자리에 서 있던 문무백관들이 모두 고개를 숙이며 길을 열었다. 그 길 한가운데로 내가 천천히 들어섰다.

"주상전하 납시오!"

악공들이 연주를 시작하는 가운데 내 눈앞에 보이는 것은 단 위에 놓인 임금의 자리였다. 그 곁에 어마마마가 서서 나를 기다리고 있었다.

"주상전하 납시오!"

마침내 단 아래에 도착한 내가 상궁의 손을 잡고 천천히 단을 오르기 시작했다. 그 순간부터 악공들의 연주 소리가 멈췄다. 마침내 용상 앞에서 걸음을 멈춰 선 나는 천천히 돌아섰다. 영의정이 내게 옥쇄를 가져와 두 손으로 그것을 바쳤다. 나는 두 손을 내밀어 그 옥쇄를 받아들었다.

동시에 단 아래에서 서 있던 도승지가 소리쳤다.

"주상전하 성수만세!"

이에 따라 백관들도 합창하듯 응수했다.

"주상전하 성수만세!"

여주女主 즉위년 9월 무인일.

조선에 처음이자 마지막 여왕이 탄생했다.

〈3권에서 계속〉

조선공주실록 ❷

초판 1쇄 인쇄 2019년 6월 21일 **초판 1쇄 발행** 2019년 6월 28일

지은이 유오디아
펴낸이 연준혁

웹소설사업분사 이사 정은선
책임편집 조윤희 오가진
디자인 윤정아
삽화 볕

펴낸곳 (주)위즈덤하우스 미디어그룹 **출판등록** 2000년 5월 23일 제13-1071호
주소 경기도 고양시 일산동구 정발산로 43-20 센트럴프라자 6층
전화 031-936-4000 **팩스** 031)903-3893
홈페이지 www.wisdomhouse.co.kr

값 13,800원
ISBN 979-11-90182-16-4 04810
       979-11-90182-14-0 (세트)

* 이 도서의 국립중앙도서관 출판예정도서목록(CIP)은 서지정보유통지원시스템 홈페이지(http://seoji.
  nl.go.kr)와 국가자료종합목록시스템(http://www.nl.go.kr/kolisnet)에서 이용하실 수 있습니다.
  (CIP제어번호 : CIP2019022312)